传邮万里 国脉所系

国脉

谁寄锦书来

汪一洋 著

人民文学出版社
贵州人民出版社

图书在版编目(CIP)数据

国脉:谁寄锦书来/汪一洋著.—北京:人民文学出版社,2019
ISBN 978-7-02-015134-9

Ⅰ.①国… Ⅱ.①汪… Ⅲ.①长篇小说—中国—当代 Ⅳ.①I247.5

中国版本图书馆 CIP 数据核字(2019)第 058947 号

责任编辑　陈彦瑾
装帧设计　刘　静
责任校对　杨益民
责任印制　苏文强

出版发行　人民文学出版社　贵州人民出版社
社　　址　北京市朝内大街 166 号
邮政编码　100705
网　　址　http://www.rw-cn.com

印　　刷　三河市鑫金马印装有限公司
经　　销　全国新华书店等

字　　数　300 千字
开　　本　890 毫米×1290 毫米　1/32
印　　张　13.125　插页 4
印　　数　1—30000
版　　次　2019 年 5 月北京第 1 版
印　　次　2019 年 5 月第 1 次印刷

书　　号　978-7-02-015134-9
定　　价　49.00 元

如有印装质量问题,请与本社图书销售中心调换。电话:010-65233595

目 录

第一章 _001_
1. 银饭碗 _001_
2. 方家客厅 _008_
3. 惨案 _018_
4. 王云三 _029_
5. 少年 _032_
6. 眼睛 _039_
7. 围炉夜话 _044_
8. 黎黛珊 _054_
9. 锦书 _058_
10. 罢工 _061_
11. 抉择 _065_

第二章 _069_
1. 枫泾 _069_
2. 罗锦琇 _071_
3. 订婚 _076_

4. 逃离__ *079*

第三章__ *082*

1. 弄堂__ *082*
2. 申先生__ *091*
3. 拜师__ *094*
4. 李树生__ *099*
5. 秦鸿宇__ *106*
6. 申家祠堂__ *111*
7. 一八一号__ *119*

第四章__ *126*

1. 九一八__ *126*
2. 上海邮工童子军__ *129*
3. 最后的旗帜__ *139*
4. 婚礼__ *146*
5. 天津__ *150*
6. 小狸猫__ *156*
7. 大公通讯社__ *162*
8. 巩固邮基运动__ *170*

第五章__ *179*

1. 国际劳工大会__ *179*
2. 莫斯科__ *185*
3. 接头__ *189*

4. 郑开先__193

5. 派对__196

第六章__200

1. 抗日__200

2. 利诱__204

3. 别动队__209

4. 不速之客__216

5. 诱捕__220

6. 山本__226

7. 逼婚__233

8. 成亲__239

9. 抽刀断水__240

10. 自杀__245

11. 遁离__248

12. 小别__251

13. 延安__253

第七章__259

1. 故里__259

2. 假戏真做__262

3. 世界工会大会__268

4. 分歧__274

5. 劳协被封__278

6. 庐山__281

7. "国大"__ 285
8. 鸭血粉丝汤__ 288
9. 香港__ 290
10. 访客__ 293
11. 护照__ 310
12. 诀别__ 318

第八章__ 324

1. 被捕__ 324
2. 解放区__ 329
3. 营救__ 334
4. 新气象__ 341
5. 小狸猫之死__ 350
6. 脱胎换骨__ 361
7. 扳倒李树生__ 369

第九章__ 376

1. 信封贴在邮票上__ 376
2. 方家大客厅__ 381
3. 申先生的血债__ 393
4. 解放上海邮局__ 399
5. 谁寄锦书来__ 403

尾 声__ 411

第 一 章

1．银饭碗

秦鸿瑞感觉自己像个冒失的伶人，套错了戏袍，又跑错了场子。

这套西服，是方执一借给他的。哪怕对于世家子弟方执一而言，也是最体面的一套衣服，是请了上海顶有名的裁缝量身定制的。坏就坏在这里，衣服是依了方执一的尺寸，熨帖合缝，可秦鸿瑞比方执一矮了一截，脸比较冒进，自顾自长得圆润方大，身坯却没跟得上，瘦小干巴，无情地暴露出长期营养不良的真相。所以，这套体面的西服套在秦鸿瑞身上，就像孩子偷穿了长辈的衣服，越正式越显得滑稽可笑。领带方执一老早就打好了结，秦鸿瑞只需往脖子上一套——但方执一忘了提醒他把衣领翻出来，故而领带就不怀好意地紧勒在脖子上，让看到的人也感觉自己呼吸不畅。

其实，出门前照镜子时，秦鸿瑞并未觉得自己寒碜，相反，倒觉得自己从没有这样气派过：头发慎重地一分为二，还破天荒抹了头油，光滑得连苍蝇都站不住脚。胸前的口袋里煞有介事地别了一支钢笔。当然,这身行头如若放在别的场合,比如说秦鸿瑞打工的那家杂货店,或是秦鸿瑞的老家——上海郊区的枫泾小镇,那还是相当看得过去的,可眼下他站的是什么地方?是北四川路桥头!抬头一望,便是上海邮政大厦!十里洋场的上海滩,从不缺世间任何华美奢侈的物件,尤其是建筑,这外滩两岸,各国的洋行矗立,宛如童话故事里的城堡宫殿。见多识广的上海人,早就不屑一顾。可这栋大厦,甫一落成,却正如《洛神赋》里所述,"翩若惊鸿,宛若游龙",当真是冠盖群芳,美中之美,饶是见多识广的上海人,也不由得咋舌称赞。这里进进出出的男女也分外鲜亮养眼,男人都西服革履,细心留意一下,会发现风衣内里的颜色和衬衣是一个色系。女人都烫了发抹了唇膏,不管气温如何低,永远光着胳膊穿着丝袜。用句上海话说:煞是有腔调。当然了,这是什么地方?邮局!能进入邮局工作的人都是尖子中的尖子,人中之龙凤,那可是仅次于海关的"银饭碗"。

秦鸿瑞从不曾对邮政大厦产生过任何奢望。那不是他这个阶层的孩子奢望得起的。

自从在杂货店打工累得吐了血,被老板无情扫地出门后,秦鸿瑞高烧不退,算是在鬼门关转了一圈,之后秦鸿瑞足足在家休养了一年多。也是否极泰来,那一天弟弟秦鸿宇拿着一份英文补习材料要哥哥买,秦鸿瑞衣袋里却实在掏不出铜板来,正为难得紧,定睛一看,突然发现所谓英文材料就是卖家自己用钢板刻的,十分粗糙,秦鸿瑞以前在学校里就帮老师印过。材料里的内容也十分简单,全是入门英文。"这也能卖钱?"秦鸿瑞诧异地问。弟弟说:"是啊!每天课间在学校门口卖,很抢手呢!"秦鸿瑞大喜,说:"这有何难?我也会印!"当天秦鸿瑞便印了十份英文材料让秦鸿宇拿到学校去卖,不想竟是一抢而空。这下秦鸿瑞算是找到了生财之道——躺在病榻上,还能油印英文材料卖钱!由于他刻字工整,挑选的内容又十分实用,竟是大受欢迎,收入比在杂货店里打工还多。病好之后,他又去一家英国人开的杂货店里打了份累不死人的工,每天记记账,码放码放货品,活儿虽庞杂但还不算太辛苦,晚上还有余力加班油印些英文材料,白天让弟弟带到学校里去卖给同学,赚来的钱勉强够兄弟俩糊口,偶尔还能省几个铜钿孝敬孝敬乡下的老娘,他已经挺知足了。偏生方执一带来邮政大厦招收员工的消息,方执一兴致勃勃要去考,还非要拉着他一起考。

秦鸿瑞摇头,"不去!你是民信世家的公子,又是正牌的大学生,当然能考上。我是个杂货店的小工,又只是个初中肄业生,那种地方,高攀不上。"

方执一说:"你别怕!招考通知上说了,初中以上文化即可报考。你虽然初中没毕业,但你英文水准可比一般高中生还好呀!那些和邮政相关的知识,我来辅导你,你这么聪明,一学就会,一定能考过关!"

秦鸿瑞不觉笑了,说:"你这个方脑壳的家伙,现在也会说恭维话了!"

方执一说:"不是恭维你,你是智多星,学校里谁不知道啊!就你,鬼点子比谁都多,啥事都难不倒你!你不会就甘心窝在那家杂货店,打着饿不着撑不死的工,庸庸碌碌混一辈子吧?睁大你的眼睛,看看周遭,这是一个混乱污秽的时代,又是一个崭新的充满希望的时代,要改变这个世界,靠谁?靠我们!靠我们这些年轻人!还记得梁启超在《少年中国说》里说的吗:'故今日之责任,不在他人,而全在我少年。少年智则国智,少年富则国富,少年强则国强,少年独立则国独立,少年自由则国自由,少年进步则国进步……'"

此时的方执一已出落得白净斯文,长身玉立,一副翩翩浊世佳公子的派头,当他富有激情地朗诵出梁启超这段著名的文字,就像舞台上的演员,确有一股撼人心魄的力量。这是1924年的中国,乱世里,国之命运与每一个个体紧紧相连,谁也逃不脱。况且是青年。青年的骨子里本就涌动着叛逆、狂热的因子,想要推翻什么,也想要重新建立什么,理想、信仰、责任、使命……这些词汇,天然就是为青年准备的,年轻人的热血很容易就被这些大词点燃,若是能名正言顺地撸袖干一番大事,成全自己英雄的梦想,为什么不呢?

秦鸿瑞眼里的光芒被点燃,变亮,末了,又熄灭下去,还是摇头,说:"不去。"

"为什么?"方执一惊愕。

"我……我没好衣服!"秦鸿瑞看着自己一身的破衣烂衫,颓丧地说。他已经两年没有置办过新衣了。这套布衣连带布鞋还是老妈在乡下亲手缝制的,放在上海滩的背景下,真是土气到了家。据说邮政的人个个衣冠楚楚,他怎么敢穿着这身衣服往邮政门口站,还不得被当作叫花子轰出去!

"哎呀!这有何难!"方执一哈哈大笑起来,大方地说,"你别担心,衣服我借给你!"

秦鸿瑞瞪着方执一,半晌,才失笑道:"方执一呀方执一,你阿爸当真是把你的名字取对了!方执一,不但是个方脑壳,还偏执、一根筋,只要你认准的事,八头牛都拉不回。克服万难也要达成!"

"你的名字还不是一样!鸿瑞,鸿雁传书,证明你和邮政有缘。哈哈,最重要的,一起考上邮政,咱们兄弟俩就能够在同一战壕里并肩战斗,永不分离。"方执一笑着,说,"我敢担保,你一定会考上！而且，将来有一天，你一定会感激今天所做的决定！人生能有几回搏，这将是你最正确的选择。"

于是，就这样来了。

可是，真正站到了邮政大厦的门口，看着周围熙熙攘攘前来应考的男男女女，一个个衣履光鲜，神色倨傲，每一个看起来都很有才很自负的样子，秦鸿瑞无端感到一阵局促瑟缩，终于察觉出自己虽穿了西服，到底还是个套错了戏袍，跑错了场子的伶人。

彼时虽已是初秋，夏天却像个腻缠的孩子，兀自赖着不肯走，1924年的秋老虎，炙烤得秦鸿瑞浑身燥热，连衬衫都湿透了。

罢了罢了，还是赶紧撤了，别在这里丢人现眼。秦鸿瑞恨恨地，准备拔腿便走。肩膀却被猛然一拍，熟悉的一声喊："嗨！鸿瑞，你到得早啊！"

不用说，方执一驾到！秦鸿瑞无奈地转过身，果然是方执一，一张脸笑得秋阳般灿烂。再看方执一身边，还站有一个敦实健壮的小伙子，胳膊上的肌肉鼓涨涨的，像是个练家子。早就听说方执一家来了一个义弟，名唤郑开先。郑开先是北方人，因父母双亡，被托孤给方执一家，成为方执一的义弟。

"鸿瑞，这是我的义弟郑开先，你可以叫他飞脚，他呀，跑起来像飞一样，鬼都撵不上。而且，还会武功呢！三五个人别想近他的身。这次呢，要和我们一起考邮局。"

"久仰久仰！我是秦鸿瑞。"秦鸿瑞立马伸出手去，招呼得热情诚恳。郑开先却瞥了他一眼，不吭声，也不伸手。秦鸿瑞的手尴尬地停在半空，在空气中晾了半晌，末了，只好自我解嘲地摸摸自己的头。

"嗨，飞脚这个人，不太爱说话。你别见怪啊。"方执一忙不迭打着圆场。

秦鸿瑞笑笑,不再言语,心中暗想:不爱说话?只爱打人是吧?嚩!

听得郑开先也要考邮局,秦鸿瑞的心又往胸膛里放了放。上海人眼里,北方人,那就是乡下人咯。自己再土,总不能比不过一个乡下人吧?

定定神,三人迈着小心翼翼的步伐,走进邮政大厅。这个邮政大厅号称远东第一大厅,地面铺了素雅的米白色地砖,黑色地砖勾边,镶嵌出各种图案,上方悬挂一盏盏水晶吊灯,其开阔奢华让秦鸿瑞感觉像是走进了宫殿。秦鸿瑞心中虽暗自胆怯,所幸的是,他有一张不动声色的脸,不管内心掀起何等的狂澜,他的脸上永远是一团和气。

笔试的考题,果然没跑出方执一准备的范畴,秦鸿瑞答得很顺利,不禁暗自庆幸。方执一这个民信世家的公子哥,果然不是白当的。专业!

那天的面试,秦鸿瑞整个感觉是在做梦。面试在一间小屋子,四五个主考官。形象果然是考试的重点之一,身高、体重、肤色偏黑还是偏白,眼睛是否近视,甚至有考官让他张开嘴,看看牙齿是否齐整……秦鸿瑞一边张大了嘴,一边心里暗自嘀咕:奶奶的,怎么跟乡下选牲口似的,还要检查牙口?这到底是在选邮工,还是给夜总会选小弟?当然,秦鸿瑞那宛如戏袍般阔大的西服,勒在脖子上的同样阔大的条纹领带,显然没有给他加分。再问秦鸿瑞的学历,他虽读了一年半初中,奈何中途辍学,没有拿到毕业证,看得出,大家对他不是很满意,秦鸿瑞暗想这下算是完了,就在这时,坐在正中间的主考官,是一个金发碧眼的外国人,开口了,问:"你对邮务工作有何看法?"他用的是夹生的中文。那一刻,秦鸿瑞福至

心灵,用流利的英文作答道:

"通信与人类活动息息相关,自有人类开始,通信活动就已出现。数千年光阴,中国的邮驿走过了漫长的发展历程,1896年前清邮政官局的开办,在中国邮政史上具有划时代的意义……

"中国自古有'家书抵万金'的说法,为何能抵万金呢?因为那时的人一旦踏出家门,从此富贵贫贱,是死是活,家人再也无从知晓,那么一封书信上承载的就是一个人的命运、一个家庭的依托;再有,军情政令不通,致使多少帝王直到敌人兵临城下还浑然不觉,那么,一封书信上承载的即是一个王朝的兴衰,乃至一个民族的存亡。反观今日,各位绅士自海外来华,相去数千上万公里,更有茫茫大海波涛阻隔,却能月月与家人连通、时时知悉故国之事,不可谓不奇!这一切,都仰赖于现代邮政的先进理念和高效的体系,这正是当今社会所缺、所需。在下何其荣幸,能在此候教,感谢各位!感谢你们给上海邮政带来现代化的机会、感谢你们给我参加这次面试的机会,并且在此,我恐怕还要再斗胆请求各位给我加入这份高尚事业的机会,本人定会兢兢业业、竭尽所能……"

这一篇有准备的即兴演讲,秦鸿瑞滔滔不绝地说了五分钟,直听得主考官们面面相觑,继而喜出望外。事后秦鸿瑞才知,那天的面试,他一口地道的带有伦敦腔的英式英语,以及在演讲中所体现出的格局和胸怀,不但远远超出考官们对一个初中肄业生的期待,甚至也远远超过了高中生乃至大学生的水平,是所有考生里最优秀最出色的!秦鸿瑞虽只读了一年半中学,但一直喜爱英文,业余为生计所累,不断油印英文材料拿到弟弟学校去卖,英文能力逐日提高,加之打工的杂货店老板是英国人,他自然地学会了一口伦敦腔英语。而演讲的内容得益于他一直关心的时事,每次方执一带来报纸,他都会仔仔细细看个周全,两人还常在他那不足九平米的亭子间里展开各种讨论。至于当众说话,秦鸿瑞更是不怵,早在中学时秦鸿瑞就和方执一一起经常带领同学上街演讲,号召商家群众抵制日货……

天可怜见的,对于大多数人而言望而生畏的当众演讲,秦鸿瑞仿佛天生就会。

英文、演讲,秦鸿瑞不知,这已成为他的不二法宝。坐拥这两件法宝,邮局的"银饭碗"已被他牢牢攥在手心。

2. 方家客厅

方念一在镜子前摆弄着一条带蕾丝的连衣裙,纤细的腰身,蓬松的裙摆,浓郁的酒红色,复古的英伦风。她烫着最时髦的大波浪,一个一个精致的卷儿垂下来,荡在耳边,像是一个一个的问号。她的脸上也化着妆,眉毛弯弯细细地挑上去,嘴唇是可爱的粉色。总之,这是一个上海滩最典型的摩登女郎,热衷于像电影明星那样装扮自己,当然,也热衷于一切新鲜时髦的玩意儿,比如说,今晚的舞会,便是方念一大显身手的好时机。虽只是大一新生,方念一的舞步已经相当娴熟,每每成为舞场皇后,在舞场上请她跳舞的各色男人总是要排成长龙。

楼下客厅里传来一阵喧哗,是哥哥回来了,听这热闹劲儿,肯定不止两个人。方念一心念一动,莫非……他也来了?方念一转身便噔噔往下跑,刚拐过楼梯口,便看见三个大男人的身影,说说笑笑地走进来。这下子她反而不急了,停下来,手扶在楼梯把手上,摆了一个优美的造型。她已经试过了,从下往上看,这是最佳角度。

"嗨!大小姐,打扮得这么妖,又要疯到哪里去?外面那么乱,当心被乱党掳跑咯!"首先发现她的是郑开先,可这家伙,开口就没什么好话。

"要你管!北佬!"方念一气恼地嗔怪着,从电影里学来的优雅造型也走了样。

秦鸿瑞的眼睛顺着话音找到了方念一,一身的酒红色裙装,简直晃眼。方念一也算是秦鸿瑞看着长大的,前两年自己忙于养家糊口,来方家少了,偶尔来了,与方念一也很少碰上面。不想时光一晃,方念一还真是长成了一个明丽的少女。

"开先,你不懂,女孩子就是要打扮得漂漂亮亮的,这世界才有色彩嘛!都像我们这种土包子样,多没意思是吧?看我们念一,多美,跟电影明星似的。"秦鸿瑞赞叹道。他就是有这本事,对每一个人都能恰如其分地赞美,又很真诚,不管男女,都忍不住喜欢他。

"还是鸿瑞哥会说话!善解人意。"方念一向来对赞美没有抵抗力,也就美滋滋地照单全收。

"他那张嘴,树上的鸟儿都能哄下树来,你当真能信?"郑开先撇嘴,表示不屑。

"哼!总是比你好!土包子!狗嘴里吐不出象牙来!"方念一一边和郑开先抢白,一边噔噔噔地走下楼来。

方家的气派和体面,就像这栋法租界的大房子一样,基本的架子还是有的。可若细心观察,会发现处处流露出败象。地板许久不曾打蜡,露出皲裂的木纹,龇牙咧嘴的。楼梯也朽了,客人每次上楼,都会遭遇善意的提醒:哎!别靠扶手,当心滚下去!客厅里的水晶吊灯体积虽依然硕大,但灯泡坏了一半,所以整个客厅的光线都是模模糊糊的,像是迷离了一层淡黄色的雾。下人吴妈也还在,吴妈打十五六岁起就跟着方家,方家就是她的家、她的天、她的全世界,除了方家,她无处可去。不过餐桌上的菜肴可是严重缩水,拿手菜酱鸭熏鱼红烧肉腌笃鲜都换成了青菜萝卜。若有肉丝,也细得像牙签,混杂在白菜丝里,想要挑拣出来无异于大海捞针。只有这桃红柳绿的方念一,还维持着世家大小姐的骄纵奢豪,穿的戴的,永远追着上海滩的潮流,甚至是浪尖儿上的弄潮儿。全家用尽了所有力气生生造了一座象牙塔,保护着方念一,希望她永远是不知人间疾苦的小公主。这是方家的两个男人能为这方家唯一的女儿所做的事。也是这乱世里,已然颓败的民信世家——方家——最后的尊严和体面。

"好了好了,别拌嘴了,又不是小孩子了。"方执一好笑地打着圆场,宠溺地拍拍方念一的头,说,"是要去跳舞吗?让吴妈给你叫辆黄包车,穿着高跟鞋不好走路,也不安全。"

方念一眼珠子一转,一瞬间里改了主意:"不,我不出去,我要在家吃饭!"

"在家吃饭?你穿成这样儿!"郑开先怪叫了起来。

"吃你的了?真是!本小姐每天都是花样年华,每天都要闪亮登场。"

"哼!有些人来了,有些人就不走了。"郑开先暗自嘀咕。

"念一不走,太好了!今天有好菜,看看,卤鸡卤猪蹄儿,还有大闸蟹!"秦鸿瑞晃了晃手中的纸包,渗出的油把黄色的纸袋浸得油汪汪的,煞是诱人。另一只袋子里叮叮当当,有白酒,有黄酒,居然还有一瓶红酒。

"哇!太棒了,鸿瑞哥万岁!"方念一高兴得蹦了起来。方家和许多上海人家一样,重面子,常常是瘪着肚子撑着场子,表面上衣着光鲜体面,暗地里餐桌上却常是清汤寡水。而秦鸿瑞每次一来,方家的餐桌便丰盛起来。

"鸿瑞呀,就是我们上海人传说中的'穷大方',兜里要是一个子儿都没有呢,那是没办法。但凡手里有几个钱,就跳啊跳,一定要跳出去,不是请这个,就是请那个,简直像个败家子儿,在我们邮局都出名了。"方执一嗔怪着,小骂大表扬。

"嗨!好东西要好朋友一起分享才叫快乐。一个人独享,那有什么意思?不是等于锦衣夜行吗?"秦鸿瑞是苦孩子出身,对自己的穿和戴都不甚讲究,马马虎虎也就得了,可对别人却极是豪爽大方,不管朋友还是工友,只要有求,必然倾囊相助,也从不提还钱的事。所以秦鸿瑞在邮局里广结人缘,人人都知秦鸿瑞讲义气,为朋友两肋插刀,很是有一帮工友与他贴心,唯他马首是瞻。

吴妈快活地接过酒菜,餐桌上也是好几天没见着荤腥儿了。

"念一,请爷爷去,他两天都没下楼吃饭了。老是不走动,会憋出病来的。"方执一说。方执一的父母在战乱中死于日本人之手,只剩下爷爷与方执一兄妹俩相依为命。

方念一嘟起嘴,说:"不去!爷爷年纪越大,脾气越大!一张脸阴沉沉的,吓人!请不动,搞不好还要被骂一顿!"

"老小孩老小孩,爷爷老了,就是要当小孩一样宠嘛!爷爷最疼爱你了!不会骂你的。乖啊,快去!"方执一又是哄又是劝,方念一却兀自嘟嘟囔囔。

秦鸿瑞主动请缨,说:"我去吧!我最喜欢听爷爷聊天了。"

方念一大乐,说:"好呀好呀,鸿瑞哥嘴巴甜,点子多,比亲孙子还招爷爷喜欢!"

爷爷的门虚掩着,秦鸿瑞轻轻推开门,却见爷爷正坐在窗边的躺椅上,望着窗外的流云发呆。那背影竟是有些萧索和落寞的。

爷爷年纪大了,日子就剩一连串的回忆,兼搭对当下世事的不满。也难怪,当下时局动乱,各种势力入侵,把中国搅成一团乱麻,"墙头变换大王旗",老百姓的日子过得像看魔术,每天睁开眼睛不晓得太阳要变成什么颜色,而时局对方家更是显得格外苛刻。要知英雄才配说末路,美人才配谈迟暮。方家,是什么人家?那是上海滩上,乃至全中国都赫赫有名的民信世家!方家的老字号已经有一百多年了,到了爷爷手里才得以发扬光大。可如今的心一信局,却是苟延残喘,举步维艰……

秦鸿瑞走过去,见爷爷膝上摊开一本集邮册,却也不去看,一双眼迷茫地望着窗外,宛如神游太虚。秦鸿瑞轻声唤道:"爷爷,请您下楼吃饭了。"

爷爷不答,兀自愣怔着,望着窗外发呆。

秦鸿瑞默默在爷爷旁边的凳子上坐下,轻抚爷爷的膝盖,亲昵地唤道:"爷爷,爷爷……"

"嗯?哦!是鸿瑞来了!"爷爷一激灵,转过脸来,眼神聚焦到秦鸿瑞脸上,这才算缓过神来。

"是啊!爷爷,我最喜欢听您聊天了!您又在欣赏邮票呢?这套大龙票,现在很珍贵呢!"

"唉!大龙票大龙票!当年'客邮'入侵中国,对我们民信局也是无可奈何。谁晓得这么一枚小小的纸签儿,就把我们民信局挤对得毫无立足之地!"爷爷一把合上集邮册,很是愤愤然。

秦鸿瑞了然一笑。

"爷爷,天快黑了,吴妈张罗了一大桌好菜,等您下楼吃饭呢!要不,我们下楼边吃边聊?我最喜欢听您说说邮政的历史了。来,我扶您起来。"秦鸿瑞走上前去,扶起爷爷,爷爷也顺从地起身,满足地感叹道:"唉!还是鸿瑞体贴,善解人意。你说执一那孩子,怎么就愣头愣脑的,一根筋呢!"

秦鸿瑞笑道:"我就是个小人物,你家执一才是雄才大略呢!"

一桌好饭,几杯好酒,不单几个年轻人喜气洋洋,连爷爷的脸上都泛出了血色,话也多了起来,当然,话题绕来绕去,永远脱不开邮政的老黄历。

自清道光十四年(1834)英国驻华商务监督律劳卑开始在广州设置邮局,其他列强也都"利益均沾",相继设立自己的邮局。这些外国邮局实行本国的邮政章程,粘贴本国的邮票,盖印中国地名的外文邮戳,软弱无能的清政府对这种严重侵犯中国主权的行为不但不敢干涉,还美其名曰"客邮"。不过,"客邮"入侵中国,对民信局影响却也不是很大。"客邮"的服务对象是商务活动,民间的通信依然要靠了民信局。在爷爷手里,方家心一信局的业务范围走出上海,拓展到江浙,民间寄运信件包裹,运送大宗商品,汇兑钱钞,运送金银……几乎全都依赖于心一信局。尤其是书信,家书抵万金呐!有多少人眼巴巴盼着心一信局的人到来,送上那比金子还要珍贵的书信!不管是经济收益,还是社会信誉,心一信局都是行业中的翘楚,呼风唤雨,走到哪里都是一片仰慕和赞叹。那是方家的黄金时期。

而到了光绪四年(1878),清政府准许海关试办邮政,并且印制发行了一分银、三分银和五分银邮票,三枚邮票的图案均为云龙,这就是爷爷手中的大龙票。其实,所谓的海关邮政对心一信局也并没有构成强大威胁,商民的邮件依然习惯性地交由民信局递送。

心一信局的好日子到光绪二十二年(1896)岁始,开始出现重大拐点。那一年二月初七,总理衙门根据南洋大臣张之洞的奏请,向光绪皇帝上了"兴办邮政"的奏折,光绪皇帝批了"依议"二字。

自此,清政府正式兴办邮政官局。此时呈现出"客邮"、邮政官局、民信局、邮驿共存的局面。心一信局在夹缝中求生存,举步维艰。邮政官局把民信局当作重点竞争对手,采用种种手段打压民信局,民信局开始萎缩,许多实力不够的民信局纷纷倒闭,而心一信局因其强大的实力尚能坚持。

转眼到了1911年,辛亥革命推翻了清王朝,1912年建立了中华民国,大清邮政也更名为中华民国邮政,简称中华邮政。这时候,心一信局的日子才开始真正难过了……

如今,方家的业务已经是严重萎缩,伙计们该清退的清退,已经不剩几个人了。爷爷勉力维持着心一信局的空架子,也知来日无多。孙子方执一已知民信局大势已去,绝不肯再在所谓的祖业上浪费才华和光阴,一转头考上了方家的"死对头"——上海邮局,这像是一种背叛,但似乎又是以另一种方式继承祖业,爷爷不知是该忧还是该喜,而除了追忆,还能说些什么……

"唉!爷爷,你不要老是说当年当年了,烦不烦?现在是新时代了,一顿好饭,又要被你搅了!"方念一用筷子敲着酒杯,那股子任性劲儿,尽显无遗。

"念一,听爷爷说。我喜欢听听邮政的历史。"秦鸿瑞轻声劝阻着方念一。

"算了,不说了,我老了,说不动了。我先去休息了,你们年轻人自己慢慢聊。"爷爷意兴阑珊地站起身来,转身欲走,又回过头来,轻声叮嘱,"世界,是你们的;时代,是你们的!"

时代是你们的。每一代老人都这样对孩子说。每一代年轻人也都这么想。时代仿佛是清晨拂过的一缕清风,伸手就可以触碰到,感受到。可是,谁抓得住风呢?除非那风在特定的气候里凝结成固体,又恰巧飘在了幸运儿面前。眼前,似乎就坐了这么三个幸运儿。

秦鸿瑞、方执一和郑开先一同考上了上海滩的"银饭碗",简直是个奇迹。方执一当然没话说,大学毕业,世家子弟,人又长得清俊文秀,正是邮政梦寐以求的一等人才。秦鸿瑞靠了他的英文及演讲才能。而郑开先,居然是凭了他的一双好脚和一身的拳脚功夫。邮差嘛,拥有一双飞脚当然是得天独厚,高效率,时局如此动乱,流氓地痞横行,一身好功夫当可保得邮件安全。邮局的要求虽高,却并不拘泥于统一标准,正应了龚自珍那句诗:"不拘一格降人才。"当然,进是进了,等级和待遇还是有差别的。方执一和秦鸿瑞都被录为邮务生,月薪二十八元,算是中级职员,而郑开先则被录为信差,负责送信,月薪只有十四元五角。

邮局这个地方,貌似高端大气,大家上班都穿得衣冠楚楚,说话彬彬有礼,邮局高级管理层内部交流盛行用英文。秦鸿瑞以为自己摆脱了码头,摆脱了杂货店,摆脱了所有的压迫和伤害,终于到了一个阳光明媚的所在,谁知道,邮局这个地方依然处处隐藏着不公平,剥削者依然张牙舞爪,工人们依然受尽凌辱。

自从方执一三人进入邮局后,情况开始有了很大改观。外貌上,方执一肤色白净,俊雅斯文,是个翩翩书生;秦鸿瑞肤色微黑,浓眉大眼,像个敦实的码头工人;郑开先五大三粗,衣着土气,还像是个地里的农夫。一白二黑,这样的三个人凑在一起,实在是相映成趣。个性上,一个"方",一个"圆",一个"直",方执一就是传说中的"方脑壳",行为处事都是按照书本里教导的来,一丝不苟遵照执行,一根筋,认死理儿,九头牛都拉不回。而秦鸿瑞,则是圆的,当然这圆,并不是圆滑,而是圆润通达,懂得变通,鬼点子层出不穷,什么问题也难不倒他,总是能想出各种招数来应对。郑开先不善言辞,总是用拳头说话,路见不平必然拔刀相助,绝不会弯来绕去。

这三人同进同出，形影不离，成为"铁三角"。这三人凑在一起，无论从外貌上还是行为处事上，都相去甚远，相映成趣，却又优势互补。这三人联手与以小组长松井为代表的强权势力做斗争，斗智斗勇，当真是所向披靡，松井等人再也不敢肆无忌惮地欺负中国人，渐渐地，"铁三角"便成为青年邮工中的灵魂和中心。

方念一偷眼瞟着秦鸿瑞，进入邮局短短数月，秦鸿瑞似乎已然脱胎换骨。二十八元的月薪换来餐桌上充足的油水，浇平了他肋骨里的坑坑洼洼，连个头儿都蹿了一大截，整个人壮实魁梧了起来。当然，秦鸿瑞不属于风流倜傥那一类，也不喜考究衣着，短褂布裤，怎么舒服怎么来。不像方执一，永远的衣冠楚楚，一身定制的西服像是长在了他身上，那般的合体熨帖，衬衫的衣领雪白，皮鞋油光锃亮。就算在家里，也是一袭考究的长衫，恂恂儒雅。也怪，方念一虽是走在时髦尖端的弄潮儿，却偏生不喜空自拥有一副好皮囊的公子哥儿，一个男人成天沉迷于穿着打扮，风花雪月，让她厌烦。所谓上海小男人的境界和格局，螺蛳壳里做道场，为方念一所不屑。而秦鸿瑞的粗豪朴实，大大咧咧，让他脱离了上海男人的奶油味儿、娘娘腔，反而自在洒脱，别具魅力。方念一着迷于秦鸿瑞说话时的语气、神态、手势，以及话里那些她似懂非懂的大道理。当他说话时，他分明在这里，似乎又不在这里，他的思想和灵魂似乎已超越眼前柴米油盐婆婆妈妈的苟且，去到了一个高远的神圣的地方，一个方念一没有见过，却十分向往的地方。

两杯酒下肚，秦鸿瑞开始发表起高见："我总是想，这世界为什么这样不公平呢？就说邮局，我们考上邮局，外人看来，似乎是鲤鱼跳龙门了。是，我们的工作环境好，待遇和那些码头工人什么的比起来也算好多了。可是，就我们邮局内部而言，是不是极不公平？上海邮局，是我们中国人的邮局，但是，所有的高级职员却都是外国人！我们中方员工进邮局，要跨越重重关卡，笔试面试，过五关斩六将。外籍员工进邮局却不需要考试，谁也不知他们是怎么进来的。而且，这些洋人，哪怕是东洋人的待遇也比我们华人高出许多。看看我们的邮务长希乐思，一个月竟拿到两千多元！而且他的汽车洋房和所有司机杂役的开支全都是由邮局支付，算下来，他的收入比我们华人高了几十上百倍，简直是天壤之别！就连和我们一同进来的洋同事，同样是初级邮务生，活儿干得还不如我们呢，起薪居然就有七百多，比我们高了二十多倍！凭什么？就凭他们是洋人？"

秦鸿瑞"演讲"时方念一的花痴样郑开先都尽收眼底，心里蛮不是滋味。自从到了方家，他就被方念一所惊艳，她的柔美、娇嗲、活色生香，以及上海小女儿的小情小调，都让他感到惊魂摄魄，那是他在北方的女孩子里从未见过的韵致。看起来五大三粗的郑开先一下子就被这柔软折服。可惜方念一从未正眼瞥过他，当然，要怪自己长得傻大黑粗，入不了她的眼，也不会说话，一开口就让她生气。但这不能阻挡郑开先对方念一的单恋与幻想，直到秦鸿瑞出现。每每看到方念一对秦鸿瑞那迷恋劲儿，郑开先心里就憋着一股子火。

"行了行了，你别得了便宜还卖乖！我每天驮着大邮包风里来雨里去，累得像灰孙子，待遇还只有你们的一半儿多。我还没叫冤呢，你喊个什么劲儿！"郑开先开口就没好气。

"不，开先，鸿瑞说得对，这不是我们几个人的问题。是我们整个邮局的问题，甚至说，是我们全上海、全中国的问题。这无关乎个人荣辱，鸿瑞想问的是，我们中国人在自己的国土上，为何要去受外国人的压榨欺凌？"方执一说话沉稳有力，面色肃穆端严，方念一觉得她这哥哥就像是杜甫,总透着那么一股子忧国忧民的意味。

"对,还不仅是待遇,你看看我们那个小组长松井,对洋人点头哈腰,恭敬无比,对我们华人呢,却趾高气扬,我们华工做错了一丁点事,他动不动就扇耳光。谁不要面子?他一个日本人,就这样公然打我们华人的脸!当然了,更可恨的是钱啸邨,那就是松井身边的一条狗!帮着洋人欺负中国人,汉奸!可耻!"秦鸿瑞愤愤然。

几个年轻人,在这润湿的冬夜,围炉夜话。青春的激情氤氲在周遭里,原本清冷死寂的空气被搅弄得动荡不宁。虽然激情的所指各有不同,然而,这青春蓬勃的激情就是一支支利剑,刺破空气,刺破屋顶,刺破天际……势不可挡。

时代,对于绝大多数人而言,是一只滚滚向前的车轮,个体只是一只被车轮碾压的蚂蚁,可是,在1924年的这个冬夜,对于这一群年轻人而言,时代却是一地散碎的儿童积木,等待着他们去拼凑,去架构,重新创建出一个美好公平的世界。就如秦鸿瑞所说:"我们应该做点什么,我们一定要做点什么!"

山雨欲来。

3. 惨案

1925年5月15日,是个寻常的风和日丽的日子。正是一年中最好的时节,春的清寒已然消退,夏的酷热还未到来,阳光照在身上,情人抚摸般轻柔,风儿甚至有些媚,缠缠绵绵地往脸上扑,连最不文艺的人也能感受到诗意。

秦鸿瑞走在上班的路上,感受到快乐。是的。看这满目的姹紫嫣红,尤其是时髦的姑娘们,已经急不可耐地脱掉外套,露出艳丽的旗袍,蓬蓬纱的洋装,赤裸的小腿仅仅套一双水晶丝袜,踩在纤巧的高跟鞋里,美好的身段尽显无遗。每个年代的这个时节,总有这些年轻的姑娘们勇敢地贡献着青春,贡献着美。秦鸿瑞忍不住吹了一声口哨。快乐。是的,这快乐是属于男人的,属于青春的男人的,属于刚刚参加工作的春风得意的男人的。

秦鸿瑞简直迷恋上了自己的工作。每天清晨,远远地,刚看见上海邮局的楼尖,秦鸿瑞就心跳加速,呼吸急促,眼睛闪亮,仿佛浑身的血液被一瞬间点燃。邮局大门口傲然矗立着一尊绿色大邮筒,每次秦鸿瑞路过时都忍不住要摸一把。坚硬而冰冷的邮筒,微微凸起的油漆颗粒,通过指尖传递到全身,引起一阵轻微的颤栗。秦鸿瑞真心觉得,世上最好看的颜色就是绿色。绿,就像春天枝头的第一抹春色,绽放在阳光里,是那样苍翠、娇嫩,生机勃勃,充满希望。邮差的服装,也是绿色。邮差每天肩挑背驮,走街串巷,把一封封家书送抵每一户家庭、每一个人手中,老百姓把邮差亲切地称之为"绿衣使者"。

大半年的时间,秦鸿瑞、方执一这批新邮工前后到各个部门实习:卖邮票、分拣信件、收包裹、开汇票……每次见到排成长龙的队伍,秦鸿瑞都有一种莫名的兴奋,就像酒鬼见到了佳酿,心痒难搔。在挂号台,看着用户把信口封好,贴足邮票,交到柜台上,自己接在手中,验过封面贴的邮票和上下角,无误后,贴上挂号条,登在专用登记簿上,再端端正正地盖上邮戳,把挂号收据交给用户,把信放入专设的箩筐。"好!下一位!"这一套动作行云流水,干净利落,绝无半分滞碍。秦鸿瑞最喜欢邮戳盖上信封时,那轻轻的一声"咔",就像世间最美妙的音乐,那般清脆悦耳,令人心醉神驰。邮戳印上信封,圆圆的一个圈,坐标"上海",然后,就像被插上翅膀,即将飞往世界各地、四面八方……这一套动作，秦鸿瑞反复练习了千百遍，比别人能节省数秒。这数秒的优势，让他在邮局举办的技能大赛上拔得头筹。且别小看这数秒钟，一个小时下来，就能让他多接待数位顾客。看看队伍中，那一张张焦急和渴盼的脸，都希望行进的队伍能快点儿，再快点儿！秦鸿瑞十分体谅这种急迫的心情。一般说来，工作一两个小时，就会有便意，这时可以在窗口摆上一张"暂停营业"的牌子，冲进洗手间解决内急。有的人还会借机去喝点水，抽根烟，舒展舒展筋骨，把自己弄舒服了，再回来继续干活儿。但是，秦鸿瑞万不愿如此浪费时间，耽误工作进度。他想出了一个妙招儿——工作之前和工作之间尽量不喝水，这样，他可以憋整整一个上午，一直面带微笑，直到接待完最后一位顾客，才会冲进洗手间畅快一番。

中午时分，很多青年邮工都不愿回家，秦鸿瑞也是。邮局就像一块磁力极强的吸铁石，把大家牢牢吸附在周遭，不舍离开。一群年轻人聚在一起，打扑克、下象棋，打打闹闹，不亦乐乎。但是，秦鸿瑞很少参与到娱乐的队伍中来。打牌下棋，他总觉得有些浪费时光，宁可抱一本书，悄悄躲在一边。但是，若邮局临时有了什么工作任务，他会立即把书抛开，冲上前去解决问题。哪个工友家里有事或是工作上有什么困难，他也会适时出现，能帮则帮，能顶班就顶班……久而久之，秦鸿瑞成了"万事通"，邮局里有了什么难事，大家第一反应就是——"找找秦鸿瑞呀！"只要找到秦鸿瑞，立马万事大吉。

秦鸿瑞五岁开始用父亲的字当字帖练字，一笔字写得有板有眼，可圈可点，连方执一都望尘莫及。邮局一直有代写书信的老先生坐镇，在营业厅内摆一张小桌，一只小凳，为不通笔墨的老百姓代笔，属有偿服务。有时也兼顾相相面、算算八字，也算是一份营生。有一次,代笔先生家中有事,一缺数日,可急坏了前来求助的老百姓。秦鸿瑞见状自告奋勇,利用工余时间代为书写,不但字迹工整,笔墨顺通,还不收取任何费用。几天下来,秦鸿瑞为老百姓代写了不下十数封信件,直至代笔先生回归岗位。邮局内部的各种活动,秦鸿瑞亦包揽了大幅标语,而过年过节时,工友们家中都要换新对联,往年都是在外面花钱请人写,自从秦鸿瑞来了邮局后,一股脑儿都推给了他。一旦春节临近,秦鸿瑞往往要写上几十上百副对联,直疼得胳膊都抬不起来……

所以,秦鸿瑞忙,是真忙。为邮局忙,为工友忙,为顾客忙……当真是忙得脚不沾地,忙得要飞起来。可是,他喜欢!他喜欢像陀螺般不停地连轴转,喜欢这种被需要的感觉,喜欢看到因为他的努力带给顾客和工友们的便捷与快乐,喜欢把每一件事尽自己最大努力做到最好。他爱邮局,爱这份工作,爱到心尖尖发颤。这种热爱,就像圣徒爱着他的神祇。不管多忙多累,都享受其中,甘之若饴。

最近,秦鸿瑞被轮换到栈房间做工。这是一个不错的岗位,轻巧且重要。每天的任务就是把收发的邮袋逐一登记,按地区将邮袋分别堆放,按规定的钟点分别交给转运趟班发出。这工作是三班倒,值夜班时需要从晚上十点上到凌晨六点。旁人看来这是一个缺点,可对于秦鸿瑞倒成了一个优点。早睡早起,作息规律,那是老年人关心的事。规则、规律,对于年轻人来说,正是用来挑战和打破的。夜班怕什么?正好名正言顺地熬夜!然后,他就为白天赢得了难得的闲暇时光。

"男怕入错行,女怕嫁错郎",显然的,秦鸿瑞是入对了行。虽说邮局内依然存在着森严的等级,以及洋人与华工间收入地位的严重不平等,秦鸿瑞依然时常愤愤不平,时常与松井、钱啸邨等人各种斗法；但是，一个年轻小伙子，每月二十八元，和以前食不果腹的日子相比，和周遭那些累死累活一个月挣不了几块铜板的苦工相比，已经相当不错了。体面的行头置办了几套，餐桌上时不常地能见荤腥，用上海话来说，也是"上海滩吃油着绸一少年"。

方念一对他的倾慕，秦鸿瑞也是心知肚明。虽然他不喜欢方念一这种娇生惯养，只知吃喝玩乐的大小姐，他这种人家可伺候不起，只是把她当妹妹；但是，有这么一个美貌骄傲的姑娘喜欢自己，无论如何也不能算是坏事。况且松井等人已经怕了他，万不敢欺负到他秦鸿瑞的头上。所以，秦鸿瑞心情极好——有什么理由不好呢？秦鸿瑞麻利地登记着邮袋，嘴里还哼唱着小调。

"那帮东洋赤佬，简直不是人！"只听得一声暴喝，方执一怒气冲天地走进栈房间，一边走一边破口大骂。秦鸿瑞抬起头来，目瞪口呆地望着方执一。方执一是典型的中国书生，谦谦君子，对待任何人都是温文尔雅，轻言细语，从未见过他如此失态。到底发生了什么事？

"工友们！工友们！我要告诉你们一个沉痛的消息。"方执一神情凝重，声音低沉，悲愤之情溢于言表。栈房间的所有工友包括秦鸿瑞都放下了手中的活计，聚集到方执一身边，怔怔地望着他。方执一脸色青冷，咬牙切齿地说："今天下午，日本纱厂发生罢工事件，工人们只为了争取自己的正当权益，劳资双方发生争斗，结果，万恶的日本人竟然用枪向手无寸铁的工人们开火！结果，当场打伤工友八九人，现在医院，生死未卜，工人领袖顾正红……中枪身亡……"方执一越说越哽咽，说到最后，泣不成声。

"啊？什么？！小日本开枪打死了人？……"所有工友均失声惊呼，秦鸿瑞的好心情瞬间从浪尖降到了谷底，莫名的悲愤升腾起来，撞击着他的心扉。秦鸿瑞一拳打在邮袋上，恨恨地说："他妈的！小日本闯了这穷祸,我们绝不能善罢甘休!"

是的是的！绝不能饶了狗日的小日本！工友们纷纷响应。5月15日的这个夜晚,邮局的栈房间里涌动着一股子悲愤浩然之气。这个令人震惊的坏消息犹如一把利剑,无情地刺破了春夜那温情脉脉的伪善的面纱,把秦鸿瑞等人从自我催眠的迷梦中惊醒——夜,并不宁静!

一连数日,报纸上却静悄悄,未有任何关于惨案的消息报道,社会上也静悄悄,大家依然过着太平日子,关心着每天的生计、柴米油盐,浑不知自己眼皮子底下竟有日本人公然行凶。原来是东洋人闯了这穷祸之后,自知理亏,采取了高压手段,威胁报界不得刊登新闻,压迫政府取缔工人行动,更向公共租界工部局请调大队巡捕,四出弹压。一出血案似乎就这么被强压下去了,世界依然是那繁花似锦、花好月圆的景象。

但是,邮局就犹如这城市的血脉,遍布这城市的每一个角落,交付信息,本就是邮局的天职。上海的每一个胡同,每一寸土地都有邮差的足迹,每一天,都有关于惨案的消息,在邮局的各色人等中传递,引起巨大的回响。消息确认,顾正红确已中枪身亡。自外国工厂入驻上海,劳资纠纷不断,可日本帝国主义竟敢公然在中国人的土地上枪杀工人,实在匪夷所思。这些消息在邮局内部发酵升腾,却又找不到出口,邮局并没有成立工会组织。秦鸿瑞等人天天在栈房间商讨,却又没个头绪,真是憋屈得慌。听郑开先传来消息,说,24日将在潭子湾举行公祭顾正红大会,秦鸿瑞、方执一及几位工友立即响应,去!

潭子湾是沪西的一片大荒地,一座座荒冢掩埋着多少冤魂。公祭大会的台子就搭在一座坟堆上,会场四周挂满了挽联、挽幛、各工会的纪念匾额。中间白色帷幕前挂着顾正红烈士遗像。望着遗像上那张青春甚至略显稚气的脸，秦鸿瑞心里一阵痛惜。是的，二十岁，顾正红才刚刚二十岁，和自己同龄。二十岁，才刚刚从孩童长大成人，还没来得及对这世界好好打量，更没来得及体验和享受，便永远地含冤长眠。顾正红也是穷苦人家的孩子，当年从江苏乡下逃荒到了上海，好不容易在日本纱厂找到一份工，靠流汗流血挣口苦饭吃，不想却受尽日本领班的盘剥。顾正红带领工友们成立工会，向日本资本家讨回公道，逐步成为工人领袖。这次日本资本家不履行复工协议，无理开除工人，顾正红带领七八个工友去和日本资本家说理，不想竟中弹身亡！是的，顾正红是为了争取工友们的共同利益牺牲的！隐隐约约，秦鸿瑞听到说顾正红是共产党员。对于什么是共产党，什么是国民党，秦鸿瑞没有概念。但是他知道，顾正红是个了不起的英雄。

望着这个与自己同龄的年轻烈士的遗像，听到他的种种事迹，秦鸿瑞心里又是敬佩又是羞惭。敬佩他年纪轻轻便如此高尚，舍身成仁；羞惭的是，作为同龄人的自己，想的竟只是自己那点蝇营狗苟，哪怕是和松井等人斗争，也都只是为了一小撮人的利益。仿佛松井等人不找自己的麻烦，便天下太平。在这位同龄的英雄面前，秦鸿瑞感受到自己的卑俗和渺小。同时，也有一股豪气在胸腔里升腾，那就是：在这样的时局下，我该做些什么？！我能做些什么？！

秦鸿瑞、方执一等人回到邮局后，将顾正红的事迹广为传播，真个是群情涌动。每天大家都在栈房间里商量如何支援纱厂工人的斗争。"飞脚"郑开先从消息前沿带回讯息，5月30日，在各界人士的发动下，将在九亩地举行民众大会，向日本人公开提出抗议。栈房间的青年邮工们高举胳膊，誓死参加！

午后,秦鸿瑞、方执一、郑开先及邮局的一帮工友们浩浩荡荡,来到南京路。这是上海最热闹的地段,密集着大商店、大百货公司,顾客、行人摩肩接踵,万头攒动。四处有人演讲、发传单,四处有人聚集,四处有巡捕拿着枪驱散群众,却是赶不胜赶。秦鸿瑞一行本欲与另一拨工友会合,谁知来来往往的行人车辆,像潮水似的涌来涌去,根本无法把人群聚拢,一群人你喊我我喊你,一会儿工夫,原本的小团体竟已被人群冲散,秦鸿瑞定神一看,一同来的工友被冲得七零八落,自己已然成了个光杆司令。人群汹涌着,波浪般袭来,连站立都困难,秦鸿瑞转头一看,发现墙角边有一只邮筒,灵机一动,奋力拨开人群挤过去,手脚并用爬上邮筒,高高地站在邮筒上,这一下子,他成了大海中的一座灯塔。秦鸿瑞面对湍急的人流,憋足吃奶的劲,发出了有生以来最大的一声吼:"上海的各界工友们!大家听我说!"

这一声吼好似赤子的啼哭,撕破了人群的嘈杂,秦鸿瑞第一次感到那么多双眼睛看向了自己,大都是期许,夹杂一些疑虑,暗中还有几双充满敌意。

秦鸿瑞开始了他成年之后的第一次正式演讲:"上海是中国人的上海!然而自从洋人强迫开埠以来,偌大个上海租界,今日竟容不下中国人的一条活路!他们来我中华大地上占地称王,我们忍了让了;他们侵吞劫掠我们家业财产,我们也忍了让了;他们把中国人当作奴隶、当作牲口使唤,我们还忍了让了;今天,他们已经掏出了屠刀在中国的土地上残杀中国人,我们还要忍他、让他到何时?!"

秦鸿瑞声如洪钟,气势逼人,原本散乱无序的人群被这富有魔力的声音吸引,渐渐围拢过来,以秦鸿瑞为圆心,形成了一个大圆。"各位同胞们,我是邮局职工秦鸿瑞,在各位看来,是端着所谓银饭碗吃饭的。可是为什么邮政工人今天和大家一样,也都走上了街头呢?因为在今天的大上海,不管我们捧的是金饭碗、银饭碗还是泥饭碗,我们都只是自己故土家园里一个要饭的!我们吃不吃得饱饭,下一顿吃不吃得上饭,从来不是由我们决定的!"

"中国人是世界上最勤劳的民族,我相信,各位大多数也都是如此,但我们已如此任劳任怨地劳作,乃至付出了满腔热情去奉献给我们的工作,却还永远达不到资本家的要求,因为他们的贪婪,是永远填不平的深渊!

"他们没日没夜地延长工作时间,却从未多付过我们一分工钱,直到你因劳累而倒下,失去了利用的价值,他们就像扔掉一台废旧的机器一样把你扔出去!我的父亲,就这样被扔掉了……中华民国的多少个父亲、多少个丈夫,就这样被他们扔掉了!

"而今天,有人站出来了,要向资本家们讨个说法,要替千千万万被压迫的工人讨个公道,但迎接他的只有罪恶的枪口!我们工人沉默得太久了!顾正红替我们喊出了第一声雷震,资本家却要用枪声把我们堵回去,我们能答应吗?!"

"不答应!"人群瞬间被点燃了,纷纷响应起来。秦鸿瑞一股热血往上涌,振臂高呼:援助内外棉纱厂工人!为顾正红烈士报仇!打倒帝国主义……几千人的合声把秦鸿瑞的呼喊变成了一场爆破,震天动地,直逼天际……突然,一个外国巡捕扑了过来,饿狼般举起枪托子,冲着秦鸿瑞的太阳穴上就是重重一敲,这一敲把秦鸿瑞敲得头晕目眩,一下子从邮筒上摔了下来。外国巡捕先是枪托和腿脚齐下,冰雹般砸在秦鸿瑞头上身上,继而狠狠掐住秦鸿瑞的脖子,秦鸿瑞渐渐感到窒息……

"你他妈的狗巡捕!"只听得熟悉的一声暴喝,秦鸿瑞感到掐在自己脖子上的手松开了,终于可以大口喘气了。扭头一看,原来是郑开先和方执一及时赶到。郑开先果然是身手了得,对胖巡捕一顿拳脚交加,打得胖巡捕鼻青脸肿,周围群众齐声叫好。胖巡捕见势不妙,连滚带爬地跑了。

首战告捷!几人相视而笑,正在小小得意,突然,胖巡捕带着七八个外国巡捕冲过来,举着枪,对三人形成一个包围圈。在枪的威逼之下,郑开先的拳脚功夫也无法施展,三下五除二,三人就被戴上手铐,押往巡捕房。走在去往老闸巡捕房的路上,三人一路喊着口号,南京路两旁的群众热烈应和着,有的挥着拳头,有的挥着手帕,有的挥着帽子,不断有人喊道:"小伙子,好样的!不要怕,我们会来救你们……"秦鸿瑞点头冲大家微笑,不但不觉得害怕,心中反而生起一股子豪情,觉得自己是在为工友们做一件实实在在的事,仿佛自己与英雄顾正红更靠近了一些。再看方执一和郑开先,皆是昂首挺胸,面带微笑,想必心情与自己差不多。

"哥哥、鸿瑞、飞脚!"人群中发出一声清脆激昂的喊声,循声望去,原来是方念一!这个只知吃喝玩乐、不知人间疾苦的大小姐居然也走上了街头!却见方念一兀自穿得花枝招展的,宛如即将去参加舞会。秦鸿瑞暗自摇头好笑。

"念一,你怎么来了?穿成这个样子,你以为是参加舞会呢?"郑开先猛见方念一,又惊又喜。但开口仍不像是一句好话。

"念一,你来干吗?这可不是好玩儿的地方,赶快回去!爷爷一个人在家呢!"方执一见妹妹现身,急了,厉声喝道。

方念一不以为意,小脸因激动而涨得红扑扑的,挥舞着手帕高喊:"你们是英雄!英雄!大家会去救你们的!放心……"

这小囡,还当是在演戏呢!秦鸿瑞暗自苦笑。

到了巡捕房,早已乌乌泱泱挤满了被捕的工友、学生、群众,大家高喊着:"放我们出去!还我们自由!"有人拍桌椅,有人撞墙壁,有人敲打门窗、栅栏……

到了下午三点多钟,巡捕房门外开始不断聚集前来营救的群众,挤得水泄不通,后来秦鸿瑞才知,被捕的人有三百多,而前来营救的群众竟多达一万多人。英国捕头见势不妙,召集了全班巡捕,排列在老闸巡捕房门口,距离群众不过三米远。前来营救的群众毫无惧色,依然高喊着口号,要求巡捕房放人。"不好!念一怎么又来了!"方执一突然紧张地念叨。秦鸿瑞伸长脖子一看,果然,方念一夹在人群中,竟然还挤在最前面,也混在人群中高喊着口号,站在她旁边的是邮局同事张良生。"念一,你快回家!回家!"方执一急得声音都变了,但声音完全淹没在巨大的声潮里,方念一兀自挥舞着手帕,高喊口号,脸色不知是因为激动还是兴奋,涨得通红……

"准备,瞄准!"突然,英国巡捕一声厉喝,巡捕们齐刷刷把枪抬起来,枪口齐刷刷对着群众,人群一窒。

"糟了!难道这帮外国赤佬真要开枪?!念一怎么办?"方执一急得脸色煞白。

"不会!念一不会有事。"秦鸿瑞一边安慰,一边也暗自惴惴。

"开枪?这帮狗日的敢!姥姥!这是中国人的土地!除非这帮狗日的疯了……"郑开先话音未了,只听得英国巡捕高喝一声:"开枪!"砰砰砰砰,枪声一阵乱响,就像过年时节放鞭炮,那般清脆热烈……

三人面面相觑,一时竟没反应过来发生了什么,没人敢相信究竟发生了什么。少顷,郑开先颤声道:"这帮狗日的真疯了,真开枪……"

"不准开枪!不准开枪!念一念一……"方执一拼命撞击着栅栏,手打出了血,绝望地呼喊着,他们的喊声被淹没在枪声、人群中枪的呼痛声里……

这一事件,在历史书里被称为"五卅惨案"。

4．王云三

站在上海总工会的门口,秦鸿瑞住了脚,深呼吸以平静自己。一路走得急,兼之心情悲愤激动,此时竟似要喘不上气来。摸摸口袋,硬邦邦的一个大信封还在,心稍安稳。这可是全邮局职工的捐款,是邮政职工的一颗颗滚烫的爱国之心。

万幸,五卅惨案里,方念一没有受伤,千钧一发之际,是方执一的邮局同事张良生迅速把她扑倒,并用身体掩护了她,但他自己却献出了年轻的宝贵的生命……罹难的一共有十三名爱国群众,重伤几十人,南京路上,巡捕房前,真正是血流成河,若不是中国巡捕枪口朝天,还不知要死伤多少中国人!五卅惨案过后,上海结成了以工人阶级为主,联合各阶级、阶层的反帝统一战线,实行罢工、罢课、罢市。

为了支持罢工工人,保障他们的基本生活,在秦鸿瑞、方执一等人的召集下,邮局职工纷纷捐款用以支持罢工工人,筹得一笔不菲的款项。在推选代表上,邮工们却有了不同意见。按理说,方执一学识渊博,有礼有节,是整个邮局中的灵魂人物,应该让他代表邮工去送捐款。然而,正因为方执一太鹤立鸡群了,总显得有些清高、孤傲,高高在上,不接地气,和广大的普通邮工有着难以靠近的距离。而秦鸿瑞呢,学历一般,形象一般,却是豪爽大方、足智多谋,不但是业务尖子,还热心助人,工友们有点什么困难,他总是出钱出力,倾力相助,因而极有人缘儿。很多邮工觉得,秦鸿瑞更能代表邮工。两方意见相持不下,最后提议投票决定,最终结果,秦鸿瑞以一票之多险胜方执一。所以，便公推秦鸿瑞作为代表将捐款送到上海总工会。

领受了这一神圣而庄严的任务，秦鸿瑞敲开了上海总工会的大门。见到接待的工作人员，秦鸿瑞说明来意，并将捐款郑重取出，双手奉上。工作人员却说，等等，我们的工会委员长王云三要亲自接待你。

秦鸿瑞一惊！王云三？那可是上海大名鼎鼎的工人领袖啊！邮局的这帮工友都是把他当作神一般看待。他这样的大人物居然会接见自己这么一个无名小卒？秦鸿瑞一时间有些诚惶诚恐，感觉大脑一片空白，好像一句话也想不起来了。

门开了，一个衣着朴素的中年人走了过来，亲切地说："你就是邮局的职工代表？你叫什么名字？"这就是传说中的工人领袖王云三了！秦鸿瑞见他中等身量，敦厚结实，五官谈不上俊也说不上丑，反正就像是身边触目所及的最普通的一个工友，甚至还不如邮局的高级职员穿着考究体面。一点也没有秦鸿瑞想象中类似邮务长希乐思那种趾高气扬、不可一世的气势。

秦鸿瑞惊惧之心渐去，朗声答道："是的，我叫秦鸿瑞。秦时明月汉时关的秦，鸿雁传书的鸿，瑞雪兆丰年的瑞。"

"不错，小伙子蛮有学问，名字也取得好，鸿雁传书。你们邮政工作，就像那一只只大雁，把信息、情感传递到世界的每一个角落，所以，你们的工作对于人民群众，非常重要啊！家书抵万金嘛。"王云三微笑着说。

"是的，长官！"

"不，不要叫我长官，我们共产党人不叫长官。"王云三轻轻摆摆手。

共产党人？这是秦鸿瑞第二次听到这个名称，联想到共产党员顾正红,心中对这个称谓产生了一丝亲近感。当然,这丝没有缘由的亲近感宛如流星,在心中轻轻划过,转瞬即逝,了无痕迹。

王云三询问上海邮局的职工动态,秦鸿瑞说:"现在邮局职工群情涌动,义愤填膺,可苦于没有统一的组织,大家是一盘散沙,有劲无处使,干着急……"王云三建议在邮局成立工会,在上海总工会的统一领导下,有计划有步骤地和帝国主义抗争。

"小伙子,秦鸿瑞,工人阶级是城市的新生力量,也是最重要的力量。而邮局的职工又是工人中至为关键的一环。你们有文化,有知识,你们的网络遍布这城市的每一个角落,是这个城市的千里眼、顺风耳,所以,"王云三拍拍秦鸿瑞的肩,语气低沉而坚定,说,"你们邮政职工是上海工人的中坚力量,你回去之后,一定要团结好邮政里的进步职工,和我们上海的八十万工人一起,和帝国主义做坚定不懈的斗争!我代表上海总工会,将给予你们邮政职工最大的帮助和支持!"

"明白!"秦鸿瑞挺身直立。王云三的手掌虽然移开了,可他掌心里传递出的那份温暖和信任犹在,这份信任犹如千钧重担,沉甸甸地压在秦鸿瑞肩上,让他感到莫名的压力。懵懵懂懂之中,胸腔里却有一股子勇气和豪情陡生。秦鸿瑞对着王云三,郑重地点了点头。

秦鸿瑞正转身要走,王云三突然开口:"小伙子,我想问你一个问题。"

秦鸿瑞转回身来,两人四目相对,王云三才继续问道:"你在反抗什么?我们工人阶级是在为什么斗争?为什么而奉献牺牲?"

"为了让洋人不敢欺负咱中国人,为了……为了给工人争取更好的待遇。"

"然后呢？赶走了外国人，换中国人来剥削中国人？让资本家们给工人多发些工资和福利？这就是我们最终的目标吗？"

秦鸿瑞愣了神，向来以为自己是多思多虑的人，但这么重大的问题，自己还真从未考虑过。

"秦鸿瑞，我相信你终会成长为一个顶天立地的工人领袖，你具备这个潜能，但这场斗争中我们会有许多的牺牲和磨难，既然那么多人在追随你的号召，你就必须为他们引领方向，不能让大家的汗白洒、血白流！"

是啊，顾正红、张良生，还有其他那么多叫不出名字的工友倒在枪口之下，五卅惨案中，秦鸿瑞已见识了自己的号召力，那他更要为这些信任自己的人负责，清醒地看到前进的目标和方向。想到这里，肩头那股莫名的压力变得愈加清晰起来，让他感到恐惧，害怕自己担负不了如此重任。

"我们该怎么做？方向在哪里？还请先生指点，愿闻其详！"秦鸿瑞说话间便要行拜师礼，却被王云三一把拦住。"我不是教书先生，你拜我可没有用，我也教不了你。思考和学习是你自己的事，我可代替不了你。"王云三思忖一会，忽然若有所思地笑了，"这样吧，我给你推荐几位老师。"

厚厚几册书，沉甸甸地放在秦鸿瑞手里。封皮上的书名：《资本论》，作者：[德]卡尔·马克思。

5．少年

十六铺、新开河、外滩、外白渡桥……沿着黄浦江边这一条长长的道路，是秦鸿瑞每天上下学的必经之道。少年的秦鸿瑞每天往返奔波在这条道路上，所见景象像刀刻一样，深深地烙进他的血肉、他的记忆、他的魂灵。

外滩矗立着各式外国洋行的高楼广厦，服饰华贵、神色骄矜的各色洋人器宇轩昂地在楼里进进出出。外白渡桥附近的公园门口挂着"华人与狗不得入内"的牌子，江心停泊着外国兵舰及挂着英国、日本、葡萄牙、德国等国旗号的轮船，各国客轮、货轮、渡轮、驳船以及船民的舢板，在江中来来往往，昼夜不停。沿江的一边，码头一个紧挨着一个，中外旅客拥进拥出，忙碌非凡。少年秦鸿瑞的眼睛掠过神色骄矜的各色男女，落在那一群群肩扛大包吭哧喘着粗气的码头工人身上。

时至今日，秦鸿瑞仍能清晰地看到码头工人们脸上滚落的汗水，清晰地听到他们那沉重的喘息声。再看看周边在码头上悠然行走的那些身着裘皮大氅、穿金戴玉的阔佬阔太太、小少爷大小姐，秦鸿瑞就想，同样是人，差别为什么就这么大呢？工人为什么就这样苦呢？当然，那时的秦鸿瑞还不知晓，中国劳工的劳动强度之大，受盘剥、受压迫的程度之深，在全世界范围内都是极为罕见的。

秦鸿瑞的父亲也是个读书人。在老家枫泾时，曾是个教书先生。举家搬迁到上海后，进公司做了一个文员，干一些写写算算的工作。父亲工作非常勤勉，经常带着文案回家，深夜仍在加班加点。父亲总是说，干工作一定要努力，要"有用"，让大家离不开你，而不是成为一个可有可无的闲人。秦鸿瑞经常半夜醒来，仍见父亲就着一盏孤灯冥思苦想，奋笔疾书。这背影成为秦鸿瑞记忆中永恒的图景。父亲最大的爱好便是看书写字。家里吃穿用都紧紧巴巴，却有一个大书柜，令秦鸿瑞自豪不已。一到周日，姆妈忙着做饭，父子三人人手一本书，快活似神仙。父亲喜爱书法，秦鸿瑞从五岁开始就用父亲的字当字帖练字。父亲练字不舍得买宣纸，常常是用一些废弃的旧报纸，练了小字练大字，写了正面用背面……秦鸿瑞亦是，一有闲暇便摊开报纸练字，一气写上五六张报纸，便觉神清气爽，通体舒泰。

日子就是这样，简朴、清寒，却充满书香，一家人谦让友爱，其乐融融。可是，一场突如其来的灾难终结了这一切。那是一个秋天，父亲深夜赶材料，已是熬了四五个通宵，这天晚上，犹在伏案工作的父亲突然倒地不起，心脏病发作，就此猝然离世。

父亲走了，家里的天塌了。父亲是工作劳累猝死，公司却不认账，草草打发了几个安葬费了事。姆妈把父亲的骨灰送回枫泾老家，就留在了乡下的老屋，守着父亲，也为在上海省一张嘴吃喝。余下十五岁的秦鸿瑞，便成了家里的强劳力、顶梁柱。尽管方执一千劝万劝，秦鸿瑞还是辍了学。他没有资格再念书，他必须用自己稚嫩的肩膀，撑起他和十二岁的弟弟秦鸿宇两个人的家。是的，父亲离世，他一步就从无忧无虑的少年时代迈入愁云惨雾的成人世界，如此直接，没有一点过渡。

可是，已经一周了，秦鸿瑞还没有找到工作。已是深秋，他依然穿着单衣，虽已尽力裹紧了衣襟，仍挡不住寒风灌入，瑟瑟发抖。他的两件外套都已送入当铺，换回几个铜板，已化作稀饭消化在他和弟弟寡淡的肠胃里，而下一顿的稀饭还不知着落在哪里。事实上，他一整天都没有吃东西了。

码头，是秦鸿瑞上下学路上途经过千百遍的地方。那时，他对码头工人的艰辛劳作只是抱有深深的同情，万没料到，家道中落，秦鸿瑞竟然不得不来到码头，东张西望地觅活。是的，像他这样，一无学历二无背景，除了一身的力气，还有什么可出卖的？

"野鸡工"，曾是最令秦鸿瑞同情可怜的一族，没想到，父亲猝然离世，自己这么快便也加入了"野鸡工"的行列。码头工人大都是二十岁到五十岁的强劳力,虽然极辛苦,每天的活儿和收入倒都相对稳定,而年纪幼小的少年或是六七十岁的老人也想到码头挣口苦饭吃,便只能是零敲碎打地干点码头工人忙不过来的小活儿,有货物又扛得动就扛一包,扛一包给一包的钱,扛完这包不知下一包在哪里,就和沿街拉客卖笑的"野鸡"一样,活儿有一搭没一搭,肚子饥一顿饱一顿,所以被称为"野鸡工"。

秦鸿瑞找到的第一份活儿是扛草纸,这是货物中分量最轻的,一捆有三四十斤,力气大的一次能扛三捆,而秦鸿瑞这个扛惯书包的肩膀最多只能扛得起一捆,已是双腿发颤脊梁打弯。摇摇晃晃扛到五六百米远的栈房,累得腰都快断了,方才换得四个铜板。如此,一天下来,总算挣到十二个铜板,秦鸿瑞已累到虚脱,铜板放在贴身的口袋里,全被汗水湿透。

几天之后,秦鸿瑞的手掌和肩上磨破了皮,又结成了茧子,他终于一次能扛起两捆草纸,加上他机灵乖巧,笑容满面,嘴巴又甜,总是有顾客眷顾他,让他能接到更多的活儿。如此,这一天他竟然挣到了二十多个铜板。秦鸿瑞把铜板紧紧攥在手里,手心里全是汗,把铜板浸得湿漉漉的。他终于刻骨地理解了什么叫作"血汗钱"。秦鸿瑞盘算着,今天的晚餐除了稀饭,还可以给自己和弟弟一人加一只烧饼,肉是不要想的,但也许每人可以吃半个鸡蛋——不,全部让给弟弟吃,他还在长身体。二十个铜板揣进兜里,极大地增强了秦鸿瑞的底气和自信,十五岁的少年秦鸿瑞这样盘算着,心里又是苦涩又是骄傲。他已不去想学校的事儿——书本、运动、反帝、演讲,都离他太遥远,他只想靠自己稚嫩的肩膀,扛回弟弟的学费、兄弟二人的生活费……

"小鬼头!快把保护费交出来!"

一声厉喝,打断了秦鸿瑞的遐想,秦鸿瑞一看,是一个工头。

"交什么费?"秦鸿瑞本能地护住衣兜,警惕地瞪着包工头。

"嗬!你这小鬼头,出来混不懂规矩的是吗?盯了你几天了,每天领完钱就开溜,美的你!在码头做工,每个人都要交保护费,不知道吗?"

"什么保护费?活儿都是我自己找的,钱都是顾客直接给我的,你凭什么收保护费?你什么时候保护过我?找不到活儿干的时候,你帮我找过吗?"秦鸿瑞气得直嚷嚷。

"你这小鬼头!赚了钱想独吞,反了你!这是码头规矩!赶快交钱!"秦鸿瑞本能地捂住衣兜,包工头一挥手,身边的几个喽啰扑过来,公然伸手开抢,拉扯之下,怀里的铜板叮里当啷散落一地。

"嗬!赚得不少嘛你!"

看着自己的血汗钱要被白白收走,秦鸿瑞疯了,用身子死死压住铜板,怒声骂道:"你这个死工头!你盘剥我!你不得好死……"

"嗬!你到码头抢饭吃,还敢不交保护费!本来呢,只要收五个铜板就可以,但为了让你长个记性,全部没收!明天开始,记得乖乖孝敬老子!懂了吗?"

"要抢我的血汗钱,除非打死我!"秦鸿瑞像母鸡护小鸡一样,死死把铜板压在身下,奈何几个喽啰冲过来对他拳打脚踢,几分钟后,秦鸿瑞被打得鼻青脸肿,铜板到底还是被洗劫一空。秦鸿瑞呆呆地坐在地上,失了魂一般,一动不动。

"孩子,认命吧,斗不过他们的。来,把这些铜板拿去,回家煮口热饭吃。"一个声音在身边响起,秦鸿瑞抬头一看,原来是王叔,手心里摊了几个铜板。王叔也是枫泾老家人。在码头做了几天工,王叔总是不时关照着秦鸿瑞。

"为什么？王叔,我们做工那么苦,为什么还要受工头的剥削？那些工头从不管工人死活,却还要盘剥我们的血汗钱。这一切,是为什么？这不公平！太不公平！"

"唉,孩子,你还小,不懂,这个世界哪会有什么公平？天下的工人都一样,生来就是当牛做马的,累死累活能挣一口苦饭吃,也就是了。哪一天干不动了,两眼一闭两腿一蹬,苦日子也就到头了！熬呗！"王叔脸上有着见怪不惊的麻木。

"为什么？工人难道不是人吗？为什么要这么苦？为什么要这么悲惨凄凉？为什么？我不服！不服……"秦鸿瑞大声嘶喊,那凄厉的童音在码头上空回荡:不服,不服……

秦鸿瑞回想到少年的自己那声嘶力竭的呼喊:不服！不服！不觉心酸落泪。

到邮局工作之后,秦鸿瑞最大的享受就是逛书店。过去穷,到了书店,也只能是"望书兴叹"。现在,他腰包里有了银元,终于可以把自己喜欢的书籍收入囊中,当真是人生快事。书本为秦鸿瑞打开了一个崭新的世界,这个世界纷繁复杂,曲径通幽,让秦鸿瑞又迷惑,又费解,又被强烈吸引,流连忘返。在书的选择上,秦鸿瑞并没有明确方向。《三侠五义》《三国演义》之类的小说他喜欢看,历史、政治方面的书他也感兴趣。然而,王云三递到他手中的那部《资本论》,才真正令他震撼。见到"资本来到世间,从头到脚,都流着血和肮脏的东西"这样的字句,便不觉心中一凛。这部书如此厚重,远超出秦鸿瑞曾读过的任何一本书。其内容更是艰深,初看时如读天书。为辅助理解,秦鸿瑞找来的参考资料比原书堆得还高。为力求解读透彻,又不把书页弄脏,每一页边缘上都贴满了密密麻麻的小纸条,写着各种注释、心得。原文中的重要字句更是一段一段摘抄在笔记本里,并附上比原文长数倍的理解感悟,写了整整两大本。连爱书成痴的方执一见了秦鸿瑞那几本贴满标签的大部头,都忍不住连连惊叹,再看到那两大本笔记时,简直觉得秦鸿瑞是不是走火入魔了,但等翻看过笔记后,方执一不得不叹服:"鸿瑞的见解已远在我之上。"

王云三说得没错,这套《资本论》就是秦鸿瑞最好的老师。作者马克思虽是一个德国人,字字句句却都能击中秦鸿瑞的心坎,让他心有戚戚,开智开悟。

进入邮局,与小组长松井等人斗法,基本出于一种本能的反抗,目的也只是为了让自己和工友免受欺辱。参加罢工和游行,出于骨子里天生的正义感,也是出于一种潮流的挟裹,总体说来还是没头没脑,晕晕乎乎,并没有从宏观和整体的角度去考虑工人阶级的整体利益,以及如何为工人阶级谋求利益等等,这些事情,秦鸿瑞从来没有仔细想过。当然,这些问题,对于一个普通邮工来说,有些太高深太遥远了,他就算踮起脚尖都够不着。

但是,命运安排他来到上海总工会,见到了王云三,送了他《资本论》,令他蒙昧的心智突然被开启,就仿佛盲人在漆黑漫长的甬道里,突然见到了曙光。他明白了一点:单靠自己,靠邮局的几个弟兄,单枪匹马,是斗不过那些人的。中国劳工要想彻底地摆脱被奴役被压迫的命运,便必须团结起来,武装起来,和剥削阶级做斗争!这不是他一个人的事,也不是一个邮局的邮工的事,这是全上海乃至全中国的劳工都必须一致去奋斗的事业!秦鸿瑞决定,按照王云三的吩咐,立即着手,在邮局内部成立工会!

星星之火可以燎原。

6．眼睛

眼睛，震荡黎黛珊心魄的是那一双眼睛。眼睛的主人有着一张朴实敦厚的面孔，圆脸，厚嘴唇，谈不上英俊，可一双眼睛是整张面孔的灵魂。那是怎样的一双眼睛——明亮，坚定，目光炯炯，宛如利剑，嗖嗖地刺入你的心房。拥有了这双眼睛，原本平淡的五官便立体起来，生动起来，丰富起来，整张面孔散发出迷人的气息，耐人寻味，令人过目难忘。

那个仲夏的黄昏，黎黛珊依约来到法租界这栋两层小楼，推开门厅，便遭逢了这一双眼睛。

眼睛的主人正在做即兴演讲。客厅里聚集了一二十位青年男女，分散坐在沙发上，椅子上，有的甚至席地而坐，把偌大的客厅挤占得仄仄巴巴，原本就燥热的空气更加瓮热。空气里弥漫着一股子紧张饱满的气息，仿佛划一根火柴便可点燃。

"亲爱的同胞们，工友们，历经了五卅惨案，东亚睡狮——古老的中华民族苏醒过来。从而憬悟，帝国主义加诸中国的侵略，并不曾因中华民国的肇立而停止。自中华民国建元，十五年来，祸乱频仍，纷扰不休，人民陷于水深火热之中，国家濒临分崩离析的局面，凡此，都是国际帝国主义为之厉阶。他们以武力做后盾，以不平等条约为工具，攘夺我关税，妨害我司法，垄断我金融，遏制我工业，把持我农产，草菅人命，任意屠杀！至于那些窃据各地，拥兵自重的军阀，他们本身就是洋人的爪牙，每一个军阀的背后，都有帝国主义者的大力支持！"

说到这里，眼睛的主人稍事停顿，目光缓缓环视一周，发现了斜倚在沙发边上的黎黛珊，眼睛里有一簇小小的火苗呼啦燃烧了一下。黎黛珊的眼睛也正巧迎上去,于是,便遭逢了这双眼睛,那一瞬间,宛如电光石火,石破天惊。眼睛的主人不动声色地微微一笑,虽然这笑容,在此时此地显得非常不合时宜,当然,这笑也只发生在眼睛里,只有黎黛珊一个人能够捕捉到。眼睛的主人把目光移开,继续说道:"现在,上海总工会做出决定,商务印书馆工人打头阵,带头罢工,现在,我们邮政工人一定要听从上海总工会的安排,与报界工人一起罢工!"

好!罢工!罢工!在座的青年们一致挥舞着手臂,喊起了口号。

所以说,这,就是方念一的哥哥方执一了?从外表来看,兄妹二人无论是五官、肤色、气质都相去甚远,上帝显然对妹妹偏心太多。但是,他口才着实了得,而且,他身上自有一种朴实、诚恳的力量,既能撼人心魄,又让人不得不信服,是个人物。看来这一趟没有白来。黎黛珊以手支颐,饶有兴味地看着这个热血沸腾的青年,心里暗暗有些盘算。

"珊珊,你什么时候来的?"黎黛珊从沉思中被打断,吓了一跳,抬头一看,是方念一。尽管在自己家里,方念一仍然隆重地穿了裙子,化了妆,永远像是要去参加舞会。黎黛珊笑了。五卅惨案后,方念一虽未受伤,却受了极大惊吓,在医院里打点滴躺了好几天。没想到一出院,立马恢复了没心没肺的大小姐本色,永远以舞会皇后形象示人。

"来了一会儿了,看到在演讲,就没有找你。"黎黛珊微笑着说。

"哎!珊珊,你说,他演讲得好吗?"方念一盯着那个演讲的青年,此时他被人群团团围住,回答七嘴八舌的提问,就像是一个万众瞩目的大明星。看着方念一那痴迷的样子,那微微启开的嘴唇,黎黛珊有些惊异——哪个妹妹对哥哥是这般神情?

"你说嘛,珊珊,鸿瑞哥他是不是很有感染力?"

"鸿瑞哥……? 他,他不是你的哥哥方执一吗?"黎黛珊迷茫地睁大了眼睛。

"哎呀,珊珊,他怎么会是我哥,他是鸿瑞哥,秦鸿瑞呀!我老早就给你说过的!看,是不是很有才华,很会演讲?真是,太有魅力了!"方念一的眼睛追着那人,倾慕之情溢于言表,毫无掩饰。

哦!怪不得长得一点也不像呢!黎黛珊不禁有些暗自好笑。都怪自己,一心只想到是念一的哥哥。秦鸿瑞,这个名字依稀耳熟,除了听方念一念叨,仿佛在别的什么地方也听到过,会是在哪里呢?

"珊珊,你等着啊,我去给你找一个人介绍你认识。"方念一像一尾鱼,灵活地消失于人群中。

黎黛珊一笑,坐在沙发扶手上,无可无不可地翻看起一本画册。

"介绍一下,黎黛珊,英文系的系花,你看,是不是清雅脱俗?追求她的男生啊可是排长龙呢。"黎黛珊一愣神,才发现方念一喜气洋洋地拽着一个戴眼镜的男人走过来,两人并立站在黎黛珊面前。

"珊珊,这就是我的哥哥方执一,现在在邮局做邮务生,可是青年才俊呢!据说上海滩的妈妈们都希望他做自己的女婿!"

"别瞎说!"这青年,哦,方执一脸红了,伸出手,彬彬有礼地说,"幸会,黎黛珊小姐。经常听念一提起你,很是敬佩。"

"幸会,方先生。"黎黛珊伸出手,与方执一轻轻一握,内心莞尔——原来,这才是念一的哥哥方执一。黎黛珊晓得方念一的心思,成天闹着要和自己"成一家人"。今天非要叫自己到家里来参加聚会,用意十分明显。当然,自己之所以应邀前来,心里却自有另一番盘算,这,却是念一所不知的。再看这方执一长身玉立,肤色白净,气度温文儒雅,一副眼镜更是给他平添了几分书卷气,端的不是一个俗物。方家兄妹果然都是人中龙凤。

  远远的,秦鸿瑞看到方执一兄妹和那个年轻姑娘在聊天。刚才在演讲时,秦鸿瑞就注意到那个姑娘,她穿着素雅的月白色旗袍,中长的头发恰恰拢住面庞,发梢稍稍卷曲,衬着一张尖尖的瓜子脸。最让人眩惑的是她的神情,她脸上有着一种温柔却清冷的神情,这让她与周遭的世界保持着一种微妙的距离,所以,她站在人群里,却又似站在荒岛上,孤零零的,遗世而独立,可说楚楚可怜,也可说楚楚动人。

  秦鸿瑞踅过去,故作爽朗地打着招呼:"执一,念一,聊得这么热闹……"

  "鸿瑞哥,你过来了,正要去叫你呢!"方念一兴奋地扑过来,挽住了秦鸿瑞的胳膊,指着那女子说,"这是我的同学,黎黛珊,英文系的系花!"

  女子抬起眼来,瞟了秦鸿瑞一眼,秦鸿瑞这才看清,她长了一双细长的丹凤眼,单眼皮,眼睛不算大,配上同样精致的鼻子和略显单薄的嘴唇,却正是江南女子那清秀绝俗的韵致。女子瞟到方念一缠在秦鸿瑞胳膊上的手,一笑,说:"什么系花,不要瞎说了,你方念一大美人儿才是系花好吧!"

  秦鸿瑞注意到女子的眼神,不动声色地把方念一的手从胳膊上撸下去,顾左右而言他,说:"我去给大家拿几杯酒来。"

  "酒来了,酒来了……"却见方执一端着一个托盘,满面笑容地走过来,盘子里盛着几杯红酒。

  "嘀!从来没见我哥哥这么勤快,居然当起了服务生!好难得哦,黎黛珊你好大的魅力!"方念一夸张地惊呼。

"方念一你真小气!难道到了你家,连一杯酒也讨不到喝?"黎黛珊半真半假地嗔怒道。

"念一,别瞎胡闹了!人家黎小姐第一次上家里,你牙尖嘴利的,当心讨人厌,别让人家以后再也不敢来了。"方执一放下托盘,端起一杯红酒递给黎黛珊,诚挚地说,"黎小姐,一直听念一提到你,今日一见,果然气质清雅,卓尔不群。我敬你!"

黎黛珊接过酒杯,与方执一轻轻一碰。幽暗的灯光下,酒液泛出琥珀一般的色泽,甚是诱人。黎黛珊冲着方执一微微一笑,把酒杯凑到唇边,一饮而尽。没想到,外表清雅脱俗的黎黛珊竟是一个豪爽的侠女!秦鸿瑞见状,又惊又喜。再看方执一,他的眼睛里有两小簇火光在闪动,哪怕是隔着镜片,也似有着灼人的热度。秦鸿瑞的心里涌起一种说不清道不明的情愫。

"哥哥,你不带珊珊去参观一下你的书房吗?珊珊一直说想借你的小说读呢!"方念一怂恿道。

"好的好的!在下别的没有,书倒是还有几本,黛珊小姐随便借阅。没问题!"方执一热烈响应。

黎黛珊说:"那好,我就去参观一下方先生著名的大书房,听说你的藏书有好几千册?"

"嗯,差不多吧,我有藏书的癖好,市面上能看到的书基本都有。"方执一好脾气地回应着,说,"那,我们走?"

"哎!执一,别走啊,我们不是还要讨论一下明天罢工的细节吗?"秦鸿瑞有点急了。

"不急不急,我待会儿回来再讨论!"方执一摆摆手,兴致勃勃地带着黎黛珊往书房走去。

"不是,哎,正事要紧,你不要主次颠倒啊……"秦鸿瑞意欲跟上去。

"哎呀!鸿瑞哥,着什么急,天还早着呢!"方念一拽着秦鸿瑞的胳膊,不让他走,"来来来,我们俩喝一杯,祝贺你演讲成功!"

见秦鸿瑞兀自怔怔地望着两人离去的背影,方念一略有些得意地说:"怎么样?有没有觉得,他们俩是天生的一对儿?黎黛珊刚一转学过来,我就觉得,她会是我们家的人。所以,就千方百计接近她,今天终于把她引到了家里……"方念一狡黠地笑了。

"你看看你,怎么像是把羊引进狼窝似的!"秦鸿瑞不满地瞪了方念一一眼,方念一的用意再明显不过,方执一的反应也相当热烈。也是,像黎黛珊那样的女孩子,有哪个男人能不动心呢?再说,看着那一双背影,男的衬衫西裤,玉树临风;女的一袭旗袍,身段婀娜,确实登对,一双璧人。再看看自己,论家世,论才学,论外貌,哪样都比方执一差了一截子,有什么资格……想到这里,秦鸿瑞重重地叹了一口气。

"念一,你们躲在这儿呢!让我一通好找!"郑开先不知什么时候也踅摸了过来。

"你们俩聊吧,我出去抽根烟。"秦鸿瑞有些烦躁地转身离去。

"哎!你别走啊!怎么了你……"方念一急道。秦鸿瑞却不理她,径直走出房门。

"怪人!真是怪人!"方念一跺足埋怨。郑开先看着她绯红的小脸,噘得老高的红嘴唇,连生气的样子都是那么可爱。郑开先入神地看着,不觉痴了……

7. 围炉夜话

天冷了,方念一提议在屋里生一个烟囱炉取暖,免得成天缩手缩脚。纵使是在大冬天,大小姐也一定是只穿丝袜的。秦鸿瑞一听,立马积极响应,第二天就去买了炉子、烟囱、火钩等各种物什。一个下午的时间,秦鸿瑞乒乒乓乓鼓捣了几个小时,炉子竟然就安成了。管子安得严丝合缝,所有的煤烟都顺着管道冲出屋外,屋里一点味儿也没有,上火也特别快。方念一大加赞赏,说秦鸿瑞果然是很有行动力,干活利落漂亮。搁在方执一那儿,估计还得拖上一个礼拜,到了笨手笨脚,少不得还要找人帮忙,安成什么样还不好说,搞不好煤烟倒灌,呛死人。方执一苦笑,说这妹妹,还待字闺中呢,胳膊肘就往外拐了,成天只晓得糟践自己的哥哥。

炉子安在客厅的一个小玄关处,几个平米的空间,刚刚好。每天晚上,大家下了班或是下了课,便一心往这儿跑。一进屋,浑身带着寒夜的萧瑟,连衣服都是冰硬的,脸和手都僵了,脱掉大衣往炉子边一坐,伸手往炉身上一围,顷刻工夫,四肢百骸都像泡在热水里,暖洋洋的,散了架一般舒坦。炉子就是这点好,"烤得上身",不像空调,脸已经吹得发烫了,脚还是冰的。当然,炉子的热力范围有限,超出了两米的半径,基本就没效了。可好也好在这里。谁都不敢跑远,被牢牢吸附在炉子周围,以炉子为中心,更团结,更紧密,更亲近,更有凝聚力。

晚饭常常就是在炉子上烧的,吴妈也闲了,只消把菜洗好切好,几个青年你添煤,我掌勺,你放盐,我添醋……把做菜变成了孩子的过家家,甚是欢乐。有时就支一个火锅,烫些萝卜粉丝白菜,看着绿的白的食物在锅里翻滚,整个屋里都洋溢着一种喜洋洋的意味。秦鸿瑞和黎黛珊要交餐费,方执一不肯,说几顿火锅还吃不垮方家。毕竟秦鸿瑞要供养即将考大学的弟弟,还要孝敬乡下的老母,日子永远是罗锅上山——前(钱)紧;而黎黛珊,离家时母亲塞过来的一包细软一件一件送往当铺,早已是所剩无几。当然,方

045

执一的薪水支撑整个餐桌亦是吃力,炉子上永远只有素菜,从没有买过鱼和肉,主食也只有掺了玉米的杂米饭,或是难咽的粗馒头。这样一种极其素简的清贫的物质生活,几个青年却是兴致勃勃,精神头儿十足。用上海话来说,煞是穷开心。就连最是讲究"生活品质"的方念一也不再计较物质的清简,而迷恋上这种精神至上的氛围。

晚餐结束后,撤去锅碗瓢盆,一人一杯白水,便开始了围炉夜话。话题非常广泛,什么都可以聊,当然,也有当前形势,国民革命军北伐,工人运动,游行,罢工……

黎黛珊和方执一是围炉夜话的灵魂。方执一知识广博,从古罗马到文艺复兴,从唐诗宋词到普希金,他都知晓,各种知识均信手拈来。确实是学富五车的翩翩佳公子。而黎黛珊更加令人惊异。她绝不像她外表那般纤弱娴静,她聪颖慧黠,妙语如珠,聊起时事,常常是慷慨激昂,激情满怀。所以,夜话里,每每是方执一开场,慢慢地,便由黎黛珊做了主导。方念一有时会扯开话题,聊起时装、珠宝、化妆品、男女关系,几个男生便会茫然,接不上话,黎黛珊虽会应和几句,但显然漫不经心。这两个女生外表看起来虽都一样时髦美丽,内里却有着极大的不同。吃喝玩乐男女关系就是方大小姐世界的全部;而黎黛珊,她虽然也是一个美人儿,却并不把精力放在打扮吃喝小情小调上,一件旗袍穿得袖子磨出了毛边也照穿不误,大衣的领口塌了型,一个冬天,来来去去也仅有一双皮鞋。但不管她衣着如何简朴,却神色泰然,举止自如,站在屋内,总给人以光彩照人的感觉,这和她对物质的轻视和满不在乎的态度一样,给秦鸿瑞等人留下很深刻的印象。黎黛珊与方念一虽是同级同学,由于中学时辍学数年,却比方念一大了好几岁,比方执一和秦鸿瑞还大着一两岁,所以,她是众人的姐姐,亦是精神的支柱和依赖。

男女关系里,通常是兄妹的格局占了主导。男性扮演强壮威武无所不能的兄长,女性则是娇憨稚弱需要被人照顾的妹妹。但其实无论是兄妹还是姐弟,永远是年长者占据更多的优势,拥有更大的权力。妹妹在兄长面前,可能会以色悦人,却难以赢取尊重、信任甚至崇拜;姐姐在弟弟面前,却拥有更大的权力、权威。当然,前提是,无论是哥哥还是姐姐,首先得是个有个性魅力的人。

看着黎黛珊在炉边引经据典,谈笑风生,秦鸿瑞心醉神驰,折服不已,一双眼睛一瞬不瞬地紧盯着黎黛珊,每每望得痴了过去——世间怎会有如此聪慧如此洒脱如此魅力四射的女子?她就像一块磁石,牢牢吸附住了周边的每一个人——是的,看看方执一,亦是一副痴迷沉醉的神情,秦鸿瑞心里一沉,又不由得有些酸溜溜的,不是滋味。要说般配,无论从外貌、学识,还是家世上,也当真是方执一和黎黛珊更加般配,而黎黛珊对方执一,显然也是更青睐一些。想到自己不过是只痴心妄想的癞蛤蟆,就不由气馁。

有时,秦鸿瑞和郑开先也会谈到具体的问题,邮局的内部情况,如何与资方周旋,如何通过罢工等手段争取到工人的合法权益等等,黎黛珊亦会适时加以分析,并提供切实可行的建议。想想黎黛珊一个女流之辈,竟然对时事有着透彻的分析和理解,几个大男人唯有心服口服,叹为观止。

1926年的冬天,分外寒冷,江南的上海,竟然飘起了雪。还不是通常的雨夹雪,落在地上就融化的,只剩一摊脏兮兮的污水;而是真正的干雪,落在窗台上,屋檐上,积起薄薄的一层。整个上海,便有了一种纯洁安宁的意味。

这一天,黎黛珊采来了一束野花,插在玄关一隅的花瓶里,这角落立马生动了起来。最妙的是,还带来了两瓶红酒,这是她去做英文家教,家长送的。不喝白不喝。黎黛珊提议道,今晚的围炉夜话,改换一个形式——饮酒读诗。方念一立马鼓掌支持,兴致勃勃地去书房取来十数本诗集。几个青年把物质降到最低线,手里稍有闲钱便去买了书。惠特曼泰戈尔,凡是市面上能搜罗到的书,基本都有。

首先"上场"的,是方念一。她是中文系的,本身就喜欢这种调调儿。方念一选了一首徐志摩的作品《海韵》:

"女郎,单身的女郎,你为什么留恋这黄昏的海边?回家吧,女郎!"

"啊不;回家,我不回,我爱这晚风吹!"

在沙滩上,在暮色里,有一个散发的女郎,徘徊徘徊。

……

没想到,看起来活泼单纯没心没肺的方念一,没有选择甜腻柔媚欢天喜地的诗,竟然选了这样一首忧伤的小诗,她咬字清晰,也很投入激情,念到最后:

黑夜吞没了星辉,这海边再没有光芒;海潮吞没了沙滩,沙滩上再不见女郎,再不见女郎!

她的眼睛里闪烁出点点泪光,声音低回,别有一番动人心魄的意味,令人凄然。朗诵结束了,方念一兀自愣怔着,仿佛还沉湎于诗的氛围里,出不来。待得大家爆发出热烈喝彩,她方才回过神来,脸色通红。黎黛珊不禁赞叹道:"不愧是中文系的,不俗!"秦鸿瑞接口道:"是啊,没想到,我们的念一内心也有跌宕的情怀呀!"方念一吐吐舌头,乖乖回座位坐下。郑开先深深看了方念一一眼,隐约感到,这姑娘也并不似表面那般简单,也不似表面那般快活,也有着层层叠叠的心事,也有着隐秘幽暗的内心,甚至对于凄清的结局,有着一种文艺女青年式的迷恋。想到这里,不由叹了一口气。

方念一开了一个好头,接下来是方执一,他选了刘半农的《教我如何不想她》:

> 天上飘着些微云
> 地上吹着些微风
> 啊!
> 微风吹动了我的头发
> 教我如何不想她
> ……

方执一身着一袭灰色长衫,真个是恂恂儒雅,这一首《教我如何不想她》,被他念得细腻缠绵,荡气回肠。尤其念到"教我如何不想她"那个"她"字时,秦鸿瑞的目光也随方执一的视线投落到黎黛珊身上。见她那般清丽绝俗,我见犹怜,一股欢喜之情涌上心头,替代了淡淡的醋意。深感刘半农创意性地用女字旁的"她"取代了男女莫辨的"他",实在是高妙。

轮到秦鸿瑞了。他选择的竟然是李白的名诗《将进酒》:

> 君不见黄河之水天上来,奔流到海不复回。
> 君不见高堂明镜悲白发,朝如青丝暮成雪。
> 人生得意须尽欢,莫使金樽空对月。

天生我材必有用，千金散尽还复来。
　　……

　　围炉夜话时，秦鸿瑞由于自认才疏学浅，通常扮演了听众的角色，唯有在工运等问题上才会发言，没想到一站上台，他便似换了一个人，声音洪亮，情感充沛，举手投足都颇有风度，把这首《将进酒》朗诵得气势磅礴、洒脱奔放，极具感染力，令大家十分意外和惊喜。黎黛珊暗暗颔首称许，这就是一个传说中的"人来疯"。越是正式场合，越是人多，越是兴奋。念到最后一句"呼儿将出换美酒，与尔同销万古愁"时，秦鸿瑞声震屋宇，豪情冲天，众人爆发出热烈掌声。有了凄清落寞的《海韵》和清新婉约的《教我如何不想她》做铺垫，这一首大气磅礴的《将进酒》，委实把朗诵的气氛掀起了小高潮。大家纷纷举起酒杯，把杯中酒一饮而尽，酒冲脑门，胸中一股豪情陡生。
　　轮到郑开先了。他一向口齿木讷，不善言辞，更是羞于当众表达。也许是酒壮怂人胆，也许是受此氛围的感染，他勇敢地站起身来，朗诵了一首杜甫的《春望》：

　　国破山河在，城春草木深。
　　感时花溅泪，恨别鸟惊心。
　　烽火连三月，家书抵万金。
　　白头搔更短，浑欲不胜簪。

　　没想到，此诗朗诵完，大家竟都痴了。郑开先的朗诵显然没有什么技巧，只是平平实实，逐字读出。然而，这恰好应和了诗句中那种悲愤压抑的情绪，一字一句，竟似和着血泪读出，自有一种撼人心魄的力量,击中了每一个人的心。大家都陷入自我感怀,不能自已。

"国破山河在"——对应当下时局,军阀割据,外强入侵,当下中国,可不正是这样一幅残败凋敝的景象?"感时花溅泪,恨别鸟惊心"——这样的乱世里,哪一家不遭遇各种各样的别离?黎黛珊离家出走,与父母断了联系;郑开先父母双亡,背井离乡。就连大家的心肝宝贝方念一,亦是花季少女时便遭遇父母惨死,尽管爷爷和哥哥对她百般呵护,她却仍是没有安全感。她缺少父爱母爱,一个人的暗夜,害怕了,没有妈妈可以找,只能紧紧地拥抱住自己,一点一点,看着天色变白……秦鸿瑞呢,眼睁睁看着父亲在自己面前吐血而死,母亲不得已"流放"枫泾,唯一相依为命的弟弟也即将离开自己去往他乡求学……是的,这样的乱世,哪一种形式的别离都有可能是永别,挥一挥手,便永生不能再见……"烽火连三月,家书抵万金"——身为邮局中人,秦鸿瑞、方执一、郑开先比谁都更加明白家书抵万金的含义。身为邮差,郑开先每天背着邮包走街串巷去送信,亲眼看到很多人家如何因为收到一封游子的家书而举家狂欢,喜极而泣;也有白发的老母亲日日扶着门框等待,看到身着邮差服的郑开先,怯怯地问一句,有我的信吗?郑开先每每不忍作答,对方却也就懂了,瘪瘪嘴,眨巴眨巴眼睛,不再多言……

一首《春望》,触动了每一个人的心扉,引发了每一个人的伤痛,大家一时都陷入沉默,气氛变得凝重、哀伤。尤其是方念一,眼泪在眼眶里打着转,就似要号啕大哭……

黎黛珊把每一个人面前的酒杯斟满,说:"来,让我们一起干了这杯酒。我来朗诵一首诗。"

"对,此时此刻,我们有青春,有诗有酒,有亲爱的朋友,我们很幸福,哀伤什么?来,我们干了这杯,一起欣赏黛珊的朗诵。"秦鸿瑞赶快附和,尽力想调节这哀伤的气氛。

"对对!我们有青春,有美貌。窗外飘着雪花,屋里喝着小酒,多美呀!来来来,一起干了!"方念一又恢复了活泼快乐的本性。大家举起酒杯,豪爽地一饮而尽,只有方执一,谨慎地抿了一小口,便规规矩矩地放下。方执一审慎的性格不能让他放开了痛饮,只能点到为止,以使自己时刻保持着清醒的头脑和端严的仪态。所以,他通晚举着一杯红酒,好脾气地看着大家嬉闹,也会频频举杯,但杯中酒总是不见下去。

黎黛珊一仰脖子,把酒饮尽,大有江湖侠女之风。她站了起来,所有人都专注地盯着她,暗暗好奇更是期待,女神会选一首什么样的诗?李清照?还是徐志摩?抑或林徽因……?

黎黛珊开口了:

在苍茫的大海上,狂风卷积着乌云。在乌云和大海之间,海燕像黑色的闪电,在高傲地飞翔。
……
这是勇敢的海燕,在怒吼的大海上,在闪电中间,高傲地飞翔;这是胜利的预言家在叫喊:
——让暴风雨来得更猛烈些吧!

万没料到,外表清冷婉约的黎黛珊竟然选了这样一首诗——高尔基的《海燕》。这首诗豪迈大气、慷慨激昂,把之前哀伤凋零的气氛一扫而光。它挣脱了小女儿的小情小调,展示了一种大格调、大情怀。

每个人的胸中都生出一股豪情,不要自伤自怜,不做胆怯的海鸭,更不做蠢笨的企鹅,要做那高傲的海燕,勇敢地、自由自在地,在泛起白沫的大海上飞翔。对,让暴风雨来得更猛烈些吧!

看着黎黛珊朗诵,秦鸿瑞暗暗有些眩惑,这是怎样一个奇女子啊!她绝不是一个娇滴滴的小女人,她胸中有丘壑、有万千气象,她是一个江湖侠女,她就是那高傲飞翔的海燕!

1926年底的这个冬夜,窗外飘着雪花,窗内守着一炉火。大家轮番朗诵,借诗抒怀。青春的激情飞扬,真个是良辰美景,才子佳人,亦真亦幻,分外迷人。

从此以后,围炉夜话有了新的内容,便是朗诵。除了中文朗诵,有时也会朗诵英文原著。这时候,便是黎黛珊和秦鸿瑞的天下。英文系的高才生黎黛珊自不必说,阅读英文原著不在话下,口语更是一级棒,一口标准的伦敦口音,透着贵族范儿。不想,秦鸿瑞在杂货店淘得的一口洋泾浜英语竟也能与黎黛珊并驾齐驱。秦鸿瑞的英文不够规范,但胜在口音洋派,且民间词汇量丰富,民间俚语信手拈来,不管黎黛珊说什么,他总是能机警地对应上。黎黛珊暗暗称奇,想这秦鸿瑞果真是个人才,聪颖过人,学什么会什么。秦鸿瑞酷爱英文,经常找黎黛珊请教英文,在方家偌大的客厅里,两人经常叽叽咕咕冒着英文,方念一调侃道:"不晓得的,还以为屋里住着两个英国佬。"对英文的共同爱好是联结两人情谊的最佳纽带,在学习英文的大旗下,许多暧昧的隐秘的心事都有了合理的去处;许多难以启齿的情绪借着英文的壳儿说出来,异国的语言消解了词汇本身的冲击力,可理解为调情,也可理解为学习。如此遮遮掩掩、欲语还休,感情的事不甚了了,秦鸿瑞的英文却是进步神速。尤其是口语,已超过了绝大多数英文系的学生。

黎黛珊还有意拿了一些入门的英文原版书给秦鸿瑞,锻炼他的阅读能力,慢慢地,秦鸿瑞从刚开始连童话故事都看不大懂,到后来已可以阅读厚本的英文小说了。

围炉夜话，一夜又一夜，几个男人不知，围着这小小的火炉，黎黛珊完成了精神的引领，让他们的思想产生了质的飞跃。

8．黎黛珊

当年黎黛珊留下一封家书便离家出走，坐着邮车一个人跑到上海，一晃已是数年了。黎黛珊出生于江苏地方的一个殷实人家，按理说也算是知识分子家庭，父亲是受过高等教育的会计师。但在黎黛珊看来，父亲却完全是一个腐朽落伍的旧式文人，满脑子封建思想，什么女子无才便是德，什么三从四德、嫁鸡随鸡嫁狗随狗。

黎黛珊考上了大学，父亲却要她辍学嫁人。黎黛珊不从，父亲竟然把她反锁在家，就等着夫家娶亲把她带走，再投进另一座牢笼，从此锅碗瓢盆，婆婆妈妈。黎黛珊想要逃走之事，姆妈应该是知道的。姆妈虽没有文化，却一再希望女儿多读书，认为只有读书自立才是女人最好的出路，才能免于像自己这样受人摆布的命运。所以，姆妈拿了一只手帕，里面是外婆留下的几样贵重首饰，玉镯、金戒指、金耳环、宝石项链……全是姆妈压箱底的体己货。这乱世，哪个妇人不存着几件压箱底的体己货——上海人称作细软，一旦风吹草动，带着细软出逃，不管去到哪里，总能在这乱世苟活一段时日。迫于父亲权威，姆妈不敢说什么，只是把一包细软全部塞进了黎黛珊怀里，然后坐在床沿，不住垂泪。这意思黎黛珊懂了。第二天一早，黎黛珊在枕头上留下一封书信，翻窗逃走。黎黛珊并没有立即离开故乡，她在当地的一家小旅馆住下，然后跑到当地报馆，刊登了一则申明，正式宣布与夫家解除婚约，以免今后夫家追过来纠缠。此举当真算是惊世骇俗。当时悔婚逃跑的女性不止黎黛珊一个,但大家都抱的是"惹不起躲得起"的态度,逃得一时是一时。很多女性半途被夫家追上门来,被强行拉回去成婚,甚至被就地"合法合理地强奸",此类事比比皆是。黎黛珊这一登报,一来向公众表明了自身态度,夫家再想"霸王强上弓",那便是强奸;二来,夫家也是有头有脸的人家,既已被公开悔婚,自也没脸再追上来强吃"回头草",只能自认倒霉,这样便永久有效地解除了后顾之忧。黎黛珊是叛逆的,却不是莽夫一般的叛逆,而是有勇有谋、冷静从容。后来,黎黛珊在向秦鸿瑞叙述此事时,笑称:"那时候,当真是很冲呢。"

黎黛珊半路拦截了一辆邮车,坐在邮包当中,快活地向前方进发。逃离,是的。这么多年,黎黛珊日日夜夜,梦想的就是逃离。逃离这个充满腐朽意味的家庭,逃离这所庭院深深深几许的封建大院,逃离这座小城,去往天高云淡的广阔天地。多少次,躺在床上,听着时光从身边呼啸而过,发出锐利的尖叫声,黎黛珊便会生出一种虚脱无力感。这时候,她便幻想着奔跑,张开双臂,像鸟儿一样,奔跑在高山、荒野,奔跑在无边无际的自由里。如今,这梦想终于成真。这辆邮车,便是托载梦想的诺亚方舟。黎黛珊坐在邮车上驰骋,感觉自己就像是仗剑走天涯的侠女,胸中一股豪气陡生。黎黛珊想,自己虽是一个女孩儿,却不屑于一般女孩子的小肚鸡肠,不屑过琐屑细密、俗不可耐的人生。她剑眉高挑,野心勃勃,决定去往世界的中心——上海,去寻求真理,开辟自己的人生大道。她一定要把这世界悉心摩挲,细细打量,一定要干出点什么惊天动地的大事,才不枉自己这一生。

上海的大学,是黎黛珊自己选的。一到学校,她便把自己的名字由"李丽丽"改成了"黎黛珊",这亦是一种宣言和反叛。在中国人的传统观念里,名字如同身体发肤,受之于父母,自己无权随意更改。尤其是姓，这代表着血脉的传承。而一旦嫁入夫家，父姓便被改以夫姓，好端端一个女孩，便成了"张妈李妈王妈"。黎黛珊改掉了名字，便是宣布与过去的封建家庭决裂，与封建传统决裂，与男尊女卑的陋习决裂，与女性附庸的命运决裂。她不附属于父权亦不附属于夫权，她要做完整独立的自己。

对于悔婚私逃的女儿，父亲认为有辱门楣，也不再来寻，只当她死了。亏得姆妈的那包细软，支撑了黎黛珊的大学生活。她之所以选修了英文，是因为喜欢欧美的文学作品，希望能直接阅读原文。易卜生的《玩偶之家》尤其令她心有戚戚。她敬重的作家鲁迅先生在《娜拉走后怎样》一文里说，"人生最苦痛的是梦醒了无路可以走"，出走的娜拉或许也只有两条出路——堕落，或者回家。那个家，黎黛珊是不回去，也回不去的；堕落，更加不可以。那么，还有第三条出路吗？

开初的一两年，黎黛珊就像塞万提斯笔下的堂吉诃德一样，豪情满怀，以一己之力与风车苦苦搏斗，却是无可避免的徒劳的结局。所以，她彷徨，迷茫，没有方向。她不屑于像别的女同学那样，成天搔首弄姿，争风吃醋，陷入取悦男性的俗套，读大学只是为了挣一份体面的嫁妆。她知道自己美，却故意不在乎。每天，她独来独往，昂首出入，目不斜视，任那些爱慕者的目光在她身后纷纷跌落，碎了一地。同学们偷偷给她起了一个绰号：冰美人，美则美矣，却像一座冰雕，没有半丝热乎气，拒人于千里之外，真个是"只可远观不可亵玩焉"。也有人暗暗议论，说她是个怪人，性情刁钻，浑身带刺，不可接近。黎黛珊置若罔闻，每日只是苦读，至于未来、前途，内心却是一片迷茫。

1925年的五卅运动，黎黛珊在一种集体的激情之下，走上了街头。行进在人群里，高举旗子喊起口号，黎黛珊感觉胸中生起一股豪情,这是一种陌生的情感,却强大得令黎黛珊惊异,仿佛那情感早已埋藏在内心深处,一经诱发便犹如火山喷薄。此后,所有的活动,黎黛珊都是积极分子,演讲,写标语,总是活跃于最前沿,同学们惊异地发现,冷美人变了——不!她本来就不是冷美人。当她站在全校的舞台上,为全校师生做演讲时,她激情满怀,慷慨激昂。每每台下掌声雷动,应和者众。她不是冷美人,她是一团烈火,一把利剑,一支无所畏惧、勇往直前的队伍的尖兵。

直到有一天,组织找到了她。黎黛珊热泪盈眶。她终于清楚地看到,她不是娜拉,她不会回家更不会堕落。她终于找到了正确的第三条路。这才是她的价值所在,是她一生的方向和归宿。

之所以接近方念一,其实是醉翁之意不在酒。方念一这种大小姐,黎黛珊谈不上喜欢或不喜欢。管你外面的世界如何天翻地覆,自顾自躲进小楼成一统,除了美还是美,除了爱还是爱,是那么苍白、失血、缺少筋骨,这样的人生轻飘飘的,毫无生命的质感。这样一个波澜诡谲的时代,她不能投身其中,只是附着在时代的边缘上,藏在时代的褶皱里,苟且活着。一个为爱而生的小女人。一个多余人。黎黛珊不大瞧得上她。但是,她的优点是真实、坦率、纯粹、忠实于自己的内心,这一点,黎黛珊讨厌不起她。起码比一些把革命当作另一种时髦盲目追求,甚至把革命当作一种手段为自己增添某种"魅力"的惺惺作态的女同学,要真实可爱一些。

在上海的屡次工人罢工运动中,邮工的表现尤为突出,而方念一的哥哥方执一俨然已是邮工的领袖人物。方执一家学渊源,才识过人,正是组织所要积极争取的对象。所以,通过方念一,黎黛珊顺利进入方家,接近方执一,惊喜的是,还连带"收获"秦鸿瑞和郑开先两位优秀邮工。

一夜一夜的围炉长谈,黎黛珊把自己的思想一点一滴传播开去,润物细无声。几个青年都有一腔热血,但都对政治没有概念。主义、党派……对他们来说都有些太抽象。这一点,组织上要求黎黛珊切不可操之过急,一定要慢慢来,先争取到他们的信任和好感,水到渠成。所以,黎黛珊谈文学,谈文化,牵涉政治的话题,却仅是点到为止。

　　五个青年,围炉夜话,各怀心事。黎黛珊知道方执一和秦鸿瑞都对自己有好感,革命并不是不允许谈恋爱,相反,在共同的理想追求下,许多人结成了革命伴侣,一起奋斗,亦是非常美好自然的一件事。但是,当下她有使命在身,儿女私情,绝不是思考的重点,一切都要为组织服务。所以,她尽量不偏不倚,让众人摸不清她的心思,谁也不敢造次。虽说一开始的重点培养对象是方执一,但自从踏进方家大客厅,遭逢了那一双眼睛开始,黎黛珊的心便不由自主地朝秦鸿瑞倾斜。执一、鸿瑞一时难分伯仲。

　　上海的这个冬天,因为这一炉火,因了那些炽烈的交谈,变得格外的温暖和动情。火光映照着每一个人的脸,红红的,有一些朦胧,亦真亦幻。五个人各怀心事,却又那么友爱和团结,仿佛这一刻,竟像是恒久的。

9．锦书

　　一封一封的锦书穿越大半个上海城,彩蝶一般,翩翩飞进方宅的信箱。落款均是:同埠,内详。

　　中午时分,方念一细细一数,已收了十数封,不由合掌大乐:齐了!

　　正是圣诞平安夜。历经了一个冬天的围炉清谈,方念一大小姐守不住寡淡,一定要做一个圣诞派对。要有酒有肉,有歌有舞,更得有趣。至于圣诞礼物,大家都是囊中羞涩,肯定买不起像样的礼物。礼物最重要的,一是仪式感,二是饱含真情实感。方念一提议,每人匿名写一封情书,写给未来心中的他(她),统统寄到方宅,为避免被认出笔迹,统统采用仿宋体或是美术体。现场这些情书被当作圣诞礼物抽取,当场念出,让大家猜猜是谁写的,又是写给了谁。但是,切不可当场有答案。要的就是那份神秘、那份秘而不宣。如此,既可委婉曲折地表达情意,不至于被当面拒绝、难堪,又可看看彼此是否心有灵犀,促成佳偶良缘。

大家都是少年心性,均感觉有趣。这一来,通过邮局寄锦书,隆重、正式,仪式感有了;对未来的他(她)倾吐心声,更是有真情实感。当然,借着这个游戏,猜测、打量一番彼此的心意,更是心照不宣。

圣诞树是早早就备下的。方念一把这些书信用红丝线缠了,一封一封悬挂在圣诞树上,配合着彩灯一闪一闪,煞是有节日气氛。

客人们一个个登场了,除了围炉夜话的五人,还增添了邮局的几位同事。秦鸿瑞带了烧鸡和白酒,黎黛珊准备了诗集和红酒,就连一向木讷的郑开先居然也准备了一束鲜花。吴妈也拉开架势,展示了久已无用武之地的厨艺。冷的热的,蒸的煮的,炒的煎的,摆了一大桌。这样的年月,有酒有肉,当真是难得的奢侈。管他外面如何闹翻了天呢,这一刻,方家的大宅里,良辰美景,花好月圆。

盛宴结束,大家的脸都喝得红红的。吴妈撤下碗碟,摆上瓜子花生、糖果牛肉干,大家一人一杯红酒,开始进入最重要的环节:猜心!

每个人都到圣诞树上取下一封信,一一拆开,依次当众念出。第一个是郑开先。他展开手中的信,奇道:"咦,怎么没有文字?"

信上只有一幅画,画面是一只大雁,在云里飞翔,旁边印着一个少女的唇印,显然是抹了唇膏后吻在纸上留下的。

"什么意思?这个?怎么读呀?"郑开先抓耳挠腮。方执一笑了,说:"明白是谁了。"大家的眼睛也都看向秦鸿瑞,只有郑开先,兀自愣怔着,回不过神来。

轮到方执一,他展开手中的信,莞尔一笑。只见一张纸上横七竖八,写了无数个念一、念一、念一……方执一笑了:"这真是司马昭之心啊!望而知之。"大家都哄笑起来,眼睛齐刷刷望向方念一,饶是方念一脸皮再厚,也不禁面红耳赤。是谁写的?方执一含笑一一望向大家,众人亦左右相顾,互相猜测。方执一看到郑开先的神情颇不自在,心里已有了答案。第一封信,他已猜到是妹妹写的,没想到,喜欢妹妹的竟是郑开先。

轮到方念一,她意味深长地念道:"她,来自江南水乡,清丽绝俗,气质高雅。她机敏睿智,胸中气象万千。她是雪山上的女神,我愿匍匐在她脚下,一生做她虔诚的追随者,一生做供她遣使的奴仆。"

众人哄笑。大家都知道是写给黎黛珊的。秦鸿瑞心里却是一沉。他知道不是自己写的,那么,还有另一个人心里的恋人也是黎黛珊。他瞥了瞥方执一,正好方执一的眼睛看向了黎黛珊,深情地,迷恋地,狂热地,仰慕地……那眼神,望而知之。而黎黛珊似笑非笑,看向前方,有点莫测高深的意味。秦鸿瑞赶紧收回了目光,心里一阵慌乱。

"鸿瑞哥,该你了,快看看,你抽的信写的是什么?"方念一捅捅秦鸿瑞。

"哦,哦……好,好的……"秦鸿瑞站起来,慌慌张张地走上前去,展开一读,"我不知我心中的恋人是谁。最好他不在屋里。爱是美好的,但,美就美在不能成全。任何的爱走向婚姻,都是柴米油盐的琐碎。唯有一生遥望,不得靠近……"

众人喧哗:哇!这算怎么回事啊?不能成全?不能成全还叫爱吗!方念一大声叫道:"是谁?是谁写的?赖皮,太赖皮了!"秦鸿瑞的眼睛望向黎黛珊,见黎黛珊微微一笑,果然,果然是她!秦鸿瑞不断祈祷,希望自己能抽中黎黛珊的锦书,希望能第一时间看到并解读她的心事,谁知,却是这样的讯号——不能成全,不能成全……

接下来,有暗恋方执一的,有喜欢秦鸿瑞的,居然还有人心中的恋人是阮玲玉……

每个人都在猜测爱自己的是谁,也在猜自己的心事有没有被对方知晓。各种暧昧、复杂的心事都在哄笑中宣泄、尽释。狂欢中,也有人借着酒劲装疯,亦真亦假,雾里看花,只把那万千心事,付与一杯浊酒。

10. 罢工

在秦鸿瑞、方执一、郑开先的奋力奔波下,上海邮局终于成立了罢工委员会。秦鸿瑞、方执一等十一人被选为罢工委员会委员。上海邮政罢工轰轰烈烈开始!

当天一大清早,秦鸿瑞、方执一、郑开先同所有的罢工积极分子一起汇聚邮政大厦,分头到各车间进行宣传,张贴和散发罢工传单。郑开先领导的罢工纠察队全体出动,手持木棍,站定岗位,控制要道,首先在邮局大厦的天井里将包封(即用铅志封口,挂上票签,发往全市各个支局投递的各类邮件)拦截下来,接着大报间(大报即大件印刷品)、小报间(小报即小件印刷品)、工部间(分拣、封发本市信件和投递邮局大厦附近地区的邮件)、快信间、挂号间的职工相继罢工。罢工的局面迅速从总局扩展到全市各支局,从邮务生起到差工全都参加了,唯有邮务员(高级职员)对罢工采取了中立态度。到了上午九时,上海邮局全面罢工的局面已经形成。罢工委员会派方执一、秦鸿瑞、郑开先等六人作为代表与副邮务长齐印绅进行谈判。

罢工代表提出了诸项要求,包括承认工会地位、提高劳工待遇、工作时间以六小时为限度、停止再进洋员,等等。

齐印绅听到这些要求,连声冷笑,傲慢地说:"你们这些不守本分的家伙,提这么多无理要求,简直是疯了!这些根本都是不可能的!"

"他妈的你怎么说话?"郑开先一听,气炸了,冲上前去就欲动手揍人。

"哎!你干吗?我警告你啊,不要乱来!"齐印绅吓了一跳,身子往后倾。

"不要,开先,有理说理。"秦鸿瑞一把拉住郑开先,往前一步,不卑不亢地说,"秦邮务长,我们所提的要求,都是合情合理的正当要求。我们是人,不是牲口,这些,只是作为一个人所必须拥有的最基本的权利。如果不能答应,我们绝不复工。"

劳资双方经过一个上午的来回拉锯,齐印绅终于答应可以谈谈待遇问题,但绝不愿谈承认工会合法地位和停进洋员等原则性问题。

谈判陷入僵局,只得过后再议。从邮务长的房间出来,秦鸿瑞等人吃惊地发现邮局里出现了许多素未谋面的陌生面孔。这些人鬼鬼祟祟,形迹可疑。秦鸿瑞等人感觉情形不对。

走到出口间(分拣和封发至全国各地的信件),见得几个陌生面孔正在翻看信件,郑开先一步冲上前,厉声喝道:"你们是什么人?在干什么?!"

"侬管呢!小瘪三!"一个戴鸭舌帽约摸二十几岁的年轻人轻蔑地回应道。

"嘿!你冲到我们的地盘来乱翻,还有理了!我打不死你个小赤佬!"郑开先在邮务长的办公室正憋了一肚子火,此时再也忍不住,一步冲上前去,两人扭打起来!

正自推搡之间,鸭舌帽的同伙突然掏出一把手枪,枪口朝天,厉声喝道:"都不要动!我们是侦探!"

秦鸿瑞等人一愣,郑开先没有听见,兀自与鸭舌帽扭成一团,秦鸿瑞急喝道:"飞脚,住手,他们有枪……"

说时迟那时快,那人已冲着郑开先的小腿就是一枪!

砰!枪声一响,众人哑然。郑开先已捂着小腿躺在地上,疼得龇牙咧嘴!

"开先!开先,你怎么样了……"方执一冲上前去,扶住郑开先。

秦鸿瑞也冲过去,挡在方执一与便衣侦探之间,义正词严地说:"这里是邮局,我们是邮局工人,我们没有违法,你们没有资格冲到我们的工作间来开枪,你们是违法的!是谁让你们来的?是谁允许你们这样做的?必须请你们给我们一个说法!"

"对呀,必须给我们一个说法!太猖狂了!"闻讯赶来许多的工友,群情激愤。

几个便衣侦探见势不妙,赶紧灰溜溜地想逃。众工友堵着门不让行。秦鸿瑞说:"工友们,这件事有蹊跷,侦探、巡捕怎么会混到我们的工作间,还敢公然行凶?后面一定有人撑腰,这是在威胁我们,是在蓄意破坏我们的罢工!放这几个人走!我们去找秦印绅讨个说法!"

便衣侦探终究是理亏,没敢打要害部位,郑开先只是小腿擦伤,包扎过后已然止血。众工友抬着郑开先,簇拥着秦鸿瑞等人再次冲往齐印绅的办公室,人证物证面前,齐印绅再无可辩,只好当面打电话到租界捕房,立即撤出便衣侦探和巡捕,并且答应送郑开先去医院,邮局承担一切医药费用。

罢工进行到第三天,全上海的邮政通信全部停顿,在上海引发了不小的震动。邮政犹如人之血脉,血脉不通,周身滞碍。在此当口,各国领事馆借口便利侨民通信,竟想趁机恢复"客邮"。齐印绅代表邮政当局对秦鸿瑞等罢工代表严词呵斥,把领事馆意图恢复"客邮"的责任全部推到罢工头上,威胁秦鸿瑞等人,严令马上复工。秦鸿瑞有礼有节地说:"该承担这个后果的,不是因遭受压迫而罢工的邮工们,恰恰是你们这些腐败的邮政官员,是你们不答应工人的正当要求,才造成如今的严重后果,你们必须负全责……"

内外交攻之下,北洋政府恐事件闹大无法收场,不得不由政府出面调停,最终部分答应了工人们的正当要求,同意成立邮务公会(后改名为邮务工会)。秦鸿瑞、方执一、郑开先均当选为工会委员。

这一天,众人正在开会,庆贺罢工的初步胜利,商讨下一步的行动计划,突然,秦鸿瑞收到一封信,当众打开,咣当一声,竟掉出来一颗子弹!子弹脆生生落在地上,把众人脸色惊得煞白。

只见信中写道:秦某人,请你马上脱离工会,即日离开上海。倘使你不听话,下一颗子弹,就要射穿你的脑袋!

方执一看了来信,神色凝重,说:"鸿瑞,不管这封信来自于哪里,现在,矛头指向了你,一定要小心谨慎。何妨出去避他一避?"

秦鸿瑞唰唰把信一撕,连同子弹一齐扔进垃圾桶,朗声说道:"怕什么?管他来自哪里,如果真的要暗杀我,何必非要多费一道手续,先写这个恐吓信?这恰恰说明,我们的罢工是行之有效的,他们害怕了!"

11．抉择

接连几个月,秦鸿瑞方执一郑开先等人带领着邮局的一帮兄弟姐妹,一头扎进轰轰烈烈的上海工人武装起义当中。三次起义,三人都是先锋人物,人群中备受瞩目。三个二十出头的小伙子,每天被一股热血涌动,为每一分胜利而热烈欢呼。

这三次武装起义,沉重地打击了帝国主义和军阀势力。尤其是第三次武装起义,上海八十万工人总罢工,五千有武装的工人纠察队浴血奋战两昼一夜,占领了租界以外的整个市区,取得了压倒性的胜利。秦鸿瑞、方执一、郑开先等人在邮局工人纠察队中脱颖而出,一跃而为工人领袖,引起各方瞩目,也引起了上海滩一位举足轻重的大人物的注意。这双眼睛悄悄注视着秦鸿瑞诸人的一举一动,时不时就对身边的人夸道:

"这帮邮局的小朋友,当真了不起!"

那一天,战斗早早结束,所有的武装纠察队队员被聚集到东方图书馆,只见空荡荡的大厅里,仅摆了一张硕大无朋的书桌,左右两端各摆有纸张笔砚。

王云三代表纠察队说:"现在队员可自主选择加入国民党或是共产党。想加入国民党的,就到右边签字,想加入共产党的,就到左边签字,如果不想加入党派也没关系,现在国共双方团结友爱,同仇敌忾,都是为了一个共同的目标——打击帝国主义和军阀势力,为工人谋取利益。加不加入党派或是加入哪个党派也都是为了这同一个目标,这都是大家自主的选择。"

秦鸿瑞、方执一、郑开先面面相觑,一时没了主意。党派、阶级、主义……这些时代的大名词,对于他们来说都有些太抽象了。尽管他们知道这三次武装起义都是由共产党在主导,可是,他们不觉得这和自己有什么关系。党派?到底是什么?就是和工会一样的组织吗?三人窃窃私语,也没讨论出个名堂,却见周边的工友一个个走到书桌旁边,有的在左边签字,有的在右边签字,有的从左边改到右边,有的从右边改到左边,有的站在中间抓耳挠腮,摇摆不定……

良久,方执一开口了,说:"我觉得,应该加入国民党。以当下的时局,国民党才是最正统最先锋的力量。就以我们邮局来看吧,我们的工会委员除了我们几个,大多是国民党员,就那么两三个共产党员,也都被排挤到犄角旮旯,一点说话的份儿都没有。而且,国民党员一个个的要模样有模样,要文化有文化,都有腔调,那些共产党员呢,穿着土气,一个个像泥腿子,所以,要说康庄大道,我觉得,还是要选择加入国民党!"

郑开先说:"什么腔调!我还就看不惯那些国民党员那副趾高气扬洋洋得意的模样,用我们北方话说,走路带风,衣裳角都能扇死人!我觉得,国民党里的那些人和咱们那些邮务长什么的是一伙的,和他们一个鼻孔出气,只顾得把自己捞得脑满肠肥,根本不管咱们工人的死活!泥腿子怎么了?我就是个泥腿子!我觉得,应该选择加入共产党!鸿瑞,你说呢?"

"对,鸿瑞,你说呢?现在,我和开先一比一,就看你,你选择哪一派,哪一派就是二比一赢,我们就一起加入胜利方!"方执一附和道。

这一下,秦鸿瑞犯了难。从理智上讲,他觉得方执一分析得有道理。毕竟他世家子弟出身,见多识广,书也读得多,更加通晓时事,不管在哪一个时代,像方执一那样的人,都会选择时代的主流,也就是所谓的康庄大道。可是,从情感上,他又倾向于郑开先的观点。如果只是为了自己的利益,何必要去流血流汗地斗争呢?最主要的,他所知道的共产党员,一个是顾正红,一个是王云三,都给自己留下了良好的印象。所以觉得共产党也不错。现在,他们两人各执一词,谁也不能说服谁,把球抛到了自己跟前,自己的选择将会决定三个人的共同的命运,这有些责任重大。

秦鸿瑞沉思良久,终于开了口,说:"你们说,我们三个人加入工人纠察队,参与武装起义,每天真枪实弹地干,几次都差点丢了命,是为了什么?不就是为了给水深火热中的工人弟兄们谋福利、争权利,为了给在斗争中死难的工友们报仇吗!所以,党派不党派的,我觉得没有关系,只要谁支持工人运动,为咱们工人谋福利,我就支持谁!"

"那你的意思,到底是选择国民党还是共产党?"郑开先一头雾水,方执一也眼巴巴地看着他。秦鸿瑞慢吞吞地回答:"我不准备选择国民党。"

"太好了!我们一起选共产党!"郑开先高兴地应道。

"我也不准备选择共产党。"秦鸿瑞又慢吞吞地回答。

"那你到底选谁?"方执一也晕了。

"我选择——不选择!"

方执一和郑开先不解其意,面面相觑。

秦鸿瑞进一步解释:"我选择的是——工人阶级,所以,我不准备加入任何党派!"

原以为秦鸿瑞会让三人做出二比一的选择,没想到变成了三个人三个方向。

"这样吧,我们谁也别勉强谁,谁也别左右谁,各自遵从自己的心,各自做出自己的选择。只有一点,选了就别后悔!"方执一一锤定音。

从东方图书馆出来,已是暮色降临,天边的一抹晚霞红得有些鬼魅。三人相视而笑。进去时,三人是好兄弟,好工友,出来,一个归属于国民党,一个归属于共产党,一个尚属白丁,不,归属于——工人阶级。

这一次的选择,仿若儿戏,过家家一般,一拍脑门就做出了选择。然而,万没料到,这一次选择,却决定了三人今后一生的际遇、一生的道路、一生的方向。

第 二 章

1．枫泾

　　枫泾这种地方,是天然的世外桃源。千百年来,不管外面的世界如何纷繁变幻,她总以同一种姿态存在,以不变应万变。桥还是那座桥,树还是那棵树,古屋还是那座古屋,连清风明月都是唐宋的韵致。在这里,一切都是静止的,空间是静止的,时间也是。
　　当你流连于花花世界里的灯红酒绿、纸醉金迷,你一定会觉得枫泾这种地方太老实,太单调,太乏味,然而,当外面的世界掀起腥风血雨,你惶惶然如丧家之犬,这种时候,你就会想起枫泾来。所以,对于游子,枫泾有一个重要功能——避世。
　　秦鸿瑞一路坐了邮车,坐了船,还走了路,一路的风尘辗转,才到达了枫泾。枫泾离上海仅仅几十公里,可对于秦鸿瑞,竟宛如天际般遥远。还是在孩提时代,秦鸿瑞随父母回枫泾老家,待了几个暑期。然后就是父亲病逝后,送姆妈回老家那一次,也就匆匆住了两天。如果不是因为这次"清党",他不会想起远方的枫泾。
　　正当大家为工人武装斗争的胜利而流泪欢呼、雀跃不止时,万没料到,国民党反戈一击,突然向自己的兄弟——共产党——高高举起了屠刀。从4月12日凌晨开始,国民党突袭了共产党在上海的几个主要据点,杀害和抓捕了众多共产党员,国民党所谓的"清党"自此拉开帷幕。

参与了武装起义的工人纠察队里有许多的共产党员,自然是"清党"要重点打击的对象。方执一侥幸选择了国民党,自是安然无恙。新晋共产党员郑开先命悬一线,朝不保夕,在王云三等人的帮助下,连夜逃到了江西苏区。秦鸿瑞暂且留在上海,静观事态发展,却不料国民党越杀越丧心病狂,"扩大范围,层层深入",无论光天化日,还是漫漫黑夜,或当众捕拿,或登门搜查。只要捉到了"共产党嫌疑犯",便押往枫林桥,那里是所谓"清党委员会"的办公地点。任何人被押到枫林桥,便等于过一次鬼门关。且别说衙门里如何严刑拷打,诸般磨折,过堂之后便生死立判,是共产党便立即枪决,而这是与不是,全在审判人员的一念之间。

于是上海人风声鹤唳,草木皆兵,出趟门不晓得回不回得来。就连闭门家中坐,也怕祸从天上来,半夜三更听到敲门声,也会心惊肉跳,魂不附体。"清党"的头目一个叫杨虎,一个叫陈群,所以"狼虎成群,鬼神皆惊"的说法在上海滩不胫而走。

秦鸿瑞眼睁睁看着与自己一同参与斗争的众多工友被不断抓捕、杀害!进了枫林桥,便是跨进了鬼门关。这其中有不少真的共产党员,却更有不少的冤死鬼。

"清党"一事波及邮局,不断听说有人被带走,所有参与武装斗争的工友都陷入一种惶恐状态。这一日,方执一匆匆来到秦鸿瑞的亭子间,要他马上离开上海,出去避一避。据内部可靠消息,他秦鸿瑞的名字也在国民党的抓捕名单上。秦鸿瑞惊道:"为什么抓我?我又不是共产党!"方执一说:"你证明不了自己是国民党,就证明不了自己不是共产党!现在的政策是宁可错杀三千,不可放走一个。是与不是,先抓去审了再说,而你知道,现在那帮人杀红了眼,咔嚓一声,做了冤死鬼,谁也救不了你呀!"

秦鸿瑞愕然!这是什么混账逻辑?他不怕死,他可以为了争取工人阶级的利益,像顾正红那样慨然赴死,可是,他不想在国民党的屠刀下稀里糊涂做个冤死鬼。他更加不明白,在东方图书馆里,选择国民党抑或共产党,还是像他这样选择不选择,都是自愿的、随心的,无所谓对与错,大家都是好朋友、好兄弟。如何到了今天,便成了你死我活的争斗与屠杀呢?

他需要找个地方,好好想想。这时候,便想起了枫泾。故乡就是这样的一种地方。你嫌弃她的保守、贫穷、单调,你千方百计想要逃离,可是,当你倦了累了,受伤了,折损了,你能想起的,唯有故乡。

2.罗锦琇

枫泾的清晨比上海来得早。刚过五点,晨曦便从夜色里挣扎着出来,幼嫩的橘色,软软地铺满小镇。拱桥是小镇的灵魂,一座一座的拱桥矗立着,以亘古不变的姿态矗立着,小镇就有了魂。拱桥下是弯弯的河水,兀自悠缓地流着,也有亘古不变的意味。两侧的房屋也被勾勒出轮廓,青黑色的屋檐,两侧向上翻飞,像是飞鸟展翅。远远望去,一栋连一栋,勾勒出一个文人水墨画里的江南。脚下是青石板路,石板之间有或宽或窄的缝隙,穿皮鞋不行,深深浅浅,坏了鞋也坏了脚,若是上海小姐的高跟鞋,那更不得了,肯定会陷进石缝,若是崴了脚,那可不是好玩的。所以,这里适宜的是布鞋,就像秦鸿瑞脚上这双,姆妈亲手做的布鞋,宽大绵软,踩在青石板上,仿若做脚底按摩。秦鸿瑞诧异,距离大上海不过几十公里的路程,这里,竟是另外一个世界,十里洋场喧腾起腥风血雨,半分影响不到这里。这里,仍是童话般的安谧静怡,不知有汉,无论魏晋。

家,是父亲族中留下的老宅,写在父亲的名下。自父亲去世后,姆妈便离开上海回到老宅,在这里,她是秦家永远的媳妇,可与丈夫的魂灵永久地厮守。姆妈在厨房里,快活地颠着小脚给儿子做早餐,锅上蒸着冬笋烧卖。这不同于扬州烧卖,馅里没有糯米,只用新鲜猪肉、冬笋细末和皮冻搅和而成,蒸熟后皮冻化为汤汁,浅浅咬一口,轻轻一吸,汤汁充溢口腔,鲜美四溢,齿颊生香。秦鸿瑞在上海经常会梦到吃姆妈亲手做的烧卖,怎么咬也咬不破皮,半夜里馋醒,四顾茫然。

一碟小咸菜,一屉烧卖,一碗清粥,秦母坐在桌边,美滋滋地看着儿子吃早餐,也不言语。她没问儿子为何突然回来。这个枫泾,时时都有避世的人,穿着大上海顶时髦的服饰,怀揣一颗受了伤的破碎空洞的心,或是闭门不出,或是幽灵般四处晃荡,一脸的厌世茫然。枫泾人都习惯了。有些人把这里当作驿站,歇歇脚,休整休整,待好了伤疤忘了痛,便又回到大上海,继续打拼奋斗,继续纸醉金迷,继续伤痕累累。有的人,也就真的留了下来,波澜不惊地过起现世安稳、岁月静好的小日子。秦母不问,心中自有一番盘算。

"秦家姆妈,我给你带了丁蹄,还有新摘的蔬菜……"一个姑娘脆生生的声音响起。秦鸿瑞从烧卖里抬起头来,只见一个年轻姑娘端着一个簸箕,正跨过门槛,笑盈盈地走进门来。

"锦琇,锦琇你来了!"秦母站起身来,声音里有掩饰不住的欢喜,扭头对儿子说,"阿大,这就是你锦琇妹妹,隔壁罗叔家的罗锦琇啊!还记得吗?锦琇,这就是你鸿瑞哥!"

见秦鸿瑞盯着自己看,姑娘,哦,罗锦琇窘了,手足无措地站着,很没见过世面的样子,长睫毛覆盖下来,遮住了一双乌溜溜的大眼睛。她穿着一件对襟的小褂,褂子上零星地点缀着些小花,两条粗硕的发辫,长长地垂在胸前,一张白净的银盘脸,大眼睛樱桃小嘴,正是乡下人喜欢的"旺夫相"。如果仔细看,会发现她的脚是缠过后又放开的,当地人称为"解放脚",这在乡下,已经是相当有见识的人家才会干的事。

"这几年呀,我一个人,全亏得锦琇姑娘天天照应着,要不然,我这把老骨头啊,早就熬不到见你们了……"秦母拉着锦琇的手,扭头对秦鸿瑞说。

"秦家姆妈,快别这么说。鸿瑞哥吃完了吧?我来收拾桌子。"姑娘放下簸箕,低头迅速收拾起碗筷,显然是借此掩饰自己的慌乱。不过,看她那股子麻利劲儿,果然是一个勤快能干的姑娘。

"洗什么碗呀,锦琇,快,陪你鸿瑞哥出去转转!小时候,你俩不是最喜欢一起去水边玩儿吗?快去快去。"秦母一边一迭声催促,一边颠着小脚过来抢活儿,行动竟是异常地迅捷。

"就好就好!秦家姆妈,您赶快歇着。"

两人推来搡去,罗锦琇究竟不敌姆妈的固执,败下阵来。

"看看,这么好的天儿,水边的花儿都开了。你们年轻人,好好出去转转,别惦记我这老婆子,啊?!"秦母眉花眼笑的,秦鸿瑞暗自诧异,很少见姆妈如此和悦慈祥,看来姆妈对罗锦琇真是比对亲闺女还疼爱。

正是人间四月天。出得门来,但见满目的姹紫嫣红,绿的垂柳,艳粉的花。风儿吹过来,是绵柔润湿的,带着饱满的水分和氧分,深吸一口气,但觉那份清新直往肺里钻,五脏六腑都洁净起来。

秦鸿瑞大口地呼吸着,仿佛要涤清大上海的那份污浊晦涩。

两人沿着窄窄的水道信步往前走,来到一片开阔处,真个是芳草鲜美,落英缤纷。小草长得葱郁,活泼泼的,就像是铺了一层厚厚的地毯,碧绿中点缀着些艳红、粉红,蝴蝶蜜蜂在花间穿行,魅影翩翩。

"鸿瑞哥,你还记得这里吗?小时候,你最爱到这里玩儿。"

"这里还是老样子,一点都没变呀!"看着眼前的胜景,熟悉又陌生,秦鸿瑞有些惊喜,亦有些恍惚。十数年过去,这里竟然和儿时记忆里一模一样,就仿佛这么些年时光忘记了流逝,一切都还是原初的模样。

"就是呀,那个时候,我们最喜欢到这里,还有树生、春妮、李家阿大,我们滚铁环,拍糖纸,抓羊骨头……每次都是你最厉害了。"罗锦琇说得脸红红的,很是兴奋。

"还有枪战,还有过家家!"秦鸿瑞也被带到儿时的回忆里,悠然神往,"那个时候,你梳两条小辫,眼睛大大的,总是演小姐,有一次,还演我媳妇儿……"

说到这里,秦鸿瑞才猛然意识到不妥,大家已不是小孩子了,此话也太过唐突。再看罗锦琇,她已快步向前,顾左右而言他:

"鸿瑞哥,你看,那棵大树还在呢,小时候,你经常爬到树上,有一次摔下来,额头上摔了一块疤……"

秦鸿瑞心中暗暗夸赞,这罗锦琇,别看是乡下姑娘,还挺有智慧,不露痕迹地化解了尴尬。

隔壁罗家经营着枫泾镇上有名的特产丁蹄。红烧蹄髈"丁蹄"始于清咸丰二年,创始人姓丁,故称"丁蹄"。罗家祖上曾在丁家做工,深得丁蹄之精髓,再加改良,一直是在小镇上最得喜爱的冷切佳肴。所以罗家也算是这镇上数得着的殷实人家。

罗锦琇是罗家的大姑娘,也是这镇上数得着的俊秀姑娘,圆脸盘,大眼睛,身坯茁壮,恰好符合小镇的审美。还识得不少字,能看懂和书写一封寻常的家书,有时镇上有人家来了信,不识得字,就请了她去读。秦母就是这样,秦鸿瑞兄弟俩来了信,她便去请了罗锦琇来家里读,也请她帮着写回信。一来二去,罗锦琇成了秦母与儿子之间的一座桥梁,母子间的通信全凭了罗锦琇在高小里识的那几个字。秦鸿瑞是个孝子,事无巨细都要给姆妈汇报,考上邮局了,参加罢工了,受到王云三接见……所以,他的行踪罗锦琇几乎无所不晓。通信久了,罗锦琇渐渐在心里勾勒出一个人,他远在天边,又近在眼前,你看不见他的样子,可是他的气息、声音却无不弥漫于字里行间。罗锦琇读着信,就像是在和他对话,或者说,罗锦琇仿佛是借着替秦母通信的壳儿,在和秦鸿瑞说着自己想说的话。

姑娘大了,又是这小镇上一枝花,说亲的人真真快踏破了门槛,罗锦琇却只是摇头,不允。她心里有一个人,就像是在心里设了一道坎儿。媒人纵是说破了天,这个坎儿,无法逾越。

看到秦鸿瑞,罗锦琇心里一紧。就像是看到书里的人儿走到了生活中,走到自己面前来。那道坎儿倒下来,和现实融在了一起。她每天过来帮秦母料理家务,就和寻常一样,却又不一样了。秦鸿瑞通常爱坐在门边,望着天边的流云,望着脚边流淌的河水发呆。两人也不说话。她有条不紊地做着事,淘米、择菜、做饭、浆洗衣物……不管做着什么,总是能感受到他的存在、他的气息,就有一股隐秘的欢喜在心底里弥漫开去,动作也就愈发轻盈利落了。有时秦鸿瑞看着罗锦琇忙碌,也会产生奇异的感觉,仿佛太古洪荒时,她就这样忙碌着,这样地老天荒地忙下去。她就和这小镇一样,以一种温柔又倔强的方式存在着,管你外面沧海桑田、斗转星移,她只是活自己,总是自己最自在的模样,亘古不变。看到她,你没了时间,也没了空间。对于一个避世的伤心人,这正是最好的疗愈。

3．订婚

鸿瑞兄：

　　一别一月有余,未知兄可安好？甚为惦记。一场动乱,令人不齿,也令兄备感困扰,心生逃避之意,弟万分理解。弟有一事相告,如今邮务工会改组,弟已当选为常务执行委员,未来当有力量为工友贡献更多之力量,弟心甚慰,更盼兄及早归来,与兄携手,共襄盛举。风波之事,无足挂怀。弟已打通关节,待兄回沪,即可由我推荐加入国民党,"清党"一事即与兄无关。当下时局,要想继续做工运,为工人说话,为工人谋福利,此举为必由之道。另,还有一大人物已托人带话,想结识你我兄弟二人,此人为上海滩上一言九鼎之人物,租界、政界、商界皆听他号令,有他相助,你我必将宏图大展。

　　盼兄早日回沪。

弟：执一　上

　　面前摊开着一封信。字迹遒劲,是方执一写来的。如今能在这战火纷飞的乱世中从容穿梭行走的,怕也只有身负鸿雁传书使命的邮差了。身背信兜,就如同背了尚方宝剑,每一家都有亲戚朋友,每一个人都需要与外界通信联络,就连最凶残的土匪都知道,和邮差过不去,就是和自己过不去。在邮差背上的行囊里,或许就有着自己的家书。所以,各种纷争如火如荼,可哪怕在枫泾这样的小地方,信件也是如期抵达。方执一,离开上海不过一月有余,这名字竟是恍如隔世了。此时,秦鸿瑞身上穿着黑色的丝绸大褂,头上戴着礼帽,胸前还绑了一朵大红花,活像一个乡下的土财主。不,今晚,他将成为乡下新郎官!

这一月以来,秦鸿瑞每日与老母话话家常,给老母揉脚捶背,和罗锦琇到小河边走走,倒也轻松惬意。姆妈老了,身体显见不好,一咳就是大半日,让秦鸿瑞的心揪成一团。想带她到上海去住,却又不肯。

这一日,娘俩拉着家常,姆妈突然提出要求,竟是要他娶了罗锦琇,秦鸿瑞大惊!舌头也打了结:"这,这,怎么可以?"

"怎么不可以?锦琇那么好!你们天天在一起那么好!难道你不喜欢她?"姆妈奇道。

秦鸿瑞语塞。这些日子,每日有罗锦琇陪着,也无不好。罗锦琇娴静、勤劳、朴实,是个好姑娘,一双沉甸甸的大辫子,一双乌溜溜的大眼睛,也有着一种动人心魄的魅力,在这镇上来说,也算是数一数二的美人儿。尤其是对姆妈和自己无微不至的关心更时常令秦鸿瑞感动。秦鸿瑞没有不喜欢她。但是,不是那样的喜欢。他喜欢罗锦琇,就像喜欢枫泾的拱桥、青石板路和岸边的垂柳、野花野草,那是仅仅属于避世时,仅仅属于在枫泾这样特殊的时期、特殊的环境。你能把这枫泾的小桥流水带到上海去吗?同理,罗锦琇也是枫泾特有的风景,怎么能够把她带到灯红酒绿的大上海去呢?

秦鸿瑞说的这些,秦母不懂,生气地说:"你呀!是不是被上海那花花世界给迷了心肠?那种地方,那些女人,你怎么玩得过?到时怎么死的都不晓得。你不是小开,不是富家子弟,你只是一个乡下人,一个小文员的儿子,要晓得自己的本分。罗锦琇才是一辈子能为你生儿育女、能伺候你的人……"

"不是啦。"秦鸿瑞有些烦躁。他才二十出头,什么生儿育女,哪跟哪呀!是的,他还没有谈过恋爱,但是,上海有黎黛珊、方念一。黎黛珊秀外慧中,吟诗作赋无所不能,尤其一口流利地道的英文,让秦鸿瑞崇拜得五体投地;方念一时髦新潮,能歌善舞,每每在舞场上旋转成皇后。而罗锦琇呢?甚至还缠过小脚!虽然缠过又放开,但大脚趾已经严重弯曲变形,这畸形的脚就是落后愚昧的耻辱柱!他已经见过了上海滩最顶尖的女孩子,怎么可能接受罗锦琇?

母子俩谈不拢,秦鸿瑞赌气跑到户外,躺在草地上看了一下午的流云。暮色初上,秦鸿瑞才回到家中,惴惴地推开房门,却见昏黄的暮色里,姆妈以自己离开时的姿态一动不动地在餐桌边坐着,桌上的饭菜也都原样摆着。仿佛这长长的一下午竟在须臾间。

"姆妈。"秦鸿瑞轻声唤着。

姆妈未应。

秦鸿瑞走上前去,却见姆妈正在悄无声息地流泪。桌上已经湿了一大片,姆妈的眼泪还在无声而汹涌地向下淌。

秦鸿瑞吓坏了!姆妈是个贤良安静的人,从不高声说话,更不会打人骂人,委屈极了,就一个人关在房里无声地淌眼泪,那眼泪就像一颗颗的珠子,噼噼啪啪地落在桌上,永远淌不尽似的。秦鸿瑞一家最怕的就是姆妈这样淌眼泪。她这样一淌泪,那瘦弱的微微耸动的双肩,那在肩上耳边垂下来的几缕颤动的白发,那苍白的面颊红肿的眼睛,就会提醒家里这几个大老爷们,她是多么弱的一个女子,她是多么的可怜。同时你会想起她平日里如何地对你,如何千般疼万般爱,你就会顿悟自己如何地混账、不是个东西,你恨不能跪在她脚下,只求她不要再哭了,你会答应她的任何要求,只求她能展颜一笑……

姆妈用她无声的垂泪成功地制服了父亲当年险些儿的一次出轨,制服了阿二秦鸿宇的调皮逃学玩耍,现在,她再一次成功地制服了阿大。最后,姆妈以她一连串喘不过气来的咳嗽结束了这场争论,以秦鸿瑞赌咒发誓然后小心翼翼地扶她上床就寝告终。

一连数日,昏昏沉沉。直到穿上这身新郎服端坐桌前,直到镇上唯一的信差巴巴地送来这封信,虽还未拆开封口,看到信封上那熟悉的字迹,上海的气息扑面而来,属于上海的前尘往事翻涌而至,秦鸿瑞感觉到痛,这才清醒过来。环顾四周,端详自己,才感觉出荒唐!怎么?难道自己真的要留在镇上,成为罗家的女婿,继承罗家的产业,成为"丁蹄"的小老板吗?不!不是的!他只是受惊了,一时气馁了,只是到枫泾来暂时避一避,待动乱过去,他抚平了伤,还是要回大上海的!秦鸿瑞站起身来,感觉身上绑的大红花像是一个枷锁,他一把扯下,气呼呼地扔在桌上!秦鸿瑞在屋里团团转,感觉自己是一头困兽。

4．逃离

清晨的露水染湿了台阶。青石板上湿漉漉的,泛着微微的青光,河岸的垂柳也润湿的,一朵小花开得鲜艳。

乌篷船已备好,船夫戴着斗笠,坐在船头,叼着烟斗静候着。这种别离的场面他见多了,女的哭天抹泪,男的依依不舍。也是,这乱世,谁知一别是不是永别?多等会儿,不急。

秦鸿瑞已脱下大褂,换上西服,又要奔回上海那花花世界里去。这人的心呐,总是好了伤疤忘了痛的。上海的繁华奢靡,没见过也就罢了,见过了,就再也逃不开,躲不掉。

儿子昨天刚刚订完婚,今天一大早便迫不及待要走。秦母心里有些不喜,也知儿子这婚订得勉强。儿子还年轻,还不懂得什么叫好女人,也不懂一个好女人、一个家对男人的重要性。但是,婚订了,儿子的根也就有了,不管飞得多远,总有一处可归来憩息。终有一天,他会明白姆妈的心。

罗锦琇把一个大大的包裹塞进秦鸿瑞的怀里,包裹里有一堆衣物,都是这些日子她给秦鸿瑞做的布衫、纳的新鞋,一针一线,是密密匝匝的女儿心。还有一包吃食,丁蹄、豆腐干、状元糕,这都是秦鸿瑞最喜欢的,上海再好,也买不到。昨晚订婚之后,在秦鸿瑞的房里,罗锦琇有过隐隐的惶恐,更有过隐秘的期待,她的澡洗得很仔细,穿了崭新的红肚兜,用栀子花的花瓣熏过,一股子沁人的清香,脸上还抹了雪花膏。她端坐床头,整个人就像一朵盛开的玉兰花。按照枫泾的老规矩,订婚时本不可圆房,但这乱世,一切的规矩都走了样,都有些今朝有酒今朝醉的意味。谁知明天会发生什么?所以,保守如罗锦琇的父母,也暗示可以在秦鸿瑞处留宿。男人嘛,让他尝了甜头,也就安心了。秦母给秦鸿瑞的床上铺了大红的新被褥,便乐颠颠地关门出去了。还特意说,今天高兴喝了两杯酒,她要早早睡了。可是,什么都没有发生。秦鸿瑞仅仅脱了大裤,说一声,睡吧!穿着长衣长裤便钻进被窝,罗锦琇呆立半响,也小心翼翼地躺下了。虽和秦鸿瑞尚隔了半尺的距离,依然心浮气喘。她摸了摸自己鼓胀的胸脯,暗想,姆妈说,自己这里长得最好,男人都会很喜欢,可是,难道鸿瑞哥不喜欢吗?又想,不管怎么样,他已经是自己的男人了……正迷迷糊糊想着,黑暗里传来秦鸿瑞的声音,说:"明天一早,我回上海。"

见秦鸿瑞脱下大裤,换上西服,又是那个只有在信里才能见到的大世界里的男人了。那个坐在岸边和自己一起看流云、看野花的秦鸿瑞已经和那件大裤一样,被一把脱下甩到屋里。罗锦琇有一点点瑟缩,更多的却是欢喜。他的世界她没见过,她也不懂,可是,他是多么让人崇拜,自己是多么幸运啊。

"鸿瑞哥,你安心去做工,家里有我呢,我会照顾好阿母,你放心。"罗锦琇扶住秦母,微笑着,冲秦鸿瑞摆手。秦鸿瑞有些惊异。看罗锦琇笑得那样真心实意,似乎对自己昨晚的冷淡毫无介怀。

"儿呐,在外面要注意安全,要记得你的家、你的媳妇。"秦母垂泪。姆妈真的老了,身形已经有些佝偻,一双小脚颤巍巍的。秦鸿瑞心头一紧,不忍再看,说:"我走了,姆妈,你要多保重,锦琇,你辛苦了!你们赶快回去吧!"掉头转身噔噔走向船头。

上了船,见姆妈与罗锦琇兀自搀扶着,立在岸上,眼巴巴地望着自己。秦鸿瑞心中大恸,俯身跪下,冲着姆妈咚咚咚磕了几个响头。

中国的古话,总是自相矛盾。古话说,父母在不远游,古话又说,好男儿志在四方。一切都根据自己的需要选择使用。

乌篷船穿过一个又一个桥洞,别了枫泾,去往上海。秦鸿瑞立在船头,胸膛里揣了方执一的信,和他的心一起跳动。这是一颗热血男儿滚烫的心。此心本非池中物,方执一的一声召唤,立马升空腾起,飞往光怪陆离的大千世界。那才是他的舞台,他的天地。

第 三 章

1．弄堂

　　弄堂才是这城市的底色。

　　尤其是闸北区这一片，一条一条的弄堂把城市隔得横七竖八，走进弄堂口，路边充塞着便溺器、洗衣盆、杂货摊；操着苏北口音的婆姨守护着小吃摊，一边卖一边吆喝，浑不觉口水溅到了食物上。小孩子在巷子里窜来窜去，打闹、疯跑，后面总有姆妈举着擀面杖一面追，一面不住口地咒骂。一个男子因为一把青菜买贵了一个铜板遭到妻子贬损，口角演变成武斗……

　　每次从整齐优美的法租界来到这"下只角"的闸北区，方执一都感觉不适。超高分贝的音浪，耳膜总是被震得生痛，这呛人的人间烟火气，常常把他熏得透不过气来。而每次他的到来，总会遭到小孩子和婆姨们肆无忌惮的打量。他白净的肤色，规规矩矩扎在裤子里的雪白的衬衫，鼻梁上架着的眼镜，都宣告着他不属于这里，他来自另一个世界。有一次刚穿了一条崭新的卡其色西裤，一个小孩好奇伸出手去摸他裤缝，浅色的长裤上清晰地留下五个手指印,宛若传说中的五指山,让他又惊又怒,又无可奈何。

当然,若不是因为秦鸿瑞住在这里,鬼才来这种破地方。方执一一面诅咒,一面小心翼翼地避开各种障碍物,七拐八拐,终于到了秦家楼下。

秦鸿瑞的家,在弄堂深处一座筒子楼的顶上,多余搭出的一间屋子,上海人称之为亭子间。在这矮小逼仄的亭子间里,腰直不起来,只能佝偻着身子进进出出,纵算在下只角,也是最寒酸最破败的住处了。当年因父亲猝然离世,秦鸿瑞和弟弟秦鸿宇这两个十几岁的半大孩子,便只得租住在这一处蜗居,聊以遮风挡雨。如今秦鸿瑞进了邮局,收入条件大有改善,但他是个大方人,钞票到了手里,永远是左手进右手出,从来没有存财的理念,所以永远是罗锅上山——前(钱)紧,也就仍租住在这个亭子间没有动弹。当然,如今秦鸿宇去了东北念大学,就剩下秦鸿瑞一个光棍汉,本来在生活上就不讲究,好赖有个地方住,也就是了。

当年时不时地,方执一便会跑到这亭子间来一趟,给秦鸿瑞送些书报,给他讲讲外面的时事,让他不至于沦为一个十足的两眼一抹黑的苦力。如今都是秦鸿瑞去方家大客厅,方执一来得少了。今天却不得不来,因为,这是一个重大的转折点,方执一必须来游说秦鸿瑞,让他和自己一起,走上正确的康庄大道。

门虚掩着,方执一不客气地推开房门,见秦鸿瑞正坐在床上,望着窗外的一角蓝天发呆。

"执一,你怎么来了? 正想去找你呢!"见到方执一,秦鸿瑞脸上露出笑容,可这笑容并不似平日里那般灿烂,神色间有些消沉。

"你这里清静! 我们哥俩喝两杯,好好说说话。"方执一从纸袋里掏出一瓶黄酒,还有花生米和酱鸭两样下酒菜。

"太好了! 正想喝两杯!"秦鸿瑞眉头一挑,赶快去张罗着拿酒杯。

几杯黄酒下肚,秦鸿瑞的脸色活泛起来。说起和罗锦琇订婚之事,方执一讶异不已。没想到一向头脑活络、灵活变通的秦鸿瑞竟然遵守封建孝道,和一个乡下姑娘订了亲。可如今木已成舟,见秦鸿瑞大有恨意,也只得好言相劝。

"鸿瑞,大丈夫的天地不在家里,而是在广阔的大千世界!有个什么样的老婆并不重要,重要的是在社会上有个什么样的舞台。是鱼就要到海洋里去游泳,是鸟,就要在天上飞!"方执一总是这样,大道理一套一套的。

"说得是啊!可是现在,到处搜捕共产党,冤死鬼那么多!早上出了门,就不晓得晚上回不回得了家,朝不保夕,人心惶惶,连坐在家里都担心鬼来敲门,还能做什么?"秦鸿瑞郁闷。

"没那么可怕。鸿瑞,只要证明你不是共产党,就万事大吉!我们一样做工运,一样领导工人们去和资本家斗,一样可以干一番轰轰烈烈的大事!"

"我本来就不是共产党。又如何能证明我不是共产党?证真容易,证伪难。"

"要想证明你不是共产党,容易!"方执一神秘一笑。

"如何证明?"秦鸿瑞不解。

"申—请—加—入—国民党!"方执一一字一顿地说。

"嚄!我不是共产党,我也不想加入国民党!我说过了,什么党派,我都不感兴趣,我唯一想做的,就是为我们工人阶级争取利益。况且国民党突然间就对共产党大下毒手,昨天还在一个战壕里称兄道弟,转眼间就举起了屠刀,这种出尔反尔的政党,啧啧!"秦鸿瑞不屑地摇头。

"但是,现在的现实是,如果你不加入国民党,就无法证明你不是共产党,不能证明你不是共产党,你就无法再名正言顺地做工运,不但不能做工运,恐怕连性命都堪忧!丢了性命不要紧,可做个柱死鬼,还怎么去为广大劳工兄弟争取权益?"方执一像说绕口令一般,把秦鸿瑞都快说晕了。秦鸿瑞愣怔着望着方执一,觉得自己从没有这样傻过。方执一打蛇随棍上,继续开导道:"开先如今已经不知逃往何处,生死未卜,万不愿再看到你无端遭受厄运。鸿瑞,这是一个热血沸腾的时代!我们的祖国已经遭受了太多的压迫、太多的耻辱,到了生死存亡的关头,我们必须为我们积贫积弱的祖国去奋斗、去改变,而不是蜷在这个亭子间里,苟且偷生,混吃等死!"

"难道说,要去为祖国奋斗就必须要加入国民党?"秦鸿瑞眉头紧蹙。

"现实便是如此。鸿瑞,关于党派之争,不是我们这个层面可以理解、可以妄议的。我们看不到全局,自然无法得知真相。孰是孰非,只能留待历史去证明。目前我们所能做的,唯有认清现实,顺应潮流。国民党现在是执政党,是正规军,追随国民党,总归说来是没有错的。我们不去过多过问政治,我们还是老老实实做我们的工运,想想我们哥俩,带领工友,纵横江湖,多么惬意!"方执一说得眉飞色舞。

"是的,从我阿爸到我自己,我亲眼看到、感受到,我们国家的工人实在太苦了!我就是不忿,我就是想为我们工人阶级谋求利益!所以那天我说,我的信仰是工人阶级!"秦鸿瑞一仰脖,干了一大杯酒,感觉青春的热血涌动。

"是的,我万分理解!我自愿加入了国民党,自然会一生效忠于国民党,永不背叛,这是我的信仰。但是你不同。你的信仰是工人阶级,换而言之,一切对做工运有好处的事你都该去做。以此为轴心,其余的都是手段,不是目的。"

"你是说,我加入国民党只是为了更好做工运的一种手段,而不是目的?"秦鸿瑞若有所悟。

"你这么聪明,一点就透!连我这种方脑壳都能想明白的道理,你这么灵活变通,怎么会转不过弯儿来呢?来,我们哥俩走一个!"方执一与秦鸿瑞酒杯轻轻一碰,难得豪爽地干了一大杯。两人相视一笑,一股温暖的情意流淌在两人之间。如果说,这世间只有一个人值得秦鸿瑞百分之百的信任,这个人,毫无疑问,就是方执一。他与方执一的情感甚至超过了亲弟弟秦鸿宇。与秦鸿宇完全是由血缘联合成的亲情,天然的血浓于水;而与方执一,更有一种高山流水遇知音的情谊,这种情谊超越血缘、超越男女,超越一切世俗的蝇营狗苟,属于灵魂世界的相遇与融合。

方执一平日里虽也小饮几杯,总归说来还是比较节制,总怕喝醉失态。不似秦鸿瑞,喝起酒来豪气冲天,大有"呼儿将出换美酒,与尔同销万古愁"之势。

今天方执一难得有如此雅兴,豁出去了,秦鸿瑞又正处于心神激荡之际,两人不断推杯换盏,你来我往,不知不觉中,一瓶酒已经见了底。

醉眼蒙眬之际,秦鸿瑞说:"执一,将来,我们之间如果只有一个生的希望,我一定留给你!"

这熟悉的一句话一说出口,两人都怔住了。方执一微微颔首,郑重地说:"我也是!"

两兄弟相视而望,眼圈渐渐红了。

时光回到数年前,少年方执一到这个亭子间,来给秦鸿瑞送些报纸杂志。

刚到亭子间门口,听到一阵呜呜的哭声,方执一一惊,推门进去,却见秦鸿瑞躺在床上,秦鸿宇坐在床边,正拉着哥哥的手呜呜地哭。

"怎么了?鸿瑞?你病了?"方执一冲到床边,大声喊道。秦鸿瑞却紧闭着眼睛,一动不动。脸通红着,一摸额头,滚烫。

"哥哥他,吐血,他,要死了……"才十几岁的秦鸿宇大哭起来。

"别瞎说,别瞎说。"方执一也慌了,他勉强稳住心神,说,"鸿宇,你别哭,告诉我,怎么回事?"

自被码头工头抢了血汗钱,秦鸿瑞便发誓不再去码头做工。如此又晃荡数日,那一天见到一家德国人开的杂货店招小工,条件是十八岁以上,会英文。秦鸿瑞进店自荐,老板见他年纪幼小,个头又矮,不像是个有力气的,没瞧上眼。彼时正好有一个外国人进店买货,情急之下,秦鸿瑞冲上前去,叽里咕噜和老外说起了英文,并很快帮顾客找到了所需货品。老板见他果然机灵,一张厚墩墩的圆脸很有喜感,尤其一口英文说得相当流利,甚是难得。因为此店开在租界,来来往往都是各色洋人面孔,会英文相当重要,可要想在苦力里找个懂英文的,难。再问他年纪,秦鸿瑞硬着头皮给自己加了两岁,十八!老板虽见他不像有十八的样子,也没深究,就这样留了下来。

秦鸿瑞在学校念书,别的学科马马虎虎,单一科英文,端的是出类拔萃,连方执一都比不上。盖因为父亲常说的一句话:要想在这上海滩出人头地,必须学好英文,今后进了洋行工作,每天坐办公室,风吹不着雨淋不到,就不必干苦力受那么多罪了。如今果然是凭了一口英文,秦鸿瑞终于找到一份码头工之外的工作。虽然离进洋行还相去甚远,但好歹不是"野鸡工",而是每天固定上班有固定薪水可拿的店员。秦鸿瑞甚感满足。

上了工才知道,这份工作并不清闲,整个杂货店,除了老板,就秦鸿瑞一个员工,每天搬货、卸货、码货,这些重活儿全落在秦鸿瑞头上,有时还需扛着货物跑老远给顾客送货上门,劳动强度一点不比在码头少。而且基本是全天连轴转,没个空闲的时候。秦鸿瑞每一天都累得半死,回家的路上都拖不动步子,走路都想打瞌睡。但对比那些码头上有一天无一天的"野鸡工",秦鸿瑞觉得自己每月有固定工资,还是稍感安慰。如此苦苦支撑了半年,到底是年幼体弱,昨天下午秦鸿瑞在店里卸完所有货物,累得吐血,当场晕了过去,醒了之后,老板怕出了人命无法交代,当场便要赶他走。秦鸿瑞苦苦哀求,看在自己当牛做马勤恳做工的分上,留下自己。老板却轻蔑地说:"你们这些中国人就是这样,东亚病夫,纸糊的一样,浑身上下没有几两力气,干点活就吐血装死,晦气!没本事吃劳力这碗饭。"秦鸿瑞被羞辱,又丢了工作,回到家里一病不起,躺了两天,越躺越不见好,发高烧,说胡话,昏迷不醒。才十几岁的秦鸿宇除了守着哥哥哭,什么办法也没有。如是,直到方执一来给秦鸿瑞送书,才发现大事不妙。

"鸿瑞,鸿瑞,你快醒醒,我是执一!我是执一!"方执一急切地摇晃着秦鸿瑞的肩膀。

在方执一的声声呼唤下,秦鸿瑞终于悠悠地睁开了眼睛,看到方执一,眼圈一红,微弱地说:"……累……好累,苦……苦……"

"苦?鸿宇,快去给你哥买糖!"方执一慌忙从口袋里掏出一把钞票,乱七八糟塞到秦鸿宇手里。

"哎!哎!"秦鸿宇愣头愣脑地接过钱,反身便往外跑。

"不,不是……欺负人……都欺负人……做工……怎么这么苦……"秦鸿瑞喃喃,眼睛像盲人一般暗黑。方执一明白了,秦鸿瑞所说的苦,不是嘴里的苦,而是指中国劳工的苦,处处受压迫受剥削,好好一个少年,竟被折磨得奄奄一息。

"鸿瑞,别说了,那些外国资本家不是人!你确实太累了,好好休息。我去给你请大夫,一定治好你!我发誓!发誓!"方执一拉住秦鸿瑞的手,虔诚地说。秦鸿瑞唇边掠过一丝模糊的微笑,复又陷入昏迷。

十万火急请来了方执一家里相熟的大夫,抓了药,却是喂什么吐什么。方执一不敢回家,打了地铺日夜陪在秦鸿瑞身边,几日下来,秦鸿瑞却仍是处于半昏迷状态,发高烧说胡话,没有半点好转。大夫摇头,说这孩子长期营养不良,又耗力过度,加之心情抑郁,怕是不行了。他毕竟只是个孩子,就像一棵小树苗,还没长大,哪里经得起狂风暴雨,幼苗易折哪!方执一和秦鸿宇闻听此言,大惊。方执一苦苦哀求,说,一定要救救秦鸿瑞!无论花多少钱,方家给!大夫说,和方家几十年交情,能救自然要救。可医生救得了病,救不了命。家里还有什么人,来看一眼,告个别吧……无论秦鸿宇怎么哭,方执一怎么求,大夫不肯再开药,摇摇头走了。

两个小伙子泪眼相看,无比惊惶,扑到秦鸿瑞面前,却见他恰恰悠悠睁开了眼睛。方执一强忍悲伤,说:"鸿瑞……还想见什么人,我去……知会一声……"

迷迷糊糊里,秦鸿瑞听到了大夫和方执一的对白,听方执一这么一问,便知自己病情凶险,这是要给自己的亲人报告噩耗,想,自己到底是不行了吗?秦鸿瑞张张嘴,却什么也说不出来,眼泪顺着面颊流了下来。

方执一见他形销骨立,气若游丝,嘴唇上满是大泡,煞是可怜。想他才十几岁年纪,却要扛起整个家庭的重担,如今还没成年,竟就要命丧黄泉,心里凄楚难忍,一股热泪涌上眼眶,不由别过脸去,

089

不忍再看。

偏偏秦鸿宇兀自憨憨地追问:"哥哥,哥哥,执一哥问你,还想见什么人?还想见什么人?"

秦鸿瑞定定心神,用尽全身力气,吐出几个字:"……姆妈……姆……妈……"

方执一抹去眼泪,说:"好,我这就去……这就去……"

闻听凶耗,姆妈立时迈动着小脚,颤巍巍地从枫泾往上海赶,当天夜里便赶到了秦鸿瑞的病榻前。见到病榻上奄奄一息的儿子,姆妈一把抱住,泪眼滂沱,沉痛地呼号着:"儿啊儿啊,我的苦命的儿啊……"

姆妈打了地铺,全心全意侍疾。大夫不肯开药方,姆妈便四处求神拜佛,搜寻各种偏方。大夫说,秦鸿瑞长期身体虚弱,劳累过度,这次急火攻心,以致高烧不退。方执一想起,小时候听大人说,有一种偏方叫蛤蟆粪。上海人口里的蛤蟆粪,其实就是癞蛤蟆产的小蝌蚪,色黑、头圆,尾巴细长,扭曲蠕动,是一种让人很恶心的东西。但据说蛤蟆粪性寒大凉,用作药引子,对高热有奇效。只是这种东西没有地方卖,在上海也找不到。方执一当即陪着姆妈回到枫泾,深夜姆妈打着手电筒坐在田边,方执一挽着裤脚亲自下到田里去捕蛤蟆粪,如此捕捞了一宿。回到上海后,把蛤蟆粪烤干碾碎,和在药里让秦鸿瑞服下。没想到几服蛤蟆粪下去,秦鸿瑞连吐带拉之后,高热退去,神志清明了许多,竟然能够开口唤姆妈了。姆妈喜极而泣,知道儿子这条小命总算是给捡回来了。方执一却累得瘫在地上起不来。

此后,方执一成天价地往秦鸿瑞家里跑,偷出爷爷的珍贵补品,什么燕窝、虫草、人参……燕子衔泥一般往这亭子间里送。这一日见秦鸿瑞终于从病榻上坐起身来,但腮帮子完全凹陷下去,整个人瘦得脱了形。这就算是在鬼门关边逛了一圈。方执一又是欣喜又是心酸,忍不住泪盈满眶。

姆妈说:"阿大呀,你这条命啊,是执一帮你捡回来的呀!"

秦鸿瑞深深地望着方执一,说:"执一,将来,我们之间如果只有一个生的希望,我一定留给你。"

方执一微微颔首,说:"我也是。"

2．申先生

华格臬路上鼎鼎大名的申公馆。

方执一和秦鸿瑞坐在阔大的客厅里,好奇地打量起四周。老早就听说申家的排场豪奢,如今一见,秦鸿瑞倒是隐隐有些失望。房子大是很大,室内的设置却略显清简,似乎也看不出如何地不得了。世家子弟方执一却看出了门道。墙角的茶几,边上的小凳,都是明清的红木,雕工极为考究,墙上的字画也都出自名家之手,这一切,不露痕迹地散布于房间的每一个貌似不起眼的小角落,于细节处见端倪。如此低调之奢华,含蓄之考究,方执一暗暗称奇。若说申家是如何豪奢,他都是信的,若是四处镶金嵌玉,金碧辉煌,或说连马桶都是纯金打造,他也不会惊讶。可万没料到,一个闯荡江湖的帮会大亨,一个据说连一张报纸都认不全的半文盲,一个沉溺于赌和土(大烟)的白相人,居然能有此不俗的品味,可见此人确实不简单。

管家在耳边低语:"申先生下来了。"二人抬眼望去,只见一个中年男子从楼梯上拾级而下。他相貌清癯,身形消瘦,身穿一袭灰色长衫,一双轻便的布鞋,走起路来衣袂飘飘,竟有点仙风道骨之感。二人暗暗称奇。素闻上海白相人"混世界",标准打扮是纺绸细缎短打,一襟中分,胸前必要冒出一条金表链,表链越粗越表示有身家。金表链在左胸绕个弧形半圆,链末系以西洋打簧金挂表,塞入衣袋。此外,手指上还必须佩戴一只油光锃亮的大钻戒。总之,怀表、金链、大钻戒,倘若少了这三样,那就寒酸得很了。可申先生却并未作如是装扮,金表链大钻戒一概没有,一袭布衣,轻袍缓带,更像是一个徇徇儒雅的君子、书生。

"是执一、鸿瑞吧?欢迎欢迎!"申先生快步迎上前来,微笑着握住了二人的手,声音虽不高昂,却十分的诚挚与热情,让人能感觉出他从心底里透出的亲切。

二人放松了,也微笑着回应:"申先生好!"

坐在沙发上,品着上好的西湖龙井,申先生神色谦卑地说:"二位都是青年才俊,人中龙凤,尤其是在工人运动中的杰出表现,更让在下心仪不已。在下能结识二位,当真是三生有幸!"

"申先生快别这么说,"二人惶恐了,方执一谨慎地选择着字句,说,"申先生在上海滩一言九鼎,为我们工人做了许多的事情,才是我们顶顶佩服和仰慕的人哪!"

"唉!我呀,是个粗人。从小父母双亡,家里太穷啊,读不上书,拢共读了一年小学就辍学了,斗大的字认识不了一箩筐,一口浦东腔也改不了,连国语都不会说,当众发个言讲个话就能要了我的命,惭愧呀。所以,在下最是佩服有知识有文化的人。"申先生自我打趣,引得二人也笑了起来。

申先生名震上海滩,已是响当当的大人物,方执一二人虽也耳闻申先生童年少年那段历史,以及他个人的一些缺陷,换个人,总是要千方百计加以粉饰甚至不惜伪造历史,没想到他自己竟毫无避讳,坦然和盘托出,反见胸襟开阔,心怀坦荡,更添几分真实可爱。但是,申先生虽不识几个字,却举止文雅,彬彬有礼,声音轻柔,谈吐间颇有见地。甚至一些国民党的新名词,也能运用自如,绝无江湖草莽的粗豪之气。方、秦二人且惊且喜。宛如见到一位亲切和蔼,善解人意的长者,二人拘束之意渐去,也就放开来,侃侃而谈,对时局的看法,在工运中所遇到的种种困惑、难题也都一吐为快。申先生也都能理解、同情,并适时提供具体而实际的意见和建议。三人这一聊,竟是整整一个下午。

出得门来,已是华灯初上。法租界的夜景斑斓多姿,法国水手,红头阿三,穿旗袍梳8字髻的女人,暗红的嘴唇在夜色中一闪一闪。相比枫泾夜晚的清风明月、小桥流水,全然是两个世界。

秦鸿瑞与方执一喟叹:不想叱咤风云的申先生竟是这般儒雅谦和,还以为要见到一个声震屋宇、豪气冲天的流氓大亨,不想却是一个极具亲和力的谦谦君子,字字句句入心入肺。秦、方二人不知,"见人说人话,见鬼画鬼符",正是申先生的长项,每一个初见申先生的人都会感觉如沐春风。况且对于秦、方二人,申先生是有意接纳,意欲收入门中,自是下了一番苦功夫深入了解研究,对二人脾性、理想和关心的问题、遭遇的困惑都了如指掌,聊起来自是像澡堂里最高明的按摩师傅,每一下都挠到了痒处。尤其谈到工运。前些时日的"清党"给工运造成了极大打击,更是对秦鸿瑞造成了极大困扰。申先生对此也表示愤怒,觉得陈群、杨虎等人在"清党"的路上走得太远太偏激。对于秦鸿瑞方执一为领袖的工人运动,申先生表示会尽全力给予支持和帮助。上海滩上的人都知道,申先生一句"不在话下",便是一言九鼎,掷地有声。

夜色中,方执一和秦鸿瑞相视而笑,脱口而出同一句话:"看来,要想搞好工运,是非走申先生这一条路不可了!"

3．拜师

　　这时候,正是申先生一生中最风光、最得意的时候。

　　一个父母双亡、备受欺凌的孤小人,一个上海滩上的白相人,因为替国民政府做了那件惊天动地的大事,居然被总司令部委任为少将参议!这是何等的荣光。当国民党高官吴坤带来这一荣喜时,同时收到委任状的把兄朱啸虎当即手舞足蹈,仰天大笑,而申先生却瞠目结舌,状似呆傻。盛宴结束,驱车路过高桥、黄浦、十六铺、八仙桥……一路的心潮起伏,一路的神思恍惚,直到车停在自家门口,方才渐渐回过神来,才有了真实感。申先生的唇角浮起一抹欣慰又辛酸的微笑,把手里的委任状握得再紧、再紧。

　　越是得意处越需显得谦谨。

　　此后,申先生一改往日狂赌滥嫖的习性,一面孔的凛然正气,满脑子的国家民族。把兄朱啸虎新开了上海滩上最豪华气派的大赌场,屡屡相邀,申先生却只是一句:"阿拉要忙正经事体。"他在忙啥呢?——学习。或者说,力争上游。

　　一大早,申先生便起床,铺开宣纸习字。握惯了麻将色子的手捏着笔杆煞是费劲,写得满头大汗,终于勉强把"申亭山"三个字歪歪扭扭地落在纸上。自己也感觉难说好看。习字师傅却说:"好多了!好多了!申先生你可以写对自己的名字了。"也是。从前嘛,"申"字他是认得的,"山"字也还算眼熟,至于"亭"字嘛,和申字山字放在一起他是猜得出来的,如果拆开,那就靠不住了。

　　习字师傅退下,说书先生上场。听书这个习惯,申先生一直是有的。从小他就爱混在茶馆里听书,《东周列国志》《三国演义》《水浒传》,百听不厌。成年后,翻来覆去,还是听这几部。申先生自九岁上成为孤儿,匮乏父母教育,也没有上过学,可以说,他所有关于人生、关于人性、关于江湖道义、关于行为处事的准则,一切的知识和信念都来自这几本书。这是他的劣势更是他的优势。二十世纪初的中国,尤其是各方势力进驻的上海滩,正是一个大舞台、大江湖,你方唱罢我登场。几本书里听来的江湖知识恰恰适用,也够用了。书读得太多,想多了,搞不好就跑偏了。世间不乏读书人,书里所讲的颠扑不破的大道理,也不是不懂,但,从书本里懂得人生的大道理不难,难的是,能够把这些道理在生活中一丝不苟长年累月地践行。而申先生,他脑子里就那几本书,他牢牢把握住书里说的那些个原则,借以行走江湖,竟然无往而不利。这又是王阳明所说的知行合一的境界了。但是,现在,他终于不听这些书了,他要跟上时事——听报纸,《大公报》《申报》……听个遍。他也不像从前那样,听书只图个乐子,他凝神倾听,还要发问,凡是不明白的事体都要打破砂锅问到底,经常问得说书先生张口结舌,答不上来。

知行合一是申先生的优点,另有一项更是难得——见贤思齐。从前的申先生,也是满身挂金,手上一只硕大的金刚钻,重逾五克拉,亮光闪闪,直要人被亮瞎了眼。一次去参加国民党组织的高级聚会,参与者皆是达官贵人、绅士名流。申先生坐在席间,没来由地感觉到不自在,久未造访的自卑感油然而生,又说不出个道道。恰在此时主办方要申先生上台讲话,申先生吓得手足乱舞,死活不肯,把兄朱啸虎晓得当众讲话是他这把弟的弱项,当即自告奋勇代替申先生上台。平日里江湖草莽们聚会,觉得朱啸虎口才相当了得,可今日里,朱啸虎在台上满嘴的"妈拉个巴子",怎么听起来都感觉不妥,暗暗替他汗颜。在朱啸虎大放厥词之际,申先生偷眼打量四周,突然发现,凡是真正的达官显贵,没有一个戴金链子、大钻戒的。满场人等，只有他和朱啸虎着金链，戴钻戒，明晃晃的，招摇着自己的卑微和鄙俗。这一发现让申先生羞愧难当，赶紧把钻戒从手上褪了下来，此后锁在保险柜里，再不曾戴过。着装也改了长衫布衣，时时注意领口是否扣好，朴素却整洁。这就是申先生了不起的地方。他能够察觉出自己的鄙俗，从善如流。这正是绝大多数人都意识不到，更未能做到的。

总之，力争上游的申先生处处严于律己，从装扮，到谈吐，到待人接物、行为方式，都像是一个家世良好的上层绅士了。然而，他却深知自己到底是啥货色，做的是哪门子生意。说到底，他申亭山发家至今靠的还是赌和土。他自己也知，这不是什么体面的、见得人的营生。尤其如今国民政府提倡新生活新气象，报纸杂志时常对赌场烟馆揭秘曝光，极为不齿，他申亭山的生意侥幸躲在租界，国民政府暂且管辖不着，但，申先生敏感地觉出，租界总有一天会消失，赌和土的生意绝非康庄大道，绝不是一个正经绅士的正经营生。朱啸虎借受重用之机，大开赌场，申先生却深知，法租界这个弹丸之地太小，且只是罪恶的渊薮、烟赌的温床。申亭山要想真正力争上游，头一步便该把烟赌收档，把脚从法租界跨出去。出路在哪里呢？

其实，申亭山的机遇和改变从吴坤踏进申家的门槛起就开始了。这位国民党的新晋高官，亲自到华格臬路申公馆拜谒申先生，二人成为莫逆之交。吴坤谏言，此时申亭山应当全心全力，向工商业进军，以此为目标。当下申亭山门下徒子徒孙虽成千过万，多得连申亭山自己也不识得，但这些人大都是引车卖浆之流，登不了大雅之堂。若想进军工商业，与政商高级人士有所联系，这帮乌合之众派不上什么用场。所以，当务之急，是尽量扩大交游，把有文化、有识见、有群众基础、有号召能力的青年知识分子网罗到自己身边,为己所用。

眼下上海的工人多达八十万众,各业各厂都有工会、有组织,在一盘散沙似的中国社会中,这一股召之即来、来之能战的群众力量,正是社会的中流砥柱,是任何有野心者必欲争取的,可以说,得工人者得天下!

屡次的工人运动中,申亭山凝神关注,发现最为卓越的当数邮政工人。他们有文化,素质高,有识见,有勇有谋,而当中最为活跃和耀眼的当数秦鸿瑞方执一郑开先,他们是邮工里的领袖和灵魂。尤其是秦鸿瑞,在台上的演讲极具风采,给申亭山留下了深刻的印象。申亭山暗暗把几人记在心里,屡次向吴坤表达:"邮局这帮小朋友当真是了不起!"只是苦于没有机会结交。直至"清党"一役,工会元气大伤,秦鸿瑞等工会领袖正自彷徨,不知何去何从。此时,申亭山终于和吴坤议及,应当为帮会吸收一批新鲜的进步的血液,两人各自把心中的名字写在纸上(写字过程申先生请写字先生代劳完成),两相对照,秦鸿瑞方执一等人赫然在列。两人相视而笑。郑开先加入了共产党,自是不可碰触,申先生适时出手,如愿以偿地将秦、方二位俊杰收入门中。

按帮会规矩,收徒弟有许多繁文缛节——送门生帖子,向中堂三叩首,向本命师、引进师、传道师叩首,然后集中一批徒弟,邀请各帮口的长辈到场,开香堂,行三叩首礼,这才算入了帮会。然而,对于秦鸿瑞方执一这两位青年俊杰,申先生却不忍也不敢造次,不愿因繁文缛节辱没了两位才俊,故开风气之先,收徒弟改为"收学生",陈规陋习一概从简。

这一天,申先生习好字,听完书,换上一款整洁的灰色长衫,头脸洗得格外干净,清清爽爽走下楼来。朱啸虎及家中一干仆役均已在客厅守候,方执一秦鸿瑞也穿戴齐整,立身恭候。

申先生在厅中一张大椅子上坐定。秦鸿瑞走上前来,手握一张帖子,上书:"投拜申老夫子门下。门生秦鸿瑞叩。"恭恭敬敬递上帖子,再向申先生鞠三个躬,仪式便告完成。方执一如是效仿。按帮会规矩,门生拜师时理应奉上一份"孝心"。当年申先生自己入会时,是借了一笔款子孝敬老夫子,然而,这次他不但不要秦、方二人的"孝心",反倒吩咐公司,每月给二人开一份俸禄。这是申先生对知识分子体恤,晓得这些知识分子最是缺钱花,也表达了一份实心实意的尊重。

晚宴在申家阔大的客厅举行,同时摆了几十桌,看得秦、方二人直是咋舌。其实,这不过是申门中的常态。申先生有三房太太,分居一、二、三楼,被仆役们称为"一楼太太""二楼太太""三楼太太",子女、仆役、司机、保镖便有数十人,再加上申府的各路朋友以各种名义拜访,每天川流不息,每顿饭开个五六桌是常态。遇到打麻将时,更是彻夜灯火通明。有一次申先生赌上了瘾,连续奋战了两个多月,困极了就睡,爬起来又赌,整整七八十天,家里人居然找不到机会和他说上一句话。这次申先生第一次收到有文化、高素质的邮局员工做门生,那自然少不得有各路人马前来庆贺。

对于申家的豪奢之风,秦鸿瑞颇不以为然。他本性简朴,想到身边受穷受苦的工人兄弟,山珍海味亦是难以下咽。之所以选择投拜申门,只为把清帮势力引入上海邮局,以支持邮局工人运动。

清(帮)、洪(会)一脉两支,都是从清初以"反清复明"为宗旨的秘密民间组织天地会里分出来的。三百余年以来,洪清两帮已成为古今中外历史最悠久、规模最壮大的秘密组织。统治阶层把帮会人士斥之为"光棍""流氓"。清洪两帮人士却自我开解为:"光"是正大光明,"棍"是正道可倚,"流"是汉流,"氓"是亡国之民。所谓"光棍嘴里出圣旨",意为一言既出驷马难追。演变到申亭山这里，便是被人交口称赞的"不在话下"！

到了近代中国，帮会的主要成员从破产农民、失业手工业者、流氓无产者扩大到现代产业工人、知识分子，以至中小民族资本家等阶层。不少帮会头领与帝国主义、买办官僚、中外资本家、政客、党棍相互勾结，相互依存，而在下层社会帮会势力则伸向各个角落，在工人中有其特殊的地位和影响，因此在一些大城市和产业中出现了帮会与工人运动的结合问题，这种现象在世界各国都是罕见的。

王云三给秦鸿瑞回忆1924年到上海从事工人运动的经历时，特意提到，上海工人工作中的最大问题是帮会问题。第一次指导工人运动是不理睬清帮，结果资本家利用清帮，斗争失败；第二次过于相信清帮，结果被清帮头子出卖，也失败了。王云三研究了上海工人运动的历史情况，就运用帮会来开展工人工作，成效显著。

申亭山是帮会最光芒万丈的人物，清帮三百年来，堪称不作第二人想。上海的主要工厂、大百货公司、公用事业、码头、报馆等重要机构都在租界和越界筑路地区，这些地界无论是国民党还是共产党的势力都无法到达，唯有申老板因各种机缘巧合，能够从容游弋于租界与华人之间，翻手为云覆手为雨，若要想在劳工界打开局面，让上海邮务工会在七大工会（指商务印书馆印刷厂工会、商务印书馆发行所工会、报业工会、南洋烟厂工会、英美烟厂工会、华商电气公司工会、上海邮务工会）里脱颖而出，那是必须走申老板这条路了。

4．李树生

上海的夜晚是以派对为生命的。歌舞厅、霓虹灯是城市的皮囊，心就在派对。城市的最深处，那些林荫道掩映的独栋房子里，那些房子的客厅里，就举行着一个又一个的派对。它们构成了这城市不夜城的实质，活色生香，夜夜笙歌。聚的人可熟，也可不太熟，朋友的朋友，见了也就熟了。女宾都穿了顶时髦的服饰，化着顶新潮的妆，郑重其事地穿着高跟鞋，这种时候是要相互打量、恭维、攀比一番的。百货公司新买了手袋或首饰，就是供这时候展示的。男宾也一个个衣冠楚楚，聊一些时事、经济、体育赛事……如果有悦目的陌生姑娘，可能还要想办法搭讪。不太明亮的灯光下，暧昧与风情都有了去处。

　　黎黛珊走在去往方执一家的路上，那里，也有一个派对在等待着她。

　　刚迈进法租界的地界，便碰见秦鸿瑞。他捧着一个大纸袋，估计是采买的聚会的各种吃食。方家的派对，秦鸿瑞永远是倾其所有，直到把口袋掏空为止。

　　"鸿瑞，下班了？这么巧？"黎黛珊微笑着打了个招呼。

　　"是，是啊，真巧。"秦鸿瑞仓促作答，神情有些微不好意思。也怪，平素里能言善道长袖善舞的秦鸿瑞，单独见黎黛珊时总有些志忑、拘谨。

　　一个冬季的围炉夜话，营造出一个场，眼看着这个场越来越饱满，越来越充沛，有许多东西眼看就要冲破滞碍，呼之欲出，没想到，随着冬季结束，炉子拆除，这个场犹如被戳了一个洞，不再完整饱满。紧接着如火如荼的工人运动、罢工，再接着是"清党"，郑开先逃往江西苏区，秦鸿瑞逃往枫泾，再回来已不再是自由身。所以，围炉夜话的局面被彻底打破。五人围炉而坐促膝长谈，或是吟诗作赋、对酒当歌，那样的日子，已不复存在。今天之所以聚会，主题是欢迎秦鸿瑞的老乡李树生。大家再次共同去往方家聚会，此情此景,已是难得的奢侈。

秋夜的风,微微有些个凉。黎黛珊还穿着短袖的旗袍,素色的,头发烫了,精致地盘在脑后,看起来成熟、知性、冷艳。黎黛珊抱紧双臂,胳膊上泛起一层细粒。秦鸿瑞见了,想脱下外套替她披上,又觉不妥。带有自己体温的衣服披在黎黛珊身上,想想也觉唐突,动作到一半,停住了。那情状略微有些尴尬。黎黛珊也不答言,装作没看见。

黎黛珊对自己到底是有情还是无意?秦鸿瑞心里甚是拿不准。说是有情,她永远不冷不热,对于自己的各种明示暗示置若罔闻;说是无意,在自己已和罗锦琇订婚的情形下,竟也"不离不弃"。

回想围炉夜话时,有一次圣诞"猜心",黎黛珊对恋人的想象竟然是"不能成全",终生"遥望",秦鸿瑞不由暗自喟叹。可不是,自己与黎黛珊纵算是并肩走在一起,也只是一种遥望的姿态——小心翼翼地保持着适当的距离,比情侣远,比同事近,远又不忍太远,近又不敢太近,煞是辛苦。他却又甘愿忍受这辛苦,只觉路途太短。

推开门,一股暖融融的气息扑面而来。

"珊珊,鸿瑞哥,你们俩一起到了!"方念一喜滋滋地迎上前来。黎黛珊递过一把鲜花,都是早上自己去山上采摘的,虽不是什么名贵花种,却是清新欲滴,野趣十足。生活的雅兴并不需要贵重的物质堆砌,有心有意,俯拾皆是。

大家坐在沙发上,都有一些神思恍惚感。想想前些时日的五人行,如今却只剩四人,郑开先已不知去向何方。

门铃响了,吴妈领进来一位个子矮小、白面清瘦的男人。大家心领神会,这,就是今天聚会的主角,秦鸿瑞的枫泾同乡——李树生了。

"鸿瑞兄,久等久等!"一见面,该男子便和秦鸿瑞热烈拥抱,甚是亲热。方执一见了,颇有不自在。他和秦鸿瑞之间虽是情同手足,甚至胜于手足,却是"君子之交淡如水",很少有过肢体接触。看来这李树生亦是性情外向,热情奔放,这一点,倒是和秦鸿瑞颇为相投。而方执一,碍于知识分子的清高和羞怯,总是羞于表达。他常自嘲为温水瓶,即便是内心炽烈如火,表面看来却总是温温暾暾,没有热度。

"执一兄,打扰打扰,早听鸿瑞兄提起你,真是人中俊杰。念一小姐,果真是明艳动人哪!这位,想必就是黎黛珊小姐了?气质高雅,清丽绝俗!"

一分钟之内,李树生面面俱到,把每一个人都夸奖到,真是个水晶心肝玻璃人。

方家的盛宴又开始了。红酒倒在杯中,又是花好月圆的景象。

秦鸿瑞说,今天借方家的宝地,为自己的同乡好友李树生接风。从今以后,大家都是兄弟姐妹,有福同享,风雨共担。

围炉夜话的五个人,如今,还是五个人。口齿木讷的郑开先换成了知情识趣的李树生。

李树生比秦鸿瑞还年长好几岁,很早就到上海闯天下,也是个时代的弄潮儿,在风口浪尖上起舞,端的是个人物。"清党"一役,李树生也逃回枫泾老家。秦鸿瑞避世期间,两人时不时凑在一起,聊一些只有在上海谋过事、受过伤的人才听得懂的话题,有些同是天涯沦落人之慨。秦鸿瑞在方执一的召唤下回了上海,李树生前后脚也跟了来。

一个饭桌上,只听得李树生侃侃而谈,口若悬河,口才委实了得,就连黎黛珊都缄了口。

在秦鸿瑞的引荐下,李树生见到申先生,能言善辩又善于察言观色的李树生很快讨得申先生欢心,也顺利投拜申门。所以,此时,秦鸿瑞、方执一和李树生三人已是同门兄弟。

对于秦鸿瑞的全力提携,李树生感激涕零,站起身来,举起一杯红酒,说:"兄弟能重回上海,又入申门,全是仰仗鸿瑞兄全力提携。鸿瑞兄,大恩大德如何报答?"李树生虽是年长秦鸿瑞方执一好几岁,却口口声声称之为兄,可见这李树生委实会做人,放得下身段。

秦鸿瑞一笑,也站起身来,笑着答道:"好说,好说!回头隆重地请我喝一杯咖啡!"

李树生诚惶诚恐,说:"哎呀!如此知遇大恩,区区一杯咖啡怎么可以?"

秦鸿瑞眉毛一挑,朗声大笑道:"一杯咖啡不够,那就,再加一块蛋糕!"如此,一场郑重其事的谢恩便被秦鸿瑞的几句玩笑话消弭于无形。

李树生心中暗自窃喜。按照过往的经验,如此之大恩定是要重谢,李树生也很是下了些功夫,备了些黄金美元准备报答秦鸿瑞,岂知秦鸿瑞是一颗明心,毫无杂质,帮了就是帮了,并无任何奢望。如此再说报答之事反而显得小气,李树生也就顺水推舟,由得他去。

李树生还由此进入秦鸿瑞的私人小圈子,经常出入方家大客厅,成为方家派对的核心成员。

派对以五个人为核心,有时会增加一些邮局同事或是报界弟兄,抑或申门弟兄。更多时候,还是五个人自己小聚。

吴妈的餐桌也丰盛起来。秦鸿瑞本就是个极大方的人,邮局的薪水,申先生公司支付的一份津贴,大都体现在餐桌上。在

1930年的上海，有酒有肉，还有咖啡甜点，是难得的丰裕。爷爷年纪大了，不愿意掺乎年轻人的世界，但也不会干涉，每日蜷在楼上，让吴妈熬一碗清粥，配一碟青菜了事。

在申先生的鼎力相助下，秦、方二人的工运工作进展得非常顺利。全国邮务总工会筹备和成立时，二人都顺利当选为筹委会和执委会的常务委员。而全国邮务总工会所以能够成为国民党工会的重要台柱，原因有四：一、邮局机构遍及全国，因此，全国大小城市都有邮务工会；二、邮局职工的文化程度高，邮政与社会各方面联系密切，邮工的行动对社会影响大；三、邮务工会的会费收入有保障，有经常的活动经费，还可对当地其他工会的活动给予支援；四、可为各地邮工举办福利措施，开展一些文娱体育活动。

方念一和黎黛珊都大学毕业了。方念一晃在家里，既不愿出去工作，也不愿嫁人。身边的追求者，走了一个郑开先，又来了一个李树生。李树生知情识趣，惯于说甜言蜜语，与口舌木讷的郑开先形成强烈对比。方念一身边有这么一个人围着转，似乎也不是坏事。但，她内心里有着另一种向往，本是要兴致勃勃去追，谁想那人回了一趟枫泾，身份却就变了，一个未婚青年变成有婚约的男人！当然，订婚不等于结婚，但，又不能不算是结婚，总之，他有了捆绑和束缚，再也没有了随心所欲的自由。秦鸿瑞的逃避，方念一看作是无奈——不是不喜欢自己，而是出于责任。这让她对秦鸿瑞更添了一份好感，一份求之不得的欲念和惆怅。方念一就在秦鸿瑞和李树生这两个男人间周旋，每天仍是只热衷于描眉画眼、穿衣打扮，怀揣着自以为的隐秘心事，学着西方小说里的格调，收集些残损的树叶、玫瑰花瓣夹在书里，写点小诗，喝点小酒，对花落泪对月伤怀，任由岁月一天天蹉跎。她不怕，她还年轻，年轻的无知与无畏支撑着她，任性地沉溺情海，小女儿小情小调，已是全部。

外面的大千世界,任他如何风起云涌,与她何干?

按照上海的说法,黎黛珊和方念一算是小姐妹了。上海的女学生之间,流行做小姐妹。有点像男女恋爱前的演练,相互对了眼,便会递纸条,送卡片,互诉衷肠。若你情我愿,便做起小姐妹,勾肩搭背,互送礼物,一起逛街买衣服,一起喝咖啡吃小馆子,一起看电影,一起参加派对,比孪生的亲姐妹还要亲。若是有了心事,比如说遭遇了谁谁谁的追求,小姐妹自然是第一个倾诉对象,不厌其烦地描述、探讨,还要把人带去给小姐妹把关的。小姐妹反对,基本就没戏了;小姐妹支持,大多花好月圆。成婚的时候,小姐妹也是要当伴娘的,穿着素淡一些的服饰,妆也化得简洁些,把风头让给新娘,这就是小姐妹的情谊了。一般说来,这种情谊若不遭遇外界阻力,断断续续,甚可维系一生。但是,如果两个小姐妹爱上同一个男人,再牢固的小姐妹情谊也禁不起这种考验,一夜之间稀里哗啦坍塌不说,还会产生恨——老死不相往来也无法泯灭的恨。

当然,黎黛珊和方念一的小姐妹情谊却又不同。严格来说,双方都有些目的不纯。方念一是希望黎黛珊和自己做一家人,而黎黛珊呢,则多少有些"利用"了方念一。对于方念一的小姐妹情调,比如说不时给黎黛珊送首诗、送花瓣,或是夸大两人之间的情谊,她也会起腻,但是,情谊在这虚虚实实的氛围中却是真心建立起来了。

黎黛珊与方念一遭遇了秦鸿瑞,本就遭遇了一劫,小姐妹情谊眼看就要崩塌,却因"清党"风波,秦鸿瑞回了枫泾,订了婚,方念一的爱情幻想坍塌了,同时无意中拯救了小姐妹情谊。她有了嗔怨的目标——枫泾乡下的罗锦琇,和黎黛珊反而有些同仇敌忾的意味。对秦鸿瑞,她保持了些不切实际的幻想和虚虚实实的距离。这距离让三人的关系维持了一种危险却完美的平衡。

黎黛珊坐到窗边，窗户正好对着花园。这房子虽颓败了，花草树木却长得好，自顾自的，姹紫嫣红。刚喝了几杯酒，夜风吹拂过黎黛珊滚烫的面颊，凉丝丝的，又快活又惆怅。

最近，方家客厅又成了聚会的固定场所。虽没有围炉夜话时那般密集紧凑，却也是隔三岔五便聚。黎黛珊与秦鸿瑞虽经常相见，也确知秦鸿瑞的情意，但，隔着罗锦琇的距离，就像隔着一道隐形却坚固的藩篱，用尽所有力气都无从逾越。

自圣诞"猜心"之后，方执一已知秦鸿瑞的心思，心里极是难过。嫉妒也是有一些的。虽说民国所崇尚的谦谦君子风度，是连爱情都要礼让的，但让他就此退出，把黎黛珊"让"给秦鸿瑞，他却也做不到。秦鸿瑞亦是。所以，两人私下约定公平竞争，就看黎黛珊的芳心最后归属于谁。一旦黎黛珊有了明确表示，另一方立即无条件退出。

这四个人的关系，再加一个李树生，由于这种种滞碍牵绊，反而维持了如今这微妙的平衡。五个人天天相聚，竟也相安无事。只是不晓得未来会去向何方。

黎黛珊望着窗外，树影幢幢，没来由地叹了一口气。

5．秦鸿宇

鸿瑞长兄：

　　阔别上海两载有余，苦于经济拮据，路途遥远，只能遥望故乡方向，暗自嗟叹。时常思念姆妈，思念兄长，夜不能寐，泪湿满襟。

　　今蒙兄邮寄巨额路费，且惊且喜。想兄如今情形大好，弟心甚慰。弟即日启程，不日将抵达上海，与兄相聚，探望母亲大人。

愿兄与母亲大人安好！

弟：鸿宇　叩

走在法租界的街头，望着满街林立的商铺、四处悬挂的美女月份牌、奔驰的洋车、各种肤色的外国人，秦鸿宇一阵一阵恍惚，这像是他记忆中的上海，又不像。他生于斯长于斯，可是，眼前的上海却像是另外一个国度。或许是因为阔别上海久矣。尤其在东北那个地方，那份凋敝与粗豪，与细腻柔媚的上海自不可同日而语。当然啰，自己现在这么东张西望的，也确实像个没见过世面的乡巴佬。两年前考上东北大学时，秦鸿宇对东北完全没有任何概念，只听说那里特别的冷，人们说话嗓门特大，爱吃大蒜大葱。他收拾起简单的包袱就去了，这一别就是两年。此次幸得兄长资助路费，才得以回乡探亲。

已是午饭时分，秦鸿宇信步走进一家本帮菜小馆，找了一个临窗的座位，点了两三样特色小菜、二两黄酒，一个人浅酌慢饮。

"让开让开！别挡道！"空中响起一声粗豪的吆喝，秦鸿宇扭头望去，只见一队人马吆三喝四地进得屋来，为首的是一个少年，年约十七八岁，头戴鸭舌帽，马裤长靴，腰间别了一支精致的小手枪。周边四五个作短装打扮的粗壮汉子，紧随身后，显然是保镖跟班。

"申少爷大驾光临，欢迎欢迎！"店老板忙不迭地迎上前去，打躬作揖，殷勤备至。

"掌柜的，我家少爷今天点着吃你家，赶快把拿手的都做上来！"一个汉子耀武扬威地喝道。一干人大刺刺地围桌坐下。

"是是，少爷的口味小的清楚，小的亲自下厨！"老板倒退着，一溜烟退进了厨房。

"本少爷说了,我只是出来随便转转,透透气,你们这帮狗奴才,为什么非要跟着我?!"少年一只脚高高地跷在椅子上,气呼呼地说。

"少爷少爷,您别生气,现在世道那么乱,这都是为了您的安全!"那个粗豪汉子面对少年一脸的谄媚,低声下气。

"什么安全!谁敢捣乱?本少爷的武功,你们不知道吗?谁要敢惹本少爷,本少爷一枪崩了他!"少年兀自发着飙。这少年用词粗鲁,声音却有些尖细,就像是捏着嗓子在说话。一张脸俊美异常,肤色白得发青,鼻端唇小,一对大得出奇的眼睛几乎占了脸上一半的面积,眼梢往上飞,眸子晶莹清亮,宛如寒星,被他无意中扫上一眼,就像被刺了一下,心会怦怦地一阵狂跳。总之,这少年周身透着一股子邪气,让人看了说不出的不自在。这上海滩上,真是各种妖孽横行。

"知道知道。但这是你爹地的吩咐。小的们就远远地跟着您,绝不打扰您。"那汉子兀自打躬作揖。

"我爹地我爹地!你们呀,就是他的一条狗!哼!"

菜上来了,少年仍是东挑鼻子西挑眼,显然是气不顺。粗豪汉子被他骂得没法,掏出一支烟,摸来摸去却找不着火,正自尴尬,少年发话了:"没火是吗?本少爷有!"少年从兜里掏出一只精致的洋火机,啪一下打燃。那洋火机是镶金带玉的,火苗簇蓝簇蓝,也是个稀罕玩意儿。

"哎哎,谢谢少爷。"粗豪汉子受宠若惊,屁颠屁颠地跑上前去,伸过脸去凑到少年手边点烟。

啪!只听得清脆的一声响,粗豪汉子脸上已脆生生地挨了一巴掌。汉子及众人正自愕然,少年跌足大骂:"反了你的!你是个什么狗东西,也配让本少爷给你点烟!"

汉子抚着脸,讷讷不敢言。见他那般呆傻模样,少年反又哈哈大笑起来,从兜里掏出几块大洋扔在桌上:"今天辛苦了,拿去,和弟兄们分分。"

见少年如此戏弄家奴,秦鸿宇心里一阵反感。这少年骄横跋扈,喜怒无常,不知是哪家的恶少,如此任性妄为。当下中国已进入民国社会,封建帝王已被推翻,民国政府号称实行孙中山倡导的三民主义,可是,看看这上海滩,还主子奴才的,哪有什么民主意识,仍是人压迫人,人欺负人!难怪帝国主义要瞧不起中国人!

秦鸿宇气不过,但,到底是别人的家务事,自己若是强出头,最后回家倒霉的仍是那帮家丁。秦鸿宇结账起身走人,把那个邪气少年和他的家丁们远远抛在身后,来个眼不见心不烦。

秦鸿宇来到一条小街,这里卖有许多上海的特色商品小吃,秦鸿宇想买一些明天带回枫泾孝敬老母。一路走着逛着,手上已经拎了四五个纸袋。

来到一个卖茴香豆的小摊上,姆妈就爱吃这种有嚼头的豆子,虽说牙不太好了,放在嘴里慢慢润湿、细品,也是一种享受。卖茴香豆的姑娘头脸齐整,看起来蛮清爽干净。想来豆子也会不错。秦鸿宇正准备多挑一些给姆妈带回去。

"哎!你这豆子不错呀!怎么卖呀?"身边响起一个声音,略微耳熟,秦鸿宇一看,竟然又是饭馆里那个少年!只见他孤身一人,满面喜色,看来不晓得用什么办法摆脱了那帮奴才。

"两个铜板一斤。"姑娘细声细气地答道。

"本少爷尝尝!"少年大大咧咧地抓起豆子往嘴里塞,吃也不好好吃,咬一口就往地上扔,"不好不好,这颗发霉了,这颗太硬了,这颗不熟……"转眼间地上扔了七八颗豆子。

109

"少爷,不好这样尝的……"姑娘又急又气,声音发颤。

"怎么,心疼了……"少年抬起脸来,冲姑娘一打量,嘻嘻一笑,"哟,长得这么好看呀!这么好看卖豆子多可惜呀,来来来,还不如跟着少爷我回家享福去……"少年流里流气的,伸出手去,作势要往姑娘脸上摸去,姑娘吓得直往后躲……

"大胆狂徒!"秦鸿宇再也忍不住,伸出手去一把擒住少年的手腕。

少年回过脸来,一脸狂怒。"什么小瘪三!敢来管本少爷!作死啊!"少年反身一阵拳打脚踢。但他嘴里虽吼得起劲,姿势也摆得唬人,拳脚功夫却实在稀松平常,毫无力气,充其量算个花拳绣腿。秦鸿宇三下两下就把他打翻在地。

"你这个小赤佬!小瘪三!少爷我一枪毙了你!"少年躺在地上,急赤白脸,竟真的伸手去腰间掏出手枪。周围人发出惊呼。说时迟那时快,秦鸿宇一个箭步冲上前去,咔咔两下便把枪抢到手里,枪口对着少年。

"你……你敢!你知道我爹地是谁吗?"少年惊恐万状。

"我不知你爹是谁,但我知道肯定不是什么好人,才会教出你这么一个恶少!你欺负家丁也就罢了,你居然敢到大街上公然调戏女子,青天白日,你以为当真是没有王法了吗?今天我就是替你爹教训教训你!"秦鸿宇义正词严。

"我,我,我只是和她开个玩笑,你,你欺负人……"少年嘴一瘪,竟要哭了。

秦鸿宇一愣,没想到刚才还趾高气扬、不可一世的少年此刻竟像个被人欺负的孩子,躺在地上泼皮耍赖。秦鸿宇咔咔卸下子弹,把空枪扔在地上,说:"输不起就不要出来耍横!天下是所有人的天下,不是你家的,也不是任何一家的!要懂得尊重别人!另外,再忠告你一句:小孩子不要玩枪!小心打死了你自己!"

少年竟真的呜呜哭了起来,边哭边骂:"小瘪三!你欺负人,欺负人……"

秦鸿宇心中暗暗好笑。真是个外强中干的脓包。看来他爹吩咐家丁看着他是对的,否则肯定四处闯穷祸。自己虽是一介书生,可这两年,除了读大学,他还有更重要的使命,拳脚棍棒连带枪法,那都是受了专业训练的。今天碰到自己算他倒霉。

秦鸿宇转身扬长而去。

6.申家祠堂

二十九年前,十五岁的孤小人申亭山准备只身闯上海、谋生活,只有外婆颠着小脚去送他。祖孙二人抱头痛哭,依依惜别。申亭山发狠说:

"外婆,高桥家乡人人看我不起,我将来回来,一定要一身光鲜,一身风光!我要起家业,开祠堂!不然,我发誓永远不踏这块血地!"

为了实现这"不在话下",二十九年来,申亭山摸爬滚打,在刀尖上舔血,无数次九死一生,终于熬成了一个响当当的人物。也终于可以实现他对外婆的承诺——回家乡,建祠堂。

民国二十年初夏,祠堂造好,附设藏书楼和学塾,蔚为壮观。富贵而不还乡,犹如锦衣夜行。申亭山决定亲身奉主入祠,扬眉吐气,好好风光一把。

开祠堂这天,一大早,秦鸿宇便随秦鸿瑞到达华格臬路申公馆,但见公馆附近早已是车水马龙。仪仗、旗帜、台阁、伞牌、中西乐队、护送的军警、商团、学生、童子军,陪送的名流、贵宾、嘉宾、亲友,再加上围观的市民,将华格臬路挤得人山人海,水泄不通。秦鸿宇看得直咋舌。"春申门下三千客,小杜城南五尺天",素闻申亭山有"当代春申君"之美誉,如今申亭山广发英雄帖,申府当真是"堂上珠履十万客",比起春申君是有过之而无不及。

九点钟声一敲,仪仗队开始浩浩荡荡地向码头进发。骑着阿拉伯骏马、金发碧眼的英国巡捕充任开路先锋,护卫着一面硕大无朋的中华民国国旗,然后是上百名法租界的安南兵骑着顶时髦的自行车尾随其后,之后是头戴钢盔、穿着长靴的中国巡捕,迈着方步前行,后面是身着海军制服的学生童子军,浩浩荡荡,约摸有五千人,走了足足有两个钟头。

路边围观的群众,一路层层叠叠,有的甚至特地从苏锡京杭等地赶来,轧这一场闹猛。

看到眼前之盛况,秦鸿宇心里有说不出的滋味。近几十年来,国家一直内忧外患,分崩离析,尤其自己求学所在的东北,外强入侵,民不聊生,然而眼下的上海,竟是这样一番热闹繁华的景象。仅仅是为了一家人,甚至一个人,动用了如此之兵力、财力、人力。秦鸿宇脑中浮现出两句诗:"商女不知亡国恨,隔江犹唱后庭花。"

申家祠堂以申家花园为中心,收购四周的土地,占地五十亩。祠堂是五开间的门面,凡三进,头进是轿马厅,二进是大厅,三进便是栗主奉安之所,亦即飨堂。

祠堂门前搭起了一座五层高的彩楼,楼中央是招待高桥镇民看戏的戏台,楼后则是以娱嘉宾的剧场。最让秦鸿宇感觉新鲜又好笑的,是上海邮局在场地中心特意设立的临时邮所,专人在这里赠送纪念信封信纸,加盖纪念邮戳。秦鸿宇晓得,这是秦鸿瑞方执一等门徒为讨好老夫子所为。把官方的邮局为私人所用,当真是想得出来。秦鸿宇揶揄,秦鸿瑞无奈解释说,申家祠堂落成,所有门徒纷纷献媚,竭尽所能搜罗奇珍异宝,而自己与方执一都是穷邮工,毫无财力,实在寻不到什么宝贝。而在屡次工潮当中,申先生倾尽全力帮助解决问题,出钱出力,帮忙捞人,却又不能不表白心意。几人思来想去,终于想出这个奇招。邮局在时下算是十分新鲜时髦的玩意,专属的纪念信封和邮戳,花钱不多,却十分新颖,簇拥者众,交口称赞,这让申先生十分得意,有面子。秦、方等人私刻纪念邮戳,按邮局规章本是不允许的,但邮政当局眼见上至国民政府蒋主席,外至法租界英租界,以及军阀、社会名流均纷纷向申先生祝贺献媚,审时度势,也只得默许了。

秦鸿瑞方执一围在邮局的桌子前,为蜂拥前来索要纪念信封的人装信纸,盖邮戳,忙得不亦乐乎。秦鸿宇一人随意溜达,既是来轧闹猛,凑热闹开眼界的,那当然是要看个仔细明白。

一路溜达到高桥码头,但见军乐队正在演奏乐曲,悠扬的乐声在江面上飘荡,甚是悦耳。童子军们随着乐声,载歌载舞,引得两岸居民纷纷跑到江干眺望,人人喜笑颜开,真是这乱世难得一见的欢乐景象。秦鸿宇一边驻足欣赏,一边暗想,这申先生当真是神通广大,一家私家祠堂造成如此轰动,古今中外恐怕无出其右。难怪兄长要投靠申门,仗了申亭山的势力,处理起工潮来果然是得心应手。

"嗨!你这小子,果然是你,在这里干吗?"一个人蹿到了秦鸿宇面前,上上下下打量他。秦鸿宇甚奇。自己离开上海滩两年有余,哪还有什么故交旧友?却见此人年纪甚轻,穿着一身军装,腰间别着一支小手枪,一张脸俊美异常。一时竟想不起何处见过。

"喃,你小子,找了你好几天没找着,今天终于落到本少爷手中!哼,看我怎么收拾你。"少年双手抱臂,呵呵冷笑。这神态这腔调,终于让秦鸿宇想起,原来就是前些天当街调戏民女的混账小子！看他年龄不大,口气不小,秦鸿宇心里不禁暗暗好笑,说:"原来是你小子！也赶来轧闹猛?怎么着,还想比画比画?"

"哼！那天本少爷不防,着了你的道儿！今天,咱们再来走几招?"少年摩拳擦掌,一副不服输的神气模样。

"行啊,跑到这黄浦江边也逃不过你。既然你皮子招痒,那我就再替你爹教训教训你,让你再长长记性?"秦鸿宇半开玩笑半认真地说,"不过说好了,输了不许再哭啊!"

"谁哭谁是小狗！来呀!"少年摆出一个姿势,果然是像模像样。见到有热闹看,一群乡亲凑过来,笑嘻嘻地把两人围了一个圆圈。少年唰唰唰又比画了几个姿势,当真是轻灵迅捷,俊逸优美,看得四周乡亲鼓掌喝彩起来。少年脸上不自禁地露出洋洋得意的神色。秦鸿宇也抿嘴微笑起来,这小子,当是在台上表演呢！

"你还笑！本少爷来了,看招！"少年恼了,踊身向前,凑到秦鸿宇身边,挥拳便打,秦鸿宇一把将少年手腕擒住,任他如何挣扎,就是挣不脱。秦鸿宇把手松开,少年又唰唰变换了几个姿势,然而一到秦鸿宇面前便被一招制服,周围人由喝彩变成了讪笑。少年丢了面子,手上又吃痛,又气又恼,低下头,竟一口朝秦鸿宇手腕上咬去。秦鸿宇没防这一招,被咬得生痛,也恼了,骂道:"你属狗呢！咬人!"啪啪两下把少年打翻在地,凑到少年耳边说:"你爹没有告诉你,打架不是靠花拳绣腿,要的是真功夫。没有真功夫就别出来四处惹事,丢人现眼!"

"哼！你,你……"少年眼圈一红,竟似又要哭了。

"嗨！你,动不动就挑衅生事,还又动不动就哭!"秦鸿宇又好气又好笑,"得了,今天是申先生的大日子,就不和你计较了,自己玩去吧!"秦鸿宇放开少年,起身欲走。

"你这个混账东西！看我爹怎么收拾你……"少年兀自躺在

114

地上叫骂。

"嘁！没用的小脓包,只会找爹!"秦鸿宇耸耸肩,扬长而去。

入夜,剧场内灯火通明,好戏开演。为捧申先生的场,京朝名伶、沪上名票,云集沪滨,实在是盛况空前。

剧场内可容纳数千人,然而拥进的观众已达上万,站者几无立足之地。由于达官显贵众多,秦鸿瑞方执一虽是申先生的得意门生,却也不得不排到中间往后的位置。这已经是相当高的待遇了。秦鸿宇沾了兄长的光,也和他们坐在一起。可天热场低,四周密不透风,每个人都挥舞着扇子,汗流浃背地看戏,手拿着手绢,不停地擦汗,当真是辛苦。但台上好戏实在精彩,没人舍得离席。伶王梅兰芳唱罢《龙凤呈祥》,又与程砚秋、尚小云、荀慧生一起,四大名旦通力出演《四五花洞》,还有杨小楼、马连良、龚云甫、王少楼……阵容之豪华,一时无双。

戏至高潮,秦鸿瑞在秦鸿宇耳边低语:"好戏要登场了!"

好戏?!秦鸿宇愕然,难道梅兰芳、程砚秋等顶级名伶演的还不算好戏?还能再有什么好戏?!

只见大幕拉开,几个人上得台来,打头的一个,头盔上亮光闪闪,镶的真水钻,服饰之华美,确乎登峰造极。然而,一开口,竟是一口浓重的浦东腔,险些把台下观众笑喷。原来是申亭山携家眷亲自登场。秦鸿瑞告诉弟弟,申亭山酷爱皮黄,一直是上海最有力也最热心的捧角者。台上与之对演的申先生的四姨太小兰春,便是沪上最当红的坤伶之一。京剧之魅,有时便在于男女角反串。梅兰芳等大男人反串女角,美目盼兮,活色生香,比真女人更魅惑;而女人在台上反串老生或武生,英姿飒爽,气冲云霄,比之真男人又有另一番风味。小兰春在台下是千娇百媚的女人,在台上又是

115

最英挺俊美的男人，把个上海滩的观众迷得五迷三道。尤其是申亭山。对于前几位太太，申亭山都是不费吹灰之力，手到擒来，唯有小兰春，申亭山费了九牛二虎之力，甚至一度堕入相思，无力自拔，在周围众多大佬的倾力相助下，才终于把小兰春迎进门中。小兰春嫁入申门，成为三姨太，便不再登台，只有申先生主办的活动才一展峥嵘。这小兰春虽已年逾四十，却是风采不减当年。但申先生可就真正是贻笑大方。学语言于申先生而言，就像习字，那是千难万难。无论如何努力，就是学不会国语，就连唱京戏，也是一口浦东腔，偏是还认真，越认真就越是好笑。这上海滩的观众，看着名噪一时的大亨申先生在台上出丑露乖，倒觉得颇具娱乐性。申先生也不以为忤，娱人娱己，也就是图个乐子罢了。

一会儿工夫，又上台一个年轻的武生，秦鸿瑞说，这便是申先生与小兰春所生的女儿，外号小狸猫。之前申先生虽有四个儿子，却无女儿，小兰春生下这个女儿，申先生自是如获至宝，据说当年女儿的满月宴比如今的祠堂落成典礼更加奢华隆重。说女儿是申先生的掌上明珠，那是一点儿不为过。这女儿深得姆妈真传，演起武生来，扮相俊美，声音清亮，一招一式一板一眼，颇有大家风范，若不是生在富贵人家，怕也是坤伶的好坯子。

曲终人不散，均又聚到大棚吃夜宵。早从上海请来数十位名厨，夜宵源源不断地端上桌来，中餐西餐，白酒红酒，宾主觥筹交错，好个不眠之夜。

只听得一阵喧哗，周围人窃窃私语，仿佛是什么重要人物驾到。秦鸿宇抬眼望去，只见一群保镖簇拥着一个少年走进屋来。少年身着一套白色西服，头戴鸭舌帽，一条领带吊儿郎当地挂在脖颈间，却是说不出的潇洒俊逸。尤其一双美目，顾盼生辉。秦鸿宇一愣，这不就是白天被自己教训的那个少年吗？只见少年走到申亭山身边,一屁股坐在申亭山怀里,手搂住申先生的脖子撒娇。申先生对少年半搂半抱,满脸宠爱之情。秦鸿宇有些惊愕,不曾听说申亭山有断袖之癖啊?却听得秦鸿瑞在耳边笑着说:"这个小狸猫啊,真是个磨人的小妖精,任申先生有天大的神通,见到小狸猫就一点办法都没有!"

"小——狸——猫?"秦鸿宇蒙了,"你是说,这个少年,就是申先生的……女儿?难道,他不是个男的吗?"

"哦,你不知道,申先生这个女儿从小喜着男装,又喜欢自称少爷,其实呢,是个精灵古怪的小囡囡。你看她长了一张漂亮的猫脸,尤其一双眼睛大得出奇,状似猫眼,加之性情也像猫咪,冷热不定,不可捉摸,所以,外号就叫小狸猫。刚才在台上,你不是才看过了她的表演?"

秦鸿宇一阵晕眩。原来如此!他竟然是个女的!还是申先生的爱女!难怪,他的功夫一招一式都像是演戏,花拳绣腿,原来果然是跟着戏班子学的!更难怪,他当街调戏民女,确实是在开玩笑,却被自己狠揍一顿。更难怪他动不动就哭……乖乖!兄长老夫子申先生的爱女竟被自己接连揍了两顿!自己怎么就那么眼拙,只觉得他美得过分,怎么就没看出来他竟然是个女的呢?秦鸿宇正自寻思、懊恼,突然,眼前一黑,只听得一个熟悉的清脆嗓音:"哈!你小子躲在这儿呢!让我一通好找。"却是小狸猫带着那群跟班寻到了自己面前。

"我哪有躲!好端端吃夜宵呢!"秦鸿宇一声冷笑,端起酒喝了一口。

"怎么?大小姐,你们俩……认识?"秦鸿瑞蒙了。

"哼,岂止是认识!这小子,接连揍了我两顿!现在手腕子还疼着呢!"小狸猫噘起了嘴,不客气地说,"秦鸿瑞,他是你带来的朋友？哪条道上的？"

"哈哈，误会误会，他是我同胞兄弟秦鸿宇，在东北读大学呢，这两天刚回上海，不认识大小姐，多多包涵，多多包涵。"秦鸿瑞满面堆笑，一团和气。

"嗬，原来是你的亲兄弟！"小狸猫促狭地围着秦鸿宇上下打量，"秦鸿瑞，你这兄弟可是长得比你好看多了！"

秦鸿宇有些尴尬，闷头喝酒不吭声。

"秦鸿宇，你得罪了本少爷，怎么办？信不信，我立马叫人把你抓起来！"

"嗬！抓我？凭什么？我又没有犯法！你当真以为这天下是你家的？笑话！现在是民主社会！连皇帝都倒台了，还以为要设私家刑堂呢？"秦鸿宇把酒杯一扔，霍一下站起身来，说，"打你，打你是因为你自己要挑衅我！更是因为，你欠揍！该打！人没有规矩不成方圆，就该有人教训教训你，免得你欠缺教养，四处惹祸！"

"说得好！说得好！"有人鼓掌，却是申亭山亲自走了过来。

"爹地，他欺负我，你还说好！"小狸猫缠着父亲，跺着脚，又是撒娇又是撒泼。

"申先生，对不住，我兄弟刚从东北回来，不懂规矩，得罪了大小姐，真是对不住。"秦鸿瑞忙不迭打着圆场。

"哎呀，我这个小女，从小被我惯坏，谁都管不住，头痛得很。今天有人帮我教训教训她，我当真是感激不尽呢，呵呵。"申先生微笑着，冲秦鸿宇作了个揖。

这个申先生，果然胸襟开阔，不是凡人。秦鸿宇赶紧还礼，说："不好意思，申先生，得罪得罪！"

申先生对秦鸿宇欣赏地上上下下打量，说："鸿瑞，你这个兄弟仪表堂堂，身手应也不凡，不知是在哪里高就呀？"

秦鸿瑞水晶心肝玻璃人,一眼看出申先生对兄弟的欣赏,立即答道:"鸿宇他现在东北读大学,这一毕业,我就想让他回上海,还望先生多多提携。"

"不在话下。帮会里需要你这样文武双全的人才!"申先生颔首微笑。对于人才,他都亟欲收入囊中。秦鸿瑞面露喜色,身边弟兄们也都流露出艳羡的神情,被申先生相中,要想在上海滩上扬名立万,那还不是"不在话下"!

岂料秦鸿宇却直杠杠地回道:"我并不准备回上海,也并不打算加入清帮。过两天我就回东北,不会再打扰申先生,也不会再得罪大小姐!"

此言一出,申先生和秦鸿瑞都变了脸色,周围弟兄们更是面面相觑,就像是听到了天下奇闻。在他们的世界里,申先生就是皇帝,皇帝宠幸,还有人敢不从?

"不许走!不许!"小狸猫急了,说,"你得罪了我,必须要赔偿。"

秦鸿宇冷哼:"怎么赔?抓我去坐牢?"

"爹地!我要他留下来,给我当师傅,教我武功!"

7. 一八一号

这是福熙路上的一栋大豪宅,占地六十余亩,两扇阔气的雕花大铁门朝左右敞开着,宛如欢迎的双臂,汽车可长驱直入。进门后是一座大花园,种满各种奇花异卉,四季常开不败。一栋三层楼的建筑傲然矗立,奢华气派。

这,便是享誉上海滩的一八一号了。

当申先生、吴坤陪同几位国民党要员踏进一八一号,门房的眼睛都直了,"申先生来了!申先生来了……"这消息通过无数张的嘴巴,一路小跑,直跑到小楼核心处。

申先生等人刚刚走到大门口,便见朱啸虎率着一帮亲信亲自迎了出来,两手作揖,满面堆笑:"欢迎,欢迎!"

一众人相拥着往里走去。朱啸虎也斜了申先生一眼,幽怨地,嗔怪地,更不无得意地说了一句:"你,终于来了!"

朱啸虎和申亭山俱为清帮弟兄。朱啸虎行伍出身,性情粗豪,行事凌厉;申亭山隐忍低调,粗中有细。二人搭配恰当,数十年来并肩作战,纵横江湖,开辟出清帮的新景象,被并称为上海滩上两大亨。二人情谊也胜手足,连房子都是两栋毗邻而建,房子中间有一条玻璃连廊,所有人等可通过连廊在两栋房子之间自由穿行。

清帮的前身天地会宗旨是"反清复明",待清朝覆灭,建立中华民国,清帮的存在基础便堪质疑——究竟何去何从?

对于国民政府,朱啸虎存悲观的态度。时下国民党提倡所谓新生活运动,那些职位甚高的国民党大员,竟然一个个像不食人间烟火的苦行僧,一心工作,生活艰苦,完全没有享乐。看来国民政府确实不同于旧官场,这让擅长用赌和土笼络官员的朱啸虎感觉自己和他们打不了交道。尤其政府数次号令禁烟禁赌,对朱啸虎的营生是沉重打击,朱啸虎深感他们与自己不是一路人,大感清帮前途不妙,主张捞一笔是一笔。

而申亭山却正好相反,对国民政府心向往之,尤其是吴坤亲自来访之后。时年三十八岁的吴坤英姿飒爽,意气风发,举手投足、一言一行之间,流淌出一股浩然正气,让申亭山一见心折。申亭山是个孤小人,十几岁上闯荡上海,怀揣一颗定要出人头地的雄心,凭借自己的绝顶聪明,和"舍得一身剐,敢把皇帝拉下马"的不怕死的泼皮英雄气概,加之命运赐予的无数次好运气,终于在上海滩上闯出一片天地，成为一个响当当的人物。但是，在吴坤面前，申亭山感觉出自己的卑俗、渺小、粗鄙。所谓家国情怀、民族主义、修身齐家治国平天下……这些抽象的大道理，申亭山似懂非懂，但他明白，要想真正成为一个了不起的大英雄、大人物，不仅是为一己私欲，也不仅是帮帮身边伸手求助的人，而是要拯救国家于危难，不仅要成为"上海滩上的申亭山"，更要成为"中国的申亭山"。当下乱世，军阀混战，列强入侵，申亭山判断国民党才是一股清流，唯一正统。虽知以自己的出身不可能为官，却做出了以百姓身份暗暗追随的决定。此后申亭山唯国民党——或者说，唯吴坤的马首是瞻，这是他的选择。

劝不动申亭山，朱啸虎赌着气，独自开了这间全国第一的一八一大赌场。一楼二楼为赌场，三十六门的轮盘赌台，就有八张之多，更有数不清的大小赌室，牌九、麻将、梭哈、摇缸……凡是有点名堂的赌博，应有尽有，无不囊括其中。

赌累了，便到三楼小憩，各种大小房间，装修奢华，所用物件俱是稀罕物。鸦片烟、名牌洋酒、红酒、咖啡，中西各色美点、各种美味佳肴，一天二十四小时，不断点儿地供应。侍应生则是一帮被精心调教过的漂亮姑娘，穿着用料节省的西式洋装，露着胳膊腿儿，彩蝶儿似的在宾客间纷飞游走。挑土烧烟，揉揉肩，捏捏背，莺莺燕燕，软语低喃，赢钱的固然开怀，春风得意马蹄疾，就连输了钱的也被哄得晕晕乎乎，大感输有所值。

一八一这全国第一的销金窟，犹如一块磁力惊人的吸铁石，把全国各地的大赌徒牢牢地吸附过来，无论白天黑夜，永远是车水马龙，人声鼎沸，把个朱啸虎得意坏了。唯一的遗憾与不快，便是自赌场开业以来，嗜赌如命的申亭山竟然一次也未来造访！朱啸虎无数次打发手下弟兄去请申亭山大驾光临，每次却都被一句话打发:"我在忙正经事体。"啥正经事体?练字听书听报!朱啸虎听闻此事,鼻子都气歪了。好个申亭山!看把他能的!胸无点墨还假装斯文,当真以为自己从此能洗白身份,当个正经人,上流人?

申亭山的消极抵抗,令朱啸虎大失脸面。不断有人问道:"为啥申先生还不来呢?"朱啸虎支支吾吾答不上来,心中更感恼怒。申、朱二人不和的传闻也在上海滩上不胫而走。若长此以往,这对患难与共、相濡以沫的难兄难弟怕是马上就要分道扬镳了。

不想,今日申亭山竟不期而至,还带来了几位国民党大员!朱啸虎又惊又喜,又有些大惑不解。可无论如何,申亭山到底是来了,这就是给了自己天大的面子。朱啸虎乐得心里开了花,吩咐手下,最好的酒菜、最美的姑娘,通通上!

看着朱啸虎快活地跑上跑下,吩咐这叮嘱那,一番盛情令申亭山不得不感动。可申亭山心里有说不出的憋屈——他是赶鸭子上架,被吴坤找上门来;吴坤更是没有办法,是被那几位庙堂人物逼着陪同到一八一赌场来"参观参观的"。

情势的变化已经有一阵了。自汪精卫坚称"一面反共一面倒蒋",与此同时,以唐生智为总指挥的东征军顺流而下,南京陷于孙传芳回师反扑和东征军的两路夹攻,使拥有重兵的李宗仁顿生异志,联合南京军事将领,直接与武汉方面洽商合作,逼得蒋介石不得不下野。

蒋介石下野之后,中枢无主。许多国民党官员往日还有所忌惮,如今蒋介石下野,这些国民党官员犹如脱缰的野马,变着法儿地捞钱,贪赃枉法无所不为。不管是在何地搜刮到的钱财,都要拿到纸醉金迷的上海滩来花,金屋藏娇也好,狂嫖滥赌也罢,只有在十里洋场才算是过瘾。早先板起面孔满口大词的正人君子,摇身一变,成为醉生梦死、挥金如土的大阔佬,朱啸虎的一八一号,自是他们心向往之的天上人间。这群新晋阔佬,跟上海滩赌国的"元勋",分庭抗礼,一争短长。从前的赌场里,姑娘们娇滴滴的,只是叫着"某总某老板",如今在各个角落里,却新添了"某公某长"的称谓。

面对这突如其来的一百八十度大转弯,申亭山瞠目结舌,难以理解。早先他仰慕国民党那帮上流人士的家国情怀、民族大义,包括他们清寒艰苦的生活作风,不惜处处效仿,不但将大钻戒锁进保险柜,连抽了十几年的鸦片烟都戒了,整日里读书学习,好不刻苦。可如今,这些榜样却纷纷坍塌,不但走下神坛,还公然向他打听这白相的各种门道,艳羡之意溢于言表。申亭山大惑不解,不知自己该继续埋头学习,力争上游呢,还是故态复萌,用酒色财货,博得国民党大员们的开怀大乐?

走在一八一赌场里,面对极尽的奢华,除吴坤尚能保持节制之外,其余几位庙堂人物均惊呼赞叹,一副没见过世面的乡巴佬形态。

在赌场里,申亭山见到数位昔日一同白相的故友。比如说清邮传部尚书盛宣怀的几位少爷小姐,素有"赌国魁首"之称。一奶同胞的兄妹,若赌得兴起,经常用寸土寸金的房地产道契为赌注,谈笑间输赢三五十万,眉毛也不抬一下。

更威风的是许老爷。娶了八九房姨太太,全部由正室夫人领着,一同到赌场来助阵。这些姨太太穿戴发型一模一样,高矮胖瘦各有不同,却又个顶个的美艳。到赌场后,全部环伺在许老爷身后,环肥燕瘦,煞是壮观,简直像传说中的皇宫选妃现场,把那几个国民党大员惊艳得下巴都快要掉下来了。知道满场的男人包括女人都在看自己,这些姨太太并未做出搔首弄姿的媚态,反而目不斜视,樱唇紧闭,一副端严贤淑,凛然不可侵犯的圣女模样。对比许老爷,再反观自己,几位国民党大员都觉自己当真是白活了。

在朱啸虎的殷勤安排下,吴坤陪同几位大员正式进入赌场,开始大把捞回他们浪费的大好光阴。申亭山却无赌性,借口头痛,独自上到三楼房间里休息,也不许美女陪同,把门一关,躲个清静。甚至有意调暗了灯光,营造一室的幽静。

申亭山点燃一支烟,踱步到窗口,深深吸一口,重重地吐出。为响应国民党戒烟戒赌的号召,申亭山以惊人的毅力,历经折骨摧肝的磨折后,终于戒了鸦片烟。为避免复吸,只有在最费思量的时候,才点燃一支普通的香烟,以慰身心。

赌,是申亭山的挚爱,甚至说,是申亭山的发家之本。申亭山的第一次豪赌是在二十啷当岁,机缘巧合下,替老板娘"挑土",不想竟赢了两千四百块钱!当时申亭山一月俸禄也才几块钱。老板娘大方,把两千巨款赏给了他,其实是考验他如何花这笔钱。这笔款子足以买房买铺面做小生意,甚至娶媳妇过日子,若是那样,便不是此道中人;若是狂嫖滥赌,挥霍殆尽,也无不可,但不会有大出息。却见申亭山首先加倍偿还了之前所欠所有债务,然后去高桥家乡,给所有亲友均送上一笔款子,还跑去公园,给那些无家可归的乞丐送衣送钱,对待帮会里的小兄弟们,更是豪爽大方,有求必应。申亭山的名言"不在话下",就是从那时候来的。所以,两千大洋在短短半月便糟践殆尽。不料老板对申亭山的行为赞赏有加,认为他讲义气、重感情、不自私,也有大胸怀,能笼络人心,日后必非池中物。此后对申亭山一路重用,百般提携。

申亭山这一路走来,面临无数次赌,赌的不仅是钱,甚至是自己的前途、性命。每次形势危急,不及多想,狠心咬牙,心里怒喝一声:妈妈的!大不了,把这条性命押上便是!也是他吉人天相,每次命悬一线间,总能押对宝,这么些年跌跌撞撞,居然有惊无险,竟闯出了一片天地。

申亭山望着窗外浓重的暮色,烟卷的红光在夜色里一闪一闪。申亭山面色冷峻,他知道,自己正面临着人生最大的一场豪赌。赌赢了,也许真的跃过龙门,洗白自己,成为上游;赌输了,输掉的不仅是自己及帮会上万群众的性命——江湖中人,不惜命,随时准备赴死,但,最怕输掉的,是名声!尤其在历史上留下的名声!申亭山吃那么多苦,受那么多累,帮那么多不相干的人,为的是什么?不就为了大家伙提起申亭山,伸出大拇指,赞一声:申先生!

赌局开始,宝已经押了上去,这一次,申亭山真正的没有了退路。

第四章

1．九一八

1931年的东北，四处是一种阴冷压抑的气氛，让人滞闷得喘不过气来。秦鸿宇进入东北辽宁邮局工作已半年有余。

对于兄长力邀自己也投拜申门的提议，秦鸿宇断然拒绝，让兄长非常失望。秦鸿宇深知帮会之所以这么红火，显得无往而不利，一则是申亭山为人成功，更重要是当下乱世，各方势力割据，无一方独大，加之依傍了租界的力量，申亭山成为租界和华人间的桥梁，才形成如今这样的局面。但，终是不长久的。最重要的，秦鸿宇已经有了更高的格局、更大的胸怀、更重要的使命，这些，他没有和兄长说。虽是手足至亲，血浓于水，自己甚至是兄长用血汗养大，真真是长兄如父，但，兄长已加入国民党，与自己分属两个阵营，万不可交集。他可以把自己的性命交给兄长，但在信仰上，却不可有半分妥协。在兄长眼里，他依然是那个没心没肺心直口快的小弟，其实，他又不是了。

大学毕业后，秦鸿宇本拟回到上海邮局工作，但组织上说，东北的形势更险峻,更需要秦鸿宇这样的人来支持革命。所以,秦鸿宇义无反顾地留了下来,远别繁华旖旎的上海,在冬天冷得快把鼻子冻掉的东北扎根下来。此时秦鸿端已是全国邮务总工会筹委会常务委员,秦鸿宇在东北邮局也成为工人领袖。

9月18日这天夜里,秦鸿宇正前往邮局值夜班。刚走进院里,突然闯进几十个日本兵,要强行骑走院里的几十辆自行车。自行车可是邮局的重要资产,每天邮差要骑了自行车驮着邮包走街串巷去送信送报送货物,怎可随意让日本兵骑走?门役急了,上前阻拦,为首的一个日本兵蛮横地将门役一把抓起,一拳打在他脸上,门役当即倒在地上,含恨吐出几颗带血的牙齿!日本兵兀自追过去,还欲再打。秦鸿宇一看,一股热血上涌,再也顾不得危险不危险,一个箭步冲过去,抓住日本兵后颈的衣服,远远地甩出几米远。这一下,日本兵怒了,一声呼啸,十几个日本兵将秦鸿宇团团围住。

"臭支那猪,你找死!"挨打的日本兵,估计是个小头领,用蹩脚的中文骂道。

"小日本!这里是中国的土地、中国人的邮局!你们公然闯到邮局来强抢豪夺,还有没有王法?"秦鸿宇面无惧色。

"中国的土地?哼!马上就是大日本帝国的了!"日本兵骄横地说。

"放你的屁!发你的春秋大梦!臭小日本!"秦鸿宇以牙还牙。

"死啦死啦的!你活得不耐烦了!"日本兵挥了一个手势,唰!十几个日本兵通通把刺刀亮出来,冲着秦鸿宇。秦鸿宇也赶快摆出架势,准备抗敌。

"住手!住手!有话好商量!"千钧一发之际,意大利邮务长巴立地及时赶到。原来是门役见情势凶险,趁日本兵团团围住秦鸿宇,偷偷溜去办公室找来了邮务长。

唰!日本兵的刺刀又团团围住巴立地。

"你什么人?管什么闲事?"日本兵恶狠狠地问道。

"误会!误会!"巴立地摘下帽子,露出自己的黄头发蓝眼睛,略带揶揄地说,"我是意大利人!是这里的邮务长。这是我的员工,有什么问题我带回去惩罚他好吗?"

日本兵看到巴立地的黄头发蓝眼睛,愣了一下,半晌,终是不敢造次——毕竟是洋人,得罪不起,悻悻地收了刺刀,说:"走!"一扬手,这群日本兵抢了自行车,连几辆汽车也强行开走。

秦鸿宇欲上前阻拦,巴立地阻止了他,沉重地摇摇头,说:"让他们先走吧!他们有枪,我们敌不过。我的黄头发,也只能让他们不对人行凶。至于财产……唉!你们中国有句古话,好汉不吃眼前亏!"

自行车、汽车呼啸而去,转眼间,偌大的院子变得空空荡荡。

"这群疯狗!竟然敢公然抢劫!无法无天了!他们到底想干什么?!"秦鸿宇气得咬牙切齿。

巴立地抬头看看天,沉默半晌,才沉重地说:"走吧,进屋去。怕是要变天了。"

秦鸿宇也看看天,随着巴立地,愤而回屋。

万没料到,就在这一天夜里,在日本关东军的安排下,铁道"守备队"炸毁沈阳柳条湖附近日本修筑的南满铁路铁轨,并栽赃嫁祸于中国军队。日军悍然炮轰沈阳北大营!这一天,成为中国历史上的国耻日,史称"九一八事变"。日本侵华正式拉开帷幕!

第二天,日军侵占沈阳,又陆续侵占东北三省。1932年2月,东北全境沦陷。日本在中国东北建立了伪满洲国傀儡政权。

2．上海邮工童子军

方家的客厅里，一派肃穆。明日一早，秦鸿瑞、方执一就将带领邮工童子军组成的战地服务团奔赴前线阵地，支援十九路军蔡廷锴军长抗日。主要任务是派送军事邮件，运送物资，救护受伤军人。

方执一、黎黛珊、方念一、李树生均面色凝重，摆在桌上的饭菜也没闲心动一下。谁都知道，奔赴抗日前线可不比寻常的工潮，最多是争执几下，推推搡搡，就算被抓进巡捕房，申先生打个招呼，秦鸿瑞也能神不知鬼不觉地把人捞出来。上前线，那可是真真正正以命相搏，日本鬼子的子弹可没长眼睛，况且，十九路军好歹是正规军，手中持有武器，战地服务团可是赤手空拳，只凭一身血肉在枪林弹雨中穿行。

"哥哥，鸿瑞哥，你们为什么一定要奔赴前线？我们是老百姓，我们就在后方支持蔡军长不好吗？你们为什么要去拼命？"方念一嗔怪道，眼圈也红了。

"念一，眼下是非常时期，你懂不懂一句话：国家兴亡匹夫有责！"方执一语气温和而坚定，"日本人不顾签署的协议，不顾国际道义，向驻守在宝山路的十九路军开火，现在，十九路军在拿血肉和敌人的枪炮拼，我们老百姓也要尽绵薄之力。尤其是我们邮局邮工，一直代表着上海工人的先进力量，为国效力，我们是义不容辞的！这些话，今天下午的誓师大会上，我已经说过了，现在，再给你说一遍，请你支持我们，好吗？"

"我们一直在支持抗日啊！这些天，我和黛珊天天在街头巷尾组织捐款，我把我的金手镯和金戒指全捐了，黛珊最后一根玉石项链也捐了！我们做什么都可以,我只是,只是舍不得你们去拼命……"方念一声音里带了哭音。

"是啊,鸿瑞,执一,是不是再考虑一下……"李树生也嗫嚅着开了口。

秦鸿瑞做了一个暂停的手势,说:"感谢大家对我们的关心。都是一条命,都是血肉之躯,每个在战场上奋战的男儿都有舍不得他的亲人、朋友,但是,外敌来辱,总要有人挡在前面,总要有人流血牺牲。如果都像你们这么想,我们就将把上海、把中国拱手相让了！前线的士兵需要我们的帮助;你们募捐来的钱财物资,需要有人送到前线;我们的军事情报,需要有人送到前线;士兵们受伤了,需要人去包扎、救护,这个责任,就在我们肩上。要知道,我,是上海邮务工会执行委员,也是战地服务一团的团长,执一是二团的团长,我们怎么可能当缩头乌龟！所以,大家若关心我们,就为我们祝福,为我们的官兵们祝福,早日击退小日本！"

"鸿瑞,执一,我真的很惭愧,我怎么偏在这个时候病倒！我真想和你们一起,和我们的邮工战友们一起,奔赴前线,为国效力！"李树生面色惨白,无比憾恨。最近他刚做了小手术,行动还十分不便。

"树生,你在特殊时期,不要着急,我们都理解你。来日方长,为国效力,养好身体,有的是时间和机会！"方执一安慰道。

秦鸿瑞端起一杯酒,站起身来,说:"今天,我们就一起喝了这杯壮行酒。我得回去睡了,明天一早就要奔赴前线。"

大家心事重重,怔怔地干了这杯苦酒。

秦鸿瑞刚走出门外,但听得身后响起一个声音:"鸿瑞,等等!"回头一看,原来是黎黛珊跟了出来。

"你是想来祝福我还是想要劝我退缩?"秦鸿瑞有些揶揄的

意味。

"都不是。"黎黛珊抬起脸来,正视着秦鸿瑞的眼睛,面色肃穆,语气坚定,说,"我申请加入战地服务团,和你一起奔赴前线,救护伤员!"

秦鸿瑞一惊!月色下,黎黛珊面色柔和,细长的丹凤眼里透露出一种温柔的坚定,这神色让他心折。

"可是,一个女人,这……太危险了……"秦鸿瑞有些嗫嚅。

"嘘!"黎黛珊竖起手指,禁止秦鸿瑞说下去,她脸上浮现出一抹调皮的微笑,说,"怎么,你瞧不起女人?为国效力不仅是男人的责任和权利,女人也有责任和权利爱国。"

秦鸿瑞一笑,行了一个军礼,立正道:"遵命!女士!"

第二天一大清早,上万邮工齐聚在邮局门口,群情激愤。秦鸿瑞站在高处,给大家分配了任务。方执一所在的二团负责送军事邮件,及运送战地所需物资;秦鸿瑞所在的一团则负责救护队。秦鸿瑞代表上海邮工救护队向上海邮政管理局借了一辆邮车,将车厢从代表邮政的绿色漆成白色,并加上红十字标记,这便临时充当了救护车,车上有中国红十字会免费供应的药品、包扎纱布、绷带等。黎黛珊已脱下旗袍,换了长裤布鞋,头发利落地绑在脑后,再套上白大褂和口罩,俨然是一个专业医生的模样。黎黛珊在学校曾受过短暂的医护训练,此时算是派上用场。车上还有三十个男职工和二十个女职工,都是从邮局主动报名参加救护队的职工。

大家领受了任务后,分头向宝山路前线进发。

方执一带了几十个青壮年,身背弹药、食物、衣服、被褥等各种物资,最重要还有报纸,这些物资大都是从民间募捐来的。街头巷尾的募捐处,大到百万富翁,小到黄包车夫,每个人都是倾其所有,不遗余力。这几十件棉背心是一个徐姓裁缝连夜赶制的,听说是为前线战士们御寒,徐师傅熬了一个通宵,手都打起了血泡,大清早送过来无偿捐献。这些东西沉甸甸地压在每个人身上,没有车没有马没有任何可凭借的工具,全凭着一副铁肩、一双脚板、一腔热血,为前线官兵输送物资。

一路的千难万险,一路的躲避前行,一行人身背重物,在枪林弹雨中穿梭。在宝山路,终于见到了声名赫赫的十九路军。前些时日,当十九路军悄然从江西前线来到上海,奉命警卫南京时,只见他们头戴草笠,赤脚穿着草鞋,一袭暗灰军装,肤色黧黑,神色倦怠。检阅他们的武器,只有步枪和手榴弹,最具威力的重武器也不过是轻机关枪而已。日本人对这支打赤脚穿草鞋、土里土气的队伍十分不屑,大言不惭地放话说:日本皇军一旦发动攻势,保证在四个小时之内占领闸北。

所以,1月28日午夜十一时,明明日本驻沪总领事已接受上海市政府的答复书,日本海军陆战队指挥官鲛岛,却不顾国际道义,不计一切后果地向十九路军阵地开始攻击!

日本海军陆战队人数众多,武器精良,配备有轻重机关枪、野炮、曲射炮和装甲车队。鲛岛打的如意算盘是,以如此优势之火力兵力,再加"日本皇军"的赫赫声威,定能把这帮穿草鞋的土包子打得节节后退,不敢抵抗。"不战而屈人之兵"。孰料扼守宝山路一线的十九路军奋勇还击,誓死不退。蔡廷锴军长更是第一时间下达命令:誓死抵抗,寸土必争!"皇军无敌","四小时占领闸北"的日军狂言一夜之间粉碎。

方执一的邮工童子军战地服务团将物资送到官兵们手中,无异于雪中送炭,大家非常高兴。尤其是他们带来的新闻报纸,里面有报道十九路军的壮举,及全市人民对十九路军的敬仰和支持,精神食粮比物质食粮更加重要,官兵们看到同胞的支持和关心,精神为之一振,疲乏之情一扫而光。

蔡廷锴将军亲自接见了方执一,说,除运送物资外,邮局童子军们还有更重要更艰巨的任务,那就是——传递消息。当下前方后方的联络,所有的报纸新闻、军情军密,都需要邮工童子军们来传递,这是一次特殊的邮递。方执一朗声答道:"保证完成任务!"蔡将军说:"军事情报大于天,甚至会决定到一场战争的胜负,日军对运送情报的人会采用各种方法围追堵截,这任务是非常危险的,甚至可能会付出生命的代价。"方执一正色答道,自己会带领最可靠的邮工一起完成这个任务,"人在情报在!绝不让情报落入日军手中!"

归来途中,方执一身负密件,数位邮工在旁保护,一行人急速地同时又小心翼翼地穿越敌人的封锁区,到达了一片小树林,这个地段算是安全地带,众人方才松了一口气。还未来得及停下喘息,突然,听到一个熟悉的声音高声喊道:"看,那些就是负责运送情报的邮工童子军,他们身上有情报!"再听得一声:"拦住他们!"只见几个日军从树林里蹿出,对着方执一等人便开始射击。糟了!遇到了汉奸!众人都无武器,无力还击,仓皇之下,四散逃去。方执一想,情报在自己身上,万一被活捉或打死,情报都会落入敌军手中!正急得莫奈何,突见有一个脏兮兮的小泥潭,方执一毫不犹豫,一步跳进潭中,憋着气,把函件从怀里取出来拿在手中,万一日军追来,他准备立即撕毁封口的塑胶纸,水浸泡了字迹就看不清了。打定了主意,也就不再惊慌。

只听得池塘外乒乒乓乓,枪声激烈,宛如年关放鞭炮,方执一心里一紧,担心起那几位邮工同事,不知会不会遭遇毒手……过得几分钟,周遭安静下来。方执一在水里浸泡得晕晕乎乎,迷迷糊糊中听到有人在喊,团长!团长!睁眼一看,竟是自己的同事们,还有几个官兵。原来十九路军怕他们碰上危险,一路暗中护送,不想果然遭遇伏击,好在日军只有两三人,士兵们果断开火,击退了日军,才把方执一从泥潭里捞起。

"危急中跳进泥潭,你真是机智啊!要不是你的同事看到你跳进去,还真没有人找得到你!"蔡将军伸起了大拇指。

方执一脸一红。真没想到第一天执行任务就险些"光荣"了。

此后大家拟定方案,一是送信的童子军必须配备一辆自行车,跑起来快捷。二来路线必须走冷门,也就是日军不大能猜到的路线,且要时时变换。

前方十九路军英勇抗敌,日军损兵折将的捷报,通过邮工童子军传到后方,令国人沮丧失望、颓丧悲观的情绪为之一振,让老百姓相信祖国确有抵御外辱的力量,这让大家欣喜若狂,爱国热潮日益高涨。后方群众支援的各路物资也通过邮工童子军之手源源不断地送达官兵手中,弹药、食品、饮料、被褥、衣服,应有尽有,保障了官兵们的战争和生活所需。

秦鸿瑞所在的邮工救护队的邮车到达吴淞炮台一带,翁照垣旅正与敌舰进行激烈的炮战,炮声隆隆,简直是惊天动地,邮工们一下救护车便被炮声震得险些摔一大跟头!炮声歇止,秦鸿瑞的脑子里一阵轰鸣,只觉耳朵已经麻木了,这时,只听得旁边的黎黛珊惊呼:"糟了,我耳朵,耳朵听不见了……"然后,接连有两三个女队员也喊道:"我听不见,我聋了……"秦鸿瑞大惊!不好,这刚到战场,怎么会就聋了几个?!他大声喊道:"不要惊慌!肯定不会聋,大家赶快退回车上。"众人退回车内,关上门窗,揉着耳朵,过了好一会儿,黎黛珊说,好了,另几个队员也欢喜道,哦,好了好了。秦鸿瑞吁出一口气,说:"我就说了,不会聋,我们这是上战场,救护伤员,不要一惊一乍的,伤员没救着,自己先丢了魂儿!"黎黛珊说:"你怎么就知道不会聋啊?"秦鸿瑞得意地一笑,说:"我就想,这一定是我们第一次听,不适应,要是听听炮声就聋了,那战场上的士兵岂不个个都是聋子?"众人笑了,秦鸿瑞心里却暗自嘀咕,乖乖!这炮声比鞭炮声简直不知大了几百倍!

还没缓过劲来,却见一些难民怀抱包袱呼啸而来,边跑边喊,着火了,着火了……但见天边燃起熊熊烈火,把天都映红了。原来是炮火把民屋点燃了!秦鸿瑞赶快率领大家跳下车来,大家冲到居民区,开始协助居民们共同扑火,待到天色昏暗,才把火全部扑灭。有几间房都已烧毁,但万幸火势没有蔓延。

此后救护车每天冒着被炮火和飞机轰炸的危险,频繁运送伤员往返于吴淞和后方之间。邮工救护队不但奋勇救护伤员,还每天及时将新闻报纸送达旅部,鼓舞士气,深得翁照垣旅长赞赏。翁照垣旅长喊出"没有枪,用刀!没有刀,用牙齿咬!"的铮铮誓言,鼓舞了士兵们的士气。官兵无数次与日本兵贴身肉搏,壮举传遍军内外。翁照垣旅长把邮工救护队作为旅部直属的一个单位,发给秦鸿瑞一张委任状。秦鸿瑞随身携带委任状,救护车便可在前线畅通无阻。但是,日本不断增兵,并增派军舰、飞机狂轰滥炸,完全不顾国际公法,对标志着红十字的救护车也进行追击,秦鸿瑞、黎黛珊几次历险,命悬一线……

再聚方家客厅,已是一月之后。

方念一眼睛骨溜溜地,雷达一样来回扫射,打量着这几位战地英雄。方执一和秦鸿瑞又瘦又黑,尤其是秦鸿瑞,脖子上还有一道伤疤,简直毁了容。黎黛珊肤色不见黑,却更苍白了,窄长的丹凤眼陷进眼眶,瘦得整个人都轻飘飘的,仿佛纸鸢,拉一根线,就能飞起来。她套进一件黑色的宽大袍子里,只见衣衫不见人,连方念一看了,都有种我见犹怜的意味。

然而,三个人瘦得仙风道骨的,精神却很好。这一场战争,沉重打击了日本侵略者,让日军知道,中国人不好惹!让国人有了信心,我们军队有力量抵御外侮。也让上海同胞更加团结,尤其是上海工人,号称八十万众,在这场战争中紧紧相连。

吴妈精心烧制了一桌好菜,拿手菜全部上桌,爷爷亲自下楼参加晚宴,还吩咐方执一开了一瓶珍藏的法国好红酒,要好好犒劳几个童子军。

"我对你们中华邮政呢,是有些意见,比前清邮政还狠哪,逼得我们民信局简直没有了活路!"爷爷此言一出,方执一秦鸿瑞等人面面相觑,不敢作声。政府对民信局步步收缩,使之几近停办,爷爷全怪到中华邮政身上,每次提起都气不打一处来。"但是,今天,我还得说,这一次,你们邮工童子军是好样的!鸿瑞好样的,执一好样的,黛珊更是女中豪杰,巾帼不让须眉!"

"爷爷,你怎么都知道啊!"黎黛珊不好意思了。

"嗨,你们以为爷爷当真是老糊涂呢?这个囡囡,天天在家里急得团团转,念叨哥哥,念叨鸿瑞哥,也念叨珊珊,像个小神经病,我就知道你们都参加邮工童子军战地服务团了。"爷爷笑着指指方念一,继续说,"爷爷每天蜷在楼上,但可是天天听广播,看报纸呢!新闻里都说了,你们邮工童子军为十九路军送情报,送物资,救护伤员,立了大功呢!爷爷为你们骄傲啊!孩子们,国家兴亡匹夫有责。国家眼下这个样子,就要靠你们了!来,爷爷敬你们一杯!"

爷爷端起酒来,众小辈立即举杯响应,方执一说:"爷爷,你放心,我们一定和小日本拼到底!绝不丧权辱国!"

"对!"爷爷浑浊的眼睛里流露出赞许,"但是,爷爷只叮嘱一句,注意自身安全。爱国救国有很多种方式,并不是每一个人都要和鬼子真刀真枪地拼,你们不是军人,你们应该用自己的方式更有效地报效祖国。"

"爷爷,我们明白!我们绝不会枉送性命,爷爷放心。"秦鸿瑞笑着说,把杯子举起,说,"爷爷,我敬您老一杯,愿您长命百岁,看到我们中国新世界来临的那一天!"

"我就是喜欢鸿瑞,总是一团和气,又会说话,不像我们执一,就是个拧啊。"爷爷笑了。虽然,这微笑里带着苦涩,谁知这一天何时能到来呢?

"哎呀,什么新世界旧世界,你们又不是军人,天天跑去战场,吓死人了!我天天在家里都睡不好觉。好在你们都回来了,也没缺胳膊少腿儿的,上帝保佑!过几天,我要举行一个大派对,大家好好跳舞庆贺一番!哥哥,你可不许小气,把你的私房钱都贡献出来!"方念一还是那副没心没肺的样子,秦鸿瑞瞥了她一眼,要多少的呵护关爱才能把她锁在这象牙塔里呀,外面的世界都已快掀翻天了,她兀自在自我的小世界里风花雪月。

"念一,开什么舞会?你以为这是好玩的事吗?你知不知道,我们有三个同事献出了生命!出发前还在我们家开誓师大会,现在,已经……"方执一声音哽咽,说不下去了。

"怎么回事?鬼子连童子军都杀?"爷爷也惊异了。

"是的。最后一场战斗,我们在撤退途中,遭遇了鬼子的伏击。当时我们手臂上都缠着红十字袖章,以为鬼子不会杀害手无寸铁的百姓,没想到,鬼子们竟然冲上前来举起刺刀就开始乱戳!我们奋起反抗,可毕竟手无寸铁,最后,我们有三位同事献出了宝贵的生命……"

"鬼子这么狠毒！连百姓都杀！"方念一脸都吓白了。

黎黛珊头一低，眼泪滴在了桌子上。桌上的饭菜一口也吃不下去了。

夜色围上来，吞没了周遭。暗沉沉的，没有一丝亮光。

次日，上海少年宣讲团礼堂里一片肃穆。上海邮务工会在这里为在一·二八淞沪会战中英勇牺牲的邮政职工举行追悼大会。邮局员工及闻讯赶来的各路人士把礼堂挤得水泄不通，都想在最后一刻以虔诚之心送别英魂。黎黛珊、方念一也在此之列。

追悼会隆重举行，秦鸿瑞为主祭，方执一为襄祭，秦鸿瑞大声诵读祭文，在场观众无不落泪。蔡廷锴将军亲自送来挽联，上书：心炳日星，一霎捐躯撄浩劫；气吞河岳，千秋合传慰英魂。

秦鸿瑞也含泪献上挽联：正气摄凶顽，视死如归，满地干戈多愤慨；丹心昭日月，舍生取义，万方袍泽共凄凉。

南翔附近的一片荒冢，苍凉中透着坚毅。这是上海邮务工会筹建的邮工烈士墓，用以安葬几位英魂。秦鸿瑞主持了邮工烈士墓的奠基典礼。几个鲜活的生命，就这样，被安葬在这荒冢。这些，都是平日里和方执一、秦鸿瑞一起工作、并肩战斗的好同事、好兄弟。他们都才二十出头，为了民族大义，为了爱国抗敌，就这样，献出了自己宝贵的生命。秦鸿瑞不敢相信，几天前还和自己开玩笑的小伙伴，竟然就变成了一缕幽魂！而他们，都是在自己的号召下加入邮工童子军战地服务团的，他们那样纯洁、无私，一腔爱国的热血，洒在了战场上，他们是中华邮政的骄傲，是中华儿女的骄傲！

青山处处埋忠骨。邮政的烈士们，安息。

3．最后的旗帜

沦陷，沦陷。

"九一八"一年之后，在东北的各大城市中，仅存在着两个属于中国行政系统的机关——邮政局和海关。在他们的楼顶上，骄傲地飘扬着青天白日旗。在满地沦陷的废墟中，这高高飘扬的旗帜，是人民心里唯一的安慰、唯一的希望。然而，在敌人眼里，却是一根锥心的刺，必予拔除而后快。

日军无数次来到邮局，命令改挂伪旗，无效！邮局职工坚拒不从。这面鲜艳的旗帜依然骄傲地迎风招展，铁骨铮铮，任风吹雨打，自岿然不动。

然而，这一天清晨，悬挂在滨江关楼尖的旗帜不见了，悄然换上代表着民族耻辱的伪旗，晨曦的阳光没有了。这是终于来临的事实——敌人终于接收了海关！现在，这面唯一的旗帜，就只剩邮政局了。

妖孽横行！

秦鸿宇走在沈阳的大街上，远远地，看见邮政局楼顶上飘扬着的旗帜，又是骄傲又是酸楚。真不知，这面旗帜还能坚持多久。

眼下邮局被日本关东军司令部派宪兵常驻，检查报纸信件，信中偶有谈论时局者则拘捕。日伪还跑到行驶的火车上查报纸，天津《大公报》等进步报纸全部被没收。尽管在这面旗帜下工作的千百个邮工千方百计与日军周旋，尽量抵制日本宪兵强查邮件，以维持正常通邮，但，各种传言已甚嚣尘上。据说派来接收的人已内定了，伪邮票也已印好，邮局中的每一个人每一天都是惴惴不安，不知最后的日子何时到来。

秦鸿宇走进巴立地办公室,在此特殊情形下,秦鸿宇几乎成为巴立地的私人助理。

巴立地面色沉重,说:"看吧,今天啊,有一出好戏看了!"

这时,门被推开,一群日本人走了进来。原来是伪满交通部长由两个日本军官监视着来接管邮局。

秦鸿宇眼前一黑,这一天终于来了!

伪满交通部长故作绅士地一鞠躬,用英文说:"巴立地邮务长,'满洲国政府'已经成立了。新政权派我来接收邮政!'满洲国政府'保证原有人员的职位和一切待遇。从今天起,你应当接受'满洲国政府'的命令!"

巴立地也礼貌地一鞠躬,用纯正的中国话答道:"对不起,我是中国政府的官吏,我只能接受中国政府的命令。"

"什么?你竟敢藐视新政权?你还想不想当这个邮务长!"伪满交通部长火了,威胁道。

巴立地不紧不慢,从抽屉里取出早已准备好的证件扔在桌上,说:"我想告诉你们,我是意大利人。现在还兼着意大利驻沈阳总领事,这,你们大概是知道的!"

一听这话,伪满傀儡部长气焰矮了半截,转而讪笑着,语气委婉地说:"巴立地邮务长!我们知道您在中华邮政服务了很久,成绩非常良好,'满洲国政府'想请您主持全国邮务。一切待遇比中国更为优厚!"

巴立地傲然答道:"谢谢你的美意。我个人,现在还没有考虑替'满洲国'做事。"

"你!"

伪满部长气歪了鼻子,然而,巴立地是外国人,而且意大利和日本是友好国家,伪满部长一时也不敢得罪巴立地和他身后所代表的意大利政府。

双方各执立场,僵持不下,整整在屋里斡旋了十几个小时。中午秦鸿宇就买了几个烧饼,和巴立地两人喝杯白开水啃啃烧饼了事。巴立地始终立场坚定,态度强硬。最后,伪满交通部长不得不让步,双方签署了"一切维持现状"的协议。手拿着斗争一天得来的胜利成果,巴立地面露微笑,正欲细细打量,不料伪满部长心怀不忿,竟又一把抢回,恨恨说道:"不算数!这不算数!"唰唰几下子把协议撕毁扔在地下。

巴立地赶快俯身去捡拾纸片,伪满部长也欲去抢,秦鸿宇一把攥住他手腕。伪满部长脸色变了,两个日本军官也冲上前来准备保护伪满部长。

"唉!中国有句古话,君子一言驷马难追,签好的协议怎么能随意撕毁!部长,你这样做,未免太没有风度了!"巴立地费了老半天劲,终于把碎片都拾起,一边走向桌边,一边慢条斯理地说道。

伪满部长脸一红,秦鸿宇松开手腕,两个日本军官也撤了回去。巴立地用胶带把协议悉心粘贴好,满意地说:"这依然是一份生效的正式协议!"

伪满部长和日本军官悻悻离去。

"邮务长,你真勇敢!太了不起了!我替中华邮政,替中华儿女谢谢你!"秦鸿宇有些激动。

巴立地却涩然一笑,说:"今天,算是对付过去了,不过这帮日本人不会善罢甘休的。事关重大,我们必须马上向邮政总局汇报!"

那个有雨的清晨,秦鸿宇走进临街一间小茶馆,老板是一个不起眼的中年人,看起来是一个老实本分、安分守己的人,生意不咸不淡地做着,日子不紧不慢地过着,打烊时分,犒劳自己二两烧酒,就觉一天的劳作有所值。秦鸿宇走进店里,老板乜斜着眼睛,淡淡地招呼一声:"来了,楼上请!"秦鸿宇点点头,上了二楼,径直走进最里屋的一个房间,这是他固定的房间。

临窗的小桌旁坐了一位年轻女子,正转头看着窗外,迷蒙的细雨在窗上氤氲起薄薄的迷雾,人和景物都朦朦胧胧的,有一种不甚真切的感觉。

"客官,茶来了……"随着一声清亮的吆喝,老板手里端着一个托盘,一掀帘子走了进来。

女子转过头来,冲秦鸿宇微笑着点点头。秦鸿宇也一笑,快步走向桌边,两人相对坐下。老板走过来,把茶和几碟干果摆放在桌上,一边给二人倒着茶,一边轻声地对秦鸿宇说:"这就是你的上级——沈丹晨同志。从今以后,你俩单线联系,你的一切行动听从沈丹晨同志指挥。"

"秦鸿宇同志,你好。"女子,哦,不,沈丹晨伸出手来,秦鸿宇一怔,没想到他的新上级竟然是个女的。见这沈丹晨齐耳短发,长条脸,鼻高眼大,有着一种北方女人的爽利干练劲儿。

老板老王——其实是共产党在沈阳的一个重要负责人——悄然退下。这个茶馆也是党内的秘密据点,很多的信息都从这里获取和传递。

"秦鸿宇同志,现在伪政府准备全面接管邮局,伪邮票也已经印好并已送到沈阳,如果任由伪邮票在全国流通,沦陷的就不仅是东三省,那意味着是整个中国的全面沦陷。所以,如今邮政总局已做出全面撤邮的决定,所有不愿做亡国奴的东北邮工在自愿的原则下,全部撤回关内,让伪政府伪邮政全面陷入瘫痪。"

"几千邮工全部抛家舍业,背井离乡,千里迢迢去到关内?"秦鸿宇有些吃惊。要知这当中的绝大多数人一辈子从未离开过东北,甚至连邻省都没有去过。守着家业,守着老屋,守着祖坟,对于很多东北人来说,比命还重要。

"这当然是一个非常艰难的抉择。我是东北人,我深知东北人的乡土情结。东北人的传统乡土观念是很重的,古训说,'父母在,不远游',更加讲究的是落叶归根。但是,现在,东三省已经落入日伪之手,我们的土地已经不是中国的土地,我们的家园已经不是中国的家园,国不在了,哪里还有自己的小家?所以,我们出走,是为了有一天理直气壮地回来,收复我们的家园——真正属于我们中国人自己的家园。"

"皮之不存,毛将焉附?覆巢之下,岂有完卵?"秦鸿宇喃喃。

"是的。所以现在只能是舍小家顾大家。邮政是国之命脉,四通八达,就像是人的血脉,到达身体神经的每一个末端。血脉流通不畅,身体的各个机能都会受损,人就会瘫痪。所以,撤邮,就会造成社会的各种紊乱,必将对伪政府造成致命打击。"

"对!撤邮是最有效的抵抗。让日伪政府看看,也让我们所有东北人民明白,就算伪政府撤掉了我们邮政局楼顶的中国旗帜,也撤不掉大家心里的旗帜。这面旗帜会永远在东北人民的心里飘扬,成为他们心里永远的安慰和希望。沦陷是暂时的,我们会回来!"秦鸿宇眉毛一抬,有些意气飞扬。

"对,这是一场非常有意义的斗争,也是一场非常艰难的斗争,所以,我们的任务是,尽量做好邮工们的思想工作,动之以情,晓之以理,让大家能够充分意识到撤邮的重要性和必要性,响应全国邮务总工会筹委会的号召,顺利撤回关内。"沈丹晨一边说,一边好整以暇地倒茶、品茶,动作悠然自得。此时若有人贸然闯入,只会觉得两人在聊着家长里短、日常生计,绝不疑有他。秦鸿宇暗暗称奇。这个小女子,当真有大将之风。让她来做自己的上级,确是有道理的。

维护东北邮权宣言

全国各界同胞公鉴：倭奴寇境，东省失陷，焚烧屠杀，天日为昏。而国贼叛徒，复托庇木屐之下，竟组织满洲伪国，强奸民意，取媚仇悦，叛变纷乘，益肆猖獗，近且拟劫夺东省邮政，消息传来，痛恨欲绝。溯我邮政创立迄今，垂卅余载，饱经忧患，克赖辛勤，用能维持荣誉于不隳。矧年来邮政主权渐欲收回，邮政系统益臻完整，正为此复从事发展之良机，讵彼国贼仰承倭奴鼻息，恣意妄为，乃竟垂涎于我三省民众藉以交通之邮政，侵犯国际邮会公约，破坏我国邮政系统，一则丧心病狂，甘为敌用；一则阴谋毒虑，攫我邮权。东省乃我国之东省，东省之交通事业，任何人不得攘劫之也，彼倭奴国贼徒心劳日拙耳。窃自东省事变以还，政府当局所昭示国人者不签订一切丧权辱国之条约，兹复自当本此精神在任何环境之下，不得签订断送邮权之条约，宁为玉碎，不为瓦全，以保我中华邮政之独立完整。然而最近报载交通当轴有命东省管理局与伪国秘密磋商，接收条件之说，边外风云，道远言略，本会用是惶惶，弥觉惴惴，虽真相莫明而疑虑难释。兹谨告我同胞曰，彼国贼叛徒觊觎非分，谋攫邮权献媚雠仇，虽死不足蔽其罪，苟我交通当局竟与之签订断送条约，不啻开门揖盗，无异甘心附逆，国贼叛徒，人人得而诛之，附逆岂得免究。尚冀我全国同胞勿漠然忽视之，庶我国惨淡经营卅余年之邮政，不致受分割之厄而濒于中隳。涕泪陈词，幸共起图之，谨此宣言。

全国邮务总工会筹备委员会
廿一年四月十九日

两天后,邮政局的门前被伪政权布置了便衣、宪警和日本的特务队,而就在这严密的包围下,却正在进行着一个秘密的行动。

秦鸿宇及邮局中的进步人士正在悄悄说服每一个邮工,在一份主动要求撤到关内的文件上签上自己的名字,并且宣告从即日起,停止邮局的一切业务。这是非常危险的,敌人的眼线交织成一张密密的网,稍有不慎,就将招来杀身之祸。在这张网的每一个空隙间,秦鸿宇用尽各种策略,劝说着每一位工友,动之以情晓之以理。时间非常仓促,来不及商量以后行动的方案,来不及斟酌一切琐细的问题,甚至预定了邮务长的临别训话也没有履行,只传递了一句话,就是约定时间地点,作为传递消息的场所:两天之后,在某地集合,集体签字。

两天之后,几百个邮工齐聚在一个学校的大操场,沈丹晨也在此之列。秦鸿宇在台上给大家做了一番演讲,邮工们的态度从起初的惊疑、抵触到矛盾、理解、答应考虑,再到表示服从邮政总局号召、不做亡国奴,只有极短的过程。短短时间内,就签了几百个名字,令秦鸿宇非常意外和感动。人群中,他看到沈丹晨赞赏和鼓励的神情。

当然,也有部分邮工表示无法接受,最抵触的是秦鸿宇的徒弟张春生,他家有八十岁老母,行动不便,根本无法和他一起撤到关内,而让他弃了老母独自去往关内,那简直是大不孝。所以,他没有签字,秦鸿宇也无计可施。也有极少部分邮工贪生怕死,受命于日伪政府,沦为汉奸。但是,绝大部分邮工都签署了一份选择自己道路的志愿书,庄重地签下自己的名字。东北邮政全面停邮,全体邮工不愿做亡国奴的,全部退回关内。东北邮政罢工的局面业已形成。

这是一次政治上的罢工！若邮政被接收,改换伪邮票,将意味着国家主权的严重丧失。

这是一个斗争！虽然是千百个斗争中极其微小的一个,却又是非常重要的一个。

千百个东北籍邮工,誓死不做亡国奴。他们将远离故土,远离亲人,踏上漫长艰苦的旅程,去到遥远而陌生的关内,开始杳不可知的生活。

风萧萧兮易水寒。

4．婚礼

绝大多数的邮工都签署了志愿书,立志离开东北。伪邮政当局气得眼冒金星。伪当局局长和巴立地谈判,要把签署了志愿书的所有邮工聚拢,当面谈话。声称,如果签字的每一个人都亲口答应一定要走,就放行,若有一个人犹豫,此事就作罢论。巴立地说:"好！"伪局长笑了,说:"这么多的邮工,绝不可能都舍得抛家舍业,去到遥远的关内。你们输定了。"巴立地一笑,说:"你太不了解这些中国人了！不信,你试试看。"

秦鸿宇和几百个邮工同事一起,站在操场上,一个一个被叫进办公室当面谈话。

伪局长一张脸笑得稀烂,那笑容仿佛用手刮一刮,就能刮下一层来。态度前所未有的和蔼,柔声细语地劝说道:

"你为什么一定要进关呢？这里有你们的祖坟、家庭、财产、事业,留下来,一切都是安稳的。我们保证绝不会亏待你们,一切待遇在原有基础上再加百分之二十。我保证,绝不食言！留下来,怎么样？"

秦鸿宇微笑着摇摇头,轻声而坚定地说:"我已决意要走!这是不可能改变的。"

伪局长脸色瞬间变了,破口骂道:"愚不可及的中国人!"

秦鸿宇轻蔑地扫了伪局长一眼,昂首阔步走出了办公室。

整整一天,伪局长说干了嘴巴,笑硬了肌肉,几百个邮工,人人众口一词:要走!竟无一个叛徒!

伪局长惊呆了。面对巴立地胜利的笑容,伪局长无奈地恨恨说道:"要是中国政府都像这些邮工一样骨头那么硬,我们就攻占不了东三省了。"

胜利了!胜利了!千百个邮工在风中击着巴掌,噙着眼泪,庆贺这第一步斗争的胜利!秦鸿宇心里暖暖的,为自己的同事感到无比骄傲。

绝大多数邮工都已罢工,伪邮局根本没有人手来支持业务,整个邮务系统陷入瘫痪,所有的信件无法传递,东北乱成一锅粥。伪邮局急了,翻了脸。强行要求邮工们进关必须手持护照,这成为伪邮局滞留邮工们的卑劣手段。伪邮局尽量以各种借口不给邮工颁发护照。

劝说无效,改为强制扣留,汉奸、宪警、特务协助伪邮局,冲进邮工家里,四处抓人。抓到就逼迫回邮局上班,否则便会被关禁闭,甚至有可能被枪毙。秦鸿宇因积极活动,已经被伪邮局盯上,被列入黑名单——也就是笃定不予颁发护照的人。

情况危急。秦鸿宇肩负协助邮工们一起回到关内的重要任务,要一路冲破日伪的重重关卡,保护邮工们的安全,以及与全国邮务总工会筹委会会合,诸般事宜,若秦鸿宇走不成,则俱都悬空。

听到老王交代给自己的任务,或者说,解决方案,秦鸿宇惊愕不已。千百种方案都设想过,万没料到,组织上竟要自己和沈丹晨——结婚!"当然,不是真结婚,只是假扮夫妻,但是必须要大张旗鼓地举行婚礼,让伪邮局知道你确实结婚了。然后,伪邮局知道你老家在上海,婚后带着新娘子回家探望老母,这是人之常情,谅他们也找不出理由阻挠,组织上再从旁做些工作,应该就可以拿到护照。"

秦鸿宇一阵踌躇。结婚?此事太过突然,也太匪夷所思。虽说只是假扮夫妻,可毕竟还要举行一场婚礼。结婚,对于每一个人来说都是终身大事啊!一个大男人虽说不会像闺阁里的小女子那样,一门心思地痴痴幻想着婚礼,可是,作为一个血气方刚的青年男子,秦鸿宇又如何没有幻想过自己的恋人、自己的婚礼,尤其在那些个热血涌动的暗夜里。他还是个处男子,他的情爱生活还没有来得及开启,由于是全然空白,因而充满任何可能,万没料到,他连恋爱都还没有像样地谈过一场,就要和一个陌生女人结婚!当然,沈丹晨不是严格意义上的陌生女人,他们认识有一些日子了,沈丹晨是他的同志,还是他的上级,但,那只是工作关系。从男女意义上,沈丹晨就是一个陌生女人。秦鸿宇不清楚自己究竟喜欢什么样的女人,但很清楚,他绝不喜欢沈丹晨这样的女人。一个女革命者,忠诚、干练,为了革命可以随时准备献身,他敬重,他佩服,就是——无法喜欢。这是没有办法的事。

"不结婚,你无法拿到护照,那些追随你的邮工有可能都不会走,走不成,甚至连性命都难保。这会影响到撤邮大局。而且,不仅是为了护照,组织上决定派你和沈丹晨一起去往上海工作,婚姻是对你俩身份最好的保护。"老王面色冷峻,完全不是茶馆大堂里那个谨小慎微、和气生财的小老板了。

秦鸿宇倒吸一口冷气。他明白,兄长秦鸿瑞如今身居要位,不但是全国邮务总工会筹委会常务委员,还是上海市总工会主席,上海工人号称八十万众,秦鸿瑞一呼百应。组织上派自己去往上海,用意再明显不过。秦鸿宇嗫嚅着,想再说什么。老王挥手阻止,只说了一句:"这是任务。作为一个已经入党多年的老党员,你明白什么叫任务吗?"秦鸿宇木然地点点头。任务就是——组织需要你做什么你就做什么。需要你献身,你就要毫不犹豫去赴死。

婚礼在邮局操场大张旗鼓地举行。场面很隆重,工友们都来了,秦鸿宇身穿黑色礼服,佩戴领结。新娘身穿白色婚纱,长长的头纱披泻下来,和宋美龄结婚的头纱是一个款式。这身行头是老王从照相馆租来的,还专门请来了拍照的师傅。一切都像模像样。相片定格下来,唯一的遗憾是新郎新娘的表情有些过于肃穆。但,此种时局下,大家都可以理解。大家也都知道,秦鸿宇的姆妈病重,亟欲见到儿子和儿媳。

婚礼结束,回到秦鸿宇的住所。看到披了婚纱的沈丹晨,描了眉毛抹了粉,嘴唇殷红,就像是一个伶人——当然,确实也就是在演戏。秦鸿宇都没觉出好看还是不好看,只是觉得更陌生了。和一个全然陌生的女人在这么狭小的空间里相处,秦鸿宇很是不自在。

"你可以出去逛逛,我换换衣服,洗漱洗漱。如有人问,就说去买酒。"新娘子冷峻地下了命令。

"好的!"秦鸿宇如获大赦,赶紧溜出了门。逛到暮色降临,秦鸿宇才拎着一瓶酒回到住所——若有人看见,会觉得这对新婚小夫妻要在屋里小酌,共赴春宵。

回到屋里,见沈丹晨已卸去戏装,净衣素面——这又是那个他所熟悉的沈丹晨了,秦鸿宇松了一口气,同时,却又更紧张了——他如何与自己的上级同处一室?

"地铺我已经搭好了,从此以后,你睡床,我睡地铺。"沈丹晨指指地面,不苟言笑地下了指令。

　　看看这个女人,多么利落干脆,一切安排得多么妥当,完全无需自己操心。只需遵命就是。秦鸿宇在心里暗暗翻了个白眼。他唯一能选择和做主的,就是一定要自己睡地铺,让沈丹晨睡床。——毕竟,她再怎么强势,也是个女的。女的睡地上,会落下病来。这是姆妈说的。

　　入夜,秦鸿宇睡不着,觉得自己好像被包办婚姻捆绑进了洞房,心里委屈、惶惑,还有点恐惧。——今后可如何给自己真正的媳妇交代清楚呢?

　　这时,沈丹晨的鼾声轻微地响起——一个女的心胸那么开阔?这才是一个革命者该有的心胸和境界!秦鸿宇不禁为自己的失眠而羞愧。一个大男人,真是矫情。同时,秦鸿宇又想,从今以后,每天二十四小时,自己都得接受沈丹晨的领导了。

　　无处可逃。

5．天津

　　天津。

　　清光绪四年二月二十日(1878年3月23日),天津海关税务司德璀琳在天津首先发布公告,成立海关书信馆并对外开放收寄华洋公众邮件,中国近代邮政由此发端。

　　这栋光绪十年建造的邮政局房,位于法租界紫竹林,中西合璧,别有情致。建筑形式为罗马券柱式与中国传统青砖外墙相结合,柱子用青砖方壁柱,柱头上大下小,用罗马古典花饰砖雕,拱券上用甘菊花饰砖雕。用中国传统青砖,雕的却是西洋花饰,既有中国建筑的神韵,又洋溢着古罗马建筑的风采。

邮局门口拉了巨幅标语"欢迎东北邮工入关",数百位邮局职工及天津社会各界人士云集门口,欢迎辽宁邮务长巴立地和吉黑邮务长史密斯抵达天津。

南京国民政府交通部于7月23日密电辽宁和吉、黑邮区,立即停办东三省邮务,邮政员工一律撤退进关。天津是沟通关内外的重要枢纽,自然成为东北邮工入关的主要集散点。

阔大的礼堂内,欢迎会正在轰轰烈烈地举行。两位邮务长虽是外国人,为使东三省邮权不致落入异邦之手,却是与日伪政府进行了轰轰烈烈的斗争,如今两千多名邮工背井离乡,已安全抵达天津,两位邮务长随最后一批撤退的员工入关。天津邮务工会暨社会各界举行盛大的欢迎会,便为酬谢两位邮务长"服务我国,忠于职守"之功。

欢迎会上,坐在邮务长巴立地身边的,正是新晋上海市总工会主席秦鸿瑞与秘书黎黛珊。因为在淞沪会战中带领邮工童子军支援十九路军抗日,立下赫赫战功,在工人中树立了崇高的威望,年仅二十七岁的秦鸿瑞已被推选为上海市总工会主席。虽然这个工会在国民党政府里还未取得合法地位,尚且属于"非法组织",但,秦鸿瑞在工人中的影响力却已难以撼动。秦鸿瑞身兼上海市总工会主席和全国邮务总工会执委会常务委员双重要职,自然是必须亲赴天津,接待从东北撤退关内的邮工,以示隆重。

为接待和安置好从东北撤退的数千名邮工,全国邮务总工会专程设立了办事处。秦鸿瑞临时任副主任。

每天,天津邮务工会的干部都和全国邮务总工会的接待人员们一起,手持"欢迎东北邮工入关"的横幅,昼夜轮流到火车站接站。

初期,天津邮局先是腾出空余局房,及至租用中下等客栈予以安置。随着人员的增多,天津邮务工会发起,于8月4日成立天津各界招待东北入关邮工委员会,下设经济、管理、招待、交际四部。根据委员会决定,成立第一寄宿舍(设在旧道尹公署)和第二寄宿舍(设在和利公司)。

为防止疾病流行,邮局对入关邮工所有居住场所都发给药品消毒,在租用房屋成立临时医院,并与市立医院接洽,给以适当减费施治。为解决入关邮工经济困难,委员会专门召开会议,决定向全社会募捐,由各报馆代募,由委员会出具正式收据,由津、吉、黑邮务工会各派一人任出纳,账目清楚,手续齐备,可谓周详。

根据邮政总局安排,东北入关邮工共计2646名。其中,至9月9日,来津报到的共计1473人。

上千东北邮工与天津各界知名人士济济一堂,桌上摆满了鸡鸭鱼肉、各色酒水,这些都是社会各界人士自发捐赠,用以犒劳一路风尘奔赴关内的邮工们的。

秦鸿瑞与邮务长巴立地并肩站在舞台上。

巴立地说:"两千多邮工为了不当亡国奴,抛家舍业,从东北千里迢迢撤回关内,令东北伪邮政全面陷入瘫痪,沉重打击了日本人的嚣张气焰,就连日伪交通部长都对我说,若是中国的政府都像这些邮工这般强硬,我们日本人也就别想打进中国了。"

秦鸿瑞深情地说:

"是的,今天,看着邮工们风尘仆仆的面孔,我内心又是钦佩,又是辛酸。难以想象,这么多的邮工为了不当亡国奴,竟然舍家弃业,拖儿带女,一路风尘撤往关内。这一场史无前例的大迁徙,当真是了不起的壮举!是邮政史上的奇迹!这是一个微小却重大的胜利!但,损失也是惨重的。损失的不但是家业、故土,在这千里迢迢的迁徙中,日伪丧心病狂,撕毁协议,在各个关卡抓捕邮工,抓到就关进牢房,逼迫回邮局上班,不从便就地枪决。

"这一路,既要躲避日军的追捕,又一路风餐露宿,忍受着寒冷、饥饿的折磨,有些身体弱的邮工及家属甚至小孩在途中便害病死去。这一次大撤退,罹难的邮工便达数百人之多!

"感谢邮务长,冒着生命危险,协助这么多邮工返回关内。你是我们中国人最好的朋友,是我们中华邮政的英雄!"

巴立地说:"我不是英雄。其实,我来到中国只是为了一份工作,说难听一些,是为了一份薪水,但是,这一次日本人侵略中国,你们的邮政职工表现太杰出了。中华邮政是沦陷的东三省最后的旗帜。你们的邮工誓死不当亡国奴,不惜舍家弃业,撤回关内,他们感动了我!这些普普通通的邮工,他们才是真正的英雄。全世界的人类都反对侵略,这种法西斯行径,是令全人类所不齿的,侵略者是我们人类共同的敌人。我们敬佩中华邮工为捍卫主权所做出的努力,所以,我当然要不遗余力给予支持和帮助。"

秦鸿瑞说:"是的。我们的邮工,我们的邮工家属,才是真正的英雄,无名而伟大的英雄!人们是短视的,历史是势利的,在历史的长河里,这些无名英雄就像一朵朵微小的浪花,顷刻便被淹没,他们有可能会留在部分人的记忆里,更大的可能是被忘却。甚至连他们自己的后代,都不会再记起。甚至不会相信,他们的邮政前辈有过如此伟大的壮举。就像风过无痕。可是,此时此刻,我们清晰地感知到自己的震动和感动,感知到心神的激荡,这一刻,此时,当下,是真实的!这些无名的英雄,这项空前的壮举,它们存在,这便足矣。

"来,让我们一起举起酒杯,敬巴立地、史密斯两位邮务长,敬我们在座的每一个邮工、我们伟大的无名英雄,更要敬那些牺牲在路途中的,为不当亡国奴而献出宝贵生命的邮工和家属们!"

会场内响起了经久不息的掌声,人人含泪,喝下了这一杯苦涩、心酸却又欣慰自豪的酒。

晚宴开始,秦鸿瑞与邮务长在首席上落座。秦鸿瑞有些心事重重,想开口打听某人下落,却又不敢,唯恐听到不好的消息。黎黛珊体贴地递过一张毛巾让秦鸿瑞擦脸。她晓得秦鸿瑞担忧的是什么。

这时候,一个身形高挑的青年男子走到秦鸿瑞面前,默默地凝视着秦鸿瑞。这男子皮肤黝黑,满面风霜,头发蓬乱,嘴唇已干裂爆皮,一件衣服灰不灰、黑不黑,鞋上还破了一个洞。浑身上下都弥漫着一种气息,这种气息叫作——难民。

秦鸿瑞一阵心悸,是的,无论他怎样狼狈,怎样困顿,秦鸿瑞也识得,这正是他唯一的亲爱的弟弟——秦鸿宇。几天以来,每天去车站迎接入关邮工时,秦鸿瑞都一直在暗暗寻找秦鸿宇,无数张面孔掠过,却总是不见秦鸿宇踪影。几天以来有过各种想象、各种担忧,甚至各种不祥的揣测,折磨得夜不能寐。如今不期然中,他竟然从天而降!只是,弟弟算得是一个帅气的男子,素来也讲究整洁,到底是吃了多少苦头,才折磨成如今这副憔悴潦倒的难民形象?兄弟俩四目相对,一时都激动得难以言语。不过秦鸿宇看起来虽然潦倒,一双透亮的眼睛却如星火一般。

"秦主席,这便是我的秘书秦鸿宇先生!"巴立地欣喜地说,"这次大撤退,秦先生可是立了大功呢!为了拿到入关的护照,他火速举办了婚礼,我还是证婚人呢!"巴立地像个护犊子的父亲,献宝一般向秦鸿瑞唠叨道。

"什么?婚礼?!"秦鸿瑞大惊。这比秦鸿宇的难民形象更加让他惊异。

秦鸿宇微微一笑,说:"是的,哥哥,情况紧急。东北邮政陷入瘫痪,与关内的通讯都被截断,所以,还没有来得及向哥哥和姆妈报告。"

秦鸿瑞愕然地大张着嘴,依然不明所以。

"怎么,你,哦,秦鸿瑞,秦鸿宇,原来,你们是兄弟!"倒是巴立地恍然大悟。

秦鸿宇招呼过一个短发女人,说:"哥哥,这便是你的弟媳,沈丹晨。"

秦鸿瑞把眼光挪到这个女人身上,见她也是风尘满面,看不出到底是何模样,好看还是不好看,当然,好不好看这都不重要,重要的是,她怎么就成了自己的……弟媳?

秦鸿宇夫妇被安排坐在秦鸿瑞和黎黛珊身边。宴席虽算丰盛,秦鸿瑞却一口东西也吃不下,他不断侧过脸去看看身边的秦鸿宇,以及……弟媳,感觉心神恍惚,似梦似幻。

自父亲去世之后,秦鸿瑞一直肩负着抚育弟弟的责任,虽年长不了弟弟几岁,却总是习惯性地把弟弟当作孩子,没想到,这一次东北邮工大撤退,弟弟竟然是沈阳方面主要的领导者和指挥者,带领几百邮工,一路逃避日军的围追堵截,风餐露宿,回到关内。而且,还带回一个媳妇儿!

见到这个从天而降的弟媳沈丹晨,秦鸿瑞实在未免吃惊。他从未听说过弟弟谈恋爱,怎么就自作主张结婚了?

"鸿宇,这……究竟是怎么回事啊?"秦鸿瑞忍来忍去,到底没忍住。

"哥哥,说来话长,待我日后慢慢向你禀报。"秦鸿宇一边说,一边不住口地往嘴里塞着食物,好几次都险些被噎着。当真是个难民,显然饿坏了。

好久没见弟弟这般饕餮的吃相了。秦鸿瑞想起小时候去码头扛了大包,回家给饿了一整天的弟弟买了烧饼和鸡蛋,他便是这般狼狈的吃相,心里生起一股恻然的柔情,赶紧递了一杯水过来,说:"来,喝口稀的,别噎着。慢慢吃,慢慢吃,不够的话,晚宴结束了,哥哥再去请你吃夜宵。狗不理包子,煎饼馃子,管够!"秦鸿瑞语气里掩饰不住的宠溺,秦鸿宇接过水"嗯嗯"应着,继续大口地吞咽着食物。

沈丹晨和黎黛珊看着这一幕,相视一笑,都甚感稀奇。黎黛珊诧异秦鸿瑞一瞬间里竟然有了姆妈般的柔情;沈丹晨更诧异秦鸿宇这个铁汉竟然像个孩子般顺从,甚至有些娇纵。

两个女人的表情,秦鸿瑞全然没注意到,他的眼睛和心神全部都放在秦鸿宇身上。看到弟弟吃得这般香甜,到底还是个孩子!不禁又是欣慰又是心酸。有小两年没见到弟弟了,没想到一见之下,竟是在这样的乱世。这孩子竟然如此草率成婚,虽是在特殊情形之下,实属无奈之举,可连姆妈与自己这个亲哥都未能参加婚礼,终是遗憾。

只不过,乱世之中,能够保全性命,不做亡国奴,已是万幸。那些繁文缛节,怕也是顾不得了。

秦鸿瑞重重地叹了一口气。是啊,还能怎样呢?

6. 小狸猫

为庆贺秦鸿宇夫妇平安归来,方家的大客厅里灯火辉煌,方念一组织的大派对又开始了。这座城市就是这样,无论战乱、抗日、赈灾……都挡不住人们追逐时尚、新奇、享乐,连赈灾都要搞场选美,搞得喜气洋洋的。总有各种各样的理由需要庆贺,总有各种各样的派对,在一家一家的客厅里举行,咖啡、红酒、新烘焙的蛋糕……看不出外面的世界食物正匮乏。男人要穿衬衫背带裤,有时还打领结,女人就更是争奇斗艳了,洋装、旗袍、高跟鞋,要和上次派对不重样的,百货公司新买的手袋、珠宝,此时也都要拿出来相互欣赏、攀比一番的。觥筹交错,暗香浮动,每场派对都弥漫着一股奢靡、香艳、甜腻之风,今朝有酒今朝醉的。

两千多邮工被分散安排在全国各地邮政局,重新分配工作。秦鸿宇"夫妇"与数百邮工被分配到上海邮政局。一时间拥进数百邮工及家属,住所难以解决,上海邮政局的邮工们纷纷出钱出力,在邮局附近搭起了各种简易帐篷,一家一家暂时安顿在帐篷里,户外生了煤油炉子,轮流做饭。生活条件虽然异常艰苦,大家依然情致高昂。毕竟,逃脱了日伪统治下的铁蹄;毕竟,没有做亡国奴;毕竟,没有为虎作伥。而在邮政的大家庭里,抱团取暖,备感亲切和感动。

派对请了不少追随秦鸿宇来到上海就职的东北邮工。这些苦哈哈的北方人大抵没见过这阵势,关外的东北正在日伪的铁蹄下呻吟,关内的上海是这番奢靡繁华景象,像是置身于另一个世界,眼睛和嘴巴都忙不过来了。

秦鸿宇也端了一杯红酒,靠在沙发上,小口地啜饮着。他不喜这种场合,但他不能排斥,组织的原则是,在什么场合,你就得像那个场合的人。对外,秦鸿宇是邮政分局的邮差,和千千万万的邮差一样,骑着一辆自行车,驮着沉重的邮包,敲开千家万户的门,送一封封抵万金的家书。然而,他也会送一些没有地址和姓名的信,这些信有时需要特殊药水处理,经过特殊方式才能显现,这种信还有另一种名称,叫作——情报。"宁可自己死,也不能搞丢了情报,因为一封情报可能牵连着很多人的性命。"老王说这话时,面色严肃得能刮下一层霜来,仿佛真的时刻准备着赴死。当然,情报员身份暴露,被敌人发现后送了性命的事并不鲜见。所以,送重要情报时,情报员都会在嘴里含一颗蜡丸小毒瓶,一旦遭遇不测,立马撕毁情报,咬破毒瓶——绝不能说出不该说的话。沈丹晨在另一家邮政局工作,负责坐在柜台上收发邮件,贴邮票,盖邮戳。有时,她会收到没有姓名的邮件,或是一个心领神会的地址,她就会不动声色地留下来,塞进那只精致的小坤包里,下班时带回家,交给秦鸿宇,再由秦鸿宇骑着自行车交给收信人。当然,情报的来源多种多样,递交的形式也多种多样,具体情况具体处理,不一而足。两人租住了一所旧公寓里的一间,私密性很好,又不张扬,配得起邮政职工的身份。下班之后,两人一起买菜做饭,也像足过日子的小夫妻。只是床下依然打着地铺,秦鸿宇已经好一段日子不知床滋味了。

门开了,冲进来一个年轻女郎,一袭白色长裙,纤纤细腰不盈一握,中长的头发直直地披在肩上,一张脸白得像玉石,尤其一对妙目,像夜色中的寒星,灼灼发亮。她站在那里,眼睛扫来扫去,似乎在寻找什么人。看到这女郎,秦鸿宇的心脏突然不受控制地猛烈跳动起来。是的,纵然在这上海滩,也难寻着这样的绝色,屋里的方念一、黎黛珊、沈丹晨连同这厅里所有的女宾立即相形见绌,黯然失色。不仅是美,她身上有着一种难以言述的气息,是一种带有邪气的魅惑,让人不敢逼视。

女郎站在门口,冷冷地扫视着大家,没有镁光灯,却宛如名角登场,大家停止了窃窃私语,所有的目光都齐聚在她身上,一时竟安静得令人心里不安。女郎噌噌噌走过来,在秦鸿宇面前停下,盯着秦鸿宇,眼睛一瞬不瞬。秦鸿宇被盯得发毛,这女郎是谁?依稀有些面熟,却又想不起来。如此人间绝色,如果他见过,应当不会忘记。

"臭小子!你终于回来了!"女郎一开口,这声音,这语气,这份刁蛮与娇嗔,一下子开启了秦鸿宇的记忆,天哪！她,她竟然是……小狸猫？

秦鸿宇呆呆地看着面前的女郎,这双大得出奇的眼睛,这小小的嘴,可不就是小狸猫？他从未见过小狸猫做女装打扮,哪怕在舞台上,也是男装。可世间怎么会有这样的人？——扮成男人,就是世间最俊美英气的男人；扮成女人,竟又是世间最妩媚美艳的女人！雌雄之间,任意转换,亦男亦女,亦正亦邪……秦鸿宇一时间竟有些神思恍惚。

"臭小子,你不认得我了是吧？"小狸猫的嘴不满地噘了起来。

"小狸猫,哦,不,申大小姐,久违了。"秦鸿宇淡淡地招呼道。幸好职业训练帮了他,让他不管内心如何起波澜,表面仍不露声色。

"哼,你还记得我,算你有良心！"小狸猫一下子就变得喜滋滋的,"怎么样？本少爷刚刚买的新装,好看吗？"小狸猫歪歪头,妩媚得过分。

"这证明……原来……你真的是个女的呀！"秦鸿宇故意揶揄道。

"本少爷难道不是女的吗？"小狸猫不服气地一挺胸,裙衣下的胸部高高耸起,确实,现在她再要扮男装就不那么容易蒙混过关了。

秦鸿宇一笑,说:"大小姐长大了,也,变美了。"

"哼,你呢,倒是变丑了,看你,又黑又瘦,活像个难民！"小狸猫哈哈笑起来,紧挨着秦鸿宇坐下,一点不认生,秦鸿宇有些尴尬。

"这一次,你终于又落到我的手中,我可再也不会让你逃脱！"小狸猫双拳一握,就像秦鸿宇是个什么小玩意儿,已被她攥在手中。

秦鸿宇啼笑皆非,说:"什么叫落入你手中?我是回来工作的,和你有什么关系?"

"等着瞧!慢慢地,就有关系了!"小狸猫得意地一昂头,自信又自负。从睁开眼睛开始,这世间任何的东西,她想要就一定会得到。她不相信还会有自己得不到的东西。只有这个男人,她瞥了秦鸿宇一眼,两年前要他留下来教自己武功,父亲也答应让他入会,并重点提拔,本以为他会感激涕零,谁知他竟连夜跑回东北,再也不露面了。现在,他终于回来了。小狸猫是为了他才特意换了女装,她晓得女装的自己美艳动人。她相信这个男人不会舍得再跑了。

"鸿宇,这位是……?"沈丹晨端着一杯果汁走了过来。

"哦,这位是申先生的女儿……名叫……"秦鸿宇嗫嚅道,这才想起自己还不知她的姓名呢,总不能介绍她叫小狸猫吧?

"我叫申美若!你是谁呀?"小狸猫不客气地问道,语气蛮横无理。

沈丹晨伸出手去,说:"申大小姐,你好,我叫沈丹晨,是秦鸿宇的太太……"

小狸猫本已伸出手去,听到最后一句,尖叫起来:"什么?什么太太?他怎么可能会有太太?这不可能!!"

秦鸿宇有些尴尬。他无法说是,也无法说不是。此时,秦鸿瑞走了过来,递过一杯红酒,满面笑容地说:"大小姐,来,喝一杯。"

小狸猫手指沈丹晨,声音颤抖着问道:"秦鸿瑞,你告诉我,她是谁?是谁!"

"哦,这位是在下的弟媳,沈丹晨,和鸿宇一起从东北回来的,也在邮局工作……"秦鸿瑞话还没说完,小狸猫就尖叫起来:"不可能!不是!秦鸿宇没有太太!"小狸猫激动地手一掀,秦鸿瑞正递给她的红酒尽数泼洒在自己的西服上。众人正自尴尬,小狸猫自己却哭了起来,嘴里喃喃道:"欺负我,你们都欺负我……"

"哎哟,我这衣服可真是有福了,居然喝到了美若小姐赏赐的红酒,真是三生有幸,哈哈……"秦鸿瑞脾性修养一贯良好,被泼了一身红酒,虽不明就里,不但没生气,依然插科打诨地开着玩笑。

小狸猫却依然跺足大喊:"欺负我,你们都欺负我,我要回去告诉我爹地!秦鸿宇,你给我等着……"边哭边喊,转身冲出门外,消失在茫茫夜色中。

秦鸿宇呆呆地望着门的方向,虽然那里已是空空荡荡。

沈丹晨瞥了秦鸿宇一眼,淡淡地说:"她是你以前的女朋友?"

秦鸿宇一激灵,回过神来,说:"不……不是,怎么会呢。我连她的名字都不知道。"

沈丹晨淡然一笑,意味深长地说:"小心一点,她可是申亭山的女儿。"

"我知道!"秦鸿宇有些烦躁,感觉沈丹晨怎么假戏真做,竟真的像个吃醋的太太似的。多管闲事!秦鸿宇愤愤地走开,自顾自去取了一杯酒。

黎黛珊拿了一张毛巾过来想帮秦鸿瑞擦拭衣服,秦鸿瑞怔怔地推说不用。刚才的一幕让秦鸿瑞隐隐感觉有些不安。他从没有见小狸猫穿过女装,也更没见过她如此失态。看来她对弟弟有着非同寻常的情愫。秦鸿宇贸然结婚,本已让他惊愕。现在,这个小魔女搅和进来,局面一定会混乱不堪。从前的秦鸿宇心无城府,对自己这个兄长是无话不说,可如今,秦鸿瑞总觉得弟弟身上有些秘密,扑朔迷离,问他也不说。分别几年,兄弟总算团聚,可又感觉,兄弟俩之间似乎又更遥远了。

难道眼下的时局还不够混乱吗?秦鸿瑞重重地叹了一口气。

夜里寒气袭人。

7．大公通讯社

在一栋公寓楼租下两间写字间，摆上几张办公桌，安了一部电话，大公通讯社就开张了！

淞沪会战之后，秦鸿瑞和方执一在工人中树立起隆重的威望。秦鸿瑞顺利当选为上海市总工会主席。此时，上海总工会已走过七年的漫长艰难历程。

上海总工会是在1925年五卅运动中诞生的，领导过三次举世闻名的武装起义，在上海工人中享有很高威望。大革命失败后，共产党领导的上海总工会被查封，转入地下，之后陈群的东路军指挥部成立上海工会统一委员会，后在国民党上海市党部的支持下，又成立了上海工人总会，两个工会均是以清除工会中的共产党力量为目标，却又是相互对立的，各自企图扩张自身势力，矛盾冲突日益恶化，很快便宣告结束，呜呼哀哉。此后很长一段时间上海没有全市性的工会领导机构。1931年九一八事变后，上海工人群情悲愤，纷纷要求组织起来，共赴国难。在申亭山的支持下，以方执一和秦鸿瑞为主成立了上海特别市总工会，朱啸虎却又支持另一帮人成立了上海市总工会，一南一北，两个工会相互对峙，反映了国民党上海市党部和清帮内部的派系矛盾。在发生屡次冲突后，两个工会不得不合并成为上海市总工会，此时恰逢一·二八事变，日军进攻上海，上海市总工会发表宣言，拥护十九路军将士抗日到底，反对设立所谓中立区。秦鸿瑞与方执一亲自率领邮工童子军上战场，支持蔡廷锴将军抗日。此举令上海市总工会在工人中有了威望，秦鸿瑞方执一也均成为上海市总工会主席的有力候选人。

秦、方二人皆为申亭山爱徒,按理说谁当这个主席,都是申亭山的左膀右臂,但方执一永远是一副翩翩公子的清高模样,高高在上,难以和工人们打成一片;而秦鸿瑞则不然,他自己做过码头"野鸡工",又曾在杂货店做小工,他本就是工人中的一员。在邮局里,尽管他已是工人领袖,但见到工友们仍是拍肩搂臂,称兄道弟,不分彼此。有时去到操作间,工人们都是干搬运的苦力,一身臭汗,熏人作呕,他也从不嫌弃,做工的间隙,他带上一瓶老酒,一袋花生米,席地一坐,与工友们就能聊上几个钟头。谁家有个红白喜事,或是大灾小难,他也都是第一时间赶过去,嘘寒问暖,排忧解难,并经常不惜掏空自家的腰包。所以,秦鸿瑞年龄虽然不大,工人们却都亲切地称他为"老秦"。自然地,有任何工人运动,只要他老秦一声令下,弟兄伙们自是摩拳擦掌,赴汤蹈火在所不辞。工人最是重情义,当工会主席,顶要紧的是要有人缘。上海工人号称八十万众,你是否服得了人?是否号令得动?所以,申亭山也看出来了,这个工会主席,非秦鸿瑞莫属。

众望所归,秦鸿瑞顺利当选为上海市总工会主席。但是,此时,工会仍处于非法地位。南京国民政府明令规定不允许成立县、市、省和全国总工会。此外,遭遇的更大困难,除了群众基础薄弱,便是租界。上海的重要企业和工厂都在租界范围内,而租界享有治外法权,外国资本家利用手中的特殊势力,阻止自家企业成立工会。所以,此时所谓的上海市总工会依然是一盘散沙,秦鸿瑞这个名义上的工会主席孤悬于世,地位岌岌可危。

作为邮政中人,秦鸿瑞深知消息传递的重要性。舆论,宣传,媒体,攻心为上。从二十年代到三十年代初,上海还没有一家专发工人运动消息的通讯社。一·二八抗战之后,上海的工商业受战争影响,不景气情况更加恶化。中外资本家企图把所有损失都转嫁给工人,减少工资,延长工时,关厂停业,开除、解雇工人,失业工人人数达到十万以上。工人们为求生存,奋起抗争,但每每以失败告终,据统计,工人斗争取得胜利的仅占罢工总数的百分之十八。原因除了资方的顽抗和国民党军警的镇压以外,罢工大都是自发的、分散的,缺乏相互支援,力量单薄,也是一个重要原因。

于是,秦鸿瑞联合工会委员,决定成立一家通讯社,专门用于采访罢工消息、工会活动,再通过各大媒体报社发布出去。通讯社取名为"大公通讯社",采用的是孙中山先生的"天下为公"的意思。

每天下班之后,秦鸿瑞不是在通讯社,就是奔走在去往通讯社的路上,每晚必到,风雨无阻。

这一天,天空飘起了绵绵细雨,秦鸿瑞到了通讯社,已是头发濡湿,衣服也已湿透。进了办公室,黎黛珊还在伏案写着稿件,一盏孤灯,映着黎黛珊的背影,那样单薄、瘦弱,又倔强。秦鸿瑞默默走到黎黛珊跟前,递上一杯热水。

"鸿瑞,你来了?刚好写完,来,快看看这篇稿件。"黎黛珊抬起脸来,粲然一笑。

"黛珊,辛苦了,这么晚了。又没有吃晚饭吧?喏,给你买了面包。"秦鸿瑞晃晃手中的纸袋。

"哇!太好了!肚子唱起空城计了!"黎黛珊站起身来,说,"你赶快看看稿件,我去煮两杯咖啡。"

秦鸿瑞接过稿子,稿纸上墨迹未干,几可感觉到黎黛珊行文的笔锋。捧着这篇浸透黎黛珊心血的稿子,秦鸿瑞的手微微有些颤抖。通篇读下来,事实有根有据,行文简洁有力,字字含金,无一句赘言,真是一篇漂亮的新闻稿。秦鸿瑞不禁击节赞叹:"黛珊啊黛珊,你到底是英文系还是中文系的?你让那些学中文的情何以堪?

你让我们这些大男人如何自处？"

"得了！一篇新闻稿而已，不必说得那么夸张。"黎黛珊端着两杯黑咖啡过来，当下糖和奶都是奢侈品，也都省了。唯有咖啡提神醒脑，省不得。黎黛珊从纸袋里抓起一个面包，就着咖啡啃了起来。肯定是饿了，吃得有点着急，谈不上优雅，却十分可爱。秦鸿瑞看着黎黛珊狼吞虎咽，心里荡漾起一股恻然的柔情。

通讯社成立了，秦鸿瑞亲任社长，却是一个光杆司令。通讯社没有资金来源，从社长到编辑都是属于义工性质，没有工资的，全靠别的报社媒体采用稿件后支付一点点稿酬。资金没有，要求却很高，要能采访又能编辑，还得是个笔杆子，所以想要找到一个合适的人选，难。正一筹莫展之际，万没料到，黎黛珊主动请缨，担任编辑记者，也兼管通讯社大大小小的各种杂务。秦鸿瑞惊喜莫名。黎黛珊英文一级棒，又是一个妙人儿，所到之处无不是鲜花掌声，找到一个高薪的工作可说是易如反掌，可如何要来做这样一份异常繁忙又劳而无获的苦差事？为了私人情谊？还是……？当他这样问黎黛珊时，黎黛珊只是笑而不语。她不想回答的事，怎么问也没用。认识这么久了，黎黛珊周身仍是笼罩着一层神秘的轻纱，扑朔迷离，看不清楚。

之后，每天白天黎黛珊便跑出去采访，晚上秦鸿瑞必到办公室，两人头并头，肩并肩，共同商量研究如何发通讯稿，每每熬到深夜。

此时的黎黛珊穿着一件宽松的家常旗袍，脸上脂粉不施，长发在脑后草草一束，是那样的随意，却又那样的潇洒迷人，令秦鸿瑞心折。他觉得，敬业、刻苦、一心专注于工作的黎黛珊才是最动人、最迷人的。有一句话说：工作是美丽的。是的，谁说女子无才便是德？谁说女子的命运只能是贤妻良母，相夫教子？看看黎黛珊，这种才华和人性的光辉,超越了外表,甚至超越了性别,才是最为恒久最有力量的。让人从内心里仰慕、折服。

黎黛珊三口两口吃完面包,伸伸懒腰,斜倚在座椅靠背上,啜饮着剩下的咖啡,脸上有股难得的慵懒味儿,令人心动。秦鸿瑞端着咖啡与黎黛珊并肩而坐,望着窗外细蒙的雨丝发呆。陡然静止的气氛里弥漫着某种紧张,令人不安。秦鸿瑞侧脸看着黎黛珊,那清秀的鼻梁和薄薄的嘴唇,在空中构成了一道优美的弧线。秦鸿瑞想起围炉夜话时读的徐志摩的诗:"我将在茫茫人海中寻访我唯一之灵魂伴侣,得之,我幸;不得,我命。"这位浪漫的诗人年纪轻轻纠结于情感,死于非命。可是,他到底是勇敢地解除了死水一潭的婚姻,到底是迎娶了自己心仪的灵魂伴侣陆小曼。此时,看着黎黛珊,秦鸿瑞强烈感到,她,就是这茫茫人海中自己所要寻觅的唯一之灵魂伴侣。为何不能冲破世俗的枷锁?为何不能追求自己心仪已久的灵魂伴侣?红尘做伴,厮守一生,若能得黎黛珊,此生足矣。

胸中一股热血涌动,秦鸿瑞说:"黛珊,我,我有些话,想给你说……"

黎黛珊转过脸来,看到秦鸿瑞脸涨得通红,语气也变得期期艾艾的,有些诧异,也有些好笑。能言善道的秦鸿瑞怎么突然口吃起来了?

"什么事呀?是明天去《申报》见李总编的事吗?李总编那人脾气倔,确实是比较难沟通。不过,你这么机智灵活,肯定没问题吧?"

"不,不是的,黛珊,我想说的,不是这个——"秦鸿瑞鼓起勇气,正欲表白,只听得门口一阵大呼小叫,"哈,我就知道你们还在加班呢!看看,我送什么好东西来了?"抬眼一看,却是方念一进来了。真是难为她大小姐,大晚上的还是穿得像只花蝴蝶,翩翩地扑进屋来。早不来晚不来!秦鸿瑞一下子泄了气。

"念一呀,你怎么来了?外面还下着雨呢!"黎黛珊赶快站起身来。

"不怕!我坐了黄包车呢!"方念一满不在乎地说,浑不知坐黄包车的钱够秦鸿瑞像样地吃顿午餐了。秦鸿瑞心里暗自摇头。

"就知道下雨,你们肯定没法出去吃晚饭,看我带了什么?鸡汤!"方念一得意地抬起手来晃荡着,居然是一只保温桶。

"哇,真是有口福,这年月,居然还能有鸡汤喝。奢侈奢侈。"秦鸿瑞揶揄道。

"还是大美人儿雨夜亲自送上门来,哇,就快赶上聊斋故事了,落魄书生雨夜藏身破庙,美人儿亲送美食。秦鸿瑞呀秦鸿瑞,你感动不感动?"黎黛珊打趣道。

"哪有,珊珊你这没良心的,人家可是专门给你送来的呢!别人喝不喝,我才不管呢!"方念一扭着身子,不依不饶地撒着娇。

"真好!我秦某人当真是有口福,今天就厚着脸皮沾黎大小姐光了。哈哈。"秦鸿瑞连忙圆着场。

恐怕沾光的是我吧。黎黛珊抿嘴暗想,也不去说破。最近方念一时常不请自来,不是送鸡汤就是送书报,反正总是有各种理由,不断地搞各种突然袭击。每次也都打扮得像是要赴盛宴。关心的成分有,监督的成分恐怕也是有的吧。

鸡汤喝完了,秦鸿瑞和黎黛珊开始讨论起明天的宣发,需要去哪些报馆,需要见什么人……方念一插不上话,看二人谈得眉飞色舞,兴致勃勃,不觉气闷,也有些暗暗嫉妒,顺便抄起黎黛珊刚刚写好的稿件无可无不可地看了起来。看着看着,方念一突然一拍扶手,说:"好!好!这个好!"

167

秦、黎二人停止了讨论,抬头愕然地望着方念一。只见方念一抖搂着手里的稿件,不无得意地说:"我是说,这样的稿件,我也能写!今后,我要加入你们,一起工作!"

"你,方大小姐——工作?"秦鸿瑞像是听到天方夜谭。

"哼!别瞧不起人!珊珊能写,我为什么不能?好歹我还是中文系,科班出身的吧?你别瞧不起人!"方念一噘起了嘴。

"念一大小姐,你别异想天开了。这可不是好玩儿的,采访工运,有时劳资双方争执,搞不好要出人命的。这可不是写你那些风花雪月的花哨文章。写这种文章支持工人,得罪资本家,本身也是要担很大风险的。"秦鸿瑞啼笑皆非地劝说着。

"我才不怕呢!五卅运动我还上街了呢!"方念一不服。

黎黛珊说话了:"我们的通讯社正需要人手,念一愿意参加,当然最好不过。欢迎。"

秦鸿瑞瞟了黎黛珊一眼,方念一的心思他明白,非要搅和进来搞成三人行的局面。那么,黎黛珊呢?她任由方念一搅和进来,真是为了工作?还是有意设置一个障碍,让自己没有机会表白?秦鸿瑞不禁感觉有些没趣。

第二天,一大早,方念一果然兴致勃勃地到通讯社上班了。看着她的大高跟鞋,满脸浓妆,秦鸿瑞啼笑皆非,说:"大小姐,采访工运是苦差事,要下工地,要走烂路,你穿这鞋,不会把脚崴伤了吗?"

"不会的!我穿高跟鞋,什么路都能走,你要让我穿平底鞋,我反而就不会走路了!"方念一潇洒地一昂头,表示不怕。

"就算你能走路,可是,你穿成这样子,桃红柳绿的,会把工人吓坏的,工人还敢对你说实话吗?"秦鸿瑞依然皱眉。

"没关系了,让念一去采访,试一试嘛。把唇膏擦淡一点,也就是了。"黎黛珊打着圆场。

果然,一天跑下来,方念一脚都肿了。晚上回家疼得龇牙咧嘴。最倒霉的是方执一,洗脚水都来回打了三盆,给大小姐泡脚消肿。自此,方念一三天打鱼两天晒网地跑通讯社,有一搭没一搭地写着新闻稿。也算是聊胜于无。她对通讯社有多大贡献不好说,但在阻碍秦鸿瑞与黎黛珊的情感进展上,确实成功地起到了搅局的作用。

通讯稿采写好,往哪里发呢?依然是依赖了清帮的弟兄。清帮的触角早已延伸到各大报馆,《申报》《新闻报》《时事新报》《时报》……都有清帮的弟兄占有要职。通讯社成立之初,秦鸿瑞的要务便是与各个报馆弟兄交流,喝酒吃饭,交际应酬。这恰好是秦鸿瑞的强项。媒体中人大多个性强,有知识有见解,又追求真理与正义,试图揭露事件真相,因而也清高孤傲,鼻孔朝天,容易看不起人。这和工人不一样,一腔热血上涌,为你拼了命也在所不惜。而知识分子都有自己的一套处世哲学,别看皆是清帮弟兄,不买账就是不买账,不发稿就是不发稿,就算是申亭山本人到了,有时也不好使。而秦鸿瑞从不拿申亭山压人,也不拿自己这个总工会主席说事,只是掏出一颗真心坦诚对人,诚恳坦述工人的处境遭遇,赢得对方的信任和同情。看秦鸿瑞游走于各色人等中间,长袖善舞,应答如流,无论什么样性格的人都能打得了交道,都能让对方信服,黎黛珊不得不佩服。这个通讯社社长果然是实至名归。之前她对秦鸿瑞和方执一的印象还不分伯仲,认为两人各有千秋,随着时间的推移,天平的砝码渐渐往秦鸿瑞一边倾斜。方执一虽是个好人,可为人太迂腐、太古板,不适应时事和斗争的需要。秦鸿瑞才是一等一的可塑之才。

秦鸿瑞和各大报馆的负责人做了朋友,黎黛珊采写的稿件也有理有据,真实可信,各报社不断采用通讯社的稿件。渐渐地,大公通讯社在社会上有了影响力,工人们每有需求总会想到通讯社,争取舆论支持。从开初的四处跑工厂,找稿源,到后来有些小工厂罢工,工人会打来电话,甚至直接到大公通讯社来报告。渐渐地,工人们都知道大公通讯社是为工人们说话发声的窗口,视之为心中的依靠。这些工人也成为秦鸿瑞这个工会主席的坚定支持者。同时,刊登大公通讯社稿件的报纸因为关心了时事民生,在社会上总是备受欢迎,销量大增。人手不够,秦鸿瑞从社会上急招了两三个记者,都是笔头功夫过硬、能跑能说的。通讯社兵强马壮,愈加声势浩大。

大公通讯社的稿件日渐成为各大报馆争抢的目标,一稿难求。渐渐地,以大公通讯社为中心,上海滩重要的报纸、电台、媒体联结成了一张网,中心一动,各方呼应。而所有的报纸媒体也都与总工会紧密相连,媒体发布了关于工运的任何信息,在社会上引起舆论反响,便由上海市总工会出面,切实可行地解决问题,该赔款赔款,该捞人捞人,不但解决了工人问题,也让广大市民信服不已。久而久之,作为大公通讯社和上海市总工会的双重掌舵人,秦鸿瑞渐渐掌握了上海滩上的媒体资源,上什么稿子,撤什么稿子,也都在秦鸿瑞的掌控之中。

8. 巩固邮基运动

一场气氛严峻的谈判在市政府会议室召开。一方坐着申亭山、市长及中央派来的调解员一众人等,另一方坐着秦鸿瑞、方执

一、李树生等八位邮工代表。师徒几人分别代表两方进行谈判,确是开天辟地头一遭。

中华邮政自开办以来,以邮养邮,不久(1915年)即开始盈利且一直盈利颇丰。没想到民国政府盯上了邮政这块肥肉,任意挪用邮政局的公款——南京萨家湾造交通部大楼要了两百万,成立中国航空公司支取两百万,成立欧亚航空公司又支五十万……如此肆意挪用邮款,竟使只赚不赔的邮局,开始有了亏空。交通部不但没有设法堵上漏洞,反而将包袱转嫁到老百姓头上,通令全国,邮资加价,上涨的幅度从百分之五十涨到百分之三百!邮费是基本的民生问题,关乎着千家万户。邮费上涨,侵害了千家万户的老百姓的利益,很多家庭因此而寄不起信,无法与亲人联络。这一下子社会上舆论哗然,反对声四起,无辜的邮政局成了众矢之的。

这一来,邮政局当然不干了!群情汹涌,强烈抗议。秦鸿瑞、方执一作为代表去找交通部算账。十年以来,邮政局自力更生,以邮养邮,在全体员工的努力之下,增设了一万两千余处分局分所,开辟了八十五万多里的邮路,还有两千多万元的盈余,何来亏损一说?为何要上涨邮资?

秦鸿瑞等人要求很简单,政府挪用邮款一事暂不追究,只要求暂时维持原定邮资,不得加价。不料交通部长态度倨傲,大打官腔,说,国家困难哪,邮政局要识大体啊,要共克时艰哪,云云,把秦鸿瑞等人气回了上海。邮工们自身利益受损,还要被社会各界指责,自是气愤难当,与政府几番交涉未果,忍无可忍,只有最后一招:罢工!此时的秦鸿瑞既是全国邮务总工会执委会常务委员,又是上海市总工会主席,在工人中的威望自是无可撼动,所有工人都以他马首是瞻。秦鸿瑞振臂一呼,全国十八行省、各地邮局一致热烈响应,积极参与到罢工行列。

自此，中华邮政全面瘫痪，酿成中国劳工史上空前绝后的轩然大波。

那天深夜，秦鸿瑞来到大公通讯社，一盏孤灯下，黎黛珊仍在挑灯夜战，那瘦弱而倔强的背影令秦鸿瑞心里一热。秦鸿瑞走过去，默默站在黎黛珊身旁，在稿纸上投下一片阴影。

黎黛珊抬起头来，莞尔一笑，说："鸿瑞，你来了，稍等一会儿啊，稿子马上就好。"

"休息一下吧？这么晚了，又没吃晚饭吧？"秦鸿瑞嗔怪道。

"今晚必须要把新闻赶出来，《申报》《新闻报》《时事新报》全都等着要稿呢，明天一早，新闻必须全部发出来。"黎黛珊头也不抬，一边说着，一边仍在奋笔疾书。

"黛珊，你这样连轴转，身体吃不消的。"

"没事，我喜欢瘦，仙风道骨。倒是你，每天恶战，才是不易。好了，休息十分钟吧，等着，我去煮两杯咖啡。"黎黛珊站起身来，宽大的衣衫裹着日渐纤弱的身躯，短袖下露出的胳膊瘦伶伶的，果真有几分"飘飘然如遗世独立，羽化而登仙"的意味。

自邮资上涨开始，大公通讯社便积极配合，黎黛珊每天采写新闻，刊发于各大报纸上，让广大市民能够第一时间了解事件真相，明白邮资上涨不是邮政局所为，罢工亦是为老百姓争取权益。邮资上涨关系着千家万户的利益，备受市民关注，因此，大公通讯社的稿子成了大热点，每天都有报馆等着要稿。后来，新闻突破了上海市的局限，蔓延到全国各地，才酿成整个中华邮政全面罢工的轰轰烈烈的局面。黎黛珊在心里暗暗称赞，秦鸿瑞不愧是邮政中人，明白舆论、沟通的重要性，创立这个大公通讯社，果真是奇招，四两拨千斤。

"怎么样？今天有何进展？"黎黛珊把咖啡放在茶几上，两人在沙发上对坐。

秦鸿瑞递过一张纸,黎黛珊一看,原来是政府发给秦鸿瑞等罢工代表的最后通牒,限令邮政赶快复工,并在措辞中用了"不法行为""影响治安""予以严惩"等字眼,十分严厉。

"你打算怎么做?怕吗?"黎黛珊半带揶揄地问。

"怕?怕什么?这是一场战争,这是一场恶战!我相信,真理和正义在我们这一方。政府这样色厉内荏,恰恰证明他们怕了!俗话说,众怒难犯,你等着吧,过不多久,他们就会妥协。我们就会取得胜利。"秦鸿瑞眉毛一抬,略有些小小的得意。黎黛珊欣赏地看着秦鸿瑞,想此人果真是有雄才大略,外表波澜不惊,甚至是一团和气,内里的骨头却是极其强硬的。

"对,等到战争结束,我们开酒庆功!"黎黛珊举起咖啡杯,两人一碰,相视而笑,内心都有一种温暖的情谊。这是一种类似于战友间的情谊,同仇敌忾,并肩作战,互相支持,互相掩护,共同去争取最后的胜利。某种意义上说,这种情谊比男女之爱更牢固、更深刻、更长久。

果然,没过多久,市政府终于低头,有了今天坐下来谈判的局面。看到对面坐着的申先生,秦鸿瑞等人心领神会。

近些年来,申先生在上海滩上声望越来越高,大公通讯社亦是功不可没。大公通讯社的威名日盛,已成为沪上各大媒体争抢的香饽饽,也积累了相当一大批固定的读者,口碑甚佳。1932年后,民族危机日深,上海工商业景况一年不如一年,工人们处境维艰,时时爆发罢工工潮。上海市总工会肩负调解重任,必须在资方与劳方中间取得一个平衡。秦鸿瑞是工会主席,所有的工潮,都需要得到秦鸿瑞的支持。秦鸿瑞的原则是,不管罢工是工人自发组织的,还是共产党地下党发动的,只要是对工人有利的斗争,他一概支持。

由于租界享有治外法权，国民党势力无法渗入，只有一个人可以任意游走于租界和华人区之间，再大的工潮，再深的矛盾，一句"不在话下"，谈笑间樯橹灰飞烟灭，这人就是申亭山。每每发生重大冲突，外国巡捕房抓了闹事的工人，秦鸿瑞便求助于申亭山。每每是申亭山背地里"打招呼"，秦鸿瑞再到巡捕房捞人。而每次成功调解了工潮之后，秦鸿瑞便会通过通讯社在各大报纸媒体显要位置上刊登启事，以上海市总工会的名义对申亭山表示感谢，让申亭山大有面子。久而久之，申亭山的大名突破租界、帮会的界限，在整个上海滩上不胫而走，就连卖茶叶蛋的小贩、足不出户的老太太，都知晓了"申先生"的名头，申亭山也因此成为上海闻人，不再仅是租界的申亭山，而是"上海的申亭山"。每每有闹工潮，总有人会建议说，要不要走走申先生的路子？师徒二人通力合作，各取所需，申亭山声名鹊起，上海市总工会实力增强，秦鸿瑞这个工会主席的身份也渐渐名副其实。

此刻，市长拉来申先生做调解人，可见是用心良苦。秦鸿瑞是申先生的爱徒，又和申先生互为需要，既然申先生都出面了，自是要卖几分薄面的。当然，申先生也给市长事先打了招呼，说，邮政员工知识水准相当高，纸老虎吓不到他们，政府要想解决问题，绝对不能一味打官腔，而必须拿出点诚恳和蔼的态度来。

于是，便有了这师徒面对面谈判的局面。

市长换了一副面孔，笑眯眯地说："邮政是最根本的民生问题，家书抵万金呐。邮政这一罢工，影响非同小可，波及千家万户，更关系到政府的文书往来。眼下时局艰难，日本人虎视眈眈，政府外忧内患，所以恳请各位代表以大局为重，赶紧复工，其他事情都好商量。"

秦鸿瑞说:"政府的难处我们知道。但,这次罢工并不是为了谋取我们邮政工人的自身利益,而是为了巩固邮基,使邮政业务正常发展,真正为民服务。政府如此挪用邮款,任意加价,我们决不能接受。"

代表提出的要求是:裁并邮汇局,停止航空公司的一切津贴,维持邮政人事制度,副局长以次人员必须经过邮政考试,以邮养邮,会计独立。

申先生听后,微笑着说:"这几项要求,都是在为巩固邮基、改善业务着想,照说,应该是由官方有所构思而予以提出,如今反而成了邮工主动要求改进,官方竟然不准,酿成邮工罢工,确是有点本末倒置啊!"

市长脸一红,说:"申先生,政府请你来,你要说句公道话,不能拉偏架呀。"

方执一冷冷地说:"什么拉偏架,若是为了我们自身的利益,我们绝不会置老百姓的民生问题于不顾,绝不会罢工。但,你们政府恰恰侵害了老百姓的利益,邮资上涨三倍,让许多老百姓寄不起信,无法与家人联络沟通。这是我们邮政员工无法接受的。"

申先生打个哈哈,说:"这样吧,既然大家信任我申某人,让我来做调解,可否听我一个建议?建议政府接受邮工代表的要求,停止各种形式的挪用邮资,维持原有邮资不变,邮工代表这方呢,也请马上复工。毕竟,有那么多信件等待传递,每一封信都是一颗心哪!"

申先生的调解,不偏不倚,双方皆表示认可,于是,在融洽的气氛下,双方签署了协议,政府答应代表的一切要求,代表答应明天立即复工。惊天动地的护邮运动工潮,于焉圆满收场。

这一次巩固邮基运动,位列上海五大工潮之首。

是夜,秦鸿瑞、方执一、李树生、黎黛珊齐聚申公馆。秦鸿瑞拿出当天的报纸,在各报纸的显要处,皆刊登了申先生调解巩固邮基运动的新闻,并对申先生大致鸣谢。申先生看后,表面不动声色,只吩咐管家,多加几个好菜,再开一坛好酒,师徒几人一醉方休。秦鸿瑞与黎黛珊相视一笑,知道这便是申先生心情大好的标志。

一张桌上,几人推杯换盏,喝得面色红扑扑的。申亭山突然说道:"鸿瑞,你那位兄弟,怎么总也不见你带来白相白相?"

秦鸿瑞一怔,小心地答道:"他嘛,性格比较内向,不善交际,不喜热闹,所以……"

申先生摆摆手,说:"唉,我知道,有些人对我们帮会有成见,这也难免。秦鸿宇这个人嘛,朴实诚恳,有办事能力,人长得也精神,看着倒是个好苗子,可惜……人各有志,也勉强不得。"

秦鸿瑞一听,连忙说:"我们帮会纪律严明,人才众多,那是一等一的,能进帮会当然是他天大的福气。鸿宇还年轻,这些年不在我身边,疏于管教,回去我慢慢地劝导他。"

申亭山却又说道:"小女美若不懂事,从小被我宠坏了,刁蛮任性,为所欲为,最近呢,天天发脾气闹情绪,好像都是为了你弟弟。"

"这……鸿瑞确也不知舍弟如何得罪了大小姐,真是羞愧,在这里,鸿瑞替弟弟赔个不是……"秦鸿瑞端起一杯酒,一饮而尽。

申亭山也喝了一杯,有些意兴阑珊地说:"当然也不算得罪。姑娘的心嘛,海底的针,我们这些大男人也是不懂的。哪怕我这个当爹的,也不知道她在想什么。只是,我想,如果你弟弟对美若没有兴趣,就,离她远点儿。"

秦鸿瑞笑着打趣说:"美若小姐是千金大小姐,不管是谁若是能高攀上,那当真是要烧高香呢。我那个傻弟弟,哪里有资格靠近大小姐,哈哈……"

申亭山却仍是不苟言笑,语气甚至有些伤感,说:"你们没做过父亲,不懂。这人哪,对一个人就是不能太在乎,一旦在乎了,就承受不住损失,就提心吊胆,患得患失……这个意思,你们懂吗?"

秦鸿瑞一听,也不知是指申亭山对女儿,还是小狸猫对秦鸿宇,很少见老夫子这般伤感,赶紧转移话题,说:"先生,前几天的工潮,有两位兄弟被投进了捕房,这两兄弟都是学生手下的得力干将,学生已是千般办法想尽,可法国使馆就是百般阻挠,捞不出人来。您看,明天是不是劳驾先生您亲自去打声招呼,学生再去使把力,把弟兄捞出来?"

这辈子申亭山最高兴的就是有人相求,一听,立马忘记个人愁烦,眉头一抬,说:"不在话下!明天,我亲自给法国总领事范尔迪打电话。这个范尔迪,还欠着我老大一个人情呢,这个面子一定是要给的。"

"那是,那是,先生一句不在话下,学生这就放了一百二十个心。这个范尔迪,新婚燕尔,出游太湖,被绿林好汉当作肥羊劫持上山,绑票勒索。还是先生您出手相救,通过江湖规则找到众山之主吴世奎,这吴世奎震慑于先生您的威望,立马将人乖乖送回,毫发无损。所以,江湖上只知范尔迪对您言听计从,服服帖帖,却不知先生您可是范尔迪的救命恩人呢!"秦鸿瑞再度说起这桩江湖往事,情知这是申亭山最得意的几桩秘事之一,江湖上不便大张旗鼓宣扬,私底下与几个得意门生聚会,说说几桩得意事,是申亭山秘而不宣的快事。

果然,申亭山听秦鸿瑞重提此节,表面虽不动声色,唇角却露出淡淡的笑意。秦鸿瑞见终于成功转移话题，化解危机，不再把谈话重心放在弟弟身上，方才暗自吁出一口气。

师徒几人推杯换盏，不觉暮色深重。

第 五 章

1. 国际劳工大会

1936年,春天。

上海汇山码头。一艘开往意大利的游轮。

数千工人齐聚码头,眼光热切地追随着他们的劳工代表,他们的领袖——秦鸿瑞,因为他受国民政府委派,即将作为中国劳工代表出席第二十届国际劳工大会,代表广大中国劳工在国际舞台发声。

秦鸿瑞一身笔挺的西服,领带扎得很规整,这是请了上海最地道的老裁缝度身定制的。花掉了他一个月的薪水。他手提一口小皮箱,身边并肩而立的是黎黛珊。黎黛珊穿了一袭做工精良的格子旗袍,美好的身段尽展无遗,烫过的头发在头顶高高耸起,在脑后盘了一个发髻。此时的黎黛珊成熟、时尚、冷艳,当得起风姿绰约几个字。此次黎黛珊是以秦鸿瑞英文秘书的身份随行。

码头上工人们振臂欢呼,欢送着他们的代表、他们的英雄——秦鸿瑞。和工人们挥手作别后,秦鸿瑞和黎黛珊钻进了船舱。

汽笛呜呜呜叫着,轮船缓缓离开码头,驶向前方。秦鸿瑞望着窗外滚滚江水,一时心潮起伏。这不但是他第一次作为劳工代表出席国际会议,这也是他第一次出国,新奇、激动、憧憬稍带少许的忐忑,令他思绪纷飞,难以自已。黎黛珊善解人意地掏出一本英文小说,自顾自看起来,任由秦鸿瑞自己去消解这复杂的思绪。

劳工代表!是的!秦鸿瑞对于自己的身份,有了更清晰的认识——自己代表的,正是这个国家庞大的、先进的、最有力量同时却又是最受压迫的群体——工人阶级。秦鸿瑞对于工人阶级的苦难最清楚不过,对于工人阶级的情感再深厚不过,这是浸入血液、刻入骨髓、日日夜夜萦绕心怀的情愫。今天,他秦鸿瑞虽已贵为上海市总工会主席,并且是全中国的劳工代表,他不能忘记自己曾做码头"野鸡工"被工头盘剥,不能忘记自己在杂货店被累到吐血的悲惨经历,他更是一名邮工,他想要为工人阶级说话、为工人阶级发声、为中国工人争取应有的权益。这,是他的责任,是他的使命,是他深入骨髓的热望,更是他一生的信仰。

轮船一路辗转,途经新加坡、锡兰、埃及到意大利,再换乘火车,才到达目的地——日内瓦。秦鸿瑞选择了一家最便宜的小旅馆,每天只要三个法郎。黎黛珊不解,国民党政府给的费用虽不是太多,却也不必如此拮据。秦鸿瑞狡黠地一笑,说:"这些钱还要派大用场呢!所以,我们自己能省则省!"

6月1日,第二十届国际劳工大会在日内瓦隆重开幕。

秦鸿瑞身穿他那唯一的一套西服,衬衫领子是洁白的,领带结打得非常标准漂亮。西服平时从不敢穿,一直小心翼翼地挂在柜子里,因而笔挺干净,裤子上连一个褶子都没有,皮鞋是擦得锃亮的。清早起来已经洗好头和澡,头发用吹风机吹得蓬松,又用发蜡固定得有款有型,面色干净,牙齿洁白,正是一个诚恳洁净的中国男人形象。直到黎黛珊仔细检查了每一个细节,点头表示了满意,两人才慎重地出了门。

从前的秦鸿瑞,一直不修边幅,认为洗澡伤元气,一周洗不了一次澡。穿着也邋里邋遢,怎么舒服怎么来。动作举止也都粗鲁随性,高音大嗓。总之黎黛珊刚认识他的时候,还是未能脱离码头工人的调调儿。他之所以变成今天这副模样,完全是黎黛珊精心调教的结果。

当然不修边幅的模样,也是秦鸿瑞能与工人们打成一片的原因,把他和工人们混在一起,就像把煤块儿丢在煤堆里,没有任何区别。因而邮工们都把他当自己人,没有距离,不拘束。相反,衣冠楚楚的方执一就有些脱离大众,在工会里越来越不得人心。但是,黎黛珊却决意要改造他。

刚认识秦鸿瑞不久,黎黛珊就强行拉了他去百货公司,逼着他买了七件衬衫和七条裤子,说:"一周必须每天换一件衣服裤子,周末大清洗。而且,每天必须刷牙洗脸,至少两三天洗一次澡……"秦鸿瑞听得直皱眉,打趣说:"黛珊小姐,你要我打扮得甜腻腻香喷喷的,莫不是要到百乐门当小弟?哈哈,一个大男人,这太啰嗦太麻烦太娘娘腔了吧?"黎黛珊慎重地说:"所谓男子气并不意味着臭气熏天!整洁干净的形象是对自己的尊重,也是对别人的尊重。况且你秦鸿瑞代表的不仅是自己,而是邮政职工,将来,更是要代表更多的中国劳工,你不能总是一副邋里邋遢的样子,让别人耻笑瞧不起吧?"

言之有理,秦鸿瑞乖乖接受,但执行起来相当困难。黎黛珊每天监督着,只要三天不洗澡,黎黛珊就会扇着鼻子前面的空气,表示气味难闻,搞得秦鸿瑞怪不好意思。渐渐地,秦鸿瑞习惯了每天换件干净衣服,几天不洗澡自己也能闻到异味,感觉不适。他虽不像方执一那般衣着考究,但也总是能以整洁清爽的形象示人了。尤其这次出国,他代表的是整个中国劳工的形象,那更是一丝都马虎不得。直到此时,秦鸿瑞才深深感谢黎黛珊多年来对他坚持不懈的"严加管教"。要不然,这次丢人就要丢到国外,出国际洋相。

之前中国政府不重视国际劳工大会,总是派瑞士使馆的官员出席会议,走走过场,滥竽充数,所以中国在国际劳工组织中没有任何影响、任何地位。今天,秦鸿瑞不但要作为中国劳工代表登上国际舞台,还要避开翻译,直接用英文演讲!演讲稿也是两人精心写就,这些天黎黛珊一个字音一个字音地纠正秦鸿瑞的发音,秦鸿瑞练得舌头都短了,终于把演讲稿练得滚瓜烂熟,做梦都能背得出来。

当主持人报出秦鸿瑞的国籍和名字,秦鸿瑞昂首走上舞台,底下的各国劳工代表发出了一阵轻微的骚动,没有想到中国劳工代表竟是这样一副整洁清爽的模样。秦鸿瑞站在台上,目光冷静地环视四周,直到周遭安静下来,才沉着地开了口:

"首先,我愿意和几乎所有的发言人一起向局长致贺他所做的精彩报告,它不仅阐明当前世界上的社会和经济形势,而且还给我们提供了许多重要的建议来解决经济不景气问题以及维护世界和平……"

秦鸿瑞这一开口,一口纯正的伦敦口音,以及标准的英文措辞表达,把下面的劳工代表们惊呆了!万没料到,这个中国劳工代表无需翻译,竟说得如此一口漂亮标准的英文!黎黛珊在台下暗自点头赞许。秦鸿瑞就是这样,越是重大场合越是沉着冷静,发挥越是超常,早上在旅馆里还有些紧张,一上台便风度翩翩,挥洒自如,真是天生的演说家!

"中国在生产方面无疑是落后的,内在来说,是由于经常受到天灾的袭击,外在来说,这是由于受到不平等条约的束缚和帝国主义的侵略。通过倾销,外国货物在中国各地销售,甚至深入到小城镇。这种倾销剥夺了当地人民销售他们手工产品的市场,这些非法行径不仅消灭了中国工人的生机,而且将对其他国家的利益起着十分重大的影响。因此我要提请充分注意维护世界正义和保卫人权的必要性。

"至于中国工人的情况,让我仅仅提出两个显著的现象:工人生活的没有保障和他们生命蒙受的危险。……中国工人的境况固然是十分恶劣的,我们海外同胞的遭遇更加恶劣。第一,他们并不享受与当地工人相同的平等待遇,受到当地政府的歧视。第二,外国资本家们使用一套不人道的制度来招募华工。我恳请大会通过一项基于平等待遇并在最近改变招工制度的公约。……"

演讲结束,会场里响起了经久不息的掌声,赞赏这第一位走上国际舞台的中国劳工。这是他们第一次直接听到来自中国劳工的声音,有许多的惊喜,也有许多的问题。他们迫切想要了解中国。会议结束,许多人簇拥过来,秦鸿瑞豪爽地请大家到咖啡馆,他请大家喝咖啡吃甜点,边吃边聊。

到了咖啡馆,点了一大桌的咖啡点心,秦鸿瑞眉头也不皱一下,慷慨大方宛如一个富可敌国的王子,黎黛珊终于明白了秦鸿瑞何以一路如此节省,原来是要把钱省到这里来请客、交朋友,心里不禁暗暗赞赏他的聪明与自律。秦鸿瑞总是这样,对待自己极尽节俭,对待朋友却是慷慨大方,豪爽义气,倾其所有也满不在乎,且真实诚恳,正是申亭山所赞赏的"有本事没脾气的一等人",所以一直能广交朋友,广结人缘,总有人愿为他肝脑涂地。这也是他能一步步走到今天的原因。现在,这套外交手段用到了日内瓦,依然奏效。人之所以为人，是因为有着共同的情感，人和人之间能够走近，靠的是情感的交流和沟通。秦鸿瑞，亦是天才的外交家。

一连数日，每天被各种肤色的劳工代表包围，听着各个国家的奇闻，世界不再是地图上一个一个的小点，也不是书里冷冰冰的图片和数据，世界在秦鸿瑞面前变得形象生动立体。仿佛整个世界都摊开了摆在眼前，可以置身其中，去看去摸去体验。这对于第一次走出国门的秦鸿瑞来说，实在是一种新奇极致的感受。

在所有人中，对秦、黎二人最殷勤的当数日本代表山本。山本是个非常讨喜的青年，个子不高，却总是穿着一身做工精良的格子西服，把身形修饰得紧凑挺拔，一张脸清秀斯文，鼻梁上架着一副黑框眼镜，态度极为谦谨，一口一个"嗨"，一嗨一鞠躬，礼貌得经常让秦鸿瑞觉得自己欠缺教养。基于日本与中国当下的关系，秦鸿瑞与黎黛珊理论上都对日本人没有好感，然而，对这个山本却讨厌不起来。山本从小和父亲在上海做生意，说得一口地道的中国话，甚至上海话也能时不时来上几句。他说自己极为热爱中国文化，中国的京剧、中国的风情、中国食物，都让他着迷。他甚至去过枫泾，喜欢小镇的黑屋檐、拱桥、垂柳、乌篷船，甚至喜欢丁蹄……秦鸿瑞本能地想排斥山本，可他身上有着一种莫名其妙的吸引力，让人不忍拒绝。因此每次聚会山本都必在场，人多的时候也并不多言，甚至有些腼腆、羞涩，但常常在一场大餐之后，会悄悄去结了账，正是秦鸿瑞所赞赏的，大方讲义气，却又不显摆不声张。在一些无人的间歇，山本会对秦鸿瑞表示，非常崇拜秦鸿瑞的气度和才华，希望二人能够成为至交好友。说这话时，他真诚、恳切，甚至有些许羞涩，像个情窦初开的少年。秦鸿瑞遗憾地想，但是，你为什么是个日本人呢？

在众多的代表中，秦鸿瑞最看重的是苏联代表尼克。秦鸿瑞信仰孙中山先生的"联俄、联共、扶助农工"政策,而苏联是工人阶级当政的国家,秦鸿瑞亟欲了解在苏联工会是怎样工作的,工人们的生活状况究竟是何等模样。一连数日,秦鸿瑞都有意与尼克结交,而尼克也十分喜欢秦鸿瑞这位来自神秘国度的有着一双明亮的大眼睛的青年劳工代表。所以,当秦鸿瑞提出,希望能够亲自到苏联走一遭,亲眼看看苏联工会与工人们的真实状况,尼克立马伸开了热情的双臂。秦鸿瑞与黎黛珊办理了去往苏联的签证,会议一结束,立即登上了飞往苏联的班机。

2．莫斯科

这是莫斯科郊外的一座公园,幽雅荫蔽,少有人迹。秦鸿瑞迈步走进公园,心情有些许紧张。

几天以来,秦鸿瑞受到了苏联工会的热情款待,住进了古朴优雅的大都会旅馆,参观了列宁博物馆、红场,并接连会见了数位苏联工会领袖。这一日晚,尼克神秘地对秦鸿瑞说,是否有兴趣和共产党的同志见个面?秦鸿瑞一愣。1927年的"清党"一役,沸沸扬扬闹了一年多才渐渐平息下来,这十年以来,国共一直处于对峙状态,九一八事变之后,国内的主要矛盾转向了一致对日,但,毕竟国共之间没有真正和缓,国共之间的关系何去何从,谁也不知。此时去会见共产党代表,还是有着一定的政治风险,毕竟目前自己的身份是国民党员。但是,从自己的私心里讲,秦鸿瑞对共产党并不抵触,甚至有着好感。做上海市总工会主席期间,每次闹工潮时,不管是工友自己发动的,还是共产党组织的,只要是对工人有利,他都不分青红皂白,一概给予支持。他也看得出来,共产党是一心一意帮着工人说话的。那么,见,还是不见呢?秦鸿瑞犯了踌躇。

夜里,秦鸿瑞手握着一杯伏特加,在窗边不停地踱步,黎黛珊也不作声,默默站在他的身边,并肩望着窗外的异国灯火,一闪一闪,忽明忽暗。

"见,还是不见?"秦鸿瑞没头没脑地冒出这一句。知道黎黛珊能懂。这些年来,黎黛珊一直追随在秦鸿瑞身旁,做通讯社,解决工潮,是他的得力助手,也是他的英文老师,更是他心意相通的知音。有罗锦琇的婚约在前,两人不敢越过雷池,就这样,小心翼翼地维持着微妙的平衡,像是走钢丝,又危险,又刺激,又只能前行。

"想一想,你自己的初心。你的信仰,你的追求,到底是什么?"黎黛珊没有正面作答。

"这一次参加日内瓦大会,又来到苏联,我想我更明白了自己的责任和使命。我是工人代表,我要为工人阶级说话,为工人阶级谋求福利。不管是哪一个政党,只要是为工人阶级服务,我就应该支持。"

"这么些年,国民党对共产党一直有所忌惮,有所防范,国共之间的关系也是扑朔迷离,不知将会去向何方。你如今贸然去见一个共产党代表,哪一天被国民党知晓,再来一次清党,你还脱得了干系吗?"

"尼克说,中国共产党有着严格的保密规定,此次见面属于秘密会晤,又远在苏联,国民党不会知晓。况且当前日本侵略者虎视眈眈,意欲犯我中华,国共再是不和,也是俩兄弟打架,是自家里的事。如今大敌当前,不是要内讧,而是要联合起来,一致对外。所以,我想去见见这位代表,想聊一聊,中国工人将如何联合起来,共同抗日!"

"那我想,你已经有了主意?"黎黛珊转过脸来,望着秦鸿瑞,眼神深邃而悠远。

"对!"秦鸿瑞坚定地点点头。其实,有时和黎黛珊说话,不过是在和另一个自己商量,三言两语,便解开心结。

黎黛珊一笑,也点点头。秦鸿瑞拿定主意,便也不再纠结,眉头松开了,面色也和缓下来,啜饮着杯中的烈酒,望着窗外闪烁的夜景,眼睛里流露出憧憬与向往。黎黛珊看着这个意气风发的男人,心里涌起一阵母性的怜爱与柔情。这个男人和他手中所掌握的工人阶级的力量,俨然已成为众目所向、各方势力所追逐的那只鹿。

逐鹿中原,鹿死谁手?

穿过公园长长的林荫小道,来到一所小木屋旁。尼克推开门,秦鸿瑞与黎黛珊轻轻步入屋内,却见一个衣着朴素的中年人从沙发上起身,快步迎上前来,脸上挂着温和的微笑,伸出手来说:"欢迎欢迎,秦主席,我们又见面了!"

秦鸿瑞定睛一看,他要神秘会晤的这位中国共产党代表不是别人,正是当年的上海总工会委员长王云三!秦鸿瑞又惊又喜!回想九年前五卅惨案时,自己还是一个毛头小伙子,代表邮局到工会捐献财物,时任总工会委员长的王云三亲自接见了他,作了一番长谈,并赠送了他一套《资本论》,让他知道了自己作为工人代表的责任和使命。那次会晤,是秦鸿瑞第一次见到真正的共产党员,并留下了深刻而美好的印象。也是此次再度会晤共产党员的发端。没想到,兜兜转转,担心了半天,再见的竟是故人。戒备、怀疑、紧张的情绪一下子松弛下来。

"秦主席,听说此次劳工大会,你的英文演讲非常出彩,让世界第一次直接听到了中国劳工的声音,真是了不起。"王云三竖起了大拇指。

秦鸿瑞有些不好意思,在王云三面前,他似乎一下子回到九年前,仍是那个莽撞青涩的小伙子。秦鸿瑞笑着说:"这要多亏得黎老师教导有方。否则,我这仅学了一年半的半吊子英文,怎么可能登上这么重要的舞台。"

王云三转过头,对黎黛珊投以深深的一瞥,黎黛珊微笑着,轻轻颔首回应,两人之间似乎有着心领神会的默契。秦鸿瑞当然没注意到这一切。他兴致勃勃地讲起了此次在苏联的新见闻,最重要的收获是参观莫斯科邮局,以及与邮务工人的座谈。莫斯科的邮务工会有着相当大的权力,邮工的工作时间白天一班是七小时,晚班是六个小时,加班需征得工会的同意。此外,苏联邮工有着一套完善的保险福利制度,有休假,还有疗养院和托儿所,女工有产假,分娩前后休九十六天,照付工资……

听着秦鸿瑞如数家珍般,把收获一一道来,王云三欣慰地笑了。他没有看错,这个年轻的工会主席,一心一意想的都是工人阶级的利益。

"对照苏联,再想想中国,我真的不知从何说起,"话锋一转,秦鸿瑞的语气陷入低落和沮丧,"想想我们上海的日本纱厂、英美卷烟厂,还有中国资本家开的缫丝厂,女工、童工每天要工作十个小时以上,一朝生病、伤残,便被一脚踢出门外,死活再无人管。想到女工怀孕怕被开除,不得不束缚腹部,造成难产、死胎等惨状;想想我们上海邮局的邮差在送信时被看门狗咬伤,却得不到任何赔偿的痛苦;想想外滩码头的苦力们被麻包压弯的腰……我真的不忍再想,不禁想要问,同样是工人,为何我们中国的工人就如此的苦?为何如此不公平!"

"所以,孙中山先生讲,要以俄为师。这一点,你已经深切地领会到了!"王云三说,秦鸿瑞重重地点点头。

"当前,在全世界范围内,中国劳工的悲惨境遇和艰辛劳作都是罕见的,甚至说,是绝无仅有的。所以,作为工会主席,你我责任重大。只有我们联合起来,真正为工人阶级谋取利益,相信我们中国工人也会有苏联的今天!"

"但是,就是在工人当中,也并不团结。国民党与共产党,依然是势同水火,各自为政,甚至经常起内讧。工人之间政见不同,大打出手的事情时有发生。很难办。"秦鸿瑞摇摇头。

"你看到了,工人阶级要想谋得幸福,必须团结。况且当前形势,日本侵略者虎视眈眈,就巴不得我们中国人搞内讧,他们好渔翁得利,我们切不可上当,把大好江山拱手让给日本人!所以,以当前的形势,我分析,国共必会联合起来,共同抗日。这一天不会太遥远。所以,工人阶级当中,不管是国民党还是共产党,都是工人中的先进力量,工人之间自己不要搞分裂。我希望,我们国共双方的工会应该团结一致,共同抵御外敌,驱赶走日本侵略者,我们中国才会真正得救。"王云三语气和缓而坚定。

秦鸿瑞缓缓地点点头,心头模糊的一些概念渐渐清晰起来——中国工人阶级必须一起携手,反对分裂,共御外敌。

阳关透过窗户洒进屋内,给人和物都勾上了一道幸福的金边。黎黛珊把上好的红茶一一倒进杯中,分发到各人手中。桌上的几碟甜点散发出清糯的香气。真是美好的时分。

3. 接头

午后,秦鸿宇拐进一处偏僻的巷子,这里孤零零悬挂了一只邮箱。秦鸿宇机警地四处张望,见四下无人,方才打开邮箱,取出邮件,迅速塞进衣角的夹缝里,再若无其事地离开。

从中国共产党诞生之日起,党内就建立了秘密的交通。1921年中共第一次代表大会之后,党的总书记陈独秀便让茅盾(沈雁冰)利用其在商务印书馆编辑《小说月报》的方便条件作掩护,担任直属中央的联络员,任务是保持中央和各地党组织的联系。1924年5月,中央扩大执行委员会决议规定,中央组织部之下设"交通"职务,负责发送秘密宣传品。中共中央《关于建立健全党内交通问题的通告》指出:"这种工作(指交通通信)在组织上的重要等于人身上的血脉,血脉之流滞影响于人的生死。"

"八七会议"后,中共中央迁往上海,恢复、整顿、重建了党的组织,建立了全国的秘密交通网络。当时邓小平担任党中央秘书长,负责文件、电报、交通等项工作。从各地和苏区来的报告,都是用药水密写在毛边纸或布上,由专人用明矾水洗出来,誊抄好,交给上级。文件、钞票、干部,来往人员都需要交通迎来送往。周恩来、项英、任弼时、邓发、聂荣臻等共产党领导人以及从苏联回国的干部、无线电台人员和无线电台等,均经过这条秘密路线安全进入中央苏区。

秦鸿宇表面上是一个邮局的普通邮差,真实身份是党内秘密交通员。那只邮箱,便是秦鸿宇他们固定下来交流信息的党内秘密邮箱,普通的邮差是接近不了这个邮箱的。

秦鸿宇闪到一个角落,展开纸条一看,上面写道:春来茶馆。

按图索骥来到法租界,一眼见到的竟是"富春楼"的大招牌,秦鸿宇不禁暗自皱眉。没想到新来的接头人把接头地点竟然选到了富春楼旁边!富春楼花国老六的艳名可是声名远播。当年直鲁系的渤海舰队总司令毕庶澄便是在这里着了申亭山等人设的套儿,一头栽进花国老六的温柔乡里,"芙蓉帐暖日高起,将军从此不观操"。北伐军进驻上海,第八军群龙无首,连主帅在哪里都找不到,一夜之间,直鲁军精锐之师第八军,被一群手无寸铁的工人打得落花流水,风流云散。最后毕庶澄被张宗昌诱捕到济南,一枪崩了了事。

对富春楼这种地方,秦鸿宇反感至极,八辈子都不想沾上边。可春来茶馆在小巷深处,必须穿过富春楼,才能抵达目的地。如让人看见自己出没在这种地方,那可不知会引起何等的误会!瓜田李下,哪里说得清楚?但,想想接头人选这种地方本就是故意让人误会的。邮局中人,薪水丰厚,见多识广,一个邮差时不时到温柔乡里寻欢,也是寻常,不易惹人怀疑。

秦鸿宇推开一只一只伸过来撩拨的玉手,低着头,逃一般穿过富春楼门口,终于见到"春来茶馆"的牌匾,这才停下脚步,长吁出一口气。秦鸿宇定了定神,迈步进门,直上二楼,敲响了最里一间的门。按照节奏,三长四短,四长三短,然后,门开了。

见到接头人的面孔,秦鸿宇一惊!记忆在脑子里飞快旋转,回到十年前——此人,竟是1927年"清党"一役之后逃走的方执一的义弟郑开先。那时候,秦鸿宇还是一个高中生。

郑开先倒并不吃惊,微笑着说:"十年未见,你长大了!"看起来,他是早已知晓前来接头的会是自己。秦鸿宇惊疑半晌,也就明白过来,如今哥哥秦鸿瑞身居要位,组织上派郑开先过来,用意也是再明显不过。

两人坐在桌边,就着几碟干果一壶清茶聊起来。

1927年之后,郑开先便逃到江西瑞金,一直在苏区邮局工作。如今,组织派他回上海,打通苏区与上海的联络。更重要的工作,是借此机会接近秦鸿瑞。

走出春来茶馆,快步穿过富春楼,天色已昏暗。秦鸿宇顺了顺被一路推搡扯歪的衣袖,正欲离开,突然,一个身影蹿过来,只听得一个声音娇喊道:"秦鸿宇!我终于找到你了!"

秦鸿宇一愣,见一个美貌的少女横刀立马,叉腰挡在自己面前,再一看,竟是阔别多日的小狸猫!

"咦,你不是去美国读书了吗?"秦鸿宇奇道。那段时日小狸猫天天来纠缠秦鸿宇,弄得秦鸿宇四处躲避,也严重影响秦鸿宇的地下工作。申亭山不满女儿瞎闹,把女儿关在家中,她便天天在家闹事,摔桌子砸盘子,和下人闹别扭,甚至威胁要去上吊。无奈,申亭山只得想了个法子,让她妈陪着到美国去读书。说是读书,不过是换了个地方玩耍,而美国的花花世界一时也让小狸猫产生好奇,也就不再回来。秦鸿宇暗自松了一口气,却也有淡淡的惆怅。不想今日,小狸猫竟然又冒了出来。

"读——书!书有什么好读?我们天天爬山飙车喝酒跳舞,日子不晓得有多好!才不想回上海这破地方,打架啊打仗啊,真没劲。"两年不见,小狸猫更美了,一身美国洋装,比之上海的摩登小姐,又多了几分潇洒。

"那好,恭喜你,在美国生活愉快。"秦鸿宇点点头,准备离去。

"怎么!这么久没见面了,你不请我去吃上海本帮菜?我已经烦透了西餐,我要吃小笼包腌笃鲜!"小狸猫身影一晃,又挡在秦鸿宇面前。

"美若小姐,我还有事,改天请你。"秦鸿宇身上揣了郑开先新给的情报,急于回家交给沈丹晨,马上要传递出去。

"有什么事?哼!看样子你刚从富春楼里出来!你干什么去了?"

"我……我没去富春楼!"真是怕什么来什么。怕被人误会,还真就被人误会了!秦鸿瑞脸上一阵燥热,没做贼也心虚,只好粗声喝道:"哎呀! 男人的事,小姑娘家别管!"

"还说没去,没去你干吗会在这里! 你不是有老婆吗? 有老婆你还来这种地方?"小狸猫狐疑地说,一双大得出奇的眼睛滴溜溜的,探究地在秦鸿宇脸上打量。秦鸿宇被看得不自在,也不答言,头一低,几乎是夺路而逃,小狸猫在身后喊:"你宁可去富春楼也不愿意理我,为什么? 难道我还不如花国老六……"

4．郑开先

和秦鸿宇分手之后,郑开先去街上买了点小菜,慢慢踱步回到方宅。郑开先穿着短褂,衣襟上还挂了一条金链子。此时,郑开先的身份是一个做买卖的小生意人。方执一问起他这些年的遭际,说当年被"清党"吓破了胆,跑回乡下避了两年,如今北方时局更是艰难,还是回到上海这富贵乡,做点自己的营生。方执一听了,心生同情。本想提携他在自己工作的上海市党部谋个差事,郑开先却推说现在不想再问世事,本就是一个乡下人,做点小买卖养家糊口便好。方执一想这乡下人果是没见识,也是难为了他。什么党派,什么主义,对他来说太遥远了些,怜他无依无靠,便同意他又回到这所大房子居住。

郑开先住在二楼的一个房间,靠走廊尽头,极是清静。进屋后,郑开先关上房门,从随身背挎的包里取出一叠白纸,抽出其中一张,用特殊的药水涂抹之后,纸上渐渐显出了字迹。全是一些阿拉伯数字。郑开先取出一本密码书,对照着密码字典一一对应,解出汉字。

1927年"清党"一役,郑开先在王云三等共产党员的指挥下,连夜出走,去往江西。

彼时红军到达宁冈，将国民党龙头市邮局接收改造为宁冈赤色邮局。随着根据地的扩大，赣西南特委决定"加紧交通工作，开办赤色邮政"，并在富田设立苏区第一个邮政管理机构——赣西南赤色邮政总局，并发行了第一枚邮票。

在苏区境内的同一条小街上，可以看到赤色邮局，而一墙之隔，则是中华邮局。国共两方邮局同处一片蓝天之下，相安无事，互不相犯，双方邮差睦邻友好，见面了，经常笑嘻嘻地互相打招呼。而彼此手中的邮件也会相互流通。革命的红色政权和工农红军，始终尊重人民的通信权利，把保护中华邮政并支持其业务活动，作为自己的政策和纪律。郑开先看到，在中华邮政代办所的隔壁墙上，写有红军的标语：保护邮局！也许，只有在邮政这里，真正实现了国共合作。谁都有家人朋友，谁都需要交流沟通，谁都在期待着云中寄来的那一封封锦书。这就是邮政的魅力。

1932年，党中央决定将所有的赤色邮政统一为苏维埃邮政，总局设在江西瑞金。郑开先便由赤色邮局调入邮政总局，做了一名党内秘密交通员。

这一次，郑开先受组织安排，回到上海，打通苏区与上海的联络。

郑开先的计划是，以做小买卖的生意人身份，继续入住方执一家，一来此时方执一已在申亭山的安排下，进入国民党上海市党部工作，借方执一的身份作掩护，不易惹人怀疑；二来，也便于和秦鸿宇在方宅交换文件和信息。再者，一个不便说明的原因，也是为了更易接近秦鸿瑞，伺机策反。

阔别十年，上海依旧是这温香软玉的世界，仿佛外界的风霜雨雪并不曾侵蚀到它，所谓上海的腔调，似乎并不曾因为战乱而荒腔走板，上海人的小日子依旧过得一板一眼，小情小调依旧无处不在。但是，郑开先知道，这一切都是表象。就像是一种水果，表面上光洁新鲜，可千万别切开，否则会发现，内里早已腐烂不堪。

家中的几个故友，亦如是。表面看来，方执一、秦鸿瑞依然是知交，自己回来，三人时时碰面，似乎又恢复了"铁三角"的格局。而在内里，已经有了相当大的分野。

身份上，当年三人同为邮政邮工，如今秦鸿瑞虽还在邮政领着工资，却是在工运领域做得风生水起，成为工运领袖，也深得申先生赏识。方执一初期虽也是与秦鸿瑞在工运上比翼齐飞，可出生于民信世家的他与工人阶级始终有着隔阂和距离，包括在帮会也是。清帮历来极少发展知识分子，觉得他们不务实，不实干。不像秦鸿瑞，自己在码头做过"野鸡工"，又在德国人的杂货店里打工累得吐血，天然就是工人阶级中的一员；秦鸿瑞本人又始终保持着工人阶级质朴、豪爽的本色，时时与工人们打成一片，并不曾因身份的改变而做出姿态，高高在上。而方执一就显得太清高，太书生气，所以，不管在工运领域还是在帮会，方执一都显得不够有人缘，因而去了国民党上海市党部任执行委员，索性名正言顺做个高高在上的国民党官员。而郑开先呢，打着小生意人的幌子，实质却是身负党内秘密交通的重任。

三人的关系，也发生着微妙的变化。方执一与秦鸿瑞虽都是国民党员，可在对待共产党的态度上，却是有极大分歧。方执一凡事以国民党为重，遵照国民党的指示，严厉打击一切共产党，毫不手软毫不留情。而秦鸿瑞则不然。他始终以工人阶级的利益为考量，对共产党，保持着一种理解和宽容的态度，在政治立场上，方、秦二人实质已渐行渐远。而郑开先呢，肩负神秘使命，对二人都只能是虚与委蛇，无法说出心里话。

所以，所谓"铁三角"，早已变了味儿，一触即溃。

5．派对

自从郑开先回来之后,方家又开始热闹,大聚小聚不断。方念一心心念念的派对又登场了。

方执一把洋酒和红酒摆在客厅的长条茶几上,茶几上放了一只细长的花瓶,瓶里插着几枝新鲜的小花。上海人对生活的讲究是浸入骨髓的,一角一落,都是浓缩的世情风景。

秦鸿瑞率先到了。最近秦鸿瑞在工运领域风生水起,连申先生也连连称赞。方执一却颇有疑义。方执一觉得,在处理共产党的问题上,秦鸿瑞态度过于模糊,有违国民党员的原则。自1927年以来,国民党一直对共产党是严阵以待的,方执一也一直一丝不苟地遵照执行。前一阵子上海召开工人大会,方执一在会上发言说,要严密注意反动分子之活动,转告广大工友,勿为反动分子利用……这"反动分子",指的便是共产党。不想随后秦鸿瑞上台发言,却说,当前的主要矛盾是抗日,如果国家民族亡掉了,还有什么劳工阶级的解放可言?全国劳工应该不分党派,共同抗日……让方执一当场下不来台,甚是尴尬。后两人常为此立场而辩论,终是谁也不能说服谁。从初中开始,二人便是至交好友,方执一没有兄弟,常常觉得秦鸿瑞比自己的亲兄弟还亲,两人一起考邮局,一起投拜申门,一起做工运……真是好得恨不能穿一条裤子。就算黎黛珊出现,三人关系出现了微妙的结构,方执一也常为此黯然神伤,却也并没有影响他和秦鸿瑞的感情。然而,自从去日内瓦参加了劳工大会之后,秦鸿瑞的政治倾向开始出现问题,大是大非的问题上,方执一不能妥协。他苦口婆心劝秦鸿瑞,不要误入歧途,却总是被秦鸿瑞一通大道理带偏。方执一遗憾地感觉到,二人之间已经有了浅浅的罅隙,最近见面不是争论,就是无话可说。

秦鸿瑞自己倒了一杯酒,黎黛珊、方念一左右陪着,三人聊着天。看着方念一叽叽呱呱,一脸的陶醉,方执一暗想,自己傻,这个妹妹,比自己更傻。方家兄妹俩,都是"方脑壳"。但是,秦鸿瑞黎黛珊何尝又不傻。一屋子痴男怨女,都是无望中的希望。

李树生捧着一个大纸包兴冲冲地来了。纸包里是新鲜出炉的面包。最近日子越来越不好过,吃食越来越稀罕,哪怕是邮局这样油水丰厚的地方,市面上的货物稀缺,有钱也不好买,所以上门都不带鲜花,改带食物。大家时不常地聚会,有时只是为了聚在一起吃吃喝喝,今朝有酒今朝醉的。李树生一屁股坐在方念一身边,望着方念一,满脸谄媚。这一来,四人之间,看起来倒有着某种平衡。1934年开始,国民党政府知道与日本的战争不可避免,特别设立了邮政系,抽调邮政现职人员受训,李树生在方执一的推荐下被抽中参加了培训。此后在后方勤务部内成立了专司军邮督察工作的军邮督察处,李树生便在此任职。军邮局开办的业务与普通邮局相同,但,有一点不同的,便是开辟了军内邮件的秘密通道。这是一条暗流。

暮色降临,秦鸿宇夫妇到了以后,郑开先也收了买卖回来了。屋里开始沸腾,却不是炉煮热水那样整体一致的沸腾,而是像涮火锅,东冒一个泡,西冒一个泡。没有什么主题可以让所有人整体一致地感兴趣、整体一致地讨论,于是三三两两,你聊你的,我聊我的,整体看来,也是热闹。

小狸猫的出场是最不和谐音。她一改从前的中式男装打扮,变为一身骑马装,脚蹬马靴,英姿飒爽,咄咄逼人。看到她旋风般出现在大门口,所有人都心里一紧。小狸猫前两年被申先生送去美国读书,不想最近回来竟就不走了。看到这小魔女卷土重来,众人心里都暗自叫苦。尤其是秦鸿宇,还没来得及躲,小狸猫已经旋风般转到跟前,肆无忌惮地高声喝道:"秦鸿宇!看你往哪里躲!"

"我好端端在这里聊天,我哪里躲了?"秦鸿宇软弱无力地辩解了一句。

"美若小姐,有话好好说呀,别急。"沈丹晨急忙上前救场。

不想小狸猫头一转,矛头对牢了沈丹晨:"要你来美人救英雄吗?你以为你是谁?是他的老婆?你知不知道那天他干什么去了?"看到众人都围了过来,小狸猫特意提高了声音,大声说,"秦鸿宇去了富春楼!去找花国老六!"

此言一出,众人发出轻轻的惊疑。秦鸿宇急赤白脸,却又无力辩解。沈丹晨也不知如何说好,只得说:"美若小姐,这些事不要在公开场合乱说,好吗?"

"那你是知道啊还是不知道啊?吃醋啊还是不吃醋啊?"小狸猫更得意了,围着沈丹晨打转转,戏谑地说:"我看你呀,不吃醋!为什么不吃醋呀,我看你们呀,根本就不像夫妻!根本就不是真夫妻!谁知道你们在搞些什么鬼名堂!"

这一下戳中要害,秦鸿宇和沈丹晨脸色都白了。秦鸿宇直着脖子说:"小狸猫!你这个疯女人!胡说什么呢?是不是想让我再揍你一顿?"

黎黛珊赶快走上前来,搂住小狸猫说:"美若小姐,来来来,我们去吃块蛋糕,正宗的起司蛋糕,我今天新买的……"黎黛珊边说边搂着小狸猫走向餐厅,小狸猫自知闯了穷祸,也就借坡下驴,乖乖跟着黎黛珊往餐厅走,还不忘扭过头来回一句:"秦鸿宇!我饶不了你,你等着……"

小狸猫的出现,倒是聚拢了所有人。大家面面相觑,一时都无语。那种表面的热闹、表面的欢喜、表面的和谐都化为冷寂。连餐厅里的小狸猫都不再说话,却抽抽搭搭地哭起来。每次把秦鸿宇欺负了,她都更委屈。

"孩子们,都散了吧。早点儿回家。你们没发现,天色要变了吗?"不知何时,爷爷突然出现在楼梯口。大家一惊。爷爷越来越老了,越来越不愿下楼,吃饭都是方念一端到楼上去。

再抬头,果然,窗外电闪雷鸣,瞬间,大雨倾盆。

第 六 章

1．抗日

1937年7月17日。

在马赛启程的邮轮上,刚刚开完第二十三届国际劳工大会的秦鸿瑞和黎黛珊准备返回国内。自1936年作为劳工代表参加了日内瓦的国际劳工大会,秦鸿瑞便成为出席国际劳工大会的固定人选,黎黛珊也成为他的固定英文秘书和助理。一来秦鸿瑞英文好,便于与世界各国代表直接交流,二来固定下代表更能与各国代表建立稳固联系,频频换人只能是人地两疏。

非常碰巧,山本也在同一艘邮轮上。由于同是劳工代表,又算是老熟人,便被安排坐在同一张桌上。只有三人在场,山本显得尤其健谈,主动买了酒,谈到中国的文化、中国的艺术,滔滔不绝,无比沉醉。谈到黎黛珊的美,山本说,黎黛珊细挑的丹凤眼,纤秀的鹅蛋脸,正是中国古典美人的典范,不张扬,不夺目,却有一种洇染到骨子里的艳,这艳能洇染到空气里,让周遭的景物都变得风情起来……秦鸿瑞觉得他说得有趣,对中国古典文化确实也有研究,简直让人不得不喜欢他,但是,这种喜欢里,却又深藏着一种厌恶,这种厌恶因着他的博学和有趣而更加浓烈——也因了惋惜和遗憾。这不是个人对个人的,这是国与国的。秦鸿瑞和黎黛珊都不多言,任由山本唱独角戏。

邮轮的广播里传来熟悉的国语,细一辨认,竟然是蒋介石那一口带有江浙口音的声音!秦鸿瑞和黎黛珊赶紧打断了山本,凝神倾听:"……卢沟桥事变,不但我举国民众悲愤不置,世界舆论也都异常震惊……全国国民都要认清所谓'最后关头'的意义,最后关头一到,我们只有牺牲到底,抗战到底,唯有牺牲到底的决心,才能博得最后胜利。若是彷徨不安,妄想苟安,便会陷民族于万劫不复之地位……至于战争既开之后,则因为我们是弱国,再没有妥协的机会。如果放弃尺寸土地与主权,便是中华民族的千古罪人……"

整段讲话,秦鸿瑞与黎黛珊敛息屏气,没有漏掉一个字。讲话结束后,秦鸿瑞与黎黛珊深深对望了一眼。秦鸿瑞伸手召唤服务生,说:"请给我们换一张桌子!"

"为什么?我们聊得不是很好吗?"山本很吃惊。

"山本先生,你懂中文,刚才的讲话你都听到了。现在,贵国已是敌国,是犯我中华的侵略者,我秦鸿瑞绝不与敌国的人坐在一张桌子上吃饭!"秦鸿瑞义正词严。

"鸿瑞君,你这是狭隘的民族主义。打仗,是国家与国家的事,与我们个人的友谊何干?"山本一脸无辜。

"没有国,哪有家?哪来的个人友谊?道不同不相为谋,你我不可能也毫无必要成为朋友。服务生,请换座位。"

"对不起先生,这个舱已经没有桌子了,只能换到最底层,三等舱。"

"没有问题！坐甲板上也行！"秦鸿瑞和黎黛珊起身，走出船舱。只听得山本在身后高声说道："鸿瑞君，我们一定会成为朋友！我会去中国找你的！"

一下甲板，便见方执一已在岸上恭候。一见秦鸿瑞，方执一便说，申先生找我们去申公馆，有要事相商。好！秦鸿瑞把行李交由黎黛珊，让她坐了一辆三轮车先行回去，自己和方执一一道匆匆赶往申宅。

一到法租界，但见四处都是携带着箱笼细软从闸北逃过来的难民，那边是战火地带。人潮把街道淹没了，到处是弃置的家具行李，汽车也走不动了，停在马路中间，犹如一座座孤岛。方执一说，这些难民太多，虽已尽力安置，大部分还是只能风餐露宿。秦鸿瑞心里一阵难受。战争开始，倒霉的永远是无辜的老百姓。

进了申宅，申亭山早已在客厅恭候，一听得门房通报，立马迎出门来："鸿瑞，你终于回国了，辛苦了。执一，鸿瑞，快请进！快请进！"

秦鸿瑞与方执一对望一眼，投入申门这么多年，从未见申先生如此热情过，甚至有点急不可待的意味，看来，事情确实非同一般。

进了客厅，找了最僻静的一处角落坐定，三人坐好，茶水分放面前，申先生长吁了一口气，说："庐山讲话，你们想必都知道了。只能牺牲到底！抗战到底！所以，国难当头，我们做老百姓的，是不是也应该为国家出力，为国家分忧？"

"当然！先生有什么吩咐，但讲无妨！只要学生能做到的，万死不辞！"方执一眉毛一挑，语气坚定。

"是的，大敌当前，每一个中国人都有责任为国效力，先生您请说，需要我们做什么，学生一定办到！"秦鸿瑞也热切地应和道。

"那就好,我没看错你们!"申先生赞许地点点头,旋即又皱了眉头,说,"这件事啊,却委实难办得紧哪!所以,只能仰仗你们二位了!"

秦鸿瑞与方执一惊愕地对视一眼。此时的申先生,在黄浦滩上已是跺跺脚能震动土地的头号人物,有什么事还能难得到他?

却原来,是受吴坤所托。

8月13日,淞沪会战开始,闸北虹口战火纷飞。入夜,申宅来了一位神秘贵客,便是申亭山的知交吴坤。无事不登三宝殿,吴坤简略寒暄之后,便把来意和盘托出,原来,他希望在上海以"别动队"的名义建立一支在敌占区从事袭击活动的新军,分布于沪西、浦东和苏州河一带,正式协助国军作战。并说蒋委员长答应,所有的番号、军械、弹药、粮饷,都可以由中央颁发。可所谓足够兵力,说来吓人,最低限度竟足足需要一万人!把个凡事"不在话下"的申亭山也惊得倒吸一口冷气。如果只是聚众闹事,打相打,呐喊助威,那,凭借申亭山在沪上的庞大势力,徒子徒孙蜂拥而上,集合个十万八万人都不成问题。但是,吴坤说的可是正儿八经地组建军队!在日本敌军的飞机炮弹轰炸下,让这帮上海滩上的少年儿郎,未经过正规训练,便去和鬼子真刀实枪地干,实实在在以命相搏,为国牺牲,他申亭山有这么大能耐吗?

吴坤点醒他说,他手上可是有两员最重要的大将——秦鸿瑞和方执一。吴坤说,上海工人号称有一百万众,尤其是邮工,那都是爱国不肯落后于人的。当年秦鸿瑞方执一领导邮工童子军支持十九路军蔡廷锴将军抗日,做出了巨大贡献,那是有口皆碑的。如今秦鸿瑞做了上海市总工会主席兼全国邮务总工会执委会常务委员,在他的一声号令之下,集合几千个工人,那还不是不在话下!

如此,秦鸿瑞一下邮轮,申亭山便迫不及待地把两员大将请到家中,共襄盛举。训练别动队的吃住地点就在三极无线电学校。

听完事件的来龙去脉,秦鸿瑞方执一对视一眼,深深地点头,说:"万死不能辞!"

2．利诱

听到日本海军部长即将来访的消息,秦鸿瑞等人惊愕不已。中日战火终日纷飞,海军部长却有心情来找申亭山"谈生意"。

秦鸿瑞兄弟俩、方执一、李树生等人齐齐候在申公馆,申亭山坐在居中的椅子上,面色冷峻,朱啸虎在侧边椅子上端坐,学生们垂手立在两侧。一副严阵以待的意思。

下午时分,海军部长野村一行驾到,阵势不大,只有四五人随行,是低调诚恳的意思。野村早就表示过,日本海军方面觉得根本不必对中国挑起战火,私底下的意思,大抵是觉得中国已是囊中之物,不如经济入侵。所以,海军对战争毫不热衷。因而,野村一张肥脸笑嘻嘻的,像个和气生财的生意人。

当看到山本那张清俊儒雅的面孔,秦鸿瑞惊得几乎要叫出声。万没料到,这个山本这么快居然果真来到中国,而且,还是野村的贴身翻译!山本冲秦鸿瑞一挤眼,有种熟稔的亲热劲儿,秦鸿瑞心里涌起复杂的情愫,不知是什么滋味。再看身旁跟班的汉奸,竟然是邮局老同事、老对头钱啸邨。钱啸邨一直顺风倒,谁当权就跟着谁欺负自己同胞,如今日本人入侵,他果然审时度势,沦为汉奸。连一点悬念都没有!秦鸿瑞鄙薄地撇撇嘴,都没有心情多瞥他一眼。

山本替野村说,野村先生非常推崇申先生在金融工商业方面的奇才,提了一个相当有诱惑力的合作方案:由日方单方出资日币三千万元,和申先生合伙开一家中日建设银公司。野村坦承,日方之所以要这么做,就是要跟宋子文所办的中国建设银公司别别苗头,抢抢生意。他不相信"中日建设银"比不上"中国建设银"。

野村进一步解释说,日本陆军的实力在东北与华北,华中华南则属于海军的,以日本海军,加上受他们操纵指挥的侨商和浪人,再配合申先生在上海的广泛人脉,莫说"中国建设银"不足惧,甚至掌握整个华中华南的资源和贸易,也是唾手可得。单以发财而论,这对申亭山而言确乎是个千载难逢的好机会。

诱饵如此丰厚,让秦鸿瑞在心里暗暗捏了一把汗,兼之山本的翻译言辞动听,声音浑厚,听起来诚恳至极,把个朱啸虎听得眉毛都兴奋得掀了起来,就欲张口作答,申亭山却对朱啸虎摆摆手,推辞说:"申某人只是中国一个普通老百姓,去跟外国的政府机关合资开办公司,恐怕是有些不合体制吧。"

野村听后,居然提出了第二个更加诱人的方案——由申亭山自己出面组建一家规模宏大的银公司,所需资金全部由日方供给,这样就规避了不合体制的问题。

看这野村实在是诱饵丰厚,志在必得,朱啸虎已经是蠢蠢欲动,似乎就想代申亭山张嘴应允下来,申亭山却还是一再推辞。秦鸿瑞与方执一等人对视一眼,脸上都写满钦佩与赞赏,唯朱啸虎气得脸青面黑。

见申亭山不识抬举,野村终于翻了脸,恨恨地说:"目前局势已然如此,申先生你就应该彻底而充分地与皇军合作!自淞沪开战以来,你申先生四处奔走呼号,支援国民政府来对抗皇军,造成我皇军的重大伤亡,如果申先生不肯为皇军效力,我们要列举你对皇军的敌意行为,然后施以惩戒。"

利诱失败,转为威迫,看到借山本之口做出的这一百八十度大转弯,秦鸿瑞感到啼笑皆非。尽管山本只是一个翻译,只是在忠实表达出野村的意思,但,看到这番前恭后倨的言论从山本口中说出,秦鸿瑞还是感觉淡淡的恶心。想到前不久还和此人一桌吃饭,一桌喝酒,自己居然会认为他是一个谦谦君子,当真是瞎了眼。

申亭山不敢得罪日本人,却也不愿就范,只得虚与委蛇,说:"野村先生,此事委实重大,容申某人仔细想想,如何?"

秦鸿瑞赶忙打着圆场,说:"先生,您的头痛病犯了,请来的大夫还在楼上等着你,师母给您熬着药呢,吩咐我监督您,得上楼趁热喝。"

申亭山故作嗔怒状,说:"就你多事!我这把老骨头,一时半会儿还死不了!"

秦鸿瑞笑着说:"是呀是呀,都是学生的错。可您不喝,我没法向师母交代呀!美若小姐,就烦劳您扶先生上楼?"

小狸猫兀自瞪着一双妙目,未能明白过来。申亭山却已主动走过来挽住女儿,说:"唉!女人家就是事多!走吧!上楼吧!那,鸿瑞,烦劳你送送贵客。"

野村一行看着师徒这出好戏,虽知是在演双簧,却也无可奈何,只得告退离开。秦鸿瑞遵命相送。路上山本亲昵地对秦鸿瑞说:"鸿瑞君,我说过,我们一定会再见面的,你看,我来了!"

秦鸿瑞嘲讽地一笑,说:"山本君可当真是爱中国呀!只是没有想到,您爱中国的方式竟然是来侵略它!第一幕好戏,就演到了我的老师家里!好一出下马威呀!佩服佩服!"

山本仍是一副谦谦君子的模样,谦虚地说:"哎,那只是奉命行事,我也做不了主。但这不影响到我们私人的友谊,鸿瑞君您永远是我在中国最好的朋友。"

"不敢当!请你永远不要说,我是你的朋友。这个称号,我当真是受用不起,拜托。"以秦鸿瑞的性格,极少对人当面如此凌厉。他对山本的厌恶,除了他是日本侵略者,还有一种受欺骗的屈辱——一度自己还暗暗欣赏过他,甚至在心底里暗暗把他当作朋友!

"你们中国话说,日久见人心,鸿瑞君,你一定会改变对我的成见,不急,来日方长。"山本也不见气,依然笑眯眯的,涵养功夫可谓登峰造极。

秦鸿瑞瞥了山本一眼,说:"对,来日方长,我一定会看到,你该有的……下场。"

幸好已到了大门口,秦鸿瑞收住脚步,对野村一行说:"一路走好。"

野村一行走后,朱啸虎见上好的一块大肥肉白白地从嘴边溜走,忍不住把申亭山数落了几句,也气呼呼地走了。留下一群学生子,堆在申先生客厅里,商量对策,气氛有些凝重。方执一说:"先生,您拒绝了野村的提议,他一定不会善罢甘休,要不先生您还是想办法出去避一避?"

申亭山一甩长衫下摆,傲然说:"笑话!我申亭山就是上海人,我避到哪儿去?再说,这里是法租界,谅他日本人也不敢公然在法租界把我申某人怎么样!"

恰在此时,只听得屋顶上一阵一阵轰鸣,说话的声音不断被打扰,让人有些烦躁。小狸猫跑到天井里探脸一看,脆生生叫了起来:"这什么飞机呀!干吗在我们屋顶转来转去的?真讨厌!"——却原来,是一架身上贴着红色膏药的东洋军机,不断地在申公馆上空低飞盘旋。人人脸上露出惊惶之色——刚才野村丢下狠话负气而去,莫不是当真要兑现?

见此情景,申亭山跌坐在椅子上,两眼发直,神思恍惚。

207

"先生！先生！"秦鸿瑞叫道，喊了好几声，申亭山才如梦初醒，茫然地问道："啥事体？"

"先生，您莫要着急，这野村无非是逗逗威风，显示他真能调动得了飞机。在咱们屋顶上转几圈，也就是吓唬吓唬咱们，谅他不敢真的要做什么。"秦鸿瑞安慰道。

"是啊，咱们申公馆每天人来人往，各种达官贵人，包括他们日本人自己也常常觍着脸皮来访，谅他们不敢真做什么！"见申亭山果真受了惊吓，方执一也反过来安慰道。可申亭山依然是脸色煞白，惊魂难定。

客厅安静下来，大家一时无话，只听得飞机在头顶上轰隆轰隆兀自盘旋不去。

"有了！"秦鸿瑞一抚掌，说道，"我有一个好主意！"

"什么主意？快！说说看！"申先生现出少有的急迫。

"先生这栋房子目标太大，树大招风。目前的形势下确实不大安全。树生兄新近不是在附近买了一处公寓吗？房子和装修都非常不错，何不请先生和夫人小姐一起搬过去住，暂且避他一避？一来日本人不知先生去向，失去目标，二来，就算知晓目标，公寓里住了那么多外国人，谅他日本人也不敢造次！就不知树生兄和先生意下如何？"

李树生一听，心里暗暗叫苦。他暗地里置办了这一处产业，费尽钱财心力，自己还没搬进去住呢，这可好，竟然要让申亭山一家子鸠占鹊巢？心里不禁暗暗埋怨秦鸿瑞这小子，光顾着讨好先生，也不顾兄弟的难处！但是，帮会里崇尚豪爽大方，有福同享，衣服都可以脱下来让兄弟穿，宁可自己打赤膊。何况秦鸿瑞对自己有知遇之恩，申先生更是对自己恩重如山，这可如何是好？

这边厢，李树生还在犹犹豫豫地犯着思量，申亭山一双精亮的眸子却已瞥过来,在李树生脸上扫来扫去,末了,淡淡地说:"如果树生为难,我看,还是算了吧!"

闻听此言,李树生一凛,赶紧说:"先生说哪里话来,没问题……没问题……"

3．别动队

在一处废弃的学校里,一万人的别动队进驻于此,展开集训。吴坤没有看错,秦鸿瑞方执一振臂一呼,果然应和者众。两人原在邮局和各工厂中皆有不公开的护工队组织,专门用于保护工人。此时以护工队为骨干,自愿报名,几天内便召集起七八千工人。吴坤为两人颁发了公文,委任为苏浙皖行动委员会别动队支队长,上校军衔。方执一、秦鸿瑞各领两千队伍,书生报国,当起独当一面的指挥官来。

为避人耳目,别动队所有成员皆穿便装,不着军装。在吴坤的帮助下,每天展开集训项目:侦探、破坏、突击和暗杀。郑开先也进驻到学校,名义上是加入别动队,其实是受王云三的委派,通过第三支队搜集日军和汉奸的情报,上报中共党中央。中共上海地下党利用别动队作掩护,开展活动,一直是秘密,这要多年以后秦鸿瑞才知道。

淞沪之战,一战三月。

这一日,秦鸿瑞和方执一接到命令,别动队五个支队,一律集中,分驻南市浦东,协助国军第五十五师,肃奸防谍,支援前线,掩护全军从上海撤退!所以说,上海失守就在眼前了!

日本人夸海口说三个月内可以解决掉全中国,但是,现在,光是上海一带,国军就守了三个月。现在全世界都晓得了,中国军队的武器火力与日本完全不能同日而语，但是，中国人非常顽强，敢拼能打！——可是，再能打，撑到三个月，还是再也撑不下去。

第二天，激战开始。国军大队业已全部后撤，守南市的，除五十五师的一支旅，居然便只剩仓促成军的秦鸿瑞方执一这两支别动队。

秦鸿瑞和方执一看着眼前的队伍，高高矮矮，胖胖瘦瘦，站也没个站相，松松垮垮，七零八落，尤其是清帮的弟兄，有的前几天还在捏脚搓澡，拉黄包车卖水果，今天站在这里便成了军人。说是军人，可连套像样的军装都没有，每个人都穿着自家老娘或是媳妇做的衣服，长长短短，五花八门，颇具奇观。武器倒还是有的，大队长以上发给马牌左轮手枪，中队长发一把毛瑟木柄六吋手枪，士兵发的是步枪，少数士兵是二十发快慢机。这样的一群人聚集在一起，不像是要和日本人打仗，倒像是土匪窝里斗，或是要下山打群架。而首领就是方执一和秦鸿瑞这两个书生，号称上校军衔，却手无缚鸡之力。方执一倒吸了一口冷气——这是军队吗？兵微将寡，分明便是一帮乌合之众啊！就凭这支军队，居然敢和杀人不眨眼的日本鬼子血拼？

方执一自己心里直打鼓，还得硬着头皮给士兵们训话鼓劲。方执一向前一步，板起面孔，义正词严地说："弟兄们，我们今天来和鬼子打仗，就是来拼命的！吴先生说了，要我们沿阵线选择坚固建筑物，做最后孤军奋战的准备。我们虽然没有穿军装，也是军人！军令如山！上了战场，要是有哪个兄弟贪生怕死的，被我发现，我先一枪崩了他！"

此言一出，人群里起了轻微的骚动。"什么意思，叫我们来送死？还这么凶？……""去他娘的，老子不干了……""走了！回家搂媳妇去……"方执一怔住了。说出这番话，他自以为大义凛然，一身正气,没想到这番话太强势太生硬,显然没起到好作用。

秦鸿瑞见状,赶快站了出来,首先给大家深深鞠了一躬,才开口说:"弟兄们!首先,我秦鸿瑞非常非常感激大家!国难当头,你们离开父母妻儿,丢开自己的营生,来到这里,打鬼子,保家卫国,每分每秒都可能丢了性命。鸿瑞对你们无比的敬佩和感激。你们都是好样的,都是了不起的热血男儿!

"但是,我们是来打仗的,不是来白白送命的,任何一个弟兄丢了性命,都会让鸿瑞心痛自责!是,我们没有军装,也没有鬼子那样精良的武器,更没有受过严格的正规训练,但是,我们有我们的优势,这是上海,这是南市,这是我们的地盘!哪条街哪条巷,弟兄们不是早已窜过千百回,闭着眼睛都能摸到?方执一说得对,这里有许多大型建筑物,鬼子的机枪也打不进来,所以,我们利用好地形,和鬼子周旋,旋他个晕头转向,打他个措手不及!这就叫出其不意,不信我们就不能胜!"说到这里,众人脸上流露出欣喜的神色。

秦鸿瑞倒了一大碗酒,也吩咐人给每个弟兄都倒上酒,提高了声调说:"今天,我们的别动队里,有我们多年共事的邮工兄弟,也有其他工厂的弟兄,更有清帮的弟兄,大家今天追随我秦鸿瑞而来,我秦鸿瑞对每一位弟兄都负有责任!等打退了鬼子,鸿瑞自掏腰包,请弟兄们喝酒,大醉三天!从此以后,我们就是一辈子的兄弟!要是有哪一位兄弟不幸牺牲,你们的家人就是鸿瑞的家人!鸿瑞将竭尽全力,护佑他们一辈子周全!"

"好!"众人爆发出热烈喝彩!这帮人都是热血男儿,也是亡命之徒,舍得一身剐,敢把皇上拉下马。唯一担忧的就是家人。大家都是家里的顶梁柱,老的小的,都指着自己维持生计。大家都知道秦鸿瑞是个一言九鼎的人,知道家人会受到优待,也就放心了,还有什么可顾虑的？豁出去了,和他妈的小日本干!

一连三天,日军的飞机大炮从早到晚,狂轰滥炸,一向市容繁华、人口稠密的南市被摧毁得满目疮痍,遍体鳞伤。但是,秦鸿瑞和方执一领导的这两支仓促成军的"乌合之众"却顽强抗战,誓死不屈。

他们巧妙利用地形优势,逐屋作战,上海的巷子纵横交错,地形复杂,果然旋得鬼子们晕头转向,空有机枪大炮,派不上用场,冷不丁地便被打了冷枪。绕了几天,竟然拿他们没有办法。

激战已进行到第三天。鬼子依然如蝗虫般拥来,毫不停歇。别动队众人已是饿得头晕眼花。恰在此时,申亭山命人送来两万个面包,秦鸿瑞赶快分给众人,几千弟兄以面包果腹,继续奋战。吴坤又命人送来两百面国旗,秦鸿瑞命弟兄们冒着弹火将两百面国旗全部高高悬起,表达他们与阵地共存亡的决心。

这边,在方宅登楼一望,便可望见南市浦东浓烟升腾,弹道交织成密集的火网。秦鸿宇夫妇、黎黛珊、李树生等聚集在方宅,和爷爷、方念一在一起,密切关注着战况。三天时间,无人合眼。连小狸猫都老实了,不敢调皮,乖乖陪众人一块守着。

不断听到来报,说敌军攻势越来越凌厉,南市守军情势危急,大家愁眉苦脸,像热锅上的蚂蚁般焦急地踱来踱去。

"爷爷,爷爷您怎么又下来了!"方念一惊呼。此时爷爷已是八十高龄,也跟着大伙几天不合眼,刚被扶上楼去,没躺几分钟,这就又下来了。

"孩子在打仗,我怎么睡得着?不看着孩子们好端端地走进这个门,我怎么睡得着?哎!⋯⋯"爷爷被搀扶着坐在沙发上,不住地咳嗽,叹气。

"爷爷,你这样身体会垮掉的!"方念一哭了。大家伙都跟上前来劝爷爷,爷爷却只是不听。

"你们等着,我去找一个人!"小狸猫一咬牙,冲出屋去。

过了半个小时,小狸猫飞奔回来,手上拿了吴坤的亲笔函件:苏浙皖别动队应即放弃阵地,向法租界撤退!

原来,危急之下,小狸猫找到了父亲申亭山,申亭山一听,也急了!申亭山平素里最是心疼他这些徒子徒孙,没有他们,他何以在这上海滩上称王称霸?尤其是秦、方二人,堪称他的大弟子,全倚仗了他们来号令众工友。申亭山恐他们当真全军覆没,当即抓起话筒给吴坤打了电话,恳请吴坤下达命令,立即停止战斗!

此时国军大军业已撤退,守南市的任务基本已经达成。一小时后,吴坤终于差人送来亲笔函件:苏浙皖别动队应即放弃阵地,向法租界撤退!

申亭山一面命人火速送往前线,让秦鸿瑞方执一撤退;一面急电法国总领事,别动队军人撤往法租界,恳请总领事予以方便。总领事答应了,条件是按照国际公法的规定,退下来的军人到达租界线便必须全部解除武装。

南市这边,得到吴坤命令,秦鸿瑞方执一立即安排撤退,大批的劳工弟兄们先行撤退,纷纷奔向法租界。各个路口,都有法国兵和大批巡捕驻守。后面站着申先生派去相迎的弟兄。每跑过来一个,解下枪支弹药,交给法国兵和巡捕,便算脱离险境,众人立即迎上前去,递上干粮和水,嘘寒问暖,殷勤慰问。各劳工家属早已闻讯赶来,守在路口,呼儿唤夫,涕泪纵横。

下午时分,弟兄们已撤退得差不多了,秦鸿瑞与方执一会合,准备突围,这才发现,敌军增强兵力,而己方只剩寥寥数人,几次突围都被逼了回来,退回一间大屋里,不得动弹。而敌军正在节节逼近。

方执一秦鸿瑞面面相觑。也是二人匮乏作战经验,光顾了安排弟兄们撤退,却没有留下足够人马和自己一起突围。现在,天色已昏暗,再不突围可就被困死在这里,少不了被敌军生擒活捉。

方执一起身而立,意欲强行突围,却被一块弹片击中小腿,虽只是擦伤,却是血流如注。秦鸿瑞立即撕下衣袖给方执一裹伤。方执一见此情景,八成自己是走不了了,心下恓惶,对秦鸿瑞说:"鸿瑞,我腿伤了,肯定是突围不了了,你带着弟兄们撤,我留在这里掩护,回去之后,你好好照顾好爷爷,照顾好念一和……黛珊……"

"别瞎说!腿上擦破点儿皮就说丧气话,丢人不丢人!回去呀,看念一怎么笑话你。"秦鸿瑞故作轻松地打趣道。

方执一仍是眉端紧蹙,说:"我走不了,回不去了,你别管我了!为什么要绑在一起死?蠢吗?你赶快带着弟兄们突围!"

秦鸿瑞面色一凝,握着方执一的手,说:"执一,你忘了吗?我说过,在我们之间,如果只有一个生的机会,我一定留给你。"

时光流转,一下子回到数年前那个亭子间,少年秦鸿瑞被方执一用蛤蟆粪从死神手里救回,郑重地说出这句誓言。

方执一怔住,良久,轻轻颔首作答:"我也是!"

秦鸿瑞笑了,说:"所以说,现在我们不是要赴死,而是要一起求生!放心吧,天色暗了,敌军意志松懈、吃饭补给的当口,我们一定能想法子突围。"

秦鸿瑞握住方执一的手,一股温暖的情谊在两人之间流淌。就像从前的好时候,两人一起上街发传单,一起考邮局,一起参加游行,一起做工运……那种情同手足的情谊,又都回来了。前些时候因党派之争而闹得不愉快,使两人心中所生的罅隙,因为这一场对日的抗战而弥合,两人又都心意相通,生死与共了。

秦鸿瑞突然惊呼:"哎呀,糟了!"

方执一失血过多,已是迷迷糊糊,听得这一声惊呼,睁开了眼睛,虚弱地问:"怎……怎么了?……鬼子……进来了?"

秦鸿瑞故作严肃地说:"糟糕了,你这辈子,怕是再也考不了飞行员了!"

"飞……行员?"方执一脑子本来就方,此时失血受伤,更是迟钝,不明白飞行员和自己有什么关系。

"你看啊,飞行员的招考条件是,全身上下不许有一个疤,你这下子挂了彩,破了相不说,连飞行员都考不成了,可惜可惜!"秦鸿瑞大摇其头,仿佛这真是一件极其遗憾的事,逗得方执一也笑起来,虚弱地嗔骂道:"你这小子,什么时候了,还贫嘴滑舌……"

秦鸿瑞嘴里说笑,心里却是担忧万分。方执一虽是简单包扎了伤口,到底是手法粗劣,血不断渗出来。握着方执一的手,秦鸿瑞终于体会到,什么叫一点一点地变凉……秦鸿瑞从前不知,失这么一些血,身体竟就会变凉,而方执一若一旦睡去,便再也不会醒来。他内心焦虑万分,嘴里却拼命地胡说八道,扯着闲篇儿,逗着方执一不要睡着。

申公馆这边,见弟兄们纷纷撤回,皆喜形于色,然而清点人数时才发现,最重要的两员大将,秦鸿瑞和方执一,竟然还没有突围!这一惊,令申亭山脸色大变。当即召唤李树生率了一批精兵强将,坐上两只小火轮,冒着枪林弹雨赶去救援,申亭山哑声下了军令状:"要是接不回秦鸿瑞方执一,你们,也都不必回来了!"

趁着天色昏暗,敌军不备,秦鸿瑞怀揣两支短枪,方执一在两位副官一左一右的搀扶下,悄悄移向码头,准备强行突围。这时候,突然听到李树生的声音:鸿瑞,执一,是他们!是他们!申门的精兵强将立即跳上岸来,用密集的火力,掩护方执一秦鸿瑞上了小

215

火轮,几人乘上小火轮沿黄浦江飞驰而行,敌军的子弹一时再也追不上。

这一仗连续打了三天,使大队国军得以从容撤退,免除敌军衔尾直追的威胁,保全了作战实力,以及无数弹药辎重。苏浙皖别动队立下大功,谁也没有料到,吴坤的这一着闲棋,竟然发挥了如此大的功效。

4．不速之客

当山本来到秦鸿瑞的办公室,秦鸿瑞大吃一惊。这间办公室兼做工运工作及通讯社工作,秦鸿瑞的本职工作仍是邮局职工,领的仍是邮局的薪资,所以知道这个地方的人不多。山本居然不声不响就蹑摸到这里,可见本事不小。

"鸿瑞君,没想到,大名鼎鼎的工会主席,就在这么一个简陋的场所办公,实在是,有辱斯文。太不应该!"山本四下打量,啧啧摇头,表示不平。

秦鸿瑞不想与他啰嗦,单刀直入道:"山本先生,今天过来,请问有何见教?"

"不敢!鸿瑞君,我说过,你永远是我的榜样!是我最仰慕的人!这一点是不会改变的!"山本一脸虔诚。

秦鸿瑞感觉到轻微的恶心,便不客气地说:"对不起,我今天很忙,如你没有别的事,我准备要外出了。"

"不,鸿瑞君,别急。"山本兀自修养良好,不紧不慢地说,"听说,申先生离开上海,逃到香港,就住在九龙柯士甸道?"

秦鸿瑞一愣。日本人想在上海成立所谓"上海市民协会",想拉住申亭山当会长,借他威望,帮他们统治上海五百万市民,申亭山不从,在日本人的天罗地网下,不化装,不带人,如寻常一样,坐一辆车去了朱啸虎的赌场。日本人以为他和寻常一样,只是去赌两把,放松了警惕,不想他的轿车在赌场旁绕几圈,直接驶往码头,上了轮渡,去往香港。

可如今山本居然知晓了申先生住所,不是什么好事。秦鸿瑞又坐下来,不动声色地问道:"你到底想说什么?"

"这个申亭山啊,一心和皇军作对,实非明智之举。成为皇军的死对头,早晚会被灭掉,死得很惨。"山本神色优雅,就像在说起某件艺术品,甚至有微微的醉心,"不过也没关系,申亭山是过气的人物,不过是一个江湖混混,一个半文盲,凭借了租界抖抖威风,随着大皇军进驻,租界消失,申亭山也就没了价值。现在,鸿瑞兄,皇军最看重的人物,其实是你!"

秦鸿瑞暗自抽了一口冷气,淡淡地说:"我?不敢当!我秦鸿瑞只是邮局一个普通邮工,月薪不足百元,你们日本人也未免太抬举我了!"

"小弟知道,鸿瑞兄你贵为上海市总工会主席,却领不到一分薪水,办公也在这么糟糕的环境,你们政府对你这样的人才可实在是不怎么样啊!何必替他们卖命呢?"山本循循善诱,"鸿瑞兄,如今你要知晓自身的价值,你已经冲出中国,在世界工运舞台上有了一席之地,你的眼光和胸怀不要仅仅局限于中国,你要有大格局。现在,你们的政府已是苟延残喘,皇军有诚意与你合作,你只要愿意,皇军不但会提供你最优厚的待遇,而且,会助你成为真正有国际影响力的大人物。"

秦鸿瑞笑了,说:"山本哪山本,你们皇军当真是抬举我。你如此高看我,当真是很有眼光啊!哈哈。你说,世界那么大,我怎么就会认识你山本,还与你同桌吃饭喝酒呢?"

"是啊！鸿瑞君，我们兄弟二人在日内瓦认识，这就是奇妙的缘分！我早就说过，命中注定我们会成为至交好友！我们兄弟二人必将携起手来，做出一番大事业！"山本颇有些得意。

"我话还没说完呢，"秦鸿瑞依旧好整以暇、慢条斯理地说，"山本哪山本，你如此高看我秦某人，当真是眼力不济呀。你们皇军的抬举，我也着实消化不了。兄弟二字，也请你不要再提。这是好词，不要侮辱了它。如果你不来中国，或是你来中国仅仅是做个观光客，那么，也许见面打声招呼，甚至请你喝个酒，都没有问题。可如今，你是纠合着你们的侵略者一起来践踏中国，所以，你和我，便是不共戴天的敌人。今天，最后一次，我还能客气对你，你走出这个门后，下一次最好别再让我碰见你，否则，你别怪我不客气！"秦鸿瑞心里虽是满腔怒火，表面上仍是波澜不惊。他微笑着，轻言细语地说："现在，山本先生，请你出去。立即，马上。"

山本一愣，旋即，又露出他的招牌式微笑，躬身说道："好的，好的，那我就走。鸿瑞兄，保重。"

山本躬身退出办公室。秦鸿瑞心情有些烦闷，点了一支烟，陷入沉思。

秦鸿瑞方执一的邮局别动队解散之后，化整为零，白天该上班的上班，仍是一名规规矩矩的邮局职工，夜晚便潜伏到上海的各个角落，对日本人和汉奸实施暗杀。多次成功的暗杀令日本人和汉奸吓破苦胆，同时也恨之入骨。

抗日开始，秦鸿瑞方执一哥俩曾因对共产党态度不同而引起的矛盾迎刃而解，党派之争，终是自家里的事，现在哥俩一心抗日，同仇敌忾，里应外合，配合得非常默契，而申亭山与朱啸虎却因抗日态度不同走向了最终决裂。

当初日本人利诱申亭山未果，朱啸虎却动了心，哥俩起了好一番争执。后国军撤退，日本人进驻上海，申亭山劝朱啸虎和自己一起离开上海去往香港，别做亡国奴，受东洋人欺负。朱啸虎却反唇相讥，说东洋人有什么不好，只要对我们有好处。俗话说，物离乡贵，人离乡贱，我只巴望你不要有朝一日懊悔起来，热脸贴了冷屁股。

几十年的生死兄弟自此决裂，申亭山去了香港，朱啸虎留在上海，在日本人授意下，四处为日本人搜刮所需物资，为虎作伥，生意越做越大，虽不曾做汉奸官，却实实在在发了汉奸财。所以，在吴坤的授意下，也被列入了秦鸿瑞方执一锄奸队的黑名单。朱啸虎自知危险，成天躲在屋里不敢出门，还请了一二十个彪悍的小伙子做保镖，自以为可安枕无忧。没想到有一天保镖们高声吵闹，朱啸虎"妈拉个巴子"地乱骂，以为保镖们会乖乖缴械退下，没想到一个保镖竟掏出枪来向他开火，高喊着："朱啸虎，你这大汉奸！老子送你上西天！"原来，这保镖是在秦鸿瑞的安排下进驻朱啸虎家，伺机锄奸。远在香港的申亭山听此消息，悲伤不已，却也无可奈何。当了汉奸，便是人人得而诛之。

别动队的成员神出鬼没，四处破坏敌人设施，炸仓库，烧栈房，即便是戒备森严的日本军舰，也敢摸上去破坏爆炸。运输舰"庐山丸"在杨树浦造船厂修理，刚刚修好，便被一把火烧了。日本人与汉奸更是各种稀奇古怪的死法……东洋人终于发现，他们激战整三个月，将上海占领之后，反而是作茧自缚，把无数日本军民送入死亡的深渊。

看着哥哥秦鸿瑞领导的别动队成员如此英勇，忠肝义胆，秦鸿宇无比欣慰。为配合抗日，上海邮局职工在中共地下党的领导下成立了护邮促进会，秦鸿宇是主要负责人。护邮促进会发动了多次反对日伪接管邮政，拒绝悬挂伪政权旗的斗争，并发动邮局职工,秘密邮寄抗日传单和抗战报刊,使这一股抗日的热情始终激荡在上海市民之间,不曾消退。邮务工会也属于总工会领导之下,秦鸿宇时不常地要来向秦鸿瑞汇报工作。但是他的身份始终没有向哥哥透露,这是组织的规定。兄弟俩一同抗日,身份却是一明一暗。

锄奸、通讯社、护邮斗争……几条线,无数大事,都在这间办公室进行,秦鸿瑞运筹于帷幄。可如今山本竟然踅摸到大本营了,这是一个不良信号。秦鸿瑞决定立即转移办公地点,今后,主要会议的召开地点必须一会一换。

5．诱捕

秦鸿瑞穿了一身挺拔的西服,黎黛珊穿了考究的旗袍,两人站在国际大饭店的门口,宛如一对富足优渥的新婚夫妇,郎才女貌,一对璧人。

前些时日,秦鸿瑞收到一封邮件说,尼克已来到上海,欲看看上海的工会情况,并请秦鸿瑞带他游览一下传说中的十里洋场。邮件直接寄到了上海市总工会,也是尼克的笔迹,秦鸿瑞大喜。立即回复,约定见面的时间地点。为谨慎起见,没有约在尼克的住所,也没有约在上海市总工会办公室,而是在国际大饭店门口碰面。

这是大英租界,又是华灯初上,人来人往,应是安全无虞。秦鸿瑞心里还是有几分莫名的紧张。正在犹疑之际,蓦然看见尼克那熟悉的身影,就站在人群里,秦鸿瑞心里一阵释然,俩人快步走上前去,秦鸿瑞冲着尼克一拍肩,亲热地招呼道:"嗨!尼克……"说时迟那时快,几个大汉从四周蹿了出来,饿虎扑食一般,瞬间将秦鸿瑞和黎黛珊双手反剪，动弹不得。尼克转过身来，秦鸿瑞定睛一看，哪里是什么尼克！不过是一个身高体型发色与尼克相仿的老外。

"哈哈，鸿瑞兄，黛珊小姐，我们又见面了！"山本像是戏剧里的主角，拍着掌，打着哈哈，闪亮登场了。原来是山本！怪不得那么熟悉尼克的形象，也那么熟悉尼克的语气！到底是上了当！

这里是大英租界，有不少英国宪兵在巡逻，秦鸿瑞立即用英文大叫："救命救命！有人绑架！"英国巡捕一听有人绑架，立即跑过来干涉。

山本却拿出缉拿许可证，原来他竟然是代表七十六号。英国巡捕一看，不敢干涉，乖乖回到原位。

秦鸿瑞中了计，冷哼道："山本，原来，你竟然到了七十六号这种地方！"

山本笑眯眯地答道："是啊，我若不申请调到这种好地方，又怎么请得动你鸿瑞兄和黛珊小姐呢！哈哈。"

"山本，我跟你走，是男人你把黛珊放了，这不关女人的事。我们男人之间，有话好商量，怎么样？"秦鸿瑞温言细语的，还想与山本讲讲斤头。

"不不不，黛珊小姐是我心中的中国女神，我要把黛珊小姐带回去好好聊聊中国文化。"山本仍是那副好整以暇的模样，不急不气、笑容可掬，一扭头，"带走！"

众目睽睽之下，两人被塞进车里，绝尘而去。

极司菲尔路七十六号，便是臭名昭著的特务机构！

辣椒水、老虎凳、雪里红（雪中拷打，鲜血四溅）……种种招法使尽。山本坐在审讯室里，看着已被打得皮开肉绽、奄奄一息的秦鸿瑞,啧啧摇头惋惜道:"鸿瑞兄,何苦呢?让你乖乖与皇军合作,成就你英雄梦想、光辉伟业,你偏是不肯,还四处派人暗杀我皇军和友好人士,四处搞破坏。非要让我请你到这种地方。现在,来都来了,你就好好配合一下,把你团伙里的主要分子名单告诉我,也就万事大吉。何苦那么犟,非要受这皮肉之苦呢?"

"山本,在日内瓦,你口口声声说爱中国,原来,你爱中国的方式竟然是在侵略它!欺负它!当真是让人大跌眼镜啊。可惜你呀,空自一副好皮囊,确实像是个君子,谁知道你这个君子前面呢,却还要加上一个'伪'字。虚伪的伪。"秦鸿瑞虽上气不接下气,却仍面露微笑,语气里却是藏不住的鄙夷。

"没错,我当然爱中国,广袤的土地,灿烂的文化,怎么不爱?所以,我们才不想要做寄居者,我们想要整个地拥有中国,做它的主人!这份强烈的情感,你不能明白吗?这才是最极致的爱!就和爱一个美人儿是一个道理。爱她,难道不想拥有她吗?"山本振振有词。

"不属于你的美人儿,你非要拥有,就是土匪、强盗、恶魔。想想你自己的母亲,你自己的姐妹,你愿意让她们被人践踏、欺辱、蹂躏吗?将心比心,不是吗?"秦鸿瑞还在对山本苦苦相劝。

"对不起,兄弟我没有姐妹,也不知自己的母亲是谁,不过,据说她就是一个天天被男人玩弄的美人儿。那又怎样?哦,对了,提到美人儿,我得去会会黛珊小姐了。鸿瑞兄,你再好好想想。我们七十六号的三十八套游戏,你才只玩了几套,你要是再不合作,就等着这三十八套游戏都在你身上一一招呼吧!很好玩的!当然啰,希望你的身体能撑到玩完的那一天。哈哈。"

"山本,你别急,有话好商量。"听到提到黎黛珊,秦鸿瑞有点急了,却又不敢让山本看出来,情急之下说,"山本,整件事情和黛珊没有半点关系,她一个女人,只是我的英文秘书,政治的事情,她都是不懂的。抓了她,一点用都没有,反而显得你们无能,何必呢?是吧?把黛珊放了,我留在这里慢慢陪你,如何?"

"你陪我,当然好,只要你说出该说的话,我一定会放了你们。放心!我不会舍得对美人儿动刑,美人是要用来爱的……"山本说着,优雅地走出审讯室。秦鸿瑞恨不能一脚踹到他那张笑脸上,把那副伪善的笑容踢得稀巴烂。

山本洋洋得意地哼着小曲,转弯来到另一间审讯室。咣当,门开了。这间审讯室可不是一般的审讯室,床铺被褥,一应俱全,就像一间高级旅馆的客房。

黎黛珊正坐在床上,见山本进来,立即起身站立,冷冷地瞪着山本。

"黛珊小姐,昨晚休息得好吗?被褥够不够暖和?我让人给你煲了猪脚汤,放了枸杞和红枣,你喝了吗?这对女人可是美容的。这几日,黛珊小姐有一些憔悴呀,真让人心疼。"山本嘘寒问暖的,就像是一个好心的老朋友。

黎黛珊不知如何应对这份"关心",她没有心情再去与山本虚与委蛇,只得生硬地问道:"秦鸿瑞呢?在哪儿?我想见他一面!"

"黛珊小姐,一见面你就提到另一个男人,这多让我伤心哪?黛珊小姐,你在我心中一直是中国美人儿的典范,好不容易有个机会与黛珊小姐独处,我只想和你聊聊中国的文化、中国的审美……"山本走到黎黛珊跟前,一脸的仰慕。

"哼!什么文化,什么审美!现在还说这些,不觉得恶心吗?"黛珊嫌恶地把脸别开。

山本也不以为忤,依然笑容可掬地说:"这样吧,黛珊小姐既然没有聊天的兴趣,我就带你去开开眼界,让你欣赏一下我们大和民族的审美杰作。你或许会有兴趣的。"

黎黛珊在山本的半押半扶之下,来到一间密室。密室很幽暗,就像电影院里那种暗黑,从光亮的地方猛然到了这里,一下子感觉像盲人一般,什么都看不见。数秒之后,黎黛珊的眼睛渐渐适应了黑暗,才看见密室角落的墙上有一盏小灯,昏暗的灯光照着一个小角落,宛如话剧舞台上追光的特效,光影里躺着一个女人,长发垂下来,半遮住面孔,年轻的身体是赤裸的,却绑着几条绳索,这几条绳索正好勾勒出女人身体的曲线,胸部和私处更加被彰显。

黎黛珊倒吸了一口冷气。

"怎么样?你看,这光,这身体的色泽,这曲线,是不是很美?"黎黛珊扭头一看,只见山本微笑着望着女囚,竟是一脸的玩味和陶醉,就似在观赏一幅名画,或是欣赏一场高水准的演出,那样的沉迷与倾心。这表情把黎黛珊惊到了!初识山本,她感觉是一个谦谦君子,后来,她确认在君子前面,还需加一个"伪"字,现在才知,山本不仅是个伪君子,还是一个变态狂!

"你看她,多么寂寞,可怜的小女人,我去安慰安慰她……"山本啧啧摇头,手上拿了两个小钳子走过去,一边一个,夹住了女人的胸部,一通电,"啊!"女人被电醒,身体颤抖起来,夹带着痛苦的呻吟。山本退回来,欣赏着女人扭曲的身躯,得意地对黎黛珊说:"怎么样?这就是你们中国成语里所说的——梨花带雨。最是娇羞,柔弱,惹人疼。"

"山本,你把人抓进这魔窟,要杀要剐也便罢了,你使这样的手段,不是太卑鄙吗?你还是人吗?"同为女人,黎黛珊把脸侧开,不忍再看。

"你别看她可怜,她可是凭借自己美色,半夜摸进被窝,杀了我几名皇军!厉害得很呢!你看,我没打她,也没用刑,看她一身皮肉好好的,她色诱我皇军,我只是让她领会到做女人的极致的快感!我这是怜香惜玉,哪里卑鄙了?"山本兀自微笑着,走过去解下小钳子,女人一下子瘫软匍匐在地上。看到这抗日女英雄被这般凌辱,黎黛珊不忍地闭上眼睛。

"好了,黛珊小姐,对于我们大和民族的别致审美,你还有些不太适应。不要紧,这才是刚刚开始,你看到的,只是序曲。我这里,美女多得很,审美手段也多种多样,慢慢地,你会看到!"

黎黛珊转过脸来,冷冷地睥睨这山本,这清如水、寒如冰的目光令山本宛如堕入冰窖,不由激灵灵打了个寒战。

"当然,黛珊小姐,对你,我可舍不得。"山本把黛珊带出审讯室,一边走一边说,"黛珊小姐不知,几年前我在日内瓦第一次见到你,就惊为天人!仿佛洛神、嫦娥、貂蝉、西施……全都从古书里走出,全都复活了!你怎么可以把所有的中国古书里所描述的美全都占尽呢?第一次见你,我激动到颤抖!真的。刚开始我接近秦鸿瑞,主要就是为了见到你,你坐在那里,哪怕不说话,一举手一投足,也是让我心醉神驰……"光听他说话,就像是一个痴情少年。黎黛珊简直无法克制自己的讶异,还有恶心。黎黛珊定定神,哑声说道:"山本,我只想问你,现在,你把我们抓到这里,到底想怎么样?"

"黛珊小姐,我有一个提议,你把你所知的抗日分子的名单给我,我保证对你分毫不犯,而且,也会放了你的秦鸿瑞。"

"我根本就不知道所谓的名单!那些事,我都从来没有直接参加过!我只是秦鸿瑞的英文秘书!"

"你非要这样说,就不太好了。那就不要怪,我对不起老朋友了。"

"你想怎样?"

"别急！我那些美人图，会让黛珊小姐一一见识的，如果黛珊小姐有兴趣，也可以亲自试一试……"

"山本，你真是可怜，可怜……"黎黛珊摇头轻叹。

"可怜?！我……我怎么可怜了?"山本一怔。万没料到，已是囊中玩物的黎黛珊竟会说他可怜！黎黛珊不再答言，只是用一种怜悯又嫌恶的眼神看着他，就像看着一个神志混乱癫狂的疯子，或是一头落进铁笼负隅顽抗的困兽，看得山本一激灵，浑身的不自在。

"黛珊小姐，你的房间到了，你好好休息，不急。想通了你随时可以告诉我，你要是不告诉我，我会再来请你欣赏美人图的，再会。"山本仍是彬彬有礼地一鞠躬，退身出去。

6．山本

诱捕了秦、黎二人，是山本到七十六号后第一桩大功劳。

山本从生下来就没见过妈妈。有人说他妈妈是一个日本艺伎，生下他就害病死了，有人说他妈妈与人私奔，撇下他不管，也有人说他父亲甩了他的妈妈，一意要到中国当浪子……从没有一个版本得到过父亲证实。山本从小随父亲在东北生活，父亲是个日本浪人，整日价和一帮人吃喝玩乐，游山玩水，品书赏画，也不见干什么正经营生，日子却总是过得不错。山本喜欢中国，学得一口字正腔圆的中国话，外表看上去与一般中国孩子并无二致。小学之后山本随父到了上海，这个花花世界一下子迷住了山本。仿佛一切中国的美都荟萃于此。他醉心于中国的古典文化，醉心于京剧咿咿呀呀的唱腔，醉心于月份牌上的中国美人……山本的父亲一脸络腮胡，身形魁梧，孔武有力，山本却出落得清俊文秀，书生气十足,有人说活似他那个当日本艺伎的妈。直到他成人礼那天,父亲把他领进一间小黑屋,正色告诉他自己的身份,肩负的责任、使命,他才知父亲到中国,是来做什么的。原来,父亲是受日本天皇军方委派,驻扎到中国,深入到中国的肌理,搜集情报,为下一步"伟业"做急先锋。"不要忘了,你身上流淌着大和民族武士的血,为国效力,死而后已。这个使命,要继续落在你的肩上。"山本哭了,心里老大不愿意。然而,别无选择。

父亲把山本带回日本,接受了一系列间谍训练。有一次父亲带他看士兵演练,高高的悬崖上,站了一整排士兵,下面是茫茫大海,长官喝令士兵:"跳下去!"打头的士兵毫不犹豫,一头跳下悬崖,立即被滚滚海水淹没。"爸爸,他会死的!"山本惊呼。"是的!""那他为什么要跳?""这是命令!"说话间,第二个士兵又迎上前来。"跳下去!"第二个士兵又毫不犹豫一头跳下……山本看得惊心动魄,又不明所以。父亲说,旁边站了中国的高级官员,这样做,是在展示日本的实力,威慑他们,牺牲几个士兵不算什么,这是要他们明白,大和民族是全世界最优秀的民族,大和士兵是全世界最英勇的士兵,军人以服从命令为天职,叫你死,不问理由,毫不犹豫!"所以,我大日本虽地小人寡,却是战无不胜的!"

"你看,"父亲指着那几个穿官服的中国官员,"他们已经吓得瑟瑟发抖了。"

山本看着这一幕,再也不觉残忍,更不觉害怕,一种民族自豪感荣誉感油然而生,那一刻,他终于体会到,自己身上汩汩流淌着日本武士的血,无论在中国待了多久,他骨子里永远是日本人。

山本去了日内瓦,参加劳工大会,因为中国工人阶级已然成为每一个野心家所必争夺的对象。接近秦鸿瑞,是他的任务。最好的办法是,结为好友,和平演变。然而无论他如何努力,秦鸿瑞始终保持着警惕,若即若离。当山本去秦鸿瑞的办公室"洽商"被秦鸿瑞拒绝之后,他知道自己该改换方式了。

调到七十六号,就为诱捕秦鸿瑞。既然秦鸿瑞不肯合作,那就应该除掉。他手下的邮工四处捣乱,暗杀皇军和对日友好人士,危害性太大。不小心捕到了黎黛珊,这倒是意外之喜。第一次见黎黛珊,山本便惊为天人。漂亮时髦妖娆性感甚至清纯……这些,山本都见多了。黎黛珊却是一种中国古典美。山本想,如果西施貂蝉复活,应该就是黎黛珊这个样子。对于女人,山本的情愫很复杂。他从小没有妈妈,对女性充满渴望,但同时又有一种厌恶,就像有的孩子从小没吃过肉,对肉充满渴望,可一吃又要吐——因为不适应。他喜欢女人,可他不知道该怎样爱女人,他只会做爱。确切地说,也不是做爱,而是糟蹋、蹂躏、虐待。只有那样,他才有满足感。日本是个性开放的国家,很多女人一个个看似清纯,实则淫荡。看到清俊文秀的山本,一个个急不可耐的,山本经常觉得自己被她们吞噬了。甚至有时他故意去折磨她们,她们表面痛苦呻吟,山本却能看出她们其实是在享受,也就索然无味。在七十六号,对这些妖媚美貌的抗日女英雄,山本倒是适得其所,随心所欲,为所欲为,而她们的挣扎是真实的,痛苦是真实的,屈辱也是真实的,山本甚至都不用直接做什么,只看着她们伤痕累累,蠕动挣扎,就能获得奇异的满足。对黎黛珊,他暂时还不会这样做,黎黛珊是他唯一不愿也不敢侵犯的对象。很奇妙的,他甚至会有娶她回家的想法。山本心酸地想,拥有了黎黛珊,也许他就会爱了。他不急,对黎黛珊,他愿意慢慢熬。

至于秦鸿瑞,能供出抗日名单最好,不供出,且先让他三十八式——受足,然后再让他归天。

山本的如意算盘刚打了不到两天,这天一早,他刚到七十六号,便接到周佛海的秘书亲自送来的一张便条:秦鸿瑞黎黛珊性命保全,并予优待。山本看得火冒,说:"秦鸿瑞这样的重要人物,对皇军造成如此重大威胁,居然要给予优待!我们的工作还要不要做?"对日本人,周佛海秘书不敢逞强,点头哈腰地解释说,远在香港的申亭山托了要人带了重礼面见周佛海,要他对秦鸿瑞予以优待。"你是不知道,那人对周先生可是不客气了,要他识相,落槛一点,要不势必会影响到将来的见面之情。你知道申亭山人虽不在上海,势力在这上海滩上仍是无孔不入,得罪不起呀!""周佛海这就怕了?宁可不要上海抗日分子名单,也不敢不卖申亭山这个面子?"山本冷哼。秘书只是一味赔笑,并不申辩。山本深知周佛海这老狐狸已打定了主意。山本虽是日本人,可周佛海毕竟在七十六号是老大,再是不忿,山本也不得不暂停对秦鸿瑞的用刑。

随即,山本因一桩要紧事体被派往江苏,抓了两个抗日分子回到上海,刚一进七十六号,他立即查看秦鸿瑞黎黛珊状况,却见牢房内空空如也,有人竟然趁他调离期间,把秦、黎二人迅速转移到了四马路的总巡捕房收押!这一下子,七十六号失去了对二人的控制,气得山本七窍生烟,感觉自己中了计。

到底是谁这般神通广大,竟然能随意把七十六号的重犯挪走?申亭山绝对没有这般本事。山本找到钱啸邨多方打听,原来是吴坤插手,把人弄走,而总巡捕房的督察长刘绍奎,便是直接归吴坤指挥。钱啸邨还将抄送的吴坤信件给山本看,上面写道:

　　吾人对上海各种工友,应加紧运动,密切联系,以致敌伪之死命。弟意应即组织一上海职工运动委员会,请兄等联络在沪同志,从速进行。

山本一看,气得吐血。这吴坤本就与申亭山一个鼻孔出气,如今把人弄到他的手下,"同志之间"自然是要大加优待。搞不好神不知鬼不觉把人弄跑了也是难说。

这七十六号虽说是周佛海当家,可毕竟山本背后有日本人撑腰,山本直追到了周佛海家里,周佛海抱病不见,山本便一直在客厅候着,直到周佛海无奈,出门待客。山本痛陈利害:吴坤此举,意在借巡捕房做个跳板,相机帮助秦鸿瑞逃脱,秦鸿瑞跑了巡捕房不要紧,放走了抗日要犯这个罪名,七十六号谁来承担?皇军怪罪下来,周佛海的脑袋是要还是不要?周佛海陷入两难,答应仔细考虑。

第二天,钱啸邨带来一个惊天的消息,方执一吴坤等人积极活动,已然买通相关人等,准备把秦鸿瑞黎黛珊秘密送往香港,时间就在今晚七点!

山本心急如焚,连忙找到日本海军最高司令长官,拿到"圣谕"——秦鸿瑞此人关系重大,切不可放出去兴风作浪——责令周佛海尽快把人带回七十六号。

这边,方执一带人赶到总巡捕房,刚刚替秦鸿瑞黎黛珊解除手铐,正准备逃脱,却见山本带着一众人马从天而降,后面竟然跟着周佛海。周佛海见此情景,勃然大怒,说:"秦鸿瑞,你都做了什么事你自己明白!七十六号的大门进去容易,出来难!放了你,那是绝无可能!我卖了申先生的面子,转移你到四马路,是免你受皮肉之苦,不是要放你走!你是山本先生亲自要的人,你要是走了,我周佛海怎么向皇军交代?既然你不识抬举,不好意思,还是请你们继续回七十六号,申先生那里,我也交代得过去了!"

山本在旁不住抱臂冷笑。周佛海手一挥,方执一等人眼睁睁看着秦鸿瑞黎黛珊再度落入山本手中,被带回七十六号,而这一次回去,再想救出可就千难万难了!方执一跌足大恨,却是无计可施。

山本一行人押着二人走在回去的路上,山本说:"鸿瑞兄,你嫌弟哪里做得不好,你就明说,何苦要这样做呢?让兄弟多没有面子,是吧?黛珊小姐,在下对你的一片痴心,那可是明月可鉴。你就算不接受,也不能这样不辞而别呀?"

秦鸿瑞笑了,说:"山本,我真的很佩服你。我在想,究竟是什么样的狗男女,才生得出你这样变态、恶心、扭曲的怪胎。日本犯我中华,你我是天然的敌人,这不怪你我,但是,你可不可以收起你那副谦谦君子的伪善面具,都这时候了,你还有必要这样低声下气吗?不觉得羞耻吗?"

山本咯咯笑了,说:"我就是喜欢你这样的聪明人。鸿瑞兄,你真是有趣。"

秦鸿瑞与黎黛珊对视一眼,山本这种人,实在是匪夷所思。两人不再答言,两只手紧紧握在一起。自知这一回去,便是插翅难飞了。山本跟着周佛海走到了前面,商谋下一步计划。秦鸿瑞与黎黛珊在身后慢慢走,这一晚,有很好的月亮,月光照在路面上,竟有一种幽谧寂静之美。黎黛珊心里涌起一阵酸楚的柔情,想,这也许是自己这辈子最后一次见到这月光了。

秦鸿瑞说:"对不起,黛珊,都是我连累了你。这一次进去,我们恐怕再也出不来了。"黎黛珊微笑着说:"这没什么,现在是战争时期,每一天都有人要流血牺牲,这很正常,轮到我们,也没什么稀奇。只遗憾……可能看不到胜利的那一天了……"

一股热血上涌,秦鸿瑞说:"黛珊,死,我不怕,为了国家民族,我们可以牺牲。有一句话在我心里想了千百遍,不问出来就去赴死,我心有不甘。"黎黛珊一双妙目飘过来,望着秦鸿瑞,眼神里带着理解。秦鸿瑞说:"我就想问一句,这么些年,你对我有没有过哪怕一丝情意?你,有没有喜欢过我?"黎黛珊一怔,没想到生死关头,秦鸿瑞问的居然是这个!不过,也是,此时不问,又更待何时呢?看着秦鸿瑞,月光下,他的脸涨红着,眼睛里闪烁着明亮的光芒,像一个激动又莽撞的孩子。这一双眼睛,是的,从第一次见面开始,就入住心里,从未稍离。喜欢吗?当然,其实,早就喜欢了,一直都喜欢着,可不是吗?

黎黛珊捏了捏秦鸿瑞的手,柔声说:"这么多年,你我之间,一直隔着这个那个,哪怕是到了国外,那些人也横亘在我们之间,我俩从未自由,从未贴近过。可这一刻,我觉得,这个那个全都消失了,世界上只有我们两个人,孤零零的只余下我们两个。我觉得,从来没有靠你这么近过,再没有干扰,没有隔阂,真美,真好。"秦鸿瑞心里滚过一阵惊雷,明白了黎黛珊的心意。这一刻,看着黛珊的脸,在月光下那样苍白,那样柔弱,却又那样的圣洁、美丽!秦鸿瑞心里感到一阵痛惜,说:"黛珊,我明白了。我死而无憾!"黎黛珊说:"傻孩子,不要轻易说死,不到最后关头,绝不要轻言放弃。看,今晚的月色多美。我们就享受这一刻,不好吗?"秦鸿瑞笑了,说:"好,真美!真好!有你相伴,真好,每分每秒,我都是最幸福最幸运的人!黛珊,如果有来生,我不会再受世俗的束缚和阻挠,我一定要娶你!"

两人说明了心意,相视一笑,不再恐惧,不再担忧,手牵着手,闲庭信步,把这条走向七十六号的地狱之路,走成了浪漫山道,走了个荡气回肠。

正在此时,突然一阵嘈杂,枪声啪啪响起,队伍乱了起来,只见无数人马从四面八方冲了过来,冲散了押解的队伍。秦鸿瑞一阵惊愕,难道是遇到了土匪?还是申亭山敢冒天下之大不韪,公然与日本人对抗？却见来者人数众多，又训练有素，竟像是出自正规军队，难道是吴坤手下？正自惊愕间，却见数人冲到自己面前，为首的低声说道："我们是王云三同志派来救你们的！快走！"

队伍突然受袭，慌乱之下，山本手忙脚乱指挥应战，却无奈对方人数众多又训练有素，一会儿工夫，便眼睁睁看着一伙人带着秦、黎二人，消失在夜色当中。

瞬息之间，安静下来，只余下一片狼藉。山本大感茫然。是谁来劫持了秦鸿瑞？吴坤和申亭山，显然都不敢和皇军公然作对，竟敢在七十六号手里抢人。那么，难道……竟是共产党？怎么，秦鸿瑞竟然会和共产党也扯上了联系？！

一个秦鸿瑞被捕，竟然惊动帮会、国民党、共产党纷纷前来营救，这个秦鸿瑞，当真是处于漩涡中心的人物呢！山本深深懊恼，没有早一点结果了他。

悔之晚矣。

7．逼婚

母亲大人：

多日未见，未知姆妈可安好？甚是惦念。

儿有一事需向母亲大人禀报，关于儿的婚事，儿遵母命与罗锦琇订婚，但儿与罗锦琇没有共同语言，精神世界相差甚远，勉强成婚对双方都是磨折。儿恳请母亲应允，与罗锦琇解除婚约。罗锦琇是个好姑娘，儿深知母亲多年来一直得罗锦琇照顾，儿愿认罗锦琇为亲妹妹，今后为她再觅得一处好人家，保证她一生的幸福。

儿现已有一个心上人，叫黎黛珊，也是一个好姑娘，多年来与儿一同工作,对儿帮助甚大。儿已决意与黎黛珊成婚,共度一生。成婚之后,可接姆妈来上海居住,万望姆妈应允。

近日儿将携黎黛珊回枫泾探母。

祝母亲大人

身体安康

儿:鸿瑞　叩

一字一字写完,秦鸿瑞长长地舒出一口气,把信纸仔细地折叠好,塞进信封。

和这个时代大多数的知识分子一样,哪怕是接受过高等教育,甚至海外求学,西装革履,戴着代表先进文化的眼镜,满嘴里蹦着洋文,在报纸杂志上大篇幅发表着新思潮新言论,成为时代的导师,然而,在婚姻问题上,却仍是逃不过父母之命媒妁之言那一套。所谓的伦理、道德仍是这代知识分子逃不掉的枷锁,一个"孝"字大于天。就连新文化运动的先驱胡适先生也不得不遵从母命娶了小脚媳妇江冬秀,秦鸿瑞能奈其何?

这些年来,秦鸿瑞在姆妈的"逼迫"下订婚,罗锦琇早早就以儿媳妇的身份入住秦家,名正言顺照顾婆母。几年以来,秦鸿瑞以千般借口不愿回枫泾,不愿面对那份难堪。可是如今,与黎黛珊历经了这生死一劫,秦鸿瑞才深深体悟到,自己和黎黛珊已是生死相依,不可分离。为何非要守着这一纸并没有实际意义的婚约而苦苦煎熬呢?秦鸿瑞决心逃离枷锁,去追求自己的幸福。

秦鸿瑞走出门去,找到转角处一个邮筒,郑重地把信投进邮筒。仿佛卸下了千斤重担,秦鸿瑞长吁了一口气,想起二人在生死一瞬的约定——来生,一定要娶她!信投进邮筒,便是与前世告别。

过去种种譬如昨日死。

秦鸿瑞信步走在街上,感觉自己脱胎换骨,清新飘逸,仿佛有一个新的自我从旧我里飞出。

事情一经决定,便急不可耐。第二天一早,秦鸿瑞拽着黎黛珊,便登上了去往枫泾的客车。他等不及写信回信那一套,他要和姆妈,和罗锦琇当面鼓对鼓锣对锣地说清楚,要让姆妈看看黎黛珊是多么好的一个姑娘,要让罗锦琇抛弃幻想,另谋出路。

一路上,清风徐来,景致怡人,黎黛珊的头靠在秦鸿瑞肩上,心中荡漾起甜蜜的柔情。两人的十指相扣,就像要扣住当下,扣住幸福,扣住未来。美好的日子刚刚开启,未来,还有大段大段的日子,准备迎接他们,不是吗?

走进小镇,见到熟悉的拱桥,乌黑的飞檐,潺潺的流水,秦鸿瑞竟有恍如隔世之感。已是多久没有回枫泾了?黎黛珊有些紧张,不知如何面对秦母和……罗锦琇。秦鸿瑞安慰她道,没事,有我呢。放心吧,这一关一定要过,过了,一切都好了。

刚踏上通往家的那条青石板路,却见邻居阿二慌慌张张地跑过来,一头撞上秦鸿瑞,阿二惊呼:"鸿瑞哥,你这么快就赶回来了?快回去吧,大家都在等着你呢!"

"什么意思?"秦鸿瑞一头雾水,"大家怎么知道我要回来?"

"你不是接到通知特意赶回来的吗?"阿二也蒙了。原来,清早秦母便晕倒在家门口,被救起后直到中午时分才悠悠醒转,但身体仍十分虚弱,半边身子瘫痪,恐是大事不妙。罗锦琇派了人专程到上海去给秦鸿瑞兄弟俩带个口信,只是没想到秦鸿瑞这么快就赶到了……

秦鸿瑞一听,脑子里一阵发蒙,半天回不过神来。愣怔半晌,像是才听懂阿二的意思,一颗心悠悠地坠入谷底。拖起黎黛珊就往家里跑。

到得家中,屋里已挤满了人,罗锦琇的父母及众乡亲都候在屋里,一个个神色哀戚。但见秦母,奄奄一息地躺在床上,半边身体已不能动弹,意识也有些模糊。罗锦琇正在给秦母捏着手脚,眼睛已哭得红肿。

医生走过来,沉重地摇摇头,轻声地说:"情况不好,恐怕……撑不了几天了……"

秦鸿瑞一听,五雷轰顶,疾步走过去,跪在床边,握住姆妈的手,轻声唤道:"姆妈,姆妈,我是鸿瑞,你快睁开眼睛看看我……"

连唤数声,秦母方艰难地将眼睛睁开一条缝,认出鸿瑞,嘴唇嚅动着,声音却含混不清。秦鸿瑞把耳朵凑到秦母唇边,依稀辨别出几个音:瑞……琇……琇……

罗锦琇早已立在床边,听到此话,立即俯身过来,唤道:"姆妈,姆妈,是我……"

秦母把仅能活动的右手颤巍巍地伸过去,罗锦琇赶紧握住,秦母拽着罗锦琇的手,艰难地示意着,与秦鸿瑞的手并合在一起,嘴唇嗫嚅着,拼出几个音:"……成……亲,马上,成……亲……"

秦鸿瑞心里一紧,转头去看罗锦琇,却正撞上罗锦琇那红肿的双眼,眼里充满哀怜,两人一愣,赶紧把眼光调开。罗父赶紧扑过来,大声说道:"好,成亲!明天,就请镇上乡亲们做证,正式给孩子成亲!"

"……好……"秦母艰难地点点头,脸上漾起一个满意的微笑,因为半边瘫痪的缘故,这笑容也只形成了一半,半边脸向上扬着,半边脸却一动不动,看起来极其诡异,极其凄凉。秦鸿瑞心中大恸,把秦母的手捂在脸上,挡住眼泪。

罗父转过身来,对着满屋的父老乡亲说:"乡亲们,鸿瑞和锦琇两个孩子已订婚多年,明天,我们就给两个孩子正式成亲,这是秦家姆妈一直以来的心愿!希望大家都来做个见证。让秦家姆妈……安心……"说到最后,罗父声音哽咽了,都知这算是秦家姆妈最后的遗愿,乡亲们也都噙着泪纷纷响应,好!好!

秦母欣慰而疲惫地闭上眼睛,秦鸿瑞立起身来,但觉浑身的力气尽失,竟似虚脱。

晃晃悠悠地走过来,却见黎黛珊怔怔地瞪大了眼睛,难以置信地望着他,泪水渐渐地涌上来,蒙住了她美丽的双眸。黎黛珊捂着嘴,转身冲出了屋外……

"黛珊,黛珊……"秦鸿瑞情急大叫。

"我去吧!"沈丹晨善解人意地冲秦鸿瑞点点头,转身也冲出屋外去寻黎黛珊。秦鸿宇夫妇刚刚赶到,正巧看到最后一幕。沈丹晨和秦鸿宇虽是假夫妻,但这个秘密连秦鸿瑞都不知,秦母更一直把沈丹晨当成了自己的儿媳妇。

乡亲们四下散去。只余罗锦琇一人伴在秦母身边,洗漱按摩,小心伺候。

秦鸿瑞兄弟俩也出得门来,站在屋檐底下,望着暮色中的拱桥,湍急的河水,也不说话,一人一支香烟,烟头一明一暗,烟雾袅袅娜娜地升腾开。

良久,秦鸿瑞才哑哑地开了口:"我们对姆妈,实在关心太少,总以为还有大把的光阴,有的是时间把姆妈接到上海,尽孝,谁知……唉!这突然就倒下……我们真是混蛋,不孝!"

"是啊,看姆妈虽然瘦弱,可精神还好,真没想到……姆妈这一倒下,恐怕……"秦鸿宇摇摇头,难过得说不下去。

"姆妈为了不拖累我们,回到乡下,总想着说日子安定下来,把姆妈接到上海去享享福,安度晚年,可这时局,日子总也安定不下来,枫泾乡下比大上海倒是还安全些。实在没想到,姆妈,恐怕却就要留在这里……"

兄弟俩你一言我一语,痛悔、悲伤、遗憾……车轱辘话翻来覆去地说。末了,秦鸿宇突然问到关键问题:"那么,哥,你准备怎么办?真和罗锦琇……成亲?"

秦鸿瑞一愣,锥心的问题终于来了。秦鸿瑞愣怔着,一时不知如何作答,脸色暗沉下来,仰天长长叹息。

秦鸿宇理解地看着兄长,秦鸿瑞的心意他如何不知?历经那生死一劫,他与黎黛珊的情感发生了质的改变,眼见是要冲破枷锁,不顾一切在一起。他带着黎黛珊回来,摆明是想要摊牌的。谁想姆妈病危,当着众乡亲的面,提出立即成亲的要求,这节骨眼上,岂能不顺从姆妈心意?还能再与姆妈争辩,惹姆妈伤心?

秦鸿宇再想到自己,如今徒自背着个婚姻的名分,仍是每晚分床而睡。小狸猫一直在纠缠,这是个敢爱敢恨的姑娘,情感炽热、浓烈,秦鸿宇虽时时处处躲着她,内心里却是被她强烈吸引。但是,他与沈丹晨的婚姻,为了不暴露身份,暂时还不能解除。虽说国共貌似合作抗日,可国民党有翻脸的先例,为保存实力,共产党仍然处于地下状态。他唯有盼到革命胜利的那一天。但,就算到了那一天,他与沈丹晨解除假婚姻,仍是不能与小狸猫结婚,因为她的父亲申亭山是共产党的敌人,这个历史事实谁也改变不了。当然,如今小狸猫早已和母亲一起,远赴香港与申先生团聚,生活中少了纠缠,却也少了情趣。看着兄长那痛不欲生的神情,秦鸿宇想,为何自己兄弟二人的婚姻都是被安排,一个被姆妈安排,一个被组织安排,说来说去,都由不得自己安排。这是一个咒语吗?

枫泾的夜,是静谧的。屋檐,拱桥,河边的垂柳,青石板路,都静卧在这一片暗夜之中。

一轮孤月,高悬在半空,洒下一片清辉。

8．成亲

罗锦琇穿了一身新婚的盛装,端坐于闺房之中。虽说婚事仓促,婚服却是早早就备下了的。婚服的样式,是她和秦家姆妈一起到裁缝店里,反反复复商定的,衣角上的绣片,都是她自己绣的。每当她轻轻抚摸那些精致的绣片,便想起在那些个潮湿的夜里,她如何一针一线地刺绣,和着心血,和着羞涩和甜蜜,也和着期望和憧憬。连新郎官的服饰也是早早就备下的。为了这一天,她和秦家姆妈一同准备了数年。不想,真正穿上了,却是在这样的一种情形之下。

"罗家阿姐！有你的信。"小邮差轻轻地敲窗。因为罗锦琇肩负着给镇上众多乡亲写信的重任,因而和小邮差混得很熟。罗锦琇起身开门,接过信,不忘了叮嘱一句:晚上来喝喜酒。"知道啦,祝贺新娘子阿姐！"小邮差笑嘻嘻地跑掉了。罗锦琇一看信封,是写给秦家姆妈的,一看字迹,就知道是谁写的。准又是请安问好那一套。这么多年,母子二人的信都是通过罗锦琇来传递。小邮差习惯性地便把信送到了自己这里。

罗锦琇抽出信纸,先闻闻那墨香,陶醉地闭上了眼睛。就像这许多年,每次收到信时一样。她天天在盼着他的信,尽管他的信从来不是写给她的,但,每次都是由她开启,读给秦母听,再由她执笔来写回信。许多叮嘱的话语,都是借着秦母的口,诉说自己的心声。这是一个乐此不疲的游戏。罗锦琇暗想,这恐怕是最后一次收到他的信了！今天以后,就将与他朝夕相处,共度此生……罗锦琇甜蜜地笑着,开始去读那信上的字,"母亲大人……儿恳请母亲应允,与罗锦琇解除婚约……儿现已有一个心上人,叫黎黛珊……"罗锦琇一愣,心脏狂跳起来,信纸从手里滑落,飘到地上,抹了胭脂的面颊和嘴唇也掩不住苍白,她瞪大了双目,空洞地瞪着前方,就像一个盲人,瞪着那暗黑的渺不可知的眼前和未来。

整个婚礼,罗锦琇都迷迷瞪瞪的,怎么被人领出门去,怎么去客厅里拜堂,怎么接受乡亲们的祝福……她都没有记忆也没有感觉,直到他们被领到秦家姆妈的床前,双双握住秦家姆妈颤巍巍的手,秦家姆妈微笑着,连声说:好……好……一阵锥心的悲痛袭来,罗锦琇把姆妈的手贴在自己脸上,辗转地呼号:"姆妈,哦,姆妈,姆妈……"秦家姆妈在罗锦琇的呼号声中,永远地闭上了眼睛。众人惊呼,哀声顿起,这时候,罗锦琇才和着众人,名正言顺地痛哭出声……

9. 抽刀断水

这座小镇,横跨吴越两地,依嘉禾之胸怀,挽苕城之臂弯。境内林木荫翳,庐舍鳞次,清流急湍,荷花遍植,委实是一个饶有诗意的所在。名字也很清雅——枫泾。

黎黛珊站在一座牌楼之下,一字一字读着牌楼两侧的对联:"清泾似练满城瑞气出芙蓉,万枫如丹一天秀色连吴越"。所谓吴跟越角(吴之脚跟,越之头角),便是此地了。是的,怎样的灵山秀水,才养育出秦鸿瑞这样一个奇才,才牵引出自己这一番剪不断理还乱的情缘、孽缘!黎黛珊涩然一笑。

是的,枫泾。早听某人描述过千百次。终于来到了此地。以一种飞翔的姿态,像鸟儿一样,张开双翼,无拘无束奔向幸福自由的姿态,欢欣雀跃地奔到了这里,天可怜见的,万没料到,竟是这番不堪的景象。

是的,在这座小镇,那栋小屋子里,某人做了新郎。想到这里,心脏深处猛地一缩,一阵锥心的疼痛袭来,几乎要站立不住。黎黛珊扶住牌楼,像一个病人一般,无助地喘息。良久,才跟跟跄跄地走开。

漫无目的地走在枫泾小镇的青石板路上,黎黛珊的步子凌乱、虚空,高一脚低一脚,像一个空心人。虽是小镇,街道两侧的商业竟是异常繁荣,一间一间的小铺面像花朵一样开放,老板的吆喝声此起彼落,各种吃食摆在街上,香气袅绕,一派喜庆的人间烟火气。

"小姐,小姐,进来坐一坐!金枫黄酒,罗家丁蹄!美味佳肴,保您满意!"老板殷勤地招呼着。

听到"罗家丁蹄"几个字,黎黛珊停住了脚,梦游一般地喃喃重复道:"罗家丁蹄?"

"对的对的!早上刚刚去罗家取来的,新鲜出炉。今天罗大小姐出阁,丁蹄一律打七折!来来来!里面有雅间!"

黎黛珊迷迷糊糊地,跟着老板进了店。也就是一家极普通的小店,门脸不大,倒还整洁。掀开门帘,竟是一个小小的阳台,悬空立在水面上。枫泾的民居大都傍水而建,借水而筑,所谓"床下流水尽困觉",就是这个意思了。坐在阳台上,脚下是潺潺的流水,前方是晴朗的天空,岸边的垂柳,艳粉的小花,构成了一幅绝美的画面。用自然的风光做景,清雅绝俗,空气甜润,不折不扣,当真是一个雅间。

黎黛珊在临水的小桌边坐下,不一会儿工夫,黄酒,丁蹄、豆腐干、状元糕等几个冷切盘摆上了桌。所谓丁蹄,并不是整只的猪蹄上桌,而是在复杂的卤煮程序之后,开蹄去骨,冷却成蹄冻,吃的时候一片一片切开,摆在盘中。半透明的暗红中,隐隐可见细如发丝的肉丝,宛如琥珀一般,晶莹剔透,色泽诱人。老板兀自推销道:"这丁蹄呀,就数罗家的好,紧实绵密,切开来,一片是一片的,别家的,一切就散架了!"

黎黛珊夹起一片丁蹄,放进口中,嫩滑的蹄冻在唇齿之间轻弹,极有韧性,咸、鲜、甜……各种滋味刺激着味蕾,香气逐次在唇间绽放,层次丰富,齿颊留香。所以,这就是传说中的丁蹄了,难怪是那人的最爱!黎黛珊一笑,几乎落下泪来。

倒了一杯黄酒,和着口中的芳香和甘苦一口咽了下去。酒的辛辣和着丁蹄的鲜香,直冲进胃囊,但觉胸腹间一股暖流升起,刺激得眼泪夺眶而出。好!这好!痛快!黎黛珊赞叹道,索性敞开来,一个人,大碗喝酒,大口吃肉,很是有江湖侠女之风范。没有人看见,大颗的眼泪也在纷飞。

不知不觉,一壶黄酒已是见了底,一盘丁蹄也所剩无几,黎黛珊高声叫道:"老板,添酒添菜!"

老板掀开帘子走出来,有些担心地说:"姑娘,你是外地人吧?可不敢喝醉了。"

"没有问题,再添一壶黄酒,一盘丁蹄。"黎黛珊掏出了几张大钞递给老板,说,"这个,不用找了!"

老板见到这么大面额的钞票,喜上眉梢,再也顾不得管她喝醉不喝醉,麻溜地,又上了一壶黄酒和一盘丁蹄。

枫泾这个地方,虽是个小镇,由于吴越交界,地势复杂,也是藏龙卧虎,各种奇人奇事不断。可一个大姑娘家,独自跑出来喝酒吃肉,到底也是透着些古怪。看在大额钞票的分上,老板不敢赶她走,却到底还是有些担忧,吃不准她的来头,到底要干什么?要是犯了事跑出来,在这里喝醉了,岂不是个麻烦。

老板偷偷地站在门帘后打量,却见这姑娘从包里掏出纸和笔,竟然开始写起字来。跑到饭馆来写字？这是个什么意思？老板更觉莫名其妙，只觉这姑娘漂亮是漂亮，可行为处事样样透着古怪。不过，写字总比喝酒好。不会醉。不会惹麻烦。

鸿瑞：

我在给你写信。

这是古老的枫泾，你的枫泾。我坐在水边悬挑的阳台上，远远地，可以看见对岸，你的屋子，进进出出，很是热闹。原谅我没有参与，热闹不是我的。就让我远远地看着，看着吧。

我在品着金枫的黄酒，就着远近闻名的罗家的丁蹄。我想起你眉毛飞舞，豪情满怀地朗诵《将进酒》：呼儿将出换美酒，与尔同销万古愁！哈，万古愁。此时，我的愁就是那悠悠万古愁，从唐诗到宋词，到今天，到此时，此刻。亘古未变。

一切都结束了。木已成舟，尘埃落定。所以，我唯一所能做的，便是，挥起慧剑，斩断情丝。我又不是婆婆妈妈的小女人，我不会一哭二闹三上吊，我拿得起放得下，不是吗？

可是，可是……抽刀断水水更流，借酒浇愁愁更愁。我的脚下，正是枫泾河的流水，它没有急湍，没有狂澜，它按部就班，不疾不徐，却固执强韧，一刻不停，自顾自向前，纵算我踊身入河，又挡得住它奔涌向前吗？

哦！我到底想说什么呢？我喝多了。酒未能浇平胸中的愁绪，却足以让我头昏。如果我胡言乱语，自相矛盾，前言不搭后语，你就当作疯子的醉话，酒话。

其实，这样，也好。我一直觉得，真正的爱总是无法成全，越是炽烈的爱便越是如此。世俗的婚姻里只容得下凡夫俗子的配对，只容得下柴米油盐的苟且，容不下两心相许的真爱。

如果有真爱,也会在婚姻的琐屑细碎里消失殆尽。你赞赏徐志摩,赞赏他为爱奋不顾身的勇气,可是,他娶了心心念念的陆小曼又如何?陆小曼爱买奢侈物品,在婚前,这是浪漫,在婚后,这是败家。最后,还不是为了去看林徽因的演讲而坠机身亡。真爱在哪里?美在哪里?

很多时候,女人向往婚姻,不过是向往着一个安全港,甚至向往着一张长期饭票,就像小鸡小鸭,一定要叽叽喳喳地簇拥在一起,抱团取暖。你看狮子老虎,这样更有力量的猛兽,总是高傲的,孤独的。我黎黛珊,还不屑于在一张婚姻的大旗下,苟活一世。这世间,有万千女人在向往着婚姻,也有人抱定主意,不婚。

但是,鸿瑞,我并不会远离你。我想说的是,世间的爱有很多种,男女情爱只是其中的一种,微不足道的一种。尤其我们现在这样的时代,山河破碎,国恨家仇,每天都有同胞在日本人的铁蹄下惨死,每天都有同胞在为拯救国家民族而流血牺牲,如果我们还只一味沉湎于男女的那一点情爱,这是可耻的。

鸿瑞,你身上肩负着神圣的使命,这是历史赋予你的,而我,会永远坚定地站在你身边,支持你,协助你,成就你,这是我的使命。这不是男女之间的小情小爱,这是人世间的大爱。某种意义上说,这是比婚姻更牢不可破的关系。总有一天,你会明白这一点。我们会为此感到骄傲。

最后,还是祝福你吧。罗锦琇是个好姑娘,希望她带给你世俗的温暖和幸福。希望她对你,是另一种成全。

天色渐渐暗了下来。暮色映红了天边,枫泾的黄昏,真美。让我记住这一刻吧。

青山依旧在,几度夕阳红。

保重。

黛珊

一个下午,黎黛珊一边喝酒,一边写字,直到暮色降临,方才止笔。黎黛珊仔细地叠好信纸,塞进信封,在信封上工工整整地写上"枫泾新街弄11号秦鸿瑞先生(亲启)"。

黎黛珊走出小店,摇摇晃晃地走上街去,找到了枫泾邮局,对着邮筒口,郑重地把信投了进去。随着信封滑落邮筒,黎黛珊的一颗心也随之滑落,一时之间,胸腔里空空荡荡的,竟不知去向何方。

次日黄昏,黎黛珊昏昏沉沉,走上了山。那里,有一座新冢。按照秦母的心愿,秦母与秦父合葬在了一起。她独自走来,凝望着墓碑上的字迹,儿:秦鸿瑞,儿媳:罗锦琇。是的,这是秦姆妈亲手挑选的儿媳。她的名字永远地镌刻在秦家的墓碑上。这就是事实。黎黛珊用手指在墓碑上一笔一笔填画着罗锦琇三个字,秦鸿瑞,罗锦琇……一阵山风袭来,呛人的清凉,黎黛珊剧烈地咳嗽起来。良久,她止住了咳嗽声,望着墓碑,笑了,笑得凄凉、无助、绝望……

她转过身,跌跌撞撞地走了,走入暗沉沉的夜色当中。

10．自杀

方念一仔细琢磨了种种死法。上吊?勒得舌头会伸出来,难看;跳楼?摔得血肉模糊的,更吓人;想来想去,方念一决定,切腕儿,鲜血流尽,面孔上是永恒的苍白……

秦鸿瑞回了一趟枫泾,带回一个土气的乡下姑娘。她不合时宜地梳着两条乌溜溜的大辫子，一双奇形怪状的脚在长裙下闪闪躲躲，显然是缠过小脚后又放开。仔细看，五官还算得上端正，甚至有点清秀，但神情畏畏缩缩的，一股没见过世面的小家子气。一口乡下土话，又费劲又难听。站在大上海这流光溢彩的宝地上，就像一颗未经开化的小土豆。可是，不服有何用？她已然是鸿瑞哥明媒正娶的媳妇！罗锦琇！这么多年，这个名字横亘在她和鸿瑞哥之间，这一股无形的压力，令他们不能走近。但她知道，鸿瑞哥不喜欢她。这么多年，他不愿娶她，甚至很少回枫泾。方念一总想着，总有一天，鸿瑞哥会和罗锦琇解除婚约，那时候，就会名正言顺地追求自己，或是被自己追求。

如今，鸿瑞哥领回了罗锦琇！一切的幻梦俱都破灭！种种期望俱都落空。方念一感到幻灭的绝望。

其实，这种无聊无趣感已经很久了。方念一越来越觉得生活没有一点意思。上海变得越来越不像是上海。日子虽还在过，开派对，唱歌，弹琴，跳舞……但是，一切都变了味儿。派对上，聊着聊着，总会聊到战争上去，聊着派别，聊着主义，聊着各自对各个主义的看法，方念一连对自己都谈不上有什么看法，怎么会懂得对哪个主义的看法？然而，因为看法不同，一伙人总会和另一伙人吵起来，然后，下一个聚会，总有一伙人不来了——他们成了死对头。更有甚者，再下一次聚会，就听说某某把某某给暗杀了……这个城市的魅力，在于根须末梢，那些有血有肉的肌理，有不问世事的天真、一蔬一菜的人间烟火气，还有唇膏与丝绸间的繁华，然而，主义把城市毁了。变了味儿的上海，变了味儿的派对，就像隔了夜的饭菜，饭是好饭，可是，馊了。

大家都越来越忙，连变味儿的聚会也越来越少，她整日读着西方的爱情小说，在这种百无聊赖中，秦鸿瑞——秦鸿瑞不过是一个载体,应该说,爱情本身越来越成为她无聊中的期盼,绝望中的希望。如今,她终于——万念俱灰。

方念一精心策划自己的死亡。她很久没有这样兴奋过了。她买了一款纯白色长裙,是永安百货的最新款,这花了她一大笔钱,平时会舍不得,但是,她都要死了,还有什么舍不得的?那款跟上镶有水钻的白色高跟鞋,也是心仪已久。她要把自己打扮成一个美丽的新娘子。

时间呢?方念一想,就定在自己生日这天。想到生日,方念一才意识到自己已经不小了,这么多年的岁月,就在一场又一场的派对里虚度过来。在对秦鸿瑞无助无望的痴恋里蹉跎过来,派对还是要有的。所有的人都必须参加。时间一到,待他们又开始聊起了主义,她就上楼,锁上房门,然后,躺在早已撒满玫瑰花瓣的床上,床单和枕头也是纯白的。要紧的是,还必须要有音乐,她要在音乐声中切开静脉血管,等待死亡。她的身上,会放有一封遗书,遗书上会写满她对秦鸿瑞的爱。每次想到,秦鸿瑞看到她的遗体和遗书,会如何地悲痛、伤心、后悔……就会卷起嘴角,微笑起来。小说里说,没有女人可以和死人争宠。在活人的记忆里,去世的人会在思念和憾恨的打磨中日臻完美,无人能敌。最后,她方念一终会大获全胜。成功地活在秦鸿瑞、活在每一个人心里。

方念一有点作秀。是的。足够年轻时,需要用各种方式吸引更多的人,得到更多的关注,更多的爱。所以,需要用各种方式作秀。但这一次,她准备投入的,是唯有一次的生命。

这就不仅是作秀了。

当冰冷的小刀贴到手腕儿时,方念一一凛,有一丝后悔或是害怕,她怕疼。刀很小巧,精致而锋利,握在手上,像一把亮灿灿的手术刀。方念一玩味似的握着刀柄,轻轻在手腕上用劲,当刀锋嵌进皮肉,方念一颤抖了起来,那种尖锐的锥心的疼痛,竟带给她奇异的快感。就像是她挥舞着小刀,狠狠地划开了平庸生活的皮肉,划破了她无聊无趣的人生——刺激,许久不曾这样刺激。血滴答滴答流着,方念一的意识渐渐迷糊……

11．遁离

看着病床上的方念一,手腕上包扎着厚厚的纱布,躺在一片白色的包围中,面孔苍白,毫无血色,郑开先心里一阵痛惜。这个不知人间疾苦的梦娃娃,竟然敢对自己下狠手。

早在吃饭的时候,郑开先便感觉到不对劲。她过分活跃,过分开心,过分话多。秦鸿瑞领回了罗锦琇,伤了两个女人的心。黎黛珊是把痛苦深藏,当即宣布自己是不婚主义,决意孤独终老。方念一却是情绪激烈,又哭又闹,仿佛世界末日来临。她不可能那么快就转得过弯来。所以,虽是方念一的生日聚会,别人却都各自怀有心事,唯有郑开先是一直暗暗留心着方念一。直到她悄悄独自上楼,郑开先也悄悄跟上楼去。见她锁了门,也不敢敲门,就在门外候着。时间过去了大半个时辰,方念一还未出来。郑开先尝试着敲门,却无动静。再叫,还是没回应。郑开先急了,一脚踹开门,发现方念一已昏迷在血泊中……

方念一悠悠醒转后,对于自己没有死成深感意外。她仍是满脸厌倦,是的,她厌倦了,厌倦了眼前的一切,这些人,这些事,这个乌七八糟的世界。活着没有任何意思,没有任何希望。

"一个梦娃娃!满脑子迷梦!"方念一悠悠醒转后,郑开先嘲讽地说她。家里人给她的爱,铸成一尊精致的象牙塔,是安乐窝,也是牢狱。

"你以为世界就这么点儿大吗？就是这栋两层楼的洋房？就是身边这几个人？就是百货公司、咖啡馆、西餐厅？或者是派对、红酒、舞会？或者是这上海滩上十里洋场的奢靡腐朽颓败？不！你就是一只井底之蛙！你看到的只是井口上方的一抹天。你就高喊空虚寂寞无聊。你的生活太苍白了，太缺乏筋骨，也缺乏血肉，所以抑郁无趣。而世界大得很。上海滩不过也就只是冰山一角。

"你这么年轻，什么世面都没见过，什么滋味都没体验过，却去赴死，亏不亏？你连死都不怕，你敢不敢出去走走看看，开开眼界，体验一下与上海滩截然不同的人生？"

"你想带我私奔？"方念一狐疑地问。

"拜托！收起你才子佳人那一套。我知道你脑子里想的是谁，我才不会那么不识趣。"郑开先啼笑皆非，"你想去死，不就是想消失吗？从眼前这些人的面前消失。让大家后悔失去你？消失有很多种方式，自杀是最傻的一种。你不是还想看看大家失去你之后的反应吗？死了，就什么都看不到了。所以，你可以换一种方式消失，或许有一天还可以看到大家的反应。这不是更有效果吗？"

方念一左想右想，消失？这主意听起来不错。自杀只是一瞬间的念头，一旦没有成功，很难再实施第二回，既然不死，总得想想下一步该怎么活？"那么，你是想带我去哪儿？"

"脱离这个温香软玉没有筋骨的大上海，去到北方！去看看北方的雪，看看比桌子还大的煎饼，看看辛劳艰苦但充满理想的人们，体验一个朝气蓬勃的新世界、新生活！"

听到这些新名词，方念一依稀耳熟，心念一动，她脱口而出："你是……共产党？"

郑开先一愣，随即揶揄地笑了，说："若我说，我是，你怕吗？

要不要去向你的哥哥告发我？"

"鬼才怕！"方念一有些兴奋起来。她在生活中还从未见过一个真正的共产党。不管他是不是，总之，离开这个鬼地方，离开熟悉的人群熟悉的环境，就像那把利刃，狠狠地划开当下麻木不仁的生活。哪怕是痛，至少也是生命的真实体验。也胜过麻木、无聊、厌倦。死都不怕，还怕痛吗？

爷爷、方执一、秦鸿瑞、黎黛珊……走马灯似的到医院劝慰方念一。方念一答应此后再不觅死。众人见她的允诺像是真的，都暗暗松了一口气，却不知她在悄悄酝酿一个大计划。

出院这天，她提前两个小时走出医院，上了一辆黄包车，没有回家，而是直奔了火车站。当众人赶到医院，只见床上空空如也。只余下一个信封。

亲爱的爷爷、哥哥、鸿瑞哥、黛珊及众人：
我走了。
这么多年，感谢大家对我的关爱和照顾，让我像个不知人间疾苦的梦娃娃，对，有人说我是——梦娃娃。可是，我的梦破灭了。这里已没有我的梦。上海让我感觉厌倦、窒息。我想走出象牙塔，我想去寻找新世界，我想去寻求一种截然不同的新生活。虽然我不知这生活到底是什么样，但我肯定，绝不是现在这样。

大家不要担心我，我绝不会再寻死了。爷爷你要保重身体，别每天都鼓捣你那些老邮票了。每天到楼下锻炼锻炼，我很快会回来看你。哥哥，黛珊，你们知道我的心意，不要辜负年华，辜负岁月。鸿瑞哥，你就好好地过你的幸福日子吧。这些，都是命。

别了,大家。

别了,上海。

念一

12．小别

秦鸿瑞对着镜子系着领带,手法娴熟而漂亮。罗锦琇半仰着头,默默地看着丈夫,眼神里有仰慕、尊崇甚至敬畏。这些年,秦鸿瑞越来越忙,三天两头地出差,去武汉,去重庆,去苏黎世,去苏联……几乎整月地不着家。罗锦琇知道,丈夫已经成为大人物,要管太多的人和事,这个小家,他顾及不上,那是自然的。"妈妈妈妈。"儿子秦忆游跌跌撞撞地走过来了。秦鸿瑞见到儿子,脸上漾出笑意,躬下身逗着儿子,说:"小子,叫爸爸!快!"罗锦琇赶快把儿子抱起来,凑到秦鸿瑞面前,引导道:"游游,叫爸爸,叫爸爸。"忆游却狐疑地瞪着秦鸿瑞,眼神里全是戒备和紧张。"游游,爸爸要走了,快叫爸爸呀!"罗锦琇急了,摇晃着儿子,忆游却把身子一扭,把头藏进了妈妈的颈窝。"唉,这孩子……"罗锦琇歉意地想解释,秦鸿瑞阻止了她,说:"没关系,都是我不好,我在家待的时间太短了,孩子不记得我,是正常的。以后有时间我一定多陪陪你和孩子。""嗯!"罗锦琇感激地点点头,尽管这份承诺就是一张空中大饼,在面前反反复复飘荡多年,从来也没吃到过,罗锦琇还是感到欣慰和满足。有这句话,就证明丈夫依然是一个负责任的男人。

"走了,照顾好自己和孩子。"秦鸿瑞提起小皮箱,走出门外,钻进已为他备好的专属小汽车。罗锦琇抱着孩子,痴痴地望着汽车绝尘而去,直至不见踪影,才收回目光,怅然地走回家中。这是公寓里的一小间房屋,统共不过二三十平米,兼做客厅餐厅和卧房,厨房和厕所是公用的。谁也想不到,堂堂上海市总工会主席竟然还住在这样简陋寒酸的房子里。这个工会主席,是没有薪酬的,基本属于白干,秦鸿瑞每月能拿回家的,仍只有邮局的那份薪水。他在邮局内的职务并没有提升,所以薪水也没涨,养家养孩子,已经很紧巴了。无论罗锦琇怎么精打细算都是捉襟见肘,有时不得不依靠枫泾娘家里不时的贴补救济。不过,就这么一间屋子,罗锦琇还时常觉得大,觉得空,尤其丈夫回来一趟又走,这屋子就更显得空空荡荡。罗锦琇坐在床上,抚摸着枕头、被褥,上面仍有丈夫的气息和余温,就像一场幻梦,留下模糊的不真切的印记。

从刚嫁到上海的那天,他们就住进这间小屋。晚上她洗漱好之后,迅速地钻进被窝,把头冲向墙壁,大气也不敢出。听到秦鸿瑞也钻进被窝,她更加紧张地闭上了眼。她什么也不敢奢求。她知道丈夫是委屈的。想到那封信,那个女人,果真是漂亮洒脱,是这时代的新女性,而自己,虽也是这般年纪,却像是上个世纪的老古董了。就这样僵直地躺了一会儿,罗锦琇突然抽抽搭搭地哭起来,说:"我知道……我配不上你……要不,我给你当丫头,你还是去找你喜欢的……"秦鸿瑞一愣,把她的身体翻过来,搂在怀里,说:"别瞎说了,你既然嫁给了我,就是我的女人!我谁也不要,只要你……"

很快,她竟就有了身孕。十月怀胎,顺利分娩下一个大胖小子。想起秦家姆妈从前欣慰地打量着她的腰身、臀部,满意地称赞道:是块好田。秦家姆妈没看错,果然是块好田。耕耘少,见效快。

罗锦琇拉出她陪嫁的那口箱子,从箱底里翻出厚厚的一沓信,这都是在枫泾的那些年他寄来的。尽管,这些信都是写给秦家姆妈收,没有一封是写给她的,可是,每次拆信、读信、写回信都是她,这些信也就是专属于她的宝贝。没有人的时候,一个人取出细细地品读,都不用去看内容,光是看到那字迹,闻到那墨香,就已经陶醉。罗锦琇看着这些信,抚摸着自己的肚子,暗想,如果这次再能留下一个种就好了。自己又土又笨又不时髦,唯一能做的贡献,就是为他生几个孩子了。罗锦琇看着绕膝的稚子,抚摸着肚子里不知是否已安营扎寨的阿二,陷入幸福的憧憬之中。

13．延安

秦鸿瑞上了车,黎黛珊已在车里恭候。自从秦鸿瑞被"逼"娶了罗锦琇,两人也就彻底断了念想。黎黛珊慧剑斩情丝,自此,宣称自己是不婚主义。但是,她仍是秦鸿瑞的秘书和助手,没了那份念想,两人似乎更坦然了,一心一意干工作,没别的。这么些年过去,黎黛珊更是成熟美艳,举手投足,都有一种知识女性的优雅知性范儿。秦鸿瑞暗自惋惜,这么美的人,这么宝贵的青春,却是青山绿水枉自多。造化弄人。

此次他要去往的地方,是一个全然陌生、崭新、神秘的地方——延安。

黎黛珊递过来一个保温桶,里面是温热的开水。秦鸿瑞长年四处演讲,用嗓过度,患有咽炎,一喝凉水便嗓音嘶哑,咳嗽不止。因此黎黛珊永远给秦鸿瑞备着一桶温水。但是,黎黛珊虽对秦鸿瑞关怀体贴,却不再带有私人感情色彩,完全像是战友间的情谊。

"怎么样?去延安,心情如何?紧不紧张?"黎黛珊打趣道。

"那当然是,紧张,忐忑,心慌,不安……看我这心,就快扑跳出来了!不过,更多的,还是兴奋和激动。"秦鸿瑞喝了一大口水,用手抚抚心脏,调皮地做了一个鬼脸,这样孩子气的动作对于秦鸿瑞当下的身份显然是有些不合时宜。不过,也只有在黎黛珊面前,他才会全然放松,耍耍天性里的小调皮。而黎黛珊年长他两岁,总是带有一丝母性般的纵容。

是啊!延安!振聋发聩的名字,共产党的核心首脑机关!对于有一些人,那是心中的圣地,可对于另一些人,则是魔咒。延安的任何风吹草动都牵动着亿万国人的心,甚至左右着这个国家的前途和命运。此次秦鸿瑞受到共产党邀请,前往延安商谈陕甘宁边区总工会加入劳协事宜,尽管邀请者是老友王云三,且王云三对于秦、黎二人皆有着救命之恩,但,延安,去,还是不去?对于秦鸿瑞来说,仍是一个犯踌躇的问题。毕竟,秦鸿瑞正儿八经还是一名国民党员。虽说眼下国共共同抗日,表面上结成了统一战线,可谁又知往下的情形如何呢?

如此,秦鸿瑞整整犯了两周的思量,终于决定还是到延安走上一遭。

"你一步踏到了共产党的心脏上,怕不怕危险?"黎黛珊接回水杯,拧紧瓶盖,云淡风轻地问。

"危险嘛,乱世当中,危险无处不在,怕也怕不来。陕甘宁边区总工会有六万余会员,所谓中国劳协,除开陕甘宁边区,是不能称之为全中国的,所以,我当然得亲自走一遭,听听边区的意见。"秦鸿瑞淡然一笑。每当遭遇大事件,秦鸿瑞总是有大将风度。

此时的秦鸿瑞已是中国劳动协会常务理事。劳协的群众组织基础是上海市总工会和全国邮务总工会,都是秦鸿瑞和方执一的基础群众力量。但对于劳协的成立,国民党的态度是多方限制,加以操纵。劳协总会迁到重庆后,在九道口拨一间房子做办公室,靠国民党中央社会部拨给极少的经费,苦苦维持。秦鸿瑞便把精力投向了国际劳工活动。

自1936年作为劳工代表参加了日内瓦的国际劳工大会,秦鸿瑞便作为固定人选,年年出席。彼时国民党在抗日正面战场上,遭遇了严重的挫折和失败,希望通过秦鸿瑞寻求世界各国尤其是英美诸国的支援。秦鸿瑞果然也不负众望,在每次的国际劳工大会上,都尽量揭露日本帝国主义对中国人民的残暴侵害,宣传中国人民的抗日战争,争取各国工人从物质上和道义上支援中国人民的抗日战争。这同时也为劳协今后的发展创造了有利的国际条件。

面对当前严峻的抗战形势,全国如没有一个统一的工会组织,工人们一盘散沙,极难形成工人武装,直接参加抗日。所以秦鸿瑞以上海市总工会和中国劳动协会的名义,发起成立了中国工人抗敌总会筹备会。陕甘宁边区总工会也派代表,参加了抗敌总会的筹备工作。

恰在这时,共产党通过王云三向秦鸿瑞发出邀请,希望秦鸿瑞能到陕甘宁边区,谈一谈边区总工会加入劳协的事。于是便有了这次延安之行。

"哎,黛珊,你说,共产党这么处心积虑地接近我,是不是想……策反我?"秦鸿瑞侧过头,望着黎黛珊的眼睛,半开玩笑半认真地说。

黎黛珊一惊,随即一笑,问道:"你觉得呢?你……会被共产党策反吗?"

"我想……不会……不,绝不会!我既已加入国民党,绝不会又反身去加入共产党。"秦鸿瑞铿锵作答。

黎黛珊瞥了他一眼,把眼光调开,望着窗外远方的原野,淡然一笑。

远远地,看到延安的宝塔山,秦鸿瑞和黎黛珊都是一阵战栗。

各自心绪翻飞，却是不同的复杂。这个地方，如此神秘，如此隐蔽，难以形容。

郑开先早早到边境线上迎候，带着秦鸿瑞黎黛珊二人进到会议室，王云三也早已在会议室里恭候。

"秦主席，黎小姐，一路辛苦，欢迎欢迎！"王云三热情地迎候上来。见到王云三那张熟悉亲切的面孔，秦鸿瑞的紧张心情一下子释然，也紧紧地握住王云三的手，恰如老友重逢一般。

想起二十年前，两人第一次在上海总工会的办公室，秦鸿瑞代表邮工去给罢工工人捐款，王云三对秦鸿瑞说的话：

"小伙子，秦鸿瑞，工人阶级是城市的新生力量，也是最重要的力量。而邮局的职工又是工人中至为关键的一环。你们有文化，有知识，你们的网络遍布这城市的每一个角落，是这个城市的千里眼，顺风耳，所以，你们邮政职工是上海工人的中坚力量。你回去之后，一定要团结好邮政里的进步职工，和我们上海的八十万工人一起，和帝国主义做坚定不懈的斗争！我代表上海总工会，将给予你们邮政职工最大的帮助和支持！"

二十年的光阴荏苒，那个莽撞青涩、懵懵懂懂的普通邮工如今已成长为上海市总工会主席、全国邮务总工会执委会常务委员和中国劳动成协会常务理事。而这一切的发端，不能不说得益于王云三。可以说，王云三是秦鸿瑞在工运道路上的启蒙者，引路人。抚今忆昔，当真是不胜唏嘘，不胜感慨。

茶几上仅摆了几杯清茶。王云三说，当下正是艰难抗日，延安这边人人加紧生产，勒紧裤腰带过日子，哪怕是党内主要领导人，生活也都相当艰苦节俭。所以不能像在苏联时会晤那样，蛋糕点心摆满桌，只能是清茶一杯，怠慢怠慢。

秦鸿瑞端起茶杯，香滋滋地啜饮一口，说，如此甚好！心里暗想,共产党的官员果然是清正廉洁。再想想国民党有些要员,在当下全国都在蒙难的情形下,仍是过着花天酒地、奢侈荒淫的生活,两下比较,不由暗自嗟叹。

王云三递过一张报纸,说:"秦主席,你们发起成立中国工人抗敌总会,把全国的工人阶级都团结起来,武装抗日,这是非常了不起的壮举!工人阶级,可是整个社会的基石和中心啊,你看看,恰恰和周恩来同志对工人阶级的诠释高度吻合。"

秦鸿瑞接过,是一张《新华日报》,周恩来在《反侵略国际宣传周工农日特刊》上的题词:"工农大众,是中国抗战的柱石,是世界反侵略战争的先锋。你们如果联合起来,日本侵略的魔鬼将要在你们面前崩溃,全世界的法西斯阵线,将要在你们面前瓦解。"秦鸿瑞看后,不禁心有戚戚。

王云三说:"我党对于秦主席所在的劳协非常重视,所以这次请主席亲上延安,就是想讨论,陕甘宁边区总工会如何与劳协合作。如何真正把全中国的劳工联合起来,共同抵御外敌!不知秦主席意下如何?对于与共产党的合作,不知有没有什么顾虑?"

秦鸿瑞一听,说:"对于贵党的诚意,非常感谢。在我看来,不分国民党共产党,全中国的劳工都是一家人。尤其当前大敌欺辱,只有我们工人阶级团结起来,才能把法西斯侵略者赶出中国,还我大好河山。当下我们的目标是共同抗日,而不是忙着搞分裂、搞内讧。我赞成,劳协与边区总工会合作。"

王云三脸上浮现出赞许的笑容,说:"我没有看错,秦主席果然深明大义。"

一杯清茶,王云三秦鸿瑞几人津津有味地喝了一下午,就劳协与陕甘宁边区总工会合作事宜进行了细致深入的洽谈,偶尔忆及往事,更是哈哈大笑。

秦鸿瑞深切地感受到,所谓国民党共产党,不过就是两兄弟,分分合合,相爱相杀,但,到底是一家人,血浓于水。趁着这个机会,让蒋管区的中国劳协与陕甘宁边区总工会首先实现合作,在工人层面首先实现统一,团结起来,共御外敌。

延安之行后,中国劳动协会在重庆召开第二届年会,秦鸿瑞当选为理事长,陕甘宁边区总工会加入中国劳协成为会员,劳协由蒋管区的劳工团体转变为全国性工会,成为工人阶级统一战线的组织形式,这为中国劳工以整体形象出现在国际工运的舞台上,提供了合法依据。

遥想延安的宝塔山,秦鸿瑞暗暗期许,抗战胜利之后,国共两兄弟能真正团结起来,共同建立一个团结进步的新中国,让中国劳工都能翻身做主人,都能得到幸福。

第七章

1．故里

阔别上海近八年,终于,终于,荣返故里!

日本天皇宣布无条件投降的当夜,蜗居在淳安的申亭山及家人、旧友欢天喜地,申亭山取出珍藏已久的两瓶白兰地,眉飞色舞地说:"这两瓶酒,是专为抗战胜利准备的!今天,必须要一气喝光它!"

众人纷纷应和。申亭山患有喘疾,平素滴酒不沾,这一日也豁了出去,推杯换盏,喜笑颜开。这一晚,中国人都陷入了狂欢,怎么开心也不够,连最吝啬的人也舍得买最贵的酒,一醉方休,在醉意里睡上八年以来最香最沉最安心最舒展的一觉。

抗战八年,申亭山远走香港,明志不当汉奸,且一直在与吴坤密切配合,利用他在上海犹存的势力以及留在上海的徒子徒孙,积极锄奸。如今,历经八年的艰苦奋战,抗日终于取得伟大胜利!申亭山自也是功勋卓著。重返故里,想必更是上海滩上的大佬,春风得意马蹄疾。申亭山想到义兄朱啸虎因为发汉奸财,已自取灭亡,不由嗟叹。而他申亭山却是看准了政治行情，走上布衣报国的康庄大道。周遭早已风传申亭山很有可能当上上海市市长，甚至说上海的老百姓准备在北站搭起一座七彩牌楼，以迎接他们的大英雄。

没想到申亭山乘坐的专列刚进上海，便是当头一棒：北站附近贴出了许多大字标语，匿名传单。标语是三段论式："打倒恶势力！""申亭山是恶势力的代表！"结论——"打倒申亭山！"

"民族英雄"变身"恶势力代表"，自以为已摸清政治行情的申亭山一下子蒙了。天可怜见的，满心欢喜要讨赏，竟是讨得当头一棒！

终于得到讯息，这一切，竟是申亭山的爱徒——李树生所为！当年李树生追随申先生到了香港，深得申先生喜爱，李树生主动请缨，希望申亭山介绍自己给吴坤，到上海去从事地下工作。吴坤见申亭山的学生子主动要求去从事极其危险的地下工作，自是大喜，极为器重，不但应允李树生的请求，还给他指挥忠义救国军的权力。于是，李树生重返上海后便狂飙突进，战功累累。如今抗战胜利，李树生已远远越过秦鸿瑞方执一等人，成了国民党一名高官。

然而，已是春风得意的李树生却何以要打倒自己的恩师？众人百思不得其解。

申亭山苦苦地，只等着已位居高位的学生子李树生给自己一个解释。如此一过数天，李树生却杳无踪迹。

这一日，正逢周日。秦鸿瑞方执一俱都齐聚申亭山寓所，为申亭山庆贺生日，申亭山却无任何兴致，垂头丧气。忽得门房来报，申先生位高权重的爱徒李树生终于来访！申亭山眉毛一动，一下子从座椅上立起身来，急不可耐地冲出门去，躬身迎候"贵宾"。方执一秦鸿瑞面面相觑，摇头苦笑。从未见过申先生如此激动殷勤,大有倒屣相迎之势。看来申先生果真是有些老了,没架子了。

李树生走进门来,秦、方二人都是一惊。只见他昂首挺胸,神情倨傲,俨然一副大人物派头,从前那个小心殷勤一说一个笑的李树生哪里去了?而旁边讪笑着的申先生,却有些神情难堪,畏畏缩缩。秦、方二人又是相视一惊——何时见申先生如此降卑过?

李树生冲秦、方二人马马虎虎打个招呼,大大咧咧地坐在沙发主位上,申先生在一旁陪坐,吩咐人奉上最顶级的绿茶、瓜子话梅、刚烘焙出的点心,摆了一桌,也不管人吃不吃。

"树生,这一阵子忙啊?公务再是繁忙,也要注意身体。"申先生语气亲昵,关心有加。

"当下党国正在全面接手上海,驱逐日寇,肃清汉奸,我身为党国要员,自当效忠党国,死而后已。"李树生眉毛一扬,大义凛然,立即衬出申先生的渺小。申先生不安地扭动了一下身体,仿佛矮了一截。

"那是那是,不过树生,为师还是希望你经常过来聚一聚,大家和从前一样,师生畅叙,有的是大事体可做……"申先生努力挺了挺身,勉强想找补一下做先生的尊严。

"现在,一切都不一样了!"李树生毫不客气地将申亭山打断,说,"日寇被赶走了,列强间的一切不平等条约也都取消了,租界也都不复存在了!所以,那些还妄想凭借着租界的势力做靠山,在党国与租界之间钻空子,搞投机的人也该醒醒了。租界已经没有了,你出门去看看,满上海滩飘扬的都是青天白日旗!这已经是党国的天下。所以,申先生,我奉劝你一句,时代不同了。不要再去搞那些拉帮结派、团团伙伙的事,没有好下场。"

申亭山一震,还没来得及搭腔,李树生已赫然起身,说:"在下还有公务在身,不便久留,告辞了。"

"树生,树生……"申亭山连留饭的话都还未出口,李树生已反身扬长而去。

众人眼见李树生洋洋得意地离去,呆立半晌,瞬间客厅里爆发出各种不解辱骂诅咒声。

"小赤佬,小人得志……按照江湖规矩,欺师灭祖,就该处死……把他的拜师帖子找出来,我去江湖上找他算账……"

熙熙攘攘,吵吵闹闹之中,申先生呆坐于沙发上,始终不发一语。众人终感觉不对。秦鸿瑞走过去说:"先生,你累了,我扶你上楼休息吧!"

申亭山直直地望着前方,却像个盲人一般,眼神空洞而茫然,显然什么也没看见。秦鸿瑞摇摇他的肩,他才一惊,宛如从梦中惊醒,呆滞的眼睛动了一下,良久,才涩然道:"新浪潮终于来了!却不是我以为的那个新浪潮。这已经不是从前的上海,也不是从前的江湖。江湖,已经没了。大鱼小虾也都该绝迹了……"

秦鸿瑞看着申先生,看他白发萧萧,坐在沙发上,几乎只剩一把枯骨,那样的落魄无助。

是的,江湖,已不再是从前的江湖。申先生,也不是从前那个申先生了。

2. 假戏真做

午后,秦鸿宇在家里制作一封密件。工艺复杂且要求精准,做好后看起来仍是一张白纸,阅读时需要涂抹特殊的药液才能显示字迹。做密件时,甚至连沈丹晨都不能在旁观看。所以趁着沈丹晨上班后再做。秦鸿宇小心翼翼地把密件藏进内衣深处,关好门,下楼去。

秦鸿宇钻出门洞,往弄堂口走去,在拐角处,见到一个女人,侉侉地斜倚在墙上,一只脚百无聊赖地在地上画圈,像是在等人。秦鸿宇本能地往旁边躲了躲,职业敏感让他尽可能地在狭小空间里拉大与陌生人身体的距离。不管对方是男人还是女人。

那女人却变换了姿态,倏忽挡在了他的面前。秦鸿宇一惊,警惕地抬头望去,这是一个美艳的女人,卷发齐肩,一抹玫色的嘴唇,依稀有些眼熟,却想不起哪里见过。女人立在秦鸿宇面前,也不说话,也斜着眼睛,对秦鸿宇投来幽怨的一瞥,眼波流转,灿若晨星。这一瞥如同惊雷,从秦鸿宇心底划过,深藏心底的记忆瞬间复活,那个有着一张猫脸的女孩——"小狸猫"!是的!除了她,还有谁配有这么一双惊心动魄的眼睛?秦鸿宇从未见小狸猫烫过卷发,穿过旗袍,几年不见,她变了,变的不仅是装束,还有神情。那股子泼辣刁蛮的劲头没有了,代之以哀怨忧伤。然而,这一双惊心动魄的眼睛,化成灰他也记得。

小狸猫疲惫地说:"我累了,我好渴,带我去你家喝口水吧。"

秦鸿宇鬼使神差地应允了,小狸猫有气无力的话比从前张牙舞爪的叱令更管用。秦鸿宇乖乖在前面引路,小狸猫乖乖跟在身后,七年的光阴,就在这一前一后的距离里被步履不断拉长,又不断缩短。

当秦鸿宇用钥匙拧开房门,脑子里还晕乎乎的,全然忘了他的房间里有着不可告人的秘密。

小狸猫站在屋里,长宽不过几十平米的小屋几可一目了然。小狸猫坐在靠门的椅子上,一张方桌兼任了茶几和餐桌,秦鸿宇慌忙从暖壶里倒了一杯水,又加了一点凉白开递到小狸猫面前,小狸猫接过,咕噜咕噜一口气喝掉,好像她上楼的目的确实就是来喝水的。秦鸿宇又倒了一杯，小狸猫又咕噜咕噜喝下。这才像缓过气来。

"回到上海，真好，香港那种乡下地方，真是待够了。"小狸猫嗓音有点低低的沙哑，微微眯缝着眼睛，神情倦怠，还是像一只猫咪，从前是一只张牙舞爪随时准备攻击的野猫，现在像是一只午后晒太阳的慵懒的猫咪。

"真无聊，回到上海，我天天跳舞、喝酒、和男人调情，还是无聊。爹地也是，成天哭丧着脸。在香港的时候吧，天天盼着回上海，现在好不容易回来了，反而更不开心了！"小狸猫怕冷似的耸耸肩，表示无法理解。掏出一支烟，点燃，像个老练的戏子。秦鸿宇听她老气横秋地诉苦，不觉好笑，到底是个只知吃喝玩乐的浪女。这才想起自己还有送件的重任，一惊，说："美若小姐，我还有事，我们改天再叙吧。"

"你有没有想我？"小狸猫话锋一转，单刀直入，把秦鸿宇问得一愣，小狸猫并不等他回答，自顾自继续说，"这么些年，我一直在想一个人，在香港，天天想，回到上海，还是天天想，多少男人包围我，都抵挡不住我想他。我为他烫了卷发，穿了旗袍，我要做一个女人，一个他喜欢的女人……"小狸猫直直地盯住秦鸿宇的眼睛，问，"你喜欢吗？"

秦鸿宇有些心慌。他习惯了小狸猫的张扬跋扈，一言不合就动手揍她一顿，可眼前这个幽怨的女人让他不知如何是好。

"美若小姐，我真的，真的要出门了……"

"这么多年，你还是不喜欢我！你为什么不喜欢我！"小狸猫突然提高了声调，跌足大喊，那股子刁蛮古怪的劲儿又回来了，这又是从前那个调皮任性的小狸猫了。

小狸猫忽地站起身来，自顾自踱到窗边，靠窗有一张大床，秦鸿宇这才想起,大床下的地铺还没有收拾呢!坏了!秘密要被戳穿了!秦鸿宇赶紧走过去,希望能挡住小狸猫的视线,可是,晚了,小狸猫已经快步移过去,奇道:"咦?怎么地下还有一个被褥?谁睡的?"小狸猫抬起脸来,目光灼灼,盯着秦鸿宇。秦鸿宇一时语塞。小狸猫眼珠子咕噜噜转了几下,狐疑地说:"这就是说,你们两口子,一个睡床上,一个睡地下……"

"嗨!你一个小姑娘家,管人家夫妻的事干吗?不懂别乱问。好了,我真的要出门了。"秦鸿宇有些恼羞成怒,不自觉中用上了当年的语气。

"哼!别以为我不懂,夫妻间嘛,当然是要睡在一起的,除非……除非你们不是真夫妻!"小狸猫也恢复了当年那口无遮拦大大咧咧的劲儿。此言冲口而出,两人都吓了一跳。惊惶地对视了半秒,秦鸿宇爆发了,怒声道:"瞎说什么呢!快走快走!"那股子色厉内荏的劲儿,秦鸿宇自己都能感觉到。

"你心虚什么?"小狸猫毫不示弱,剑指要害。

"我们夫妻吵架了,我被惩罚睡在地上,行了吧?这是我们夫妻间的事儿,和你大小姐无关,好吗?请,请……"秦鸿宇一边耐下性子解释,一边做出送客的姿态。小狸猫不肯走,秦鸿宇急了去拉她,正在推推搡搡之间,门开了,沈丹晨走了进来,见到二人,脸色一变。

二人的叽叽呱呱之间,沈丹晨基本搞清了状况,当即把手袋往地上一甩,就冲秦鸿宇扑了过去,边哭边喊:"你这个花花肠子,没良心的东西!前几天带了个野女人回来,还没算完账,今天又把女人往家里带,连申大小姐你也敢招惹,我不活了我……"

只见沈丹晨涕泪横流,完全没有了往日的端庄贤淑,而摇身变为一个泼妇,秦鸿宇和小狸猫都愣住了。小狸猫到底脸皮薄,高声回应道："哎哎，你别瞎说，什么野女人，什么招惹，我只是来喝杯水的……"

"申大小姐，"沈丹晨转向了小狸猫，说，"你是不知，这个男人啊，什么女人都敢招惹，什么女人都敢往家里带，你可不要上了他的当……"

秦鸿宇又窘又臊又无从解释。他知道沈丹晨是为了圆他的谎，把他说成个浪荡子，让小狸猫相信他们夫妻是因为他行为不检才分床而睡，看到她又哭又闹，当真像是个抓到丈夫短处的吃醋的妻子，秦鸿宇诧异她的演技未免太好了一些。但是，听到这些话，尤其是当着小狸猫的面，他还是难受得百爪挠心。

小狸猫听罢，却哈哈大笑起来，笑得腰都弯下去，仿佛听见了世上最幽默的笑话。笑了老半天，才凄然说道："你放心，这个男人啊，从来没有招惹过我，连我扑上去求他，他都不愿理我，原来，在他心里呀，我连个婊子都不如，哈哈……"

小狸猫又像哭又像笑，喝醉了酒一般，摇摇晃晃地走出门去……

屋里陡然安静下来，沈丹晨脸上泪痕犹存，兀自抽抽搭搭了一会儿，方才歇住。秦鸿宇烦闷地点了一支烟，感觉自己窝囊、憋闷，一股子无名火。

可谢天谢地，一场危机总算敷衍过去。果不出所料，抗战一结束，国民党又开始了新一轮的反共，对共产党进行新一轮的抓捕、迫害。幸亏秦鸿宇沈丹晨始终处于地下状态，才能继续利用邮局员工的有利身份，传送情报，护送人员，秘密地服务于共产党，但是，一旦他们做假夫妻的真相暴露，一定会引起怀疑，被顺藤摸瓜，查出他们的真实身份，那么，败露的不仅是他们俩，而是一连串的上海地下党，那份罪责二人可就担当不起了。

"你喜欢她是吧?"沈丹晨悠悠地开了口。

"我?没有,不能,怎么会……"秦鸿宇有些支支吾吾。

"你喜欢任何人都不能喜欢她!不要忘了,她的父亲曾对共产党做了什么,那是不共戴天的血债!"

"我,我知道!"秦鸿宇愤愤然接口道。想想此事真是荒诞,七八年了,天天守着一个假老婆,真上级,床上床下便是天堑鸿沟,不敢越雷池半步,可今天却被骂成是风流浪子!在自己心仪的女人眼里,又逛窑子,又往家里带野女人,不堪到了何等地步,可谁知自己为革命至今保持着处子之身。此事再荒谬不过,可自己一句都辩解不了,还得配合着沈丹晨,把戏演好……秦鸿宇又想哭又想笑,真想一拳打碎这荒谬的世界。

"把你骂成浪荡子,你委屈吧?我知道,你呀,就是个柳下惠,你没有感情没有冲动,女人在你眼里,就是一段木头。有时候,我真的宁可你是个风流浪子……"沈丹晨的语气嘲讽中带着些哀怨。秦鸿宇抬眼一看,沈丹晨眼圈红了,又小声啜泣起来。这么多年,秦鸿宇还是第一次见到沈丹晨流泪,若说刚才的又哭又闹是在小狸猫面前演戏,那么,此时的哭泣应该是真实的。在他眼里,沈丹晨一直是坚强勇敢,刀枪不入的,他把她看成是上级、搭档、战友,却从来没有把她看成是一个女人。而此时,在眼泪的浸润之下,那眉眼俱都生动婉转了起来,秦鸿宇这才发现,沈丹晨确实是一个女人,而且,还是一个挺耐看的女人,这个发现犹如哥伦布发现了新大陆,把秦鸿宇自己都惊着了。

秦鸿宇走过去,安慰地拍着沈丹晨的肩,沈丹晨突然一下子扑进他的怀里,紧紧地搂住他,那女性的身体凹凸在他身上,温热、柔软、鲜活,这是秦鸿宇第一次那么真切地搂抱住一个女性成熟魅惑的胴体,秦鸿宇的血液一下子涌上大脑,身体里的某个开关被蓦然触动，整个人"呼啦"一下燃烧起来……

暮色涌进来，屋里渐渐黑了。谁也没想起去开灯。

3．世界工会大会

这是国民党中央社会部，方执一坐在宽敞明亮的办公室里，签署着一份份文件。此时的方执一早已从邮政局调出来，升任社会部副主任，正儿八经是国民党一名大员。

看到秦鸿瑞黎黛珊走进来，方执一从大办公桌后绕出来，一起坐在沙发上，以示亲切。然而，听到秦鸿瑞提出的希望让解放区工会的代表加入中国劳动协会代表团，共同出席巴黎世界工会大会的提议，却蹙紧了眉头。

这是1945年的秋天，日本天皇刚刚宣布无条件投降。共同抗日期间，国共两党的矛盾暂时和缓，一致对外，然而，抗日战争胜利了，国共矛盾再一次突出。方执一始终坚定地站在国民党的立场，因而主张驱逐左派人物，而秦鸿瑞却总是态度暧昧，和共产党"拉拉扯扯"，这让方执一有些担心。现在，让解放区工会的代表登上国际舞台，这不是让共产党取得合法地位了吗？尤其代表还是郑开先，更让方执一心里不是滋味。方执一万没料到天天住在家里的义弟居然是个共产党，利用自己的身份不知帮共产党干了多少事，更可气的是妹妹方念一留下一封信便人间蒸发，郑开先也随之失踪，方执一怀疑会不会是郑开先拐跑了妹妹，若是把方念一也变成共产党，那可真是不堪设想。所以，方执一的态度当然是不同意。

秦鸿瑞态度也很强硬，说，如政府不允许解放区的代表出席世界工会大会，劳协也不参加，因为世界工会已不分社会制度联合在一起,劳协单独去会不受欢迎的。秦鸿瑞取出几份函件,是几位世界工联的发起人写的,都希望中国有一个包括解放区工会在内的统一代表团参加世界工会大会。

方执一说:"鸿瑞,你有没有想过后果,现在局势动荡,扑朔迷离,谁也无法判定未来的走向,但有一点,形势不容乐观。我们何苦要去搅进共产党这潭浑水?到时自己都洗不清呢!"

秦鸿瑞笑笑,说:"执一兄,抗战刚刚结束,社会需要稳定,人民需要休养生息,何苦这么着急就想搞分裂,同室操戈呢?依弟所见,国家的富强,人民的幸福,完全取决于国内和平民主的实现。我们应该努力促进民主和平,而不是搞内战,搞分裂。相煎何太急呀!"

方执一气得笑了,说:"看你这满嘴新词,是向共产党学的吧?什么和平民主,这些词说起来动听,可却是无法实现的。一个国家,一个政党,若没有足够统一的权威,如何能领导好中国这四万万人?若是纵容另一个党派发展壮大,那可是养虎为患,不可控制,最后遭受威胁的是我们党国自身!眼下局势不明,我们要防微杜渐啊。"

兄弟二人越说分歧越大,谁也不能说服谁。最终是方执一坚决不答应,秦鸿瑞以劳协也不出席世界工会的态度消极抵抗。

巴黎大会开会的日期日渐临近,而迟迟不见中国代表团的身影,英国工会的负责人不断催问国民政府驻英大使顾维钧:中国工会统一代表团什么时候动身?顾维钧只得给国民党政府转达国际舆论的要求。此时国民党政府极大依赖国际社会的各种支援,国际舆论是不能不顾忌的,终于同意让郑开先一人作为解放区代表参加巴黎世界工会大会。

秦鸿瑞得知这一消息,与黎黛珊击掌庆贺,喜上眉梢。当时还有妇女、青年两个世界代表大会在巴黎召开,中国解放区的妇女、青年代表到外交部申请发护照,却都被国民党阻止,未能成行。唯有工会打开了突破口,这意味着打破了国民党对解放区的封锁,让解放区代表的声音被世界听到。这是一个重大胜利。

秦鸿瑞先行抵达巴黎,因担心郑开先不懂英语,而从重庆到巴黎需一路辗转,就留下黎黛珊沿途等他。黎黛珊每到一个地方都迟走一步,准备与郑开先会合,谁知她在印度加尔各答等了几天,没等到郑开先,到伦敦等了几天,还是没等到。无奈,只好到了巴黎。眼看大会都快要开了,还是未见郑开先身影,把秦鸿瑞黎黛珊二人急得团团转。好不容易争取来的机会,若是因解放区代表未到大会而自行弃权,那可真是损失惨重了!

直到最后一天,郑开先才灰头土脸地赶到巴黎。原来,郑开先果然是从印度起飞开始就当哑巴,没讲过一句话。到西西里岛后,好不容易找到一位懂中文的仆役,才搞明白自己到了什么地方。几经辗转好不容易到了伦敦,摸到了驻英大使馆要求见顾维钧大使,侍役看他衣着寒酸,样貌土气,身上还有一股久未洗澡的馊味儿,很是瞧他不起,不但不帮他引见大使,还想把他当作叫花子赶出使馆去。郑开先一番据理力争,甚至不惜武力威胁,侍役怕了,只得任由他一屁股坐到大使馆的走廊中间,坐等大使出现。待顾维钧大使出现,郑开先从怀中掏出共产党内主要领导人的亲笔介绍信,顾大使才连连道歉,把郑开先待若上宾,安排好酒菜住宿,还派人把他一路送到巴黎。如此,才算在最后关头险险赶上。

"唉!我们共产党人朴素惯了,一个个都是土包子,当然不如你们大城市的洋气体面,到了这狗眼看人低的国外,当然要受气了!哈哈。"郑开先满不在乎地拿自己打趣。黎黛珊见他那一身布衣,裤腿还挽得老高,委实难说体面,站在时尚之都的巴黎,更是不伦不类，不觉抿嘴笑了起来。好在有先见之明，专门给他备下了一套西服，以供他开会时穿。否则这一副形象登上国际舞台，未免贻笑大方。

当郑开先听到明天的大会将由他作为中国工会代表发言时，惊呆了！因为大会规定每个代表团只能有一个代表发言，作为解放区代表，能够参加世界工会大会已属万幸，万没料到秦鸿瑞竟把珍贵的发言机会让给了自己。秦鸿瑞笑着说，这是解放区第一次派代表参加大会，应该让世界各国工会代表全面了解中国解放区工人的斗争和生活状况。所以早在郑开先抵达巴黎之前便把他的名字报给了组委会。

郑开先看着秦鸿瑞云淡风轻的模样，内心里暗暗竖起了大拇指。做事做得这般漂亮、大气，实在是让人不能不折服。

第二天一早，郑开先穿上黎黛珊为他准备好的新西服，与秦鸿瑞携手双双步入大会会场，这"国共的携手"令各国代表热烈鼓掌表示欢迎。郑开先站上舞台，接着，黎黛珊也款款走上舞台。黎黛珊身穿一袭紫色旗袍，美好的身体曲线展露无遗，一头卷发在脑后归拢来，用一枚精致的发卡别住，眉毛精心描过，唇膏是豆沙色，既不过分浓艳，也不过分轻佻。黎黛珊俏生生站在舞台上，当真是风华绝代，全场代表对这东方丽人发出一阵惊艳的轻呼。秦鸿瑞听到身边有代表说，黎小姐比蒋夫人还美，不禁暗自得意，转念一想，却又黯然神伤。黎黛珊站在郑开先的身边，为他做现场翻译。郑开先每说一句，便由黎黛珊翻译成英文。黎黛珊一开口，全场更是折服！她声音清丽，用词准确，口音带有纯正的英伦范儿，哪怕是讲到如此严肃的命题也不显得枯燥，如小溪潺潺，如清风扑面，听上去完全是一种享受。郑开先的演讲大获成功，不得不说，黎黛珊这个英文翻译功劳不小。郑开先在演讲中向全世界工人阶级宣布了战后中国工会的八项主张，表达了团结一致的中国工人阶级建设一个和平、民主、团结的新中国，改善工人的劳动和生活状况，争取工会权利的坚强意志。

郑开先的发言得到秦鸿瑞的首肯，同时也得到了世界各国工会代表的热烈支持，大大提高了中国工人阶级在国际上的地位。

在郑开先的提请之下，秦鸿瑞同意各解放区工会加入中国劳协为团体会员，劳协会员人数增至一百六十万。按照世界工联的会章规定，凡会员人数达到百万以上者，在理事会可得两席，因此在秦鸿瑞的申请下，郑开先当选为世界工联理事会理事。更令人欣喜的是，秦鸿瑞亦当选为世界工联副主席。中国解放区工会的代表进入世界工联的领导机构，这对增强国际工人阶级的统一战线，起着重要的作用。

会议结束后，秦鸿瑞一行途经日内瓦、罗马、开罗、马尼拉等地，进行参观访问活动。在一次华侨工人的联欢会上，来了许多媒体记者。有记者尖锐提问，共产党既然反对内战，为何自己又不放下武器？郑开先先生答道，国民党有武器，而我们没武器，就会被卡住脖子，没法生存，怎么说得上争取和平，建设民主统一的新中国呢？在访问《华侨导报》社时，郑开先指着秦鸿瑞，开玩笑说："他是国民党，我是共产党，但我们合作得很好，一路没有吵嘴打架。所以，国共怎么不可以合作嘛，哈哈……"现场的华侨全都笑了起来。此为玩笑话，却也是肺腑之言。

回到上海，最重要的一件事便是访问邮政局。这一天，两人刚走进邮政局，便有眼尖的认出他们来，许多工友纷纷放下手中的活计，热情地跑过来与二位握手、寒暄，打着招呼。进了工会办公室，这里早已挤得水泄不通，工友们都急切地渴望目睹秦鸿瑞和郑开先的风采。

工会主席热情洋溢地说:"如今,国共终于合作了！郑开先先生代表解放区工会八十万会员和秦鸿瑞先生同去出席世界工会大会,现在刚从国外回来。第一站就到了我们上海邮政局,因为,秦鸿瑞先生和郑开先先生都是从我们邮局走出的杰出人才,作为邮政人,我们备感荣幸,掌声热烈欢迎二位……"

郑开先和秦鸿瑞与大家交流着国外见闻、工运未来的发展,大家七嘴八舌,气氛热烈。

邮政对于秦鸿瑞郑开先二人来说,都具有特殊的深远的意义。当年二人一同考入邮政局,成为一名普通邮工,秦鸿瑞从这里起步,一步一个脚印,如今做到了中国劳协理事长、世界工联副主席,邮政局职工一直是秦鸿瑞最根本最核心最有力量的群众基础。秦鸿瑞的每一步成长、每一步成功都离不开邮局职工的鼎力相助,他们与秦鸿瑞一起参加各种罢工,一起参加童子军战地服务团,支持蔡廷锴将军抗日,一起组成第三别动队,直接上战场与日军真刀真枪地拼杀,更不要说通风报信、散发传单、接送人员……秦鸿瑞前进的每一步,都是这帮邮局的兄弟姐妹们相拥着,用命相交,流血流泪换来的。他们早已亲如兄弟姐妹,血浓于水,密不可分。而且,为了保证自己的清正廉洁,秦鸿瑞坚持不在劳协拿一分钱薪水,这么多年来,秦鸿瑞一直领的仍是邮局的那份薪水,所以,从隶属关系来说,他仍是邮局的一名员工。

对于郑开先而言,1927年的"清党"让他逃离上海,也逃离了上海邮政,然而,在苏区、在解放区,他依然做的是邮政的工作,对上海邮局仍然有着异常深厚的感情。今天故地重游,又是以世界工联理事的身份,自是感慨良多。当年的往事一幕幕袭来,涌上心头。尤其一些故友,都是十几年未见了,如今老友重逢,自是各种滋味混杂,不思量自难忘的。

国共合作,将是多么美好,多么令人期待的一件事!通过这一次工会的国共合作,大家仿佛看到了未来中国和平、民主、富强的美好愿景。

4．分歧

方执一匆匆步入申宅,却见申亭山阴沉着脸,一人在书桌旁踱来踱去。桌上摆着一个信封,信纸和报纸已被取出,摊开来摆在桌上。见方执一过来,申亭山长叹一声,用手指笃笃敲着桌上的信纸,说:"执一,你看看,秦鸿瑞做的什么好事!"

方执一拿起桌上的《新华日报》,上面赫然刊载着秦鸿瑞的大作《二十三条》。这是中国劳协的纲领性文件,阐述了中国劳协的政治主张和保障工会、工人基本权利等要求。报纸是秦鸿瑞直接寄给申亭山的,还附有一纸便签,阐明自己为何要发表《二十三条》的理由。

"这个鸿瑞!定是自知理亏,来个主动招供!这个《二十三条》,不是在和共产党一个鼻孔出气吗?"申先生气呼呼地说。

方执一默不作声地坐在申先生对面,闷闷地点燃一支烟。秦鸿瑞不但把共产党员郑开先领到巴黎出席世界工会大会,居然还让出自己宝贵的发言机会,让郑开先登上国际舞台发声!这意味着,解放区已公开跳上了国际舞台发声,取得了国际地位!这在国民党内部已经引起轩然大波,大家纷纷议论,说中国劳动协会同解放区工会一起到巴黎开会,秦鸿瑞做了郑开先的尾巴,这是被共产党利用了。有要员要求秦鸿瑞公开承认错误……

这些,方执一如何能对申亭山说?一来,他不能在老夫子面前说兄弟不是,那是小人行径;另一方面,申亭山最近明显衰老,已然瘦成了一把骨头,面部瘦骨嶙峋,简直有些吓人,可不敢再让他动气。

方执一字斟句酌地说:"这个《二十三条》,主要是阐述劳协的政治主张,强调工人的利益,也无大不妥。"

"最大的不妥,是他居然选择了共产党的《新华日报》刊登!这意味着什么,他心里不清楚吗?"申亭山摇头长叹,"鸿瑞和你投到我门下,已有十八九年,这么些年,鸿瑞和你在我心中,比我自己的亲儿子还亲。眼下是这么个局势,李树生已经让我颜面扫地,为师的日子有多艰难你们都清楚,好不容易想挣脱李树生带来的阴霾,重振威风,没想到,鸿瑞竟然来这么一手!真是让我伤心、失望!"

方执一也叹息道:"鸿瑞最近也不知吃了什么迷魂药,竟是迷上了共产党那一套,口口声声团结、进步,他这样下去,我也是担心得很哪!可不要忘了,他自己还是一名国民党员啊!"

师生二人在书房里长吁短叹,细细磋商,觉得这关键时刻必须要拉秦鸿瑞一把,让他迷途知返,否则后果实不堪设想。师生二人关上房门,窃窃私语,一直聊到暮色降临。

我兄此次在渝举措,沪渝同志深感不安。我兄为党内造就之唯一工运人才。同志对兄期望之殷切,无以复加。此次劳协之举措,实使人深感惶惑。弟与我兄相交二十多年,闻此消息,亦无法深信。千祈我兄慎重行事……祈兄速来沪上,与弟等详商。至要至祷。

放下方执一的来信,秦鸿瑞又拆开申亭山的来信。《二十三条》刚发表不过几天,申先生和方执一的信便同时抵达重庆,可见

275

这二人有多么急切。

接读来信，知已安抵陪都，并以劳动协会名义发表对于当前政治的主张和要求，深觉所提之二十三项确有意义。惟闻此项稿件是在《新华日报》发表，似觉考虑欠周。盖以国民党党员之言论或意见，在其他党报发表，勿问其内容如何而在立场上言固不甚合也。何时可归？幸先见告。

看着这两道"催命急符"，秦鸿瑞心下一阵凄然。看得出，无论申亭山还是方执一，都是一片赤诚，苦苦相劝。但，他二人与自己的政治主张已经背道而驰，愈行愈远，这是无法妥协更无法弥合的。这二十年来，秦鸿瑞与申亭山、方执一亲如父子兄弟，都是可以过命的交情，然而，偏是在政治主张的大是大非面前，任何个人的恩怨都显得那样渺小，微不足道。纵算是亲父子亲兄弟，怕也是莫可奈何。这是让秦鸿瑞内心万分痛苦之处。

秦鸿瑞决定，立即回上海，面见申先生和方执一，希望尽最大努力，看看彼此是否能说得通。

走进申公馆，申亭山和方执一早已在书房恭候。申亭山又燃起了一根大烟。为响应国民党的新生活运动，为"力争上游"，这大烟，申亭山本是发狠戒了的，抗战归来，遭遇一连串重创，凄冷中又抓起了烟枪。

申亭山面色冷峻，面前的茶几上摊开了一张报纸，正是刊载了《二十三条》的《新华日报》。见秦鸿瑞进来，申亭山不像往日那般欣喜，淡淡地点点头，方执一赶快招呼秦鸿瑞坐下。申亭山调整了一下情绪，尽量和蔼地问："鸿瑞，你可以解释一下，文章为什么要登在共党的报纸上吗?"

"申先生,学生正是为此事而来。"秦鸿瑞面向申亭山,鞠了一个躬,诚恳地解释道,"《二十三条》,是劳协的纲领性文件,按说,我党的报纸应当竭力支持才对。可是,也是怪了,《中央日报》无论如何就是不肯刊登,只有《新华日报》愿意登,所以……这实属无奈之举,我也没有办法,请先生谅解。"

"报纸不愿登,你没有想想原因吗?"

"学生是一名邮工,如今做工运,一直秉承为工人阶级说话,为工人阶级服务的宗旨,《二十三条》讲的都是工人阶级的利益,学生自认并无任何不妥。"

"鸿瑞,你这话就不对了。你虽是做工运,别忘了,你还是一名国民党员,处处要为党国的利益着想。你这《二十三条》与党国的政策相悖,倒和共产党一个鼻孔出气,这有违一个国民党员的原则呀!"方执一开了口,措辞较严厉。

"执一,这次的世界工会大会,解放区工会和劳协以中国工会统一代表团的身份整体加入世界工联,所以,劳协已成为国共两党工会的统一组织,这个《二十三条》也是两党工会共同的纲领性文件,怎么谈得上违背原则呢?"秦鸿瑞毫不退让。

"是,你已贵为世界工联副主席,在国际舞台上有了话语权,可正因为如此,你处于风口浪尖,才更容易成为靶心,成为各方势力争夺的对象。鸿瑞,当下局势不明,你要小心被共产党利用啊!你奋斗到今天,离不开众人的扶持、党国的培养,你何苦一定要亲者痛仇者快呢?"方执一还在苦口婆心相劝。

秦鸿瑞说:"执一兄,只有侵略者才是敌人。如今日本人投降了,我们的敌人已经滚出了中国,剩下的只有中国人,只有我们自己的同胞,炎黄子孙,血浓于水,何来的敌人呢?"

277

"好了,我累了。"看着两个大弟子争执不休,申亭山眼中的神色逐渐地黯淡下来,沉入一片死灰,他费劲地从沙发上立起身来,说,"我回房去休息了,执一、鸿瑞,你们就留在这里吃饭啊。"

秦鸿瑞慌忙站起身来,暮色中,只觉申亭山无比苍老、憔悴。从前他也清瘦,却还有些仙风道骨的意味,如今却瘦得脱了形,神气也没了,简直就是瘦骨嶙峋。白头发也噌噌都冒了出来。算起来,他也不过五十几岁的年纪,可看上去,竟像是一个行将就木的老人了!秦鸿瑞鼻子一酸,呆立当地,怔怔地望着申亭山缓缓地朝门外走去,只觉得,他离自己越来越远了……

5．劳协被封

1947年的盛夏,空气里弥漫着一股子呛人的火药味儿——蒋介石悍然撕毁政协决议,内战全面爆发。统一的愿望落空,国共再一次成为生死对头。

一纸议案悄悄摆上了重庆市政府的案头,状告中国劳协及秦鸿瑞本人,罪名有三:煽动工潮、危害治安、侵占美国捐款。

8月6日,一个迷蒙的清晨,中国劳协被团团围住,断绝交通,军警包围,严阵以待。重庆市总工会头子在警察局刑警队的配合下扫荡了整个中国劳协,抓捕了包括秦鸿瑞黎黛珊在内的干部工人三十八人,其中二十二人被定性为"共谍",赫然登载在报纸上。

望着报纸上黎黛珊的照片,方执一慌了神。这么些年,尽管黎黛珊永远是近在眼前又远在天边,他方执一无论如何努力也无法靠近,但,正因如此,黎黛珊始终是那云端的女神,是他心中最美好神圣的所在。所以,他万分不舍黎黛珊受到哪怕一丁点的伤害。

方执一连夜找到申先生商量对策。思谋半天,想来想去,如今能救秦鸿瑞的怕也就只有吴坤一人了。

师生二人急急地找到吴坤,历数秦鸿瑞从事工运十七八年的辉煌业绩,以及在抗战期间,奔走国外,争取国际同情与助力的种种杰出表现,无论如何,不失为一个能力卓越的人才。抗战初胜,内争方殷,像秦鸿瑞这样的劳工领袖,自可发挥很大的作用,何苦要去扳倒他呢?

吴坤冷然一笑说:"秦鸿瑞是个杰出人才没错,但要看这人才为谁所用?为谁服务?落到了死对头共党手里,就是一个莫大的祸害!"

申先生急急申辩道:"我已经反复问过鸿瑞,他向我保证,绝不是共产党!除了国民党之外,他没有加入任何其他党派!吴坤兄,这么多年,我申某人的话你总归还能信一句吧?"

吴坤笑着说:"唉!亭山兄!你申先生的'不在话下'闻名上海滩,你我又是生死之交,你的话我怎么可能不信呢?你爱徒心切,我当然也十分理解。我也相信,秦鸿瑞不是共产党,但是,在他的劳协内,搜出那么多共谍来,纵算他是不知情,也难逃疏忽失察的罪名吧?再说,他头上可是顶着贪污美国援助的罪名,当前国库空虚,正在大力惩办贪官污吏,单这贪污一项,就够他秦鸿瑞吃枪子儿的!"

方执一接口说:"吴先生,若说别人贪污,我信,若说秦鸿瑞贪污,我可真不信。先不说他的人品人格,对工运事业的忠诚,单他那个家,我可以领你去看看,你就知道,至今一家四口还挤在一间不足五十平米的小阁楼里,平时他妻子带着俩孩子挤一张床上,他一回家,俩孩子就只能睡在地上,厨房是公用,厕所要到巷子口去上,这个生活水平,就是连一般工人家庭也不如吧?我知道,这么多年,秦鸿瑞在劳协并没有拿过一分钱,至今领的仍然是上海邮局的一份薪水,由于他致力于工运,在邮局内并没有真正升职,薪水也没增加,再加之出国总有些额外开支,日子可是过得捉襟见肘,艰难得很呢!说他贪污,是不是太亏心了?"

申先生也在一旁佐证道:"是啊,秦鸿瑞跟随我二十年,我绝对相信他的操守,他这么多年致力于工运,从不曾想过搞钱,也没有必要搞钱,他绝不是贪赃枉法之辈。"

吴坤说:"你们这么说,我也信了。但是,秦鸿瑞不搞钱,能不能保证劳协里另外的人也不搞钱?尤其那些共谍,拿美国捐款派了别的用场,或是直接转给共产党,这个罪名,怕也不轻吧?"

申先生一听,颓然道:"这个,我们是无法保证的。但最多也就是一个监督不周的责任吧?吴兄,说来说去,我们只是想请你拿一个主意,有什么办法能救秦鸿瑞?"

吴坤手指竖起来,指指天花板,说:"申兄,不是我不帮你,而是,我没有那个权限。这次抓捕,是上面的意思。"

申先生一惊,说:"是……蒋委员长……"

"嘘!"吴坤示意他噤声,点点头。

"这么说,鸿瑞,他……死定了?"申先生失神地喃喃道。

"不,有一个人能救他!"

"谁?"

"秦鸿瑞自己!"吴坤神秘一笑,附在方执一耳边——叮嘱,方执一连忙点头称是。

鸿瑞兄:

　　入狱已有两日,未知一切安好?甚是惦念,想到兄在狱中受苦,弟亦万分煎熬。弟与先生一直在设法营救兄长你,如今有一个法子,便是你签署一份文件,办妥以下诸事,便可救你和黛珊出狱。弟定能保你周全,恢复原职。一、即速再电国外有关团体,说明此事系重庆总工会之纠纷,现中央已派员彻查依法处理中,否则万一国外左倾团体来电,益加兄之不良色彩,公私均无利也,请兄速办;二、现在会内之左倾分子应立即停职,务必请在三天内实行,勿再延误;三、今后勿再有宣传工作;四、请兄准备于九月初召集全体理监事联席会议,商讨调整内部及改选办法。

望兄切切从速执行。性命攸关,切记切记!

弟:执一　上

一封信悄然飘越层层封锁,落到了秦鸿瑞手里。秦鸿瑞已被严密监控,任何人不得靠近。这封信也是方执一上下打点,甚至顶着吴坤的招牌,才得以顺利送进。

方执一焦急地等待着秦鸿瑞的回复,只要他肯签署文件,便可先行放他出狱。孰知巴巴等了近两个小时,居然只等到三个字的回复:办不到!

方执一惊得倒抽了一口冷气!没想到生死关头,这秦鸿瑞仍如此死硬。好汉不吃眼前亏,秦鸿瑞这般圆通之人,这点道理他居然不懂!方执一呆呆地坐在长椅上,一时间再无计可施。

6．庐山

站在著名的"美庐"面前,秦鸿瑞有些啼笑皆非。昨日还是阶下囚,今日竟被请到庐山,面见国民党最高司令长官——蒋介石。当然,"护送"自己的官员警卫多达数十人,明面为护送,实质为押送,不管是自行逃脱还是被营救,都是绝无可能。方执一亦是随行之一。方执一悄悄凑到秦鸿瑞耳边说，申先生特意叮嘱，无论如何，一定要先自保存实力，留得青山在不怕没柴烧。秦鸿瑞知道申、方二人怕自己硬顶，吃了眼前亏。而自己稍有轻举妄动，恐怕就别想活着下庐山。

原来，劳协出事当天下午，郑开先便以世界工联理事会理事的身份召开了记者招待会，邀请了众多中外记者，介绍事件经过，对国民政府提出了四点要求：一、立即释放被捕人员；二、查办此次不法行为的主犯；三、退出用武力强占的机构；四、保障工作人员安全，制止发生同类事件。并向世界工联、各大国总工会，特别是美国劳联和产联发电报，说明事实真相。

此一离奇事件在国内国际上引发轩然大波。《新华日报》发表《声援秦鸿瑞先生的呼吁》的社论。一时间，群情愤慨，舆论汹涌。由于秦鸿瑞的特殊身份，在国际上也引发热潮，国际舆论纷纷谴责国民政府。

> 据美产业工会联合会主任称，阅报悉中国劳动协会被封、职员被拘事件，不胜诧异。美国工人纷纷抗议，咸表愤慨。该会除电请美国国务院调查并准予派员赴华调查外，应请转请贵国政府返还被封所址，释放被拘人员，并将本案真相查明见复。各员并表示：一、美产业工会联合会素采援助我国支持我政府之政策，颇受该会左倾领袖指摘，若我政府压迫劳协，该左倾分子势将乘机煽动抨击，则该会不能不改变其一贯之态度；二、中国劳动协会与美产业工会联合会同属世界工会联合会会员，秦鸿瑞为世界工联副主席，美工会不能坐视劳协或该氏遭受摧残；三、劳协之服务所及诊疗所系美工会捐建，由劳协在援华会监督下办理之救济事业，今遭没收，该会理难缄默

之。查美产业工会联合会会员六百余万,其所属之政治行动委员会有左右政治之势力,不可漠视……

国民政府驻美大使顾维钧通过外交部发来的这封急电,在国民政府内犹如投入巨石,让所有人乱了方寸。蒋介石能够发动内战,很大程度上依赖了美国的援助,因此对来自美国的舆论十分忌惮,深恐"家丑外扬,有损国体",更害怕美国由此断了对华援助。顾大使的急电,让蒋介石看到美国工会的威力,足以左右美国的政治,若从此不再援助国民党,或是转而援助共产党,那可真是糟糕。想不到,一个秦鸿瑞,竟然引起国际社会的震动,作为国民政府这么多年唯一的劳工代表,秦鸿瑞羽翼已丰,难以控制。这个工运领袖,实在让国民党伤透了脑筋。

如此,蒋介石只好亲令,把秦鸿瑞"请"上庐山。

这栋蒋介石送给爱妻宋美龄的"美的房子",果然芳草萋萋,清凉雅静。走进宽敞的客厅,却见美国大使马歇尔正坐在客厅里,悠然自得地看着一份报纸,看见秦鸿瑞进来,马歇尔跃身而起,热情地握住秦鸿瑞的手,拍着秦鸿瑞的肩,故意高声打着招呼:"鸿瑞,好朋友,改天你要请我喝酒啊!茅台!"秦鸿瑞也高声应道:"没问题!一言为定!一醉方休!"马歇尔说:"好!我就在外面等你!"

二人的举动让这一帮随行面面相觑,美国大使公然来给秦鸿瑞撑腰,这事不好办了。秦鸿瑞感激地笑笑,一行人浩浩荡荡朝蒋介石的私人书房走去。

到了书房门口,秘书进去通报,秦鸿瑞等在门口,心里隐隐有些打鼓。门内的毕竟是国民党第一司令长官!曾经在秦鸿瑞,在多少人心里,这个人是神一般的存在。有多少人——包括申先生——因他的一次接见而感激涕零,不惜肝脑涂地。平素里想要见他一面,就跟朝圣一般,也就是大场合里远远地打望一眼。如今,自己终于要见到他了,却显然不会是愉快的会面——自己是在公然反对他,忤逆他!今天下不下得了庐山,还说不好……

正自思量,秘书走了出来,说:"委员长问你,到底是什么了不得的事件?怎么会引得美国大使亲自上门兴师问罪?"

秦鸿瑞一愣,没想到蒋介石是以这样的方式接见——通过秘书门里门外传话,这样也好,免去了当面质问的尴尬。但,显然的,蒋也不高兴见他。

秦鸿瑞挺挺胸,朗声说道:"请转告蒋委员长,鸿瑞非常不愿意以这样的方式打扰到委员长,十分抱歉。而且,美国大使不是鸿瑞请来的,请不要误会。但是,希望蒋委员长体谅,无端查封中国劳协,抓捕几十个人,当然不是小事。也希望蒋委员长能给个公正的说法。"

秘书说:"你打算怎么办?"

秦鸿瑞说:"鸿瑞作为委员长的下属,本不该向委员长提出过多要求,但是,毕竟鸿瑞还是劳协理事长,我们这么多职工无辜被捕,关在监狱,鸿瑞不得不为他们请愿,希望委员长立即释放被捕人员,退还查封机构,并且,希望以后不再发生类似事件。"

秘书点点头,推门进去汇报了。方执一扯扯秦鸿瑞的袖子,轻声抱怨:"对委员长,你还敢提那么多要求!单提放人就好了。"

秦鸿瑞悄悄回应:"好不容易'面圣',我的要求当然要提出。"

少顷,秘书出来,说:"你胆敢向政府提那么多要求,那委员长提几个要求你能不能做到?"

秦鸿瑞说:"委员长吩咐,但凡鸿瑞能做到的,一定为党国忠心效力,万死不辞!"

秘书说:"好,你说得好听,就看你能不能做到!委员长吩咐,你下山后,马上发表宣言表明立场,把解放区工会逐出劳协,然后马上着手召开会议,对劳协进行彻底改组!能做到吗?"

"这个……"秦鸿瑞沉吟,哑然。

方执一急忙在旁边补充道:"没问题,请蒋委员长放心!秦鸿瑞一定能做到的!保证。"

秦鸿瑞想说什么,方执一连忙扯他袖子,向他使眼色。秦鸿瑞深知都是为他好。看这局势,不暂时应承下来怕是无法下山了。

秦鸿瑞微微一笑,未置可否。

秘书点点头,意味深长地看了秦鸿瑞一眼,推门进去。

7."国大"

秦鸿瑞走进劳协的办公室。

自与蒋介石门里门外的"庐山谈话"之后,关押的二十几人尽数出狱,但,仅是保释,不是释放,尤其对秦鸿瑞黎黛珊等几位主要成员,法院提起公诉,也就是说,如有任何不听话,随时可以被依法拘捕带到重庆候审。这一栋主要的办公地点也依言奉还,但到处安插着国民党特务,四处晃荡,其余的机构如诊疗室福利社等均未退还。秦鸿瑞穿越特务们的层层目光的封锁,走进自己的办公室。

方执一进得门来,在秦鸿瑞面前坐下,递给秦鸿瑞一封电报,是发给社会部的,上面写着:限秦鸿瑞三日之内在报刊上公开发表解放区工会退出劳协的声明。

秦鸿瑞看着电报,蹙紧了眉头,默不作声。方执一说:"鸿瑞,庐山上我们已经答应了蒋委员长,务必要尽快发表这个声明。现在,上面追命一样,电话催,电报催,一天追三遍,我们社会部简直不得宁日。所以,不签肯定是过不了关了。"

秦鸿瑞狡黠地说:"执一,庐山上是你答应的,我可没说话呀。这个声明,我不签。要签你签!"

方执一说:"哎,我是替你答应的,当时你也没反对呀!你看,声明我都替你写好了,你签个字就行了。好吧?"

方执一从文件夹里取出一张纸,是一份已然打印好的声明。秦鸿瑞看都不看,起身到柜子里取出一罐咖啡,说:"哎!我这里有一罐上好的美国咖啡,一直没舍得喝,就给你留着呢!怎么样,给你泡一杯尝尝。"

见秦鸿瑞顾左右而言他,方执一急了,疾步走过来,压低了嗓门说:"泡什么咖啡!你看看,贪污援助款的罪名还没洗脱,这几天政府又给你加了密运枪支、企图颠覆政府的罪名,现在重庆法院的拘票已到了上海,随时可以拘你到重庆听候审讯!这可是死罪!所以,签署声明,改组劳协,这是势在必行。只要你拿出态度,还一心向着党国,我一定要尽力保得你安全!"

秦鸿瑞泡了两杯咖啡分放在方执一面前,无奈地说:"执一,我亲爱的兄弟!贪污不贪污,你还不知道我吗?你嫂子经常入不敷出,还要感谢你时不常地买些大米面粉什么的救济,鸿瑞我呀,背个劳协理事长的名,其实呢,还是当年那个穷小子,永远是罗锅上山——前(钱)紧。至于密运枪支什么的,更是无稽之谈。你啥时见我使过枪?执一呀,欲加之罪何患无辞。这你还不懂啊?"

方执一说:"我知道我知道!你是冤枉的。但是,你的劳协队伍不纯,被共产党钻了空子,这也是不争的事实,对吧?当下的政策你知道,蒋委员长是不会允许共产党的存在,所以,你要搞清立场,坚定信仰!要和党国一条心,是不是?"

秦鸿瑞沉默半晌，一笑，说："执一，你说的我都明白。"

方执一想了想，说："好吧！声明给你放在这里，那你就慎重考虑好。鸿瑞，我们中国人，自有中国人的道理。别人可以反对国民党，你我不能。"

秦鸿瑞一笑，说："国民党有情有义，有礼有节，谁会去反它呀，是吧？"

方执一站起身来，说："行，那我先走了。声明给你放在这儿，这几天务必给我签了！签好后我亲自过来取！鸿瑞，你千万记住，万不可走错一步，切不可自毁前程啊！"

方执一拍拍秦鸿瑞的肩，心事重重地走了。看着方执一的背影，秦鸿瑞一阵戚然，什么时候开始，他对方执一虚与委蛇，已经无法说出肺腑之言了？方执一是"方脑壳"，对国民党一味愚忠，秦鸿瑞却是审时度势，识时务者为俊杰。这么些年，秦鸿瑞在国民党、共产党、帮会以及国际社会间不断游走，见过了各国领袖，亲眼目睹各种政治制度之下的工人生活，他早已不是那个眼界狭窄的小邮工，他的见识眼光和格局在整个中国可以说都是少有的。在各种乱象当中，他在不断地观察，不断地思考，不断地选择，到底什么样的新中国才是欣欣向荣的新中国？到底什么样的政党，可以引领广大中国劳工摆脱被剥削被压迫的命运，走向民主和富强？当初他被动地加入了国民党，确实也是准备要效忠国民党，可当国民党抗战胜利之后，种种倒行逆施，又一次向自家兄弟——共产党——举起屠刀，让国共合作、共同建立一个新中国的美好愿景又成为泡影！这实在让秦鸿瑞感觉心寒！如今无端查封劳协，乱扣罪名，现在竟要逼迫自己在劳协内部拿共产党开刀，还派了方执一来苦苦相逼，这可如何是好？

秦鸿瑞点燃一根烟，烟雾腾腾升起，在空中蜿蜒。沉吟半晌，秦鸿瑞起身,推开门,站在门口大喊:"黎黛珊,黎黛珊。"

黎黛珊闻声匆匆赶过来,秦鸿瑞就站在门口,大声对黎黛珊说:"帮我订一张后天去南京的机票!我要去参加'国大'。"

黎黛珊吃了一惊,正要答言,秦鸿瑞使了一个眼色,说:"来,进来我给你交代一下工作。"黎黛珊点点头,两人进得屋来。所谓"国大",是国民党单方面决定召开的"国民大会",其目的是通过一个独裁宪法,让内战合法化,因而遭到共产党和进步人士的一致反对。秦鸿瑞是劳工界选出的"国大"代表。但他一直是拒绝参加这个非法的"国大"的。

秦鸿瑞一面继续大声说:"我已经决定了,后天去南京出席'国大',你赶快给我订机票,切不可耽误!"一面用笔在纸上写着:我们配合演一出好戏。

黎黛珊一见,望了一眼在窗外晃来晃去的特务,心领神会。当即朗声答道:"好的,我立即去给您订票!"

秦鸿瑞继续大声说:"刚才方执一部长来了,带来这份声明,等我改好之后签好字你给他送过去……"

"好的,明白!"黎黛珊一笑,领受任务出得门去。正在门外窗外蹑手蹑脚偷听的特务闻听此言,相视一笑,比出胜利的手势,终于放下心来。

8. 鸭血粉丝汤

罗锦琇收拾好皮箱,默默递给秦鸿瑞。这么些年,丈夫来来往往,离家的时间比在家的时间还多。家只是一个驿站,一个歇脚的旅馆。她就是这样一次又一次地为他收拾好皮箱,递到他的手里,目送他远去,再苦苦守候他归来。等待和仰望,是她固定不变的姿态。

秦鸿瑞提起皮箱,又放下,两个孩子挤过来,怯生生地望着秦鸿瑞。儿子手里紧紧抱着一个皮球,这是父亲给他的唯一的礼物,他万分珍惜。女儿的眼神里盛满了依恋,这个小小的可人儿,虽然见父亲的时候很少,可每次都很亲,见到父亲就腻在他身上不肯下来,此时女儿小嘴一瘪一瘪,就似要哭了。秦鸿瑞心里一痛。看看时间,还早,便说:"爸爸带你们到巷口去吃一碗鸭血粉丝汤好吗?"

两个孩子不可置信地对视一眼,随即欣喜地欢呼起来!可怜这两个孩子,虽贵为世界工联副主席的公子小姐,生活却比普通工人家还不如,巷子口的一碗鸭血粉丝汤便是至高的美味,难得吃一次。而且,更加难得的,是爸爸带他们去!

秦鸿瑞抱着女儿,牵着儿子,兴致勃勃地朝巷子口走去。罗锦琇自觉地没有跟去,她的原则是,自己这般模样,是不能跟着丈夫出门去给他丢人现眼的,哪怕是到巷子口吃碗鸭血汤也不行!

小店里,一人一碗热气腾腾的鸭血粉丝汤,两个孩子吃得兴高采烈,满头大汗。秦鸿瑞看着孩子们饕餮的吃相,心里一酸。这些年来,他成天忙着满世界乱跑,仿佛天下有许多重任要他去担,有许多苍生要等待他去拯救,可是,他独独忽略了自己的小家。两个孩子是怎么出生的他都不清楚,回来一趟,生了一个娃,再回来一趟,又生了一个娃,姆妈说得对,罗锦琇有一块好田。这么多年,他几乎没有带孩子像样地吃过一顿饭,更没带他们出去玩过,孩子的吃相让他心酸——一碗鸭血汤竟让他们如此满足,如此幸福。对于孩子,自己这个父亲几乎是缺席的。当然,今后还有没有机会再与孩子们一起吃饭,当真也是很难说。秦鸿瑞不知道,数十年后,已到耄耋之年的儿女,忆起父亲,儿时记忆里最深刻的,便是这碗

289

热气腾腾的鸭血粉丝汤。

返回家中,秦鸿瑞恋恋不舍地将孩子递给妻子,抚了抚妻子的头发说:"你一个人在家,辛苦了。你身体弱,天冷,洗衣服别碰冷水,记得掺点儿热水。"

丈夫这突如其来的温情把罗锦琇吓了一大跳。一时不知该如何作答,紧张之下,都结巴了:"你,你放心吧。家里……有我呢。"

"嗯,过两天我让鸿宇送点钱过来,日子别太紧巴了。家里有什么事都可以去找鸿宇,啊!"

丈夫从未这般缠绵过,罗锦琇更不安了,不就是去南京开个会吗?就是出国也没这般缠绵过呀。罗锦琇嗫嚅地说:"你,你没事吧?"

"没事,我走了!"秦鸿瑞笑了,提起皮箱,反身走出家门。罗锦琇抱一个牵一个,也跟着丈夫出了门,见到几个眼生的人正在巷子口晃荡,见他们出来,故作若无其事,相继散开,罗锦琇更不安了。这几天总见这几个人在巷子口晃荡,会不会是冲着秦鸿瑞来的?罗锦琇见丈夫孤身一人上了汽车,汽车发动,绝尘而去,罗锦琇心里像是堵了一块大石头,慌乱难受,禁不住落下泪来。

9．香港

国民党特务亲眼见秦鸿瑞孤身一人到了机场,并未与任何人接触,又亲眼见他进了候机厅,这才放心大胆地回家请功。岂料两天后的"国民大会"召开,秦鸿瑞却不见踪影!特务们慌了神,不知状况出在哪里。

原来,那天秦鸿瑞确实订了去南京的机票,确实去了机场,也确实上了飞机,然而,他的抵达地不是南京,而是香港。

国民党撕毁政协决议,悍然发动内战,这让秦鸿瑞对国民党政府失望透了,没想到国民党竟然如此背信弃义,而眼下的中国刚从日军的铁蹄下挣扎脱生,早已千疮百孔,民不聊生,如何再经得起内战,骨肉同胞,相残相杀?抗日,抵抗侵略保卫家园,中国人如何牺牲都无所畏惧。同室操戈,理由和意义在哪里?公道与正义在哪里?秦鸿瑞想不通。可更没想到的是,国民党政府竟公然查封劳协,抓捕劳协同仁,还给自己罗列一大堆罪名。贪污一事,自己肯定是清白坦荡,心底无私天地宽,劳协中是否有人做手脚,尚在清查之中,就算有,自己不过是监督失察的过失,罪过不大。可若是打着查贪污的名义实施政治迫害,那就绝不会让你留得性命。方执一这边再步步紧逼,要他签声明把解放区工会驱出劳协,这是秦鸿瑞万万不愿的。秦鸿瑞眼见上海已无法容身,索性来个金蝉脱壳,转道香港。

香港这颗东方明珠,既是华人聚集地,又是大英租界,各方政治势力难以触及,因其特殊的地理位置和政治形态,成为特殊时期的政治避难所和谋划地。当年申亭山为躲避日本人,躲到香港,如今,众多共产党、民主人士聚集于此,一面躲避国民党的迫害,一面积极谋划中国的未来。当然,也有不少国民党特务在此活动,谋害与反谋害,各种斗争,政治环境极其复杂。

秦鸿瑞到香港后,与何香凝、沈钧儒等民主人士取得联系,积极筹划把劳协总会迁到香港,继续为争取民主和维护中国工人运动的统一团结做斗争。秦鸿瑞与民主人士交往由来已久,因为大家政治理念一致,反对独裁,致力于中国实现民主统一,因而结成同盟。早在半年多前,在陪都重庆,为庆贺政治协商会议成功举行,中国劳动协会和全国邮务总工会等二十三个团体在较场口发起召开庆贺大会,李公朴、郭沫若、马寅初、章乃器等民主人士均坐在主席台上，岂料国民党这边亦派了不少流氓特务参加，为争抢话筒也就是争抢说话的权利，双方在主席台上大打出手，郭沫若、李公朴等人被打成重伤，这在历史上被称为"较场口事件"。劳协为争取民主而坚决斗争的立场，得到共产党、民主人士和广大工人的支持。秦鸿瑞也由此与民主人士成为挚友。

声　明

　　由于政府企图不断摧毁劳工界之统一，强迫中国劳动协会排斥解放区工会于其组织之外，并强迫中国劳动协会公开反共，而本会认为无此必要。本人为此只有离开中国。政府强迫本人参加非法的一党国民大会，本人绝不承认其为能代表全国人民之愿望也。政府对此举不满，想伪造罪名，立即将本人予以逮捕。政府又图假借中国劳动协会名义发表一公告，反对共产党及民盟，但此绝非中国劳动协会所同意，也绝非工人所能允可。本人离沪赴港，因局势危殆，难以在沪继续活动，但本人奋斗仍将努力不懈。

秦鸿瑞

卅五年十一月十日

声明刊登在上海《联合晚报》等进步报纸上，英文版送到上海外文报纸和国外发表。国民党当局企图迫使秦鸿瑞公开发表一个反共声明，排斥解放区工会以分裂工人运动，秦鸿瑞却反其道而行之，公开发表了反对反共和反对排斥解放区工会出劳协的声明。

这一天，秦鸿瑞从中共香港分局书记方方家中出来，乘了一辆人力三轮车，准备返回住所，突然，一辆神秘的汽车打横里冲出，迎面驰来，车夫一看不好，方向一歪，正想闪开，汽车撞上三轮车，当即把秦鸿瑞从车里撞飞出来,甩了一丈多远,跌落地上。车上旋即下来两个人,去查看秦鸿瑞伤情,探到尚有鼻息,两人对视了一个眼色,一人从怀里掏出一把匕首,准备朝秦鸿瑞刺去,这时,郑开先从旁边一辆三轮车上迅捷跳下,旋风般冲过来,一脚踢飞匕首,三人扭打成一团……

原来,郑开先受王云三委托一直在暗中保护秦鸿瑞,此时也在旁边一辆人力车上,准备悄悄护送秦鸿瑞回住处。可撞车事件发生过程不过一分钟,迅雷不及掩耳,郑开先还未来得及采取行动,秦鸿瑞已受伤倒地。

见发生冲突,英国巡捕冲了过来,两人见势不妙,立即跳上汽车,汽车一溜烟,绝尘而去。巡捕鸣放了两枪,汽车一下子驶出射程区,只得作罢。

郑开先立即去看躺在地上的秦鸿瑞,见他满脸鲜血,昏迷不醒。旁边的人力车夫惊惶未定地解释说,那辆车太疯狂了,一下子冲过来,幸好我把车子一歪,没撞上正面,要不,肯定没命了……

郑开先来不及与他多言,抱起秦鸿瑞,冲上自己的三轮车,朝玛丽医院急速驶去。

10. 访客

一个重伤病人,头上裹着纱布,肩部裹着纱布,像一只包裹严密的白粽子,他已经这样在床上躺了好几天。今天第一次能下床,他艰难地挪步到窗边,一个人望着窗外滚滚的江水发呆。

头部撞伤,肩部骨折,伤口的疼痛一阵阵袭来,像是撕裂,又像烧灼,可这些,都比不上他心里的伤痛。他大致明白发生了什么,也大致明白是谁唆使干的,可还是不愿相信。这不是一场普通的车祸,这是一场蓄谋暗杀。就像前不久暗杀民主人士李公朴、闻一多先生一样。凡是不听话者,杀!顺我者昌逆我者亡。秦鸿瑞深知自己已触怒当局,万没料到他们竟会如此丧心病狂,竟公然对自己下毒手,若不是郑开先相护,此时已命丧黄泉。这就是自己曾经宣誓效忠的国民党!这就是号称三民主义、号称民主先进的国民党!

鸿瑞兄:

  惊闻兄在港遭遇车祸,甚为震惊。究竟是偶然,还是人为?无论如何,香港对兄而言,总归说来是不安全了。弟劝兄速速回沪,有何问题,你我兄弟共同面对。相信党国念在兄多年为工运做出的杰出贡献,纵算兄言行有何不妥之处,只要兄能悔悟,必能宽宥。

  自兄走后,嫂子与孩子已不知搬往何处,安全问题亦让人惦念。先生亦天天挂念,夜不能寐。弟更是心急如焚。只盼兄悬崖勒马,回头是岸。切不可再错走一步,自毁前程,且连累家人和朋友。切记切记。

  弟殷切期待兄之回归。

  珍重身体,早日康复。

弟:执一　上

世界工联副主席、中国劳协理事长秦鸿瑞遭遇车祸,引起媒体的极大关注。各路媒体蜂拥而至,国统区的各个工会也均来电慰问。秦鸿瑞单单对上海邮务工会复电,详细说明了受伤经过及伤情,这样上海的亲人朋友便可得知真相,以免牵挂。

一大早,秦鸿瑞便收到方执一这封来信,叮嘱殷殷,劝其"回

294

头是岸",秦鸿瑞阅后,唇边泛起一抹苦笑。当真被当成"浪子"了。

"秦先生,有人来访。已在门口。"护士小姐进来轻声通报。

"是谁?"秦鸿瑞诧异。自受伤后,郑开先和民主人士已对医院进行层层防护,若不得秦鸿瑞亲口应允,不得入内。

"是我!"来人一边朗声答道,一边推门进来,见他虽是瘦削,却气场十足,原来是申先生!

"申先生!您怎么来了!"秦鸿瑞惊喜地迎了上去。

"你都受伤了,我能不来吗?怎么能放心呢!"申亭山嗔怪道。秦鸿瑞心里一阵感动。申亭山虽说是一代枭雄,对自己可真是亲如父子。

申亭山查看了秦鸿瑞的伤情,确认无大碍,方才放下心来。喝口水,喘口气,申亭山开了口:"鸿瑞,听为师一句话,跟我回上海去,劳协的事不干了,为师自有好事体让你做。"

"先生,我上海生,上海长,我的亲人朋友都在上海,我何尝不想回去?但是,如今政治局面已经完全不同,我回去,也发挥不了什么作用,还有一大堆罪名在等着我,国民党您是知道的,能饶得了我的性命吗?"

"不就是个贪污吗?不怕!上法院就上法院!只要不是你贪的,最多是个监督失察,没多大事体!为师一定想法帮你把窟窿填上!"

"若是贪污本身,问题是不大,但,如果是以贪污为名加以政治迫害,那,不置之于死地他们是不会罢休的。"

申亭山听爱徒如此说,心下怃然,热血一涌,说:"别怕!为师定要护得你安全!我拼下这张老脸不要了,我去求吴坤,大不了,我去求蒋中正!想想这么些年,我为国民党做了多少事?花了多少钱？还落下一身病！国民党不会连这点情面都不讲吧？"

秦鸿瑞心下感动，说："先生爱我如子，我是知道，只是如今，您当真还相信国民党，当真还相信蒋介石么？"

"这……"申亭山语塞了。想想抗战之后，自己兴致勃勃从香港归来，满以为自己是抗日民族英雄，上海滩会搭彩楼欢迎他，岂知北站被迎头一击，且是李树生这孽徒亲手所为，后来才得知是出自蒋介石授意——"对帮会的长远政策是消灭"，李树生心领神会，为贯彻执行蒋的旨意，直接拿自己的老师开了刀。想想抗战之后，国民党处处为难，自己处境维艰，战战兢兢，申亭山不禁凄然，长叹道："是啊！现在，我自身尚且难保，又何以保全我的家人，保全你们？我就是蒋介石的一把夜壶，用完了就往床底下一塞，再也见不得人了！"

"鸟尽弓藏，兔死狗烹。这是国民党的一贯做法。国民党如此对待先生，也如此对待别的对它痴心一片、流血流汗的人！需要时合作，转身就举起屠刀！但是，先生，天下不是国民党的，是人民的！得民心者得天下，反之，便是自取灭亡。先生，您没必要对国民党再抱有什么幻想，我们还有别的路可以选择！"秦鸿瑞说得慷慨激昂。

"你是说……共产党？"申亭山狐疑地问。秦鸿瑞默不作声。申亭山想了想，说："罢了！我不相信国民党，可我更不相信共产党。跟着国民党，或许还能有一碗稀饭吃，跟着共产党，恐怕就只能吃枪子儿啰……"

"先生，您不了解共产党，它是为老百姓谋福利的……"秦鸿瑞话还未说完，申亭山便打断他，说："你不要再说了。这些言论让当局听了，恐有性命之忧。鸿瑞，为师也不劝你了，你就待在香港，处处小心，注意安全。另，为师劝你，不要再和国民党作对，你是斗不过他们的,不要以卵击石,这中国呀,眼看是要大乱了!你最好是带着家眷去往国外,过点安生日子。"

"先生,我会处处小心。先生您一定要照顾好自己,身体重要。"

"我晓得。鸿瑞,你我师生一场,为师虽号称学生过万,可绝大多数连名字都叫不上来。为师最看重的就是你和执一了,说你俩是申门大弟子,一点不为过。执一忠诚厚道,最是可靠,而你,性情豪爽,善于交朋结友,遇事机警,总是有一百个主意,什么难题到你那里,都能解决!这一点与为师最为相像!为师左右有你俩,可真是不枉此生啊!"申亭山唇边泛起笑意。

秦鸿瑞也心生感动,握住申亭山的手,说:"先生!学生领受师恩,永生难忘!"

"好,好!"申亭山站起身来,说,"那,我就走了。今日一别,也不知何日才能再见。"申亭山再想说什么,心下一阵凄然,说不下去。转身缓缓朝门口走去。

"先生!"秦鸿瑞伴在身旁,一直送申亭山到门口,见他一个人慢慢地朝着走廊深处走去,那背影如此消瘦,如此孤单,如此惝恍,往日里申亭山永远是前呼后拥,声势浩大,走路生风,可此刻,他的背影甚至有些落寞凄凉,让人心中不忍。他是一个白相人,没有文化,也干了不少缺德事,可他毕竟重感情,讲义气,有一份真,是一个江湖枭雄。如今,不管是哪一个党当家,他的江湖已然不复存在,他和他的江湖就快永远地成为传说了……

秦鸿瑞盯着申亭山的背影,愈行愈远,渐渐消失在走廊尽头,才怅怅地回到屋内。

秦鸿瑞坐在沙发上,燃起一根烟。最近他的烟瘾开始变得很大。正抽着闷烟,郑开先进来了,这病房只有郑开先是出入自由的。郑开先说:"鸿瑞,我给你带来了一个人。""谁?"秦鸿瑞抬头一看,一位身着旗袍的女人闪身入内,岂不是他朝思夜想的黎黛珊?

郑开先善解人意地离开,留下二人。

"伤口,还疼吗?要不要紧?"黎黛珊幽怨地看了秦鸿瑞一眼,面孔有些苍白。

"不要紧,只是肩部骨折,养些时日就好了。你最近可好?劳协那边怎么样了?"

"你走之后,为躲避国民党的追杀,劳协的人也暂都解散了,在家候命。大家都在担心你的安危。真没想到,国民党竟然真敢对你下毒手!实施了这一次暗杀,恐怕还会有第二次,第三次……"

"不要紧,为革命流血牺牲,都是常事。当然,放心!我不会轻易去牺牲。我身上,还有着劳协两百多万工人兄弟的重托,不会那么轻易去死。况且,国民党要杀我,共产党却在护着我,你看,受伤的时候是郑开先救了我,如今,医院这里都是开先安排的人,日夜保护着我,你放心吧。"

"有共产党保护你,我放心。"黎黛珊一笑,起身踱步到窗边,看着窗外的滔滔江水。秦鸿瑞见她消瘦了不少,衣衫里的身体薄薄的,有种只见衣衫不见人的感觉。想想她已经年岁不小了,整日里为了劳协的工作四下奔波,至今依然是孑然一身,身边连个说话的人都没有,不觉心生怜惜,也走过去,并肩站在窗边,说:"黛珊,你,确实应该考虑一下个人问题了。"

黎黛珊侧过脸看了他一眼,眼睛朗若晨星,说:"我说过,我是不婚主义。"

"不,黛珊,人,总是要成个家,女人,怎么能不嫁人呢?"

"我想,我已经嫁了。"

秦鸿瑞一惊。这许多年来,他一直与黎黛珊心有灵犀,尤其是被山本抓捕之后,历经生死一劫,本已决心携手一生,岂料姆妈重病,将自己推入到一桩不得已的婚姻里,对黎黛珊一直心存歉意。可这已经嫁了,却又是何意?

"黛珊,我知道,我十分对不起你,造化弄人,也是无奈。但是,婚姻大事不是儿戏,你切不可意气用事……"

"多年以前,我就已经嫁了。当我站在红旗下宣誓,为共产主义事业奋斗终身,那时,我就已经嫁了。此心不改。"

"你是……共产党?"秦鸿瑞大惊!

黎黛珊坚定地点点头。

"什么时候加入的?"秦鸿瑞倒吸了一口冷气。

"读大学的时候,当我上街游行演讲的时候,我就被组织看中,光荣地加入了共产党。"

"也就是说,当我第一次见你的时候,你就已经是共产党了?"

"是,而且,组织上有意让我接近你,因为工人和农民是基础的群众力量,也是共产党最可依赖和信任的群众力量,你是工人阶级的杰出代表,所以,组织上有意培养你成为工人领袖,可以引领广大工人阶级走上正确的革命道路。"

秦鸿瑞惊得说不出话来。这么多年,黎黛珊陪伴在身边做他的秘书和搭档,教他英语,培养他的礼仪,国内国外,风风雨雨,不离不弃,他一直以为她做这一切,是源自于感情,源自于爱,万没料到,竟是出于政治目的,这让他的情感遭受重大打击!秦鸿瑞森然道:"你是说,你是共产党派来策反我的?"

"不是策反,是帮助你。"黎黛珊神色坦然。

秦鸿瑞失笑,说:"你的意思是,我这个中国劳协理事长、世界工联副主席,竟然是你们共产党培养的啰?"

黎黛珊迎上他的目光，说："难道不是吗？"

秦鸿瑞一怔。回想这一路，若没有黎黛珊点点滴滴的精心扶持，真难说会有今天。想到此节，秦鸿瑞心里一阵难受，一切都变了味儿。眼前的黎黛珊，突然一下子变得那么陌生，甚至可怕。他哑声道："原来，你接近我，并不是因为感情，而是，为了……功利……"

"我对你，当然是有感情。我最期望的，当然是和你结为革命伴侣。然而，当你和罗锦琇成婚的时候，我就心死了。当时我也想离开你，我再也受不了在你身边，而你另有枕边人的事实，但是，组织上要求我必须继续留在你身边，协助你工作！这是命令，没有讨价还价的余地。我们共产党人，必须以集体利益为重，个人情感只能放在其次。所以，我每天咬着牙，横着心，哪怕是心碎，也要和你并肩战斗。这是一个共产党员的选择，所有的共产党员都会这样去做。"

"哈哈！你不要忘了，我是一个国民党员！如果你策反不了我呢？培养我到今天，岂不是鸡飞蛋打？"

"不会！"黎黛珊昂然答道。

"为何这般自信？"

"因为，我和你，都不是为了一己私欲。第一次去日内瓦开会，你告诉我，你是为了广大的工人阶级谋福利，你服务的是工人阶级，而不是哪一个政党。当初选择加入国民党，不过是因为国民党是执政党，不加入就无法继续做工运，就无法实现你的理想抱负。所以我告诉组织，你是值得培养和信赖的人。而现在，你已经看到，国民党共产党，究竟是怎么做的，究竟是谁在真正为受苦的老百姓说话、做事、谋取利益，又是谁在拼命榨干老百姓的血汗？国民党在策划打内战，大搞腐败、贪污，弄得通货膨胀，民不聊生，而共产党在解放区搞生产,自力更生。你是一个睿智的人,你身上肩负着劳协两百多万工人兄弟的重托,你会看清真相,做出自己正确的选择。"

"你们倒是把我分析得很清楚。"秦鸿瑞冷哼。理智上,他承认黎黛珊说的都对,情感上,却是接受不了。这么多年,自己在明,黎黛珊在暗,感觉自己像一个透明人,分分毫毫被对方尽收眼底,无所遁形。

"以前你为什么不告诉我,你的身份?"

"这是组织纪律。为了保存实力,不到时候,不可以暴露身份。"

"今天为什么告诉我?"

"因为,你已经走到最关键的一步,何去何从,你必须做出最慎重的选择。国民党已经不容你存在于世,他们的屠刀已经对你高高举起。现在,上级让我正面和你接触,是想对你说,共产党对你敞开怀抱,随时欢迎你!"

秦鸿瑞猛然想起一节,问:"你的上级是谁?"

"王云三同志!"

秦鸿瑞恍然明白,从五卅运动起,自己代表邮局去送捐款,初见王云三,竟是结下不解之缘,这之后的一切,包括黎黛珊,包括郑开先回上海,都是王云三安排的!

秦鸿瑞说:"我身边,还有哪些是你们的人?"

"秦鸿宇、沈丹晨,还有,已经去往解放区的一位故人。"

"我被你们包围了!"秦鸿瑞惊呼。

"是的,除了愚忠的方执一,都是我们的人。"

"所以,这么多年,方执一对你一片痴心,你却拒不接受,也是因为政见不同?"

黎黛珊一笑,没有答言。

秦鸿瑞说:"明白了。我承认,共产党确实很强大!很了不起!现在,国民党确实让我很失望很寒心,并不是因为对我如何,只要他做得对,杀了我也无怨无悔,但是,他们倒行逆施,出尔反尔,搞分裂打内战,实在让人寒心失望。你说得对,工人阶级才是我的信仰,国民党背弃了信义,损害工人阶级的利益,我可以唾弃它。但是,我可以负责任地告诉你,你策反不了我,我也绝不会加入共产党!"

"加不加入,是你个人的选择。不加入共产党,和众多民主人士一样,也可以和共产党成为朋友,也能很好地为广大老百姓谋福利。"

秦鸿瑞不再答言,反身坐回沙发上,疲惫又无奈地闭上了双眼,仿佛想关闭掉眼前的一切。

看着那双明亮清朗的眸子被关闭在沉重的眼皮下,整张面孔都失去了神采,日月星辉仿佛都黯淡下来,眼皮下的眼珠却在不安分地滚动,宣告着主人内心的不平静,黎黛珊心下凄然,情知秦鸿瑞误解了自己,以为自己心机太深,仅仅是因为革命而接近他,仿佛是在利用他,没有一丝真诚的情感。

不,不是这样。从认识秦鸿瑞开始,一直有两个黎黛珊在体内交战。一个是作为女革命者的黎黛珊,必须冷静、理智、识大体、顾大局;另一个则是作为女人的黎黛珊,简单、透明、至情至性、为爱而生。两者每每交战激烈,此起彼伏,此消彼长,最后,基本都是前者占了上风。

十数年前在方家客厅里的初识,遭遇了那一双撼人心魄的眼睛,从那一刻起,石破天惊,作为女人的黎黛珊已经爱上了他!然而,情知方念一大小姐对秦鸿瑞一往情深,秦鸿瑞对方念一的态度一时也辨别不明,不管是顾念小姐妹情谊,还是顾及革命的大局,都不宜轻举妄动,只能是按捺住躁动的情愫,边走边看。

当时方执一与秦鸿瑞都刚在工运中崭露头角,难分伯仲,甚至说,无论学历、家世,还是个人的文化底蕴,方执一都比秦鸿瑞略胜一筹。然而,不管是作为女革命者的黎黛珊,还是作为女人的黎黛珊,心中都难掩对秦鸿瑞的偏爱,"围炉夜话"中,总是着意培养着秦鸿瑞。那些打着学习英文旗号的对白,暗藏了少女多少隐秘幽怨缠绵悱恻的心事。后来组织上之所以锁定把秦鸿瑞培养为工运领袖,虽是出于王云三的授意,亦是由于自己的力荐,公私纠缠,难分难解。直到二人双双被捕,被山本重新押回七十六号,情知这一去恐再难活命,死亡面前,作为女人的黎黛珊终于第一次,也是唯一的一次彻底占据了上风!月光下两人执手而行,倾诉心声,相约来世,山上小树林里那一段"死亡之路",竟被两人走得浪漫潇洒,荡气回肠。回想起来,那短短数十分钟路程,竟是黎黛珊这一生中最快活的时光,就算当真立即赴死,也心甘情愿。

未承想,一腔痴情奔往枫泾,遭遇的却是秦母"逼婚",眼睁睁看着心上人走进洞房,新娘,却另有其人。在枫泾的小镇上,作为女人的黎黛珊喝酒买醉,长歌当哭,无数次想踊身跳入河中,让河水涤净自己心中的苦楚、怨艾、委屈、伤痛……作为女革命者的黎黛珊却不得不故作潇洒地在信中说,"世俗的婚姻里只容得下凡夫俗子的配对,只容得下柴米油盐的苟且,容不下两心相许的真爱……"说"我黎黛珊,还不屑于在一张婚姻的大旗下,苟活一世……"

徐志摩在《这是一个懦怯的世界》一诗里说:

这是一个懦怯的世界,
　容不得恋爱,容不得恋爱!

303

披散你的满头发,
赤露你的一双脚,
跟着我来,我的恋爱,
抛弃这个世界,
殉我们的恋爱!

我拉着你的手,
爱,你跟着我走;
听凭荆棘把我们的脚心刺透,
听凭冰雹劈破我们的头。
你跟着我走,
我拉着你的手,
逃出了牢笼,恢复我们的自由!
……

　　这种至情至性炽烈如火的激情,多么为黎黛珊所羡慕!作为女人的黎黛珊,和每一个失恋的女人一样,失落、恓惶、伤心,更有嫉妒。她的路有两条:一,施展一切的手段,离婚也好,私奔也罢,把秦鸿瑞抢过来,两人把整个的世界抛到身后,管他什么主义,管他什么革命,统统抛诸脑后,从此天涯海角,双宿双飞,只羡鸳鸯不羡仙……二,抽刀断水,彻底离开,从此相忘于江湖,永不再见。然而,作为女革命者的黎黛珊,却不得不收拾起自己所有的哀怨、苦楚、心碎、嫉妒……不能前进亦没资格撤退,只能勉力挺直了脊背,作为助理和秘书,继续陪伴在秦鸿瑞身旁,尽心尽力支持、帮助、扶持着秦鸿瑞。看他从一个懵懂的小邮工一步步成长为工运领袖、世界工联副主席,其间黎黛珊付出了多少的心血,当真是一言难尽。看到秦鸿瑞夫妻和睦,喜添贵子,作为女人的黎黛珊心在滴血,作为女革命者的黎黛珊却不得不强作大度,得体地在孩子的满月酒上送上一份贺礼……

黎黛珊说"不婚",只是伤心人别有怀抱,"曾经沧海难为水,除却巫山不是云"。不管是作为女革命者还是作为女人,这是她唯一的统一,唯一的坚持,唯一的自主选择,唯一的尊严。对,多年以前,她就已经嫁了,所以,她只能一遍又一遍用党章里对共产党员的要求来告诫自己:"中国共产党员必须全心全意为人民服务,不惜牺牲个人的一切,为实现共产主义奋斗终身……"

此时,此刻,见到受伤的秦鸿瑞,裹着纱布,蜷缩在沙发的角落里,不像一个威风凛凛的世界工联副主席,倒像是一个受尽委屈的孩子,黎黛珊心里不可遏制地升腾起一股母性的恻然的柔情。女人内心里对一个男人动了怜,想去呵护他宠爱他照顾他,想去付出去给予,甚至忘了自己,这就是爱的圣徒,是爱情的至高境界。是的,作为女人的黎黛珊,只想冲过去,一把抱住秦鸿瑞,感受他的体温,呼吸他的呼吸,轻抚他的伤处,亲吻他的面颊、眼睛、嘴唇……全身心地去给予、去得到……然而,作为女革命者的黎黛珊,却只能保持冷静、清醒和理智——天知道,这时候她多么痛恨自己的冷静、清醒和理智。她走过去,坐在秦鸿瑞侧边的沙发上,对着这张至亲至爱的面庞,用不带一丝私人情感的声音平淡地说:"我还想告诉你一件事,我要走了。"

"去哪里?"秦鸿瑞仍是闭着眼睛问。

"美国。"

"什么?"秦鸿瑞睁开眼睛,坐了起来,"去美国干什么?"

"去向世界工联陈述真相,请求处罚。"

"那笔捐款,果真是你……贪污……的?"秦鸿瑞再一次惊骇,几乎有些结巴。正是那笔捐款不翼而飞,劳协才被起诉,被查封,被抓捕,才有了秦鸿瑞的被迫逃离和被暗杀。天可怜见的,黎黛珊竟然会是始作俑者?!

"不是贪污。我没有拿一分钱。我把款全部转到了在香港的民主人士的账上,支持民主人士的斗争。"

"你为什么要这样做?"秦鸿瑞激愤之下,声音颤抖。

"这些民主人士都是国之精英,都是一腔热血,为了国家的民主富强呕心沥血,可是现在,他们遭到国民党的迫害,远离祖国,流离失所,躲避在香港这弹丸之地。但他们仍在为团结统一奔走呼号,难道不应该援助他们,支持他们吗?李公朴、闻一多已经付出生命的代价,我们不应该为民主人士提供安全保障吗?这些,都需要金钱。"

"可是,美国的捐款是专款专用的,你随意挪用,这就是贪污、这就是犯罪!"

"美国的捐款,是捐给中国人民的,是捐给广大工人和穷苦人民的。但是,国民党把这些捐款以各种名义转走,大多数并没有用于建设,而是层层刮油,中饱私囊,这才是真正的贪污,犯罪!"

秦鸿瑞瞪着黎黛珊,瞠目结舌,就像是不认识她似的。良久,才哑声问道:"这,也是共产党要求你干的?"

"不是,也是!这是每一个有良知的共产党员都应该自觉去干的。所有的事情都是我一人所为,与你无关,与劳协无关。我马上启程去往美国,向世界工联说明真相。"

"你不能去!你去了会有危险!这个责任,我来承担!"惶恐之下,秦鸿瑞抓住了黎黛珊的手,恐怕一放手她就飞了。

"放心,不会有事。"黎黛珊轻轻抽回自己的手,抿起嘴角,笑了。那样苍白,那样柔弱,又那样坚强,那样美丽,那样凄然。秦鸿瑞痴痴地望着她,内心里五味杂陈,搅得五脏六腑都翻滚起来。

砰,门推开了,一个妇人颤巍巍地一路跌跌撞撞地奔过来,怀里抱着小的,手里牵着大的,以不可思议的速度飞奔到秦鸿瑞面前。妇人放下孩子,坐在秦鸿瑞身边,用手轻轻触摸着秦鸿瑞头上、臂上的纱布,嘴里喃喃道:"囡囡她爸,这,这是怎么了?怎么会这样,怎么会这样……"眼泪大颗大颗地流下来,糊了满脸。原来是罗锦琇闻讯带着两个孩子赶到了。阿大怯生生地站在一旁,惊惶地望着被裹成粽子的爸爸,囡囡却扑过来,倚在爸爸腿上,哭喊着:"爸爸,爸爸,你怎么了?你痛不痛啊,囡囡给你吹吹,爸爸,爸爸……"

一时间,大人哭,小孩喊,闹成一团。秦鸿瑞轻声劝道:"没事,我没事,别哭了,还有客人呢!"

啊?罗锦琇惊惶地转过头来,这才看见尴尬在旁的黎黛珊。推开门,她满心满眼都是秦鸿瑞,全然没注意房间里还有别人。罗锦琇赶忙掏出手绢去擦眼泪,一边擦,一边暗自懊恼自己又给丈夫丢了人。罗锦琇好不容易擦干了眼泪,躬身冲着黎黛珊笑笑,那笑容是歉意的,怯生生的,甚至还有些小心讨好的,好像她做错了什么事,需要得到对方原谅。

"嫂子到了,这太好了。鸿……秦鸿瑞这里,正需要人照顾。那我就走了。"这是黎黛珊第一次在狭小空间见到罗锦琇,内心犹如被重锤一击,晃晃悠悠地站起来,竟有些虚脱的感觉。

"不,不,你们聊,你们聊正事,我,我带孩子先出去。"罗锦琇也慌忙站起来,张皇地说。她已经认出是谁,在姆妈的病榻前,秦鸿瑞带了她回来,她见过。她还知道她的名字——黎黛珊,这名字曾像一根刺,深深地扎在她的心上。现在,她看着黎黛珊,惊诧于她的美!有一种女人,竟是不怕老的,岁月的流逝像是一把手术

307

刀,把她的美雕琢得更为精致,更为出色。罗锦琇觉得,就连自己,都忍不住要喜欢她了!相形之下,生了两个孩子的自己又土又老,简直和她像是两辈人了。罗锦琇不自禁地瑟缩起来。

黎黛珊看着罗锦琇,面如满月,沉静大方,一副有福气的面相。是啊,她那样率真、单纯、自然,不管不顾地扑过来,又是哭又是喊,作为女人的自己想做而不敢做的,她都做到了。当然了,她有这个资格,她是他合理合法的妻子!自己算是什么?看看她,一儿一女,夫妻团圆,是多么温馨幸福的画面,让人眼红眼热。而自己,茕茕独立,形单影只,活像是一个孤魂野鬼!想到此节,不觉气馁,是啊,人家夫妻团圆,自己在这里碍什么事。勉强打起精神笑笑,说:"不,不,我走了。"

黎黛珊走了,她竭力地昂起头,挺直了背脊,就像是竭力在维持她最后的尊严。秦鸿瑞想,这个女人,永远都不肯放弃她的骄傲。

罗锦琇从包裹里取出一包一包的食物,用小盘子装着,一碟一碟的,有丁蹄,有卤牛肉,有烧鸡,有状元糕,有一罐排骨汤,还有一瓶黄酒,全是秦鸿瑞最爱吃的,把个病房变成了香气四溢的餐厅。秦鸿瑞一看,肚子便叽里咕噜叫了起来,自受伤以来,一直没怎么好好吃过饭,当即胃口大开。罗锦琇一勺一勺地喂着丈夫,看他吃得香甜,目光里满是疼爱和宠溺,阿大和囡囡吵着要吃,罗锦琇不住地向他们使着眼色,示意给爸爸留着。秦鸿瑞赶忙叫孩子,吃,一起吃,两个孩子欢快地抓起食物往嘴里送,咯咯咯地笑。一时间,病房里充满天伦之乐。

吃罢了,天色也晚了,两个孩子歪在沙发上睡着了。罗锦琇打着热水给丈夫擦洗了脸和手脚,扶着丈夫在床上躺下,给他捏着肿胀的腿和脚。

"那个黎小姐,可真漂亮!"罗锦琇轻声地说。

"什么?"秦鸿瑞本要睡着了,一听这话,又醒了。

"那个黎小姐,可真漂亮!比电影明星还漂亮,就像天仙一样。"罗锦琇轻声说着,笑微微的,不像是生气的样子。

"哦,怎么想起说这个。"秦鸿瑞闷闷地答道,多少有点心虚。

"我晓得,我配不上你,我又土又不好看又没文化。现在是新时代了,不时兴纳妾了,当然,黎小姐那么高贵,肯定也不能委屈她当妾……"罗锦琇兀自喃喃,秦鸿瑞打断她,说:"你在胡说些什么?"

罗锦琇突然奔到秦鸿瑞面前,说:"我是说,你,你可以和我离婚,你应该和黎小姐在一起。我不会怪你,我只要你幸福。但是,但是,我只有一个请求,你不要赶我走,你允许我带着孩子留在家里,给你们当丫头,当老妈子,都行,只要允许我伺候着你就行……"

秦鸿瑞抬起头,愕然地望着罗锦琇,看着她哭得红肿的眼睛,显然的,从得知消息开始她就在不住地流泪,一边流泪,一边还不忘大包小裹地准备他喜爱的吃食,抱着小的拖着大的,颠着一双缠过又放开的"解放脚",忍受着渡轮的颠簸,来到全然陌生的香港,见到丈夫的病房里坐着多年以来的"情敌",不敢生气,主动让位,唯一的要求,是允许她做个老妈子……

秦鸿瑞心里一痛。当时,他和黎黛珊正谈得不投机,一个女革命者的黎黛珊让他感觉那么陌生,那么冷酷,甚至有些可怕。当然,他并不知自己其实是误解了黎黛珊,而黎黛珊故意不解释,任由他误解,是为了不搅乱他的心境,不影响他的家庭,只独自把情愫和苦涩深埋。这是一种更高尚的情感,更深的爱。不久的将来,他就会明白。而当时的他,正陷于因黎黛珊"无情"的沮丧中。这时，罗锦琇拖娃带仔进得屋来，大人哭小孩叫，那一瞬间，他不但不觉得烦，反而觉得亲切、熨帖。看着罗锦琇那张布满泪水的脸，他第一次发现罗锦琇是个并不难看的女人，甚至说，挺好看，是自己一直以来没有好好正眼瞧过她。这些天，这么多的访客，包括黎黛珊，一个个衣冠楚楚，隐忍节制，满嘴大道理，只有罗锦琇，不问为什么，不问有何阴谋，也不顾自己形象，哭得那么放肆那么难看——她在心疼他！是的，罗锦琇不懂得那些主张，那些主义，那些斗争，她全部的世界，便是这个家，丈夫就是她的天，孩子就是她的地。曾经，她精心伺候婆母数年，代替秦鸿瑞向姆妈尽孝，如今，她生儿育女，用心血耕耘着自己的小家，她不是革命者，她是自己的老婆！一天下来，访客有如走马灯，太多的主义，太多的阴谋算计，太多的黑暗争斗，他累了，他只想要罗锦琇这个清白无辜、单纯可靠的港湾。

秦鸿瑞拉住了罗锦琇的手，这双手在家务的浸泡里早已粗糙不堪。这双手被握住，有些惊慌地颤动了一下，立即便乖乖地被握牢。秦鸿瑞说："锦琇，黎黛珊只是我的工作伙伴，你，才是我的老婆，我的家。今天，我以姆妈的名义发誓，我秦鸿瑞这一生，只有你这一个老婆，永远只有你一个老婆。绝不休妻另娶。此生有你，足矣。"

月光透过窗扉，温柔地洒在罗锦琇的头发上、脸庞上，这战乱纷飞的香港，难得的花好月圆夜。

月朦胧鸟朦胧。

11．护照

执一吾兄：

　　先生带下手示，拜悉一是。兄之期望，弟已明悉。甚为感激。先生提及返沪一事，此决议出自先生之命，弟当然愿返沪工作。惟事实并非那么简单。第一，弟法院有案，若真是贪污，罪过不大，而因政治关系而加以贪污之名，一条就是死刑；第二，现在政治局面完全不同，弟返沪也不能发挥任何作用。

世界工联拟派代表团赴日，弟亦被邀请为代表团团员之一。弟曾函外交部特派员及广九总支部，此乃官样文章。于此情形下，政府当然不准弟前往参加。

外界谣传以为兄与弟已分裂，实际非然。目的则一，惟所经之道路曲折不同耳。现时弟要提倡的只有两点，即民主与平等。这均在三民主义范围下之原则。弟为这一理论而奋斗。兄于工运努力二十余年，当亦能同情这个工运论调的真谛。当然于此时政党纠纷之下，无法开展工作，弟拟于理论文化上做一些工作。吾兄目前实际困难与环境复杂，弟十分同情与深切了解。吾兄与弟已有二十多年之关系，彼此了解深切，谊同手足。且多在先生指导下工作，一切多承关照协助，至为感谢，还请宥谅。

专此，即请

台祺

弟：鸿瑞　上

之前，国民党政府拍了一封加急电报到世界工联秘书处的办公室案头：中国劳动协会第四届五次理监事联席会议上，一致推选方执一为理事长，出席在捷克斯洛伐克的布拉格召开的世界工联理事会议，请世界工联否认秦鸿瑞、郑开先为中国劳动协会代表。

世界工联总书记路易·赛扬复电说，秦、郑二人是世界工会联合会执行委员会委员和理事，秦氏于1945年10月在大会上当选为世界工联副主席，我们并未获知更动秦氏劳协理事长之决定。我们注意你们的通知，愿意进行调查，以确定秦氏从中国劳协负责地位选掉的事实。

调查过后，世界工联仍然通知秦鸿瑞、郑开先出席布拉格世界工联理事会议。

秦鸿瑞到国民党外交部驻香港办事处办理签证手续，领取护照时，却被告知，护照已被吊销！原来，国民党见世界工联对己方要求不予理睬，继续邀请秦鸿瑞参加会议，便采用这一招，釜底抽薪。没有护照，看你如何成行？

秦鸿瑞仍是笑意盈盈，说："主任，我要去参加世界工联大会，你们却吊销我护照，这太不妥当了吧？如果我召开新闻发布会，揭露你们阻碍世界工联大会，这就不好了吧？都是同胞，都是为党国做事，何苦要为难自己人呢？低头不见抬头见嘛。是吧？"

办事处主任呵呵冷笑，说："你是党国在报上公开通缉的逃犯，还提什么工联大会，别做梦了！你早已不是中国劳协理事长了！等待你的，是牢狱之灾！"

秦鸿瑞看情势不妙，多说无益，无奈之下，只得回到住所。没有护照，可如何成行？秦鸿瑞绞尽脑汁，设计了N种方案，可哪一种都还不够完美。恰在此时，敲门声响起，三下长，三下短，再两长一短，正是郑开先与他约定的敲门信号。遭遇车祸事件后，秦鸿瑞在郑开先的安排下搬到了一处隐秘的住所，楼下都有郑开先的人四处巡逻，为保险起见，敲门声也设了暗号，不对绝不开门。

秦鸿瑞打开门，吃了一惊，来人竟不是郑开先！但这张脸却熟悉无比——竟是原上海邮局的同事王其翰。王其翰笑嘻嘻的，手里晃着一本护照，说："老郑让我来找你。"

秦鸿瑞又惊又喜。当年王其翰在栈房间受日本人松井扇耳光欺负,秦鸿瑞出头替他打抱不平,后来秦鸿瑞在邮局做工运时,王其翰一直都是积极分子,见是故人来,又是受郑开先委派,秦鸿瑞赶快开门请其坐下。原来,王其翰已调到外交部驻香港办事处工作,外交部来电交办此事时,正好由他经办此事。护照就在他手里掌管。如今他偷偷取来送给秦鸿瑞,嘱他赶快前往布拉格参加大会。

王其翰说,这本公务护照最多只能在外交部未发现之前护他出港,很快就会失效,所以必须尽快办理护照的延期手续。

"可是,外交部已经通知吊销我护照了,到哪里办得了延期呢?"秦鸿瑞不禁踌躇。

王其翰一笑。

原来早有安排。王其翰在接到外交部电话交办吊销护照之事时,身边还有其他同事,王其翰无法不照办,但外交部没有讲明把电报发往哪些驻外使馆,王其翰便把发电报范围缩小,只发到驻伦敦和巴黎的大使馆和香港办事处。所以,秦鸿瑞只要避开这两个大使馆,到欧洲别的国家办理护照延期和签证就没有问题。

"现在,国民党政府已与港政府交涉,要押解你回重庆地方法院法办,所以,你明天一早就走,不要迟疑。"王其翰掏出一张机票。

"可是,你为什么要这样做?"秦鸿瑞心存疑惑。固然二人是邮局同事,可并无深交,偷出护照的事一旦败露便是大罪,王其翰何以要冒着如此大的风险来帮自己?

王其翰一笑:"是郑开先同志交代给我的任务。"

"所以,你也是……"秦鸿瑞惊呼。

王其翰微笑着点点头,说:"你做的事,是为中国的团结统一,

313

是为了广大工人弟兄的利益,所有的工人兄弟都会支持你。明天一早,郑开先同志在机场与你会合,和你一起走!夫人和小孩,我会护送他们回上海,隐居起来,并会派人保护,负责他们的安全。你放心。至于我,你不用担心,组织自有安排。"

王其翰走后,望着眼前的护照和机票,秦鸿瑞心神恍惚,感慨不已。自己是国民党员,国民党政府却一再逼压,公开通缉、吊销护照、暗杀……无所不用其极,不把自己置之于死地绝不罢休。而共产党这边,却一再出手相助,从出"车祸"时的殊死一搏,到安排人去上海接来妻儿探望,到拿到护照助己成行,到安排妻儿的生活安全……时时处处,温暖熨帖。

明天一早,自己就将离开香港,这一别,将意味着某种意义上的决裂与新生。

风萧萧兮易水寒,壮士一去兮不复还。

执一吾兄:

  这次来香港,本不拟来欧。无奈外交部办事处已设计吊销弟之护照,并要港政府交涉,解送重庆地方法院归案。弟怕港政府挡不住,同时港府示意要弟即离港,此种情形之下,弟只有离开香港暂到法国。

  我们是好弟兄,好朋友。弟回想过去,吾兄与弟朝夕相处,遇事不论巨细,无不共商。社会上看法,执一鸿瑞,都以为一体也。现在到此地步,究竟是谁的错呢?也许将来我们年纪大了,头发都白了,吾兄与弟再讨论这一次又一次的经过,也许很有意味。

弟:鸿瑞　上

一封一封的书信,伴着秦鸿瑞一路跋涉的脚步,写给他的执一兄。一路辗转,途经西贡、巴黎、伦敦……赶到布拉格时,已是深夜,第二天世界工联理事会议便将召开。

第二天一大早,秦鸿瑞与郑开先匆匆赶到会场,到了大门口,门卫却不让进,说:"你们中国的代表已经报到了,说你有案在身无法来参加大会,所以由他们顶替。"

"世界工联的邀请函明明是发给我们的!是谁在冒名顶替?"秦鸿瑞惊疑。

"是我!"一个熟悉无比的声音在空中响起!秦鸿瑞转头一看,面前赫然站立的竟就是他朝思夜想的执一兄!

方执一面色端严,说:"你犯罪潜逃,已被开除党籍,也被开除出劳协。党国已在上海重组劳协,由我担任理事长。所以,世界工联理事会议当然是由我做代表参加。"

秦鸿瑞惊得目瞪口呆,眼前的执一兄竟似变了一个人,那般冷酷,那般无情。一股热流涌上眼眶,又硬生生逼回去。秦鸿瑞颤声说:"执一兄,你,你是知道的,国民党政府对我欲加之罪,一再迫害,你,你怎么能相信他们?怎么能……"

方执一说:"秦鸿瑞,是你,让我太痛心!我一再劝你悬崖勒马,让你不要自毁前程,你太让我失望了!你竟和这些共党分子搅和在一起,你被灌了迷魂汤了!"方执一手指郑开先,义愤填膺的样子。

"义兄……"郑开先开口道。

"不要这样叫我!当初是我瞎了眼,收留你,收留一个祸害!你不但自己误入歧途,还害了鸿瑞……"方执一也哽咽了,说不下去。

秦鸿瑞稳定一下情绪,说:"执一兄,是国民党倒行逆施,搞

315

分裂,打内战,自绝于人民。弟所做的,是一个有良知的中国人所该做的,是为了广大劳工,是为了中国的前途命运。弟问心无愧。"

"一女不嫁二夫!你加入党国,却又和共党分子搅在一起,这是背叛你知道吗?先生教我们的忠义二字,你忘了吗?"

"忠义不是愚忠!谁代表正义真理,我就支持谁……"

两个中国人在会场门口一边大声争辩,一边眼泪汪汪,弄得会场工作人员不知所措。正在此时,一行人走了过来。

一个女子的声音清朗地用中文说道:"你们不要争了,听主席裁决吧!"秦鸿瑞等人抬眼一望,世界工联主席席德林身边赫然站立的竟是黎黛珊。这么多年,黎黛珊陪同秦鸿瑞参加大会,与主席也是老朋友了,只是没想到他俩居然会站在一起。

主席说:"自1936年以来,一直是秦鸿瑞先生代表中国参加国际劳工大会,这么多年以来,秦鸿瑞先生为世界工运做出了杰出贡献,我们只认得秦鸿瑞先生,也只认秦鸿瑞先生及他所推荐的代表。现在,我们请秦鸿瑞先生和郑开先生入场开会,这位代表请回。"

方执一急了,说:"主席先生,秦鸿瑞已是罪人,我才是中华民国代表,我代表蒋介石先生的旨意……"

主席说:"这件事,黎黛珊小姐已经给我解释清楚,我们已经查明,这笔款是经过黎黛珊小姐汇到了香港民主人士的户头。当然,这件事如何处理我们会另行商定,可能会撤销对中国劳协的援助,也许会对黎小姐有所惩罚。但可以肯定的是,此事与秦鸿瑞先生无关。所以,秦鸿瑞先生和郑开先生仍是大会的合法代表。"

方执一下子盯住黎黛珊,脸上是难以置信的表情。"黛珊,黛珊,怎么会是你？不,你不要替秦鸿瑞开脱,这不关你的事。"

黎黛珊笑了,说:"就是我！把款转给为国家的团结统一奔走呼号的民主人士,胜于让那帮国民党官员中饱私囊！执一,你还没有看清国民党腐败黑暗的真相吗？"

方执一痛心地说:"黛珊,你怎么也是这样的论调？这是要进大狱的！你不要受他们影响,这很危险！"

"不,你错了,"黎黛珊看了秦鸿瑞一眼,笑了,说,"是我影响了他。这是我这么多年所做的唯一的一件事。"

秦鸿瑞明白她在说什么,内心一阵翻腾。

方执一听得迷迷糊糊,不明白她所指。但有一点可以肯定,秦鸿瑞、郑开先、黎黛珊都是一条战线上的,单单把自己排在了外面。眼前的黎黛珊是那么遥远而陌生,难以想象她竟和自己相识了那么些年,自己对她一腔痴情,终是付之东流。秦鸿瑞更是,一起考邮局,一起做工运,一同上战场,流血流泪,真是比亲兄弟还亲。曾经,几个人在方家大客厅里聚会,聊天,喝酒,激扬青春,现在,方执一看到,有一条深深的鸿沟横亘在自己与他们之间,把自己与他们永久地隔绝开……

方执一一一地看过去,把每个人都深深地看了一遍,最后,颓然道:"罢了,道不同不相为谋！"

方执一对秦鸿瑞深深地剜了一眼,转身走了。这一眼那么绝望那么怨毒,就像一把尖刀,插在秦鸿瑞心上。秦鸿瑞的心绞痛起来。

三个人望着方执一的背影,像个喝醉了酒的人,摇摇晃晃地向前走去,那身影那般孤单,那般落寞,那般凄凉。

渐行渐远。

317

12．诀别

声　明

本人方执一，与秦鸿瑞为结拜兄弟。秦鸿瑞叛党卖国，已为党国之罪人。现本人声明与秦鸿瑞断绝关系，断绝一切往来。特此声明。

方执一

秦鸿瑞反反复复看着这则消息，心痛如绞。万没料到，生死结拜的弟兄，竟会公开登报发表声明，和自己断绝一切关系。秦鸿瑞放下报纸，用手支额，感觉头痛欲裂。

"你怎么了？头痛病犯了？"黎黛珊走过来，见秦鸿瑞的模样，吃了一惊。

秦鸿瑞摇摇头，没有吱声。黎黛珊捡起地上的报纸，看到那则声明，也吃了一惊。愕然道："方执一……怎么会这样做？他怎么会这样绝情？"

秦鸿瑞苦笑一下，说："我想，这不是执一的意思。他不可能这么做！一定是国民党那边给他施加压力，逼他这样做的。"

黎黛珊说："可是，有什么区别吗？结果就是，登报和你断绝关系。二十几年的兄弟啊！"

秦鸿瑞说："执一是一个最厚道最诚恳的人，平时对朋友连一句重话都不忍心说，可以说是一个地道的中国谦谦君子。古话说，君子绝交不出恶声。执一纵算对我有不满，也不会采取这种决绝的方式，一定是国民党那边强压他，要不，就是冒名顶替。"

黎黛珊说:"这一次,世界工联的做法肯定让国民党大光其火,对方执一肯定也施加很大压力。他是国民党官员,处境可想而知。"

"是啊,我理解,执一他一定是有着天大的难处,要不,一定不会这样做。"秦鸿瑞用手支额,尽管内心痛苦万分,还是在帮方执一百般开脱,不愿黎黛珊责怪方执一。

"是的,将来也许有一天你们兄弟一见面,就会尽释前嫌。"黎黛珊也顺势说道,冲了一杯咖啡,递到秦鸿瑞面前,问,"鸿瑞,你下一步怎么打算?"

秦鸿瑞一听,不禁惆怅。大陆,眼看是回不去了,重庆地方法院的通缉令满天飞,所有的报纸都在连篇累牍地刊登他的种种"罪行",只怕一踏上国民党统治区的土地,等待他的就是手铐和刑场。香港亦然。国民党政府已向港府不断施加压力,港府已辗转告知秦鸿瑞,劝他不要回港,否则一旦他回港,便只能将他交给国民政府"法办"。有家不能回。难道,就这么飘落异国他乡,做一个无根的浮萍吗?秦鸿瑞摇头苦笑,自己一腔爱国热血,为民族团结统一抛头颅洒热血,却竟是有国不能归!何其荒唐。

"秦鸿瑞!"听到这样的叫法,秦鸿瑞一惊。黎黛珊很少这样连名带姓地叫他,这样一叫,便有一种郑重其事的意味。

黎黛珊严肃地说:"秦鸿瑞,上级让我代表组织郑重地向你发出邀请,邀请你到解放区,继续为民族团结统一而奋斗!"

秦鸿瑞一震!解放区!这三个字像一颗惊雷,把一片阴霾的心田炸开了一条缝。秦鸿瑞按捺了一下激动的心绪,问:"是谁邀请的?"

黎黛珊轻轻说出一个振聋发聩的名字,并说:"王云三同志今晚来布拉格,亲自陪同你去往解放区,郑开先同志也与你们同行,负责你们的安全。"

啊！原来是他！这位共产党的领袖,秦鸿瑞曾有幸见过,他曾对自己的工作有过许多建议和期许,给秦鸿瑞留下深刻而美好的印象。没想到,他竟亲自对自己发出邀请！秦鸿瑞点点头,说:"谢谢！我会慎重考虑。那么,你呢？也去解放区吗？"

"不,我,准备去美国。"

"你不是已经去过了吗？"秦鸿瑞惊讶。

"上一次,是去解释捐款一事,这一次,是去留学。"黎黛珊低头抚弄着沙发巾的边角,轻语道,"留在那边,暂时不回来了。"

秦鸿瑞心里一紧,问:"为什么？"

"蒋政权由于军事经济的接连失败,已经面临最后的崩溃。一个崭新的充满希望的新中国即将诞生！建立一个新中国需要大量优秀的专家、学者、科学家,我去美国,就是为了团结这些先进的力量,为新中国效力。"

"所以……这也是你的工作任务？"秦鸿瑞望着黎黛珊美好的面庞,心里有一种疼惜和不忍。

黎黛珊一笑,颔首不语。

"但愿别碰上第二个秦鸿瑞。"秦鸿瑞轻声嘀咕。

"你说什么？"黎黛珊没听清。

"没什么！"秦鸿瑞抬起头来,努力微笑着说,"人毕竟是人,为国家也要为自己的小家。除了工作,也要有生活。我希望你,能找到属于你的幸福。"

黎黛珊涩然一笑,说:"我说了,我是不婚主义。"

"别这样说。你这样美好,你……理应拥有这世间一切的幸福。"秦鸿瑞想说,不要因为我而耽误了你。话到嘴边,却实在说不下去。愧疚和无奈摄住了他的心。

黎黛珊勇敢地笑了笑,说:"那,我就走了。到美国后,我会想法给你写信。你保重！"

想到两人一个去美国，一个去解放区，即将天各一方，以如今的时局，亦不知将来是否还有机会见面。秦鸿瑞心酸不已。真是造化弄人。秦鸿瑞无奈地点点头，苦笑着说："好，好。"

黎黛珊起身，决绝地转身离去，就像是怕自己稍一迟疑，便再也走不了。望着黎黛珊翩然的背影，秦鸿瑞痴痴地一瞬不瞬地望着，就像要刻进眼睛里，刻进生命里，永远不忘记。秦鸿瑞在心里默默念叨：黛珊，但愿你碰上第二个秦鸿瑞，只是，别再犹疑，别再错失。

没有了黎黛珊的屋子，空空荡荡。秦鸿瑞起身给自己倒了一杯酒。望着窗外，这异国他乡的夜，分外暗沉。秦鸿瑞想起上海的夜，方家大客厅里，那一个一个的派对，那一片灯火辉煌，方执一兄妹，黎黛珊，郑开先，李树生，小狸猫，秦鸿宇夫妇……青春的芳华，飞扬的激情，浓得化不开的深情。如今，亲如兄弟的方执一公开登报与自己决裂，方念一留下一封书信不知所踪，黎黛珊背负任务远赴美国，李树生背叛师门分道扬镳……一群人，就这样散了。而自己，即将去往解放区，这是一种更彻底的诀别。诀别的岂止是地域，更是革命的道路。

是时候，该清理一下自己与国民党的关系了。

回想初进邮局，与邮工们及全市工人一起参加武装起义，在东方图书馆的大方桌前，纠察队让大家自主选择，一端是国民党，一端是共产党，方执一选的是国民党，郑开先选的是共产党，而自己都没有选，因为自己的想法很简单——就是为工人阶级谋福利，而不是为了哪一个党派。其实，自己的没有选择就是一种最终的选择——为了工人阶级的利益奋斗终生，这就是自己的终身信仰。

1927年"清党"事件之后，自己在方执一的建议下加入国民党,只是为了能名正言顺地做工人运动,为工人争权益、谋福利,但那时候,对国民党的态度也是真诚的。彼时国民党倡导新生活运动,生活作风清廉,令人敬佩,连申亭山这样的人都准备效法国民党,与烟土决裂,每日读书学习,力争上游;秦鸿瑞自是觉得国民党不同于旧军阀,是能引领中国走向民主自由富强的新党派。然而,很快,国民党便开始出现各种腐败、贪污,对外懦弱无能,对内腐化堕落。申亭山见国民党榜样已倒,早已丢弃书本,成日里陪着那帮国民党要员进出朱啸虎的豪华大赌场,吃喝嫖赌,无所不为。这让秦鸿瑞对国民党渐渐心生失望。而秦鸿瑞所见的共产党员却一个个洁身自好,理想纯洁,这不得不让秦鸿瑞心生敬意。但,自己已是国民党员,秦鸿瑞打定一个主意——自己的信仰是工人阶级的利益,而不是哪一个党派。谁支持工人运动,真正为受苦受难的底层老百姓说话办事,他就支持谁。谁想抗战结束后,国民党竟然再次背信弃义,发动内战,并对共产党这曾经的盟友大举屠刀,就连民主人士也难逃毒手!这让秦鸿瑞失望透了!伤心透了!他终于意识到,国民党出尔反尔,小人行径,背信弃义,已是一个腐朽、堕落、专制的政党,绝不可能把中国带向光明、繁荣、富强,而只有中国共产党才能救中国。

到香港之后,被重庆地方法院公开通缉,吊销护照,暗杀……节节紧逼,终于斩断了秦鸿瑞心底里对国民党最后的一丝幻想、最后的一缕感情。这个腐朽无能的政党,自己是万不能再追随的了!因为,此时的秦鸿瑞,代表的不仅是自己,而是中国两百多万劳工,他的取舍,左右着中国工人的前途和未来。秦鸿瑞决心弃暗投明,带领全中国所有劳工一同奔向光明灿烂的未来!

这一刻,是秦鸿瑞个人命运的分水岭,对于中国的劳工们,同样具有划时代的意义,同样将决定和改变他们的命运。这是他个人的选择,亦是中国劳工的选择。

落子无悔。

想明白了此节,秦鸿瑞心里获得解脱,不再纠结,反倒清朗澄明,就像在那暗黑无边的深夜里,看到一个光明灿烂的未来。

第 八 章

1．被捕

从罗锦琇家里出来,秦鸿宇伸出头小心探看,见四下无人,才走出门洞,快速朝巷口走去。

秦鸿瑞离港出走,"逃"往解放区,在上海掀起轩然大波,成为重大新闻。他的一言一行,一举一动,报章腾载,口耳相传,比明星花边新闻、风流艳史更加引人瞩目。国民党为此十分恼怒,几乎把他列为党国第一叛贼。为保证罗锦琇母子安全,在郑开先的安排下,把罗锦琇母子安顿到这一处僻静的住所,四周都有中共地下党的人保护,俩孩子也都不敢再姓秦,改姓罗。平素里连秦鸿宇都轻易不敢到家里来,怕引起国民党注意。今天,秦鸿宇是来给母子送生活费的。

秦鸿宇走出巷口,低着头,疾步朝电车站走去。突然,听见熟悉的一声娇喝:"秦鸿宇!你往哪里逃!我终于逮着你了!"

秦鸿宇一惊,天可怜见的!怎么又是那阴魂不散的小狸猫!秦鸿宇心里暗暗叫苦,怎么总是在最不该遇见的时候遇见她啊!

她总归不知自己是去哪里了吧？若是罗锦琇母子行踪败露,那可真是罪不可恕。

"美若小姐,好久不见,近来可好?"秦鸿宇定定心神,强作镇静。

"不好！秦鸿宇,要见你一面可真难！我恨死你了！"小狸猫嘟起了嘴！十年过去了,小狸猫从一个桀骜不驯的青涩少年长成了美貌成熟的大姑娘,可这火暴的脾气还没改。说话总是直来直去,一点儿不会拐弯儿。

秦鸿宇笑道:"你一个未婚大姑娘,不去好好谈恋爱,老是来见我这个有妇之夫干吗呀？不怕有伤风化?"

"你连富春楼都敢去,就不怕有伤风化?"小狸猫跌足嗔怨。

"小姐,大街上人来人往的,你别瞎说了!"秦鸿宇急道。

"哼！你也知道害羞!"见秦鸿宇着急,小狸猫得意地笑了,"今天本小姐不过是随便出来转转,居然就能碰上你,你说,是不是缘分？你要不要请本小姐吃个饭?"

"改天吧,小姐,我今天回家有急事。"秦鸿宇急于要离开这是非之地。若是让国民党的人看见他在这里,没准儿会招致怀疑。给罗锦琇母子惹来麻烦。

"不行！我要跟你回去！我要去你家吃饭!"小狸猫腻缠不休。

秦鸿宇心一横,"好,走就走吧！让你嫂子给你露一手。"秦鸿宇心想,无论如何,先离开这是非之地再说。

上次在小狸猫的死缠烂打下,秦鸿宇和沈丹晨的关系有了质的进展。秦鸿宇才知沈丹晨其实对自己倾心已久。只是囿于女性的面子,不好意思主动。秦鸿宇是一直把她当作领导,从不敢越雷池半步,两人才在一个屋檐下相安无事地度过好几个春秋。小狸猫的死缠烂打催发了沈丹晨的醋意和激情,秦鸿宇才知道,原来沈丹晨也是一个柔情万种、活色生香的女人。男女一旦突破了那层纸,关系立即产生了质的飞跃。两人早已变成浓情蜜意的真夫妻。至于对小狸猫的那份情愫,虽也有淡淡的惆怅,但面临着现实的种种不可能,甚至有威胁到组织的危险,自是只能慧剑斩情丝。秦鸿宇想,让小狸猫去家里看看也好,沈丹晨已是有孕在身,小狸猫看到了,自然也就死心了,消停了。她年纪不小了,不要老在自己身上做无谓幻想,白白蹉跎了青春。

二人一路无话,回到家中,秦鸿宇转开房门,高声叫道:"丹晨,你看,有客人来了!"

没人应声。

奇怪,沈丹晨哪儿去了?秦鸿宇推开门,屋里一个人都没有,四周静悄悄的。但凭直觉,秦鸿宇莫名感受到一种紧张,一种火药味儿。再看灶上,铁锅里的菜还在冒着热气儿,显然不久前沈丹晨还在炒菜,她绝不会炒着菜突然就扔下锅铲跑出门的!发生了什么事?

"美若小姐,我们走!"秦鸿宇转身拉上小狸猫就准备跑。

"哎!走什么!我还没吃饭呢!"小狸猫不明就里,兀自嚷嚷,话音未落,一群人从卧室里、从门后冲出来,迅雷不及掩耳,将秦鸿宇二人扑倒在地,用手铐铐起来。

却见李树生走出来,说:"哼!秦鸿宇!你知罪不知罪?"

"我何罪之有?我哥哥的事,与我无关!你们国民党不是说,不许搞牵连吗?"

"你那个大胆叛逆的哥哥逃到共党的老巢,辜负了党国对他的培养!真是国家的罪人!但是,你,更不是好东西!自己看一下,这些都是什么?"李树生一挥手,手下的兵搬出发电报的电台、传单、资料……噼噼啪啪扔在地上。秦鸿宇一看,自知大势已去。只恨自己太过大意。也想到国民党或许会拿自己开刀,也准备转移住所。无奈最近通货膨胀,租个房子竟是一天一个价,好不容易租了房子,准备明后天搬走,没想到国民党的动作这么快,竟被抓了个正着。

"所以,你们是个贼窝子!你自己就是共产党!就这一条罪,就足够判你死刑了!"李树生恶狠狠地叫嚣道。

"李树生!你背叛师门,欺师灭祖,踩着老夫子的肩膀往上爬,你还好意思说谁是贼?真柱当年还和你一起喝过酒,当你是兄弟,现在想起来,真是恶心!"秦鸿宇轻蔑地冷笑。

"你死到临头还这么嚣张!你死不要紧!还有这娘们儿陪着你一起死!"李树生一扭头,屋里押出来一个蓬头垢面的女人,五花大绑,竟然就是沈丹晨!她嘴里塞了抹布,所以发不出声,但眼睛里已蓄满了泪。

"李树生,丹晨有孕在身,按国民党的刑法,孕妇不能进监狱,你把她放了,我跟你走!"秦鸿宇见妻子受辱,血都凉了!

"别的孕妇,自是不能收监,但,她是共产党!对于共产党,不分男女老幼,一概格杀勿论!别想逃脱!"李树生呵呵冷笑。

"李树生,你不是人!你是个畜生!"小狸猫高声喊叫起来!

"哟,秦鸿宇,你老婆怀着孕,你居然还敢带了妍头回家!胆子不小哇!"李树生转到小狸猫面前,见她肤如凝脂,唇色鲜艳,尤其一双大得出奇的眼睛,眼波流转处,摄人心魄。李树生被她的美色所震慑,一时说不出话来。

"李树生,你看清楚了!这是申亭山家的大小姐,申美若!你可不敢造次!这事和美若小姐无关,我们很久没有见面,今天只是偶然遇见。你赶紧放她走。"秦鸿宇急得五内俱焚!没想到今日小狸猫竟然撞上门来,平白受了牵连。

"哇!这是小狸猫哇?!"李树生咋舌。当年申亭山为躲避日本人去往香港时,小狸猫还是一个喜着男装的少年,吊儿郎当,桀骜不驯,许多年未见,竟然出落成一个绝色的美人儿。李树生说:"有关共产党的事,都是头等大事,和共产党有来往,都有共党嫌疑,有关没关,要审过后再说。都一起带走!不过,大家伙对申大小姐要分外客气些!不许用刑!听见没有?"

"李树生,你敢!我让我爹地扒了你的皮!铲平你的监狱!"小狸猫高声尖叫。

"申大小姐,扒了我的皮,铲平我的监狱?你以为你父亲还是那个呼风唤雨,不在话下的申亭山?时代不同了,你醒醒吧,啊?带走!"

一伙人押着秦鸿宇夫妇和小狸猫往楼下走去。

"美若小姐,真对不起!你今天不该跟我来。连累你了。"秦鸿宇万分愧疚。

"没什么!本小姐从没进过监狱,正好去体验体验!"小狸猫仍是一副满不在乎的模样。这个姑娘,仗着父亲的荫庇,从不知害怕为何物。她甚至暗暗欢喜,终于在秦鸿宇夫妇之间名正言顺地插了一脚。

"丹晨,你怎么样?有没有勒疼你?不要紧吧?"秦鸿宇又扭头过来问沈丹晨。两个女人,一左一右,在外人看来,竟是一个"三人行"的局面。

沈丹晨摇摇头。她嘴里的纱布已经取出来了,她仍不说话,只斜着眼睛瞟了小狸猫一眼。

"美若小姐,确实是偶然碰上的,我是想让她看看你和……孩子……"秦鸿宇有点百口莫辩。

沈丹晨面色苍白,默默地搀着丈夫的胳膊,踉跄地向前走去。

2．解放区

秦鸿瑞在王云三、郑开先的亲自陪同下,一路坐飞机,坐火车,到了山东沂蒙山区夏镇。过了夏镇的山湖,便到达解放区。

夏镇有条长街,南北长十二里,建在山湖东岸的堤上,西边是房屋,中间一条大路,堤下就是山湖。国民党军队在镇南头设有据点,有高高的炮楼,封锁很严。一旦有情况,敌人出动增兵很方便,被称为"国军的耳目"。镇中心驻有特务队,监视来往行人。要想在敌人的耳目下公然过湖,实在是千难万难。

秦鸿瑞一行到达镇东北角的秘密交通站暂行歇脚,这里是镇上唯一安全的所在。交通站隶属于山东战时邮局,除了接收邮件、报刊,另一个重要任务就是负责护送党内重要人物过湖,到达目的地。因为邮路是唯一安全可行的路线。王云三是党内高级领导,秦鸿瑞更是党内主要领导人亲自邀请的客人,亦是第一位从国民党统治区到达解放区的重要人物,安全问题自是非同小可。交通站的李站长透露了一个特别不好的消息,不知是谁走漏了风声,附近一带都知道国民党统治区来了一位大人物,准备过湖,敌人一定有所防备。王云三说,秦鸿瑞主席的安全是重中之重,绝不可有任何闪失。必须安全过湖,只许成功不许失败。郑开先说:"我先去侦查一下情况。"李站长说:"这怎么能劳动郑开先同志,我去吧。"郑开先说:"不,我必须亲自去。"

郑开先与李站长一同来到湖边实地侦察。来到一个桥头,朦胧的月光下,见到一群人正在桥下洗澡,本以为是当地农民,走近一看,却是一群特务队的人。见有人过来,湖里有个特务高喊起来:"什么人?"郑开先二人一惊!此时不管是再前进还是后退,都会引起敌人怀疑,李站长急得额上冒汗,郑开先低声喝一句:"脱!""什么?"李站长一愣。郑开先一边脱着衣服,一边高声用当地方言说道:"天儿真热!咱们下河洗个澡,凉快凉快!"李站长也心领神会,立即也一边脱着衣服,一边说:"是啊!一身臭汗,不洗干净,嫂子不让你钻被窝!"两人脱光衣服,扑通扑通扎进湖里,像模像样地洗起澡来。

特务一看,高声呵斥起来:"哎哎!你们长没长眼睛?没看见大爷们在这儿洗澡?两个臭农民,凑什么热闹?"

郑开先回应:"哎呀!原来是长官啊!好,我们走,我们走!"两人赶紧从河里爬起来,湿淋淋地套上衣服。特务说:"快滚!小心一枪毙了你们!"两人点头哈腰,赶快溜之大吉。

第二天上午,两人来到山湖渡口。这里湖水只过膝盖深,白天来往行人比较多,敌人也没在渡口处设固定的岗哨,只是偶尔过来转转。这里是唯一的薄弱处和突破口,交通站的交通员送信都是走这条线。傍晚是最佳行走时间。那时敌人都在晚餐,流动警戒会相对松弛,但天色没有完全暗下来,还可凭借月光探路。若完全是黑夜,则又是另一种危险。两人反反复复仔细侦查,确定了路线方才回转。

傍晚,天色昏暗,大队人马集合在村口。除王云三、秦鸿瑞和郑开先外,随行的只有七位同志和一匹马——四个警卫员,一个工作人员,一个医生和一个马夫。李站长交代道:"过山湖的这段路程,一旦有变,部队断后。你们设法顺秘密交通站这条线再回来。"军分区部队的一位团长带领一支三十多人的武装精干队伍,配两挺机枪,整齐地坐在路边等候。李站长对王云三说:"请首长上马出发。"王云三笑着说:"这里没有首长,除了你这个指挥官,我们都是战士,都听你指挥。马是有一匹,就请我们的贵客秦鸿瑞主席骑吧!我不能搞特殊,我也是个战士。"秦鸿瑞一听,十分惊诧,因王云三已算是共产党内的高官,这身份若是在国民党内,那是前呼后拥,颐指气使,恨不能人用八抬大轿来抬。他居然宁可走路,不搞特殊化。秦鸿瑞赶快说道:"不,我更不能搞特殊化。我不能骑马。"李站长一听,急了,说:"此行路途遥远,山路崎岖,尤其是过镇北这一带,必须是急行军加小跑,很艰苦。首长不骑马,会有危险。"王云三说:"这样吧,此行确实路途遥远,也很艰苦,若是有哪位同志实在走得累了,可以上马休息休息,尤其是女同志,谁最需要就给谁骑。"

这天晚上,有很好的月光,一行人就着朦胧的月光悄无声息地出发了。两个便衣在前面探路,王云三拄着一根树枝当拐杖,走在头里,郑开先、李站长等人相伴左右,充当了开路先锋,秦鸿瑞被保护在中间,身后走着枣红马,马背上驮着医药包等器物,大家脚步既轻快又迅捷,完全是一支训练有素的精干队伍。

秦鸿瑞望着王云三大步流星的背影,暗暗称许。以前在报刊上总看到共产党的官员身先士卒,不搞特殊化,总以为是共产党的宣传需要,如今亲眼一见,才知所言非虚。这样的领导,怎么会带不好兵,打不好仗?再联想到国民党官员那般的花天酒地,穷奢极欲,秦鸿瑞心里一面暗自摇头,一面暗自庆幸,自己追随的是一支真正为老百姓服务的队伍!

一夜的急行军,尤其是夏镇过山湖这段路途,因怕敌人发现,几乎是小跑前行,但总算是有惊无险。渡过湖后,再走一段路途,便到达了解放区,天色也渐渐亮了起来。

踏上山东沂蒙解放区的土地,满眼睛都是新鲜,就连空气似乎也与国民党统治区不同了。秦鸿瑞深深地呼吸着山里清新的空气,有一种劫后余生的幸福感。

山东解放区总工会代表和当地百姓早已在村口排队迎候,一个个笑逐颜开。其中有老人,有小孩,还有不少妇女。一个浓眉大眼,梳着小辫的年轻女子热情地迎上前来,大声打着招呼:"开先哥!你们终于回来了!我们等了两个小时了!"

郑开先笑着给秦鸿瑞介绍说:"这是当地的妇联主任,陈焕英。这就是中国劳协秦鸿瑞理事长!"

"秦理事长,欢迎你。"陈焕英上前握了握秦鸿瑞的手,是个爽利能干的女子。陈焕英旁边还站了一位女子,也笑吟吟地望着秦鸿瑞,神色间有些惊喜也有些害羞。这女子铰着齐耳短发,穿着当地的衣服,肤色也像当地人一样微黑,可站在人群里,还是有些鹤立鸡群。不知是气质还是表情,总归与当地人有些不同。秦鸿瑞判断,应该不是本地人。

郑开先指着女子笑着说:"鸿瑞,你看看,她是谁?"

郑开先这么一提,秦鸿瑞再定睛一看,只觉得这女子眉宇间熟悉无比,但分明又从来没有见过,秦鸿瑞一时如堕梦中,一夜未眠的脑子愈加糊涂眩晕起来。

女子开了口,说:"鸿瑞哥,你当真不认识我了?"

这一开口,秦鸿瑞更惊了。这声音和面貌一样,亦是熟悉无比,却又无比陌生,这语调,这口气,都是解放区的节奏,但是,却又有着故土的气息。秦鸿瑞有些恍然,张了张嘴,却发不出声,眼泪却逼了上来,涌到眼眶,又硬生生停住,费力地逼了回去。良久,秦鸿瑞涩然开口:"念一……难道,真的是你吗?"

方念一的眼眶湿了,点头说:"鸿瑞哥,是我!"

"念一,念一,原来你到了这里!这么多年,你怎么就没有一点音讯!我们还以为,你,你遭遇了不测,爷爷想你,眼睛都快哭瞎了……"秦鸿瑞被这突然的惊喜震得五脏六腑都错了位,一时不知所措。

"我,我何尝不想你们哪……"方念一声音哽咽了。

郑开先说:"好了好了,鸿瑞走了一夜的路,需要赶快休息,有的是时间叙旧。我们先回村吧。"

秦鸿瑞说:"开先,当年,是你把念一领走了?"

郑开先点头。

"你,这么多年,你怎么不告诉我们?你不知道我们多担心吗?"

郑开先说:"到解放区后,念一已是我党党员。按我党政策,绝不能随意透露党员的身份。因为她随时可能回到敌占区做地下工作,需要隐蔽。再说,她的哥哥是国民党,就连你,今天以前,是敌是友都还很难判断,当然不可暴露念一的身份和行踪。其实,我一再委婉表达,念一应该是安全的,只是你们没有在意。"

方念一到了解放区,还成了共产党员!一个娇滴滴的成天只知吃喝玩乐的大小姐居然摇身一变,成了一个女革命者?这弯转得太大,秦鸿瑞完全接受不了。看她的发型、衣着、肤色甚至连腔调都全变了,尤其是眼神,她眼睛里所流露出的一些崭新的东西,秦鸿瑞完全不识得。这是方念一,却又不是他所认识的那个方念一了。是的,在那一瞬间,电光石火,他认出了她,现在,越看竟又觉得越陌生了,这个女子,这个女革命者,她是谁?

晕晕乎乎到了村里,王云三被安排在机关招待所。为方便叙旧,秦鸿瑞被安排住在郑开先家里。

这是一栋大宅子,从前是村长兼地主的宅子,土改之后,就成了村里的联络活动点,兼陈焕英、方念一的住房。因为陈焕英、方念一都是妇女干部,住这里比较方便开会、开展活动。郑开先回来也住在这栋屋,秦鸿瑞就住郑开先隔壁。

陈焕英的娘做了一桌的小菜,凉拌白菜,炒丝瓜,炸小河虾,居然还有炸蝎子,炸蚕蛹!一个盘子里黄黄的一摞,像是一沓叠得整整齐齐的纸手帕,一问,居然就是名动天下的山东煎饼!秦鸿瑞一直以为山东煎饼就和上海的葱油饼差不多,岂知个头大了一百倍,硬度也强了一百倍,据说放上几个月都不会坏的。而所有的菜都可以卷在煎饼里吃。方念一跟着摆盘摆碗,忙进忙出,秦鸿瑞更是讶异。从前的方念一,一双手除了描眉画眼,穿衣打扮,就再派不上任何用场,就连一瓶红酒都打不开,属于生活严重不能自理型,如今竟也是一个有勤劳双手的劳动妇女了。秦鸿瑞真搞不懂,究竟是何等魔力,把方念一整个颠了个个儿,变成了另外的一个人?要是说给方执一听,打死他也不会相信。想到方执一,秦鸿瑞又不禁有些黯然。

郑开先开了一瓶酒。虽说大清早的,不宜喝酒,可今天是个大喜的日子,非开酒庆贺不可。郑开先说:"我们山东规矩,先喝一杯暖暖肚子。来,鸿瑞,欢迎你来到解放区!"

秦鸿瑞接过酒杯,蒙头蒙脑地仰脖子一饮而尽。一夜急行军,加之空腹,再加心神激荡,一杯酒下肚,眼前的景物、人声,竟都渐渐变得模糊起来。秦鸿瑞一阵的天旋地转,倒在炕上,呼呼进入梦乡。他好多天没有睡过好觉了。

3. 营救

女儿被捕,还犯在李树生手里。申亭山急得白了头。秦鸿瑞一跑,申亭山本就感觉颜面无光。学生子背叛了政府,身为老夫子也总是脱不掉嫌疑。此时灰溜溜夹起尾巴做人也就罢了,谁知女儿任性妄为，偏生要去招惹秦鸿宇，自投罗网，惹下大祸。如今吴坤远在台湾谋事，唯一的靠山也指不上。那么些年，申亭山不知帮秦鸿瑞从捕房里捞了多少人，如今自己的女儿被捕，却失了势，没了辙。与方执一商量来商量去，唯一能使用的招数，也只有——钱。

对于李树生，申亭山和方执一都再清楚不过。李树生不好女色，不沾赌博，甚至不好烟酒，不好吃喝，不好穿戴，可以说是一个极其勤俭节约的人，在申亭山的弟子里，极其少见。每次聚会，从未见他掏过一次腰包。但是，他对于钱本身有着一种近乎病态的狂热。也许是童年家里过于贫困，李树生的父母都是饿死的，最爱的妹妹生了病无钱医治，也只能眼睁睁看着她在家人面前慢慢咽了气。所以，把钱积攒起来，看着财富慢慢累积，便是他唯一的最大的乐趣。

方执一走进李树生的办公室，李树生坐在宽大的办公桌后，神色冷漠而倨傲，就像方执一是个不认识的陌生人。方执一提到同门之谊，李树生倒急了，说："就是这该死的同门之谊，秦鸿瑞一跑，我们都脱不了嫌疑！如何证明我们的清白？只能立即与他划清界限！抓捕秦鸿宇，便是我主动请缨。谁也别想说情！"方执一说："秦鸿宇是共产党，我当然不会替他说情。谁也救不了他。但，先生的女儿申美若，你不能不放！"李树生说："她和共党搅在一起，也摆脱不了嫌疑，我当然要查个清楚。如今党国的政策你不是不知，对共党是宁可错杀三千，不可放走一人。"方执一说："大小姐你不是不知，成天只知吃喝玩乐，调皮捣蛋，共产党是什么，你敲破她脑袋她也答不上来。若说她是共产党，恐怕全天下的人都成了共产党！"李树生说："是与不是，待我查个清楚再说。"

方执一心知，李树生这人利益至上，就像当年蒋介石提出"对帮会的长远政策是消灭",他迫不及待便拿申亭山开了刀,现在秦鸿瑞"叛逃",为撇清自己,他又迫不及待拿秦鸿宇开了刀。这种人,再与他谈情谊也是枉然。方执一单刀直入地说:"美若大小姐,我捞定了。你开个价。"李树生盯着方执一看了半天,慢慢伸出两根手指。"两万?"方执一问。李树生摇摇头:"加个零。""二十万?"方执一倒吸了一口冷气。这李树生胃口够大的!方执一沉吟半晌,毅然说:"好!二十万!今晚我送到你家。明天一早我来接人!"李树生说:"慢着,如今通货膨胀,法币天天贬值,最后早晚要变成一堆废纸。我不要。我要的是二十万,美金!"方执一诧异地张大了嘴。如今通货膨胀,人人都知法币的确越来越不值钱,美金市场只能靠黑市高价交易。不要法币要美金,这算盘实在打得太精!方执一诧异自己怎么曾经与这种人同门弟兄好几年,申亭山文化虽不高,一生却善于识人用人,唯独在李树生这里栽了跟斗。想当年所有学生子都要孝敬老夫子,唯独这李树生,不但一毛不拔,申亭山还常想方设法周济他,当年他竞选委员,还从自己这里借了一笔钱,至今借条还在手中。如今老夫子有难,他还要狠狠敲诈一笔,发笔横财。

方执一盯着这张厚颜无耻的脸看了半天,点点头,说:"好,晚上我送到。美若小姐那边,绝不可有任何闪失。申先生虽隐退江湖,徒子徒孙还有一大堆。想救一个人不容易,想杀一个人,还是不难。"李树生笑道:"放心!美若小姐那里,一点儿苦没受,每天好吃好喝伺候着呢!"

方执一抓起帽子,谢过出门。

二十万美金,不是一笔小数。外界都知申亭山为人极是豪爽大方,挥金如土,方执一却深知申亭山一直视钱财为粪土,金山银山都是左手进右手出,只图换个交情。借出去的钱又从不讨还,因而常常是捉襟见肘,入不敷出。当年声势浩大,有多大的窟窿都能补得上,如今退隐江湖,只剩了一个空架子,要他拿出这二十万美金,实在不忍。方执一思来想去,决定自己来出。这么些年,方执一收入不菲,又没家累,很是存了些钱,申先生待自己亲如父子,如今却已是一个失势的老人,此时正是报答师门的机会。

方执一当即去银行取钱,黑市换美金,忙了一下午,晚上依约把美金送到了李树生府上。

第二天一早,方执一便赶到了看守所。李树生打开牢门,方执一见小狸猫果然皮肉完好,气色红润,神色还是那般刁蛮霸道,不像是吃过苦头的样子,终于舒出一口气。看来李树生还算有点良心,没对先生的女儿动刑。见到方执一,小狸猫得意地一笑:"哼!我就知道爹地会救我的!"方执一苦笑,这个大小姐呀!以为她爹地还是那个呼风唤雨"不在话下"的申亭山呢!岂知为了捞她,自己的银行户头上已经折损了大半壁江山!方执一说:"大小姐呀!你搞这一出,可把你爹你妈吓坏了!你妈哭了好几场,你爹地头发都白了!以后可不许再胡闹了!"

李树生却贼兮兮地递过一张名片给小狸猫,一脸谄媚地说:"美若小姐,不打不相识。这下你也算识得我李某人了。今后有任何事情需要鄙人效劳的,随时打电话。只要不违背原则,鄙人乐意为美若小姐效劳。"

方执一皱眉,不知李树生在搞什么鬼。

小狸猫接过名片,瞟了一眼,又瞟了瞟李树生那张巴结谄媚的脸,嫣然一笑,说:"好呀!"把名片塞进手袋里。

方执一说:"好了,大小姐,我们走吧,你爹地在家等你,望眼欲穿了!"

小狸猫四处张望,问:"秦鸿宇呢?"

方执一说:"我只负责接你！别人我可管不着！"

"不行！秦鸿宇不走我也不走！哎！李树生,你什么意思？你干吗放了我不放秦鸿宇？"小狸猫又开始发飙。

"走了走了,回家再说！你爹地妈咪全在等你呢！"方执一死拉活拽,把小狸猫拖出看守所,推进车门,绝尘而去。

见到女儿平安归来,申亭山喜上眉头,想板起面孔训斥几句,却是狠不下心。小狸猫的妈又是哭又是笑的,紧紧拉着女儿的手,简直不知如何是好。

小狸猫的妈放好了洗澡水,带女儿进卧室去洗漱了,只剩申亭山和方执一师生相对。申亭山说:"执一,谢谢你！这次真是多亏了你！这个美若,闯这么大祸,简直要了我们的老命！一共使了多少钱？我叫账房支给你！"

方执一谦谨地一笑,说:"先生您太见外了！学生该做的,提什么谢,折煞学生了！"

钱之一事,只字不提。申亭山心知方执一肯定花了不少钱,但他不提,自己再提反而小气。望着方执一那张正直朴实的脸,申亭山心生感慨,想自己一生号称学生过万,最为出色也最为器重的只有方执一、秦鸿瑞、李树生数人。李树生欺师灭祖,师门不幸,秦鸿瑞叛国投敌,对申亭山亦是沉重打击,唯有这方执一,忠诚可靠,始终如一。申亭山念及至此,既是心酸又是感动,感慨道:"执一呀执一,幸亏还有你呀！"

小狸猫洗漱完毕,一家人坐上餐桌,桌上已摆好满满一大桌菜,全是小狸猫最爱吃的。申亭山举起了杯子,说:"一家人团圆了,大家平平安安就是福。一起喝一杯吧！"

小狸猫一气干了,劈头盖脑地就来了一句:"爹地,你一定要想办法救出秦鸿宇!"

申亭山皱起了眉,说:"共党分子,谁救得了?"

"什么共党分子?肯定是栽赃陷害的!你看,现在动不动安个共党分子的罪名就把人弄死,好多冤死鬼!爹地,你一定要救出秦鸿宇!"

申亭山苦笑,说:"秦鸿宇秦鸿宇,这么多年,你心心念念还是这个秦鸿宇!到底是中了什么邪?让你读书不好好读,在美国说回来就回来了,让你嫁人也不愿嫁,给你介绍了那么多青年俊杰,一个个都被你气跑,吓跑!结果呢,人家也没要你呀!人家是有妇之夫!还是个共党分子!你还要跟着人家瞎搅和。现在时局不同了,你知不知道捞人有多困难?尤其是共党分子,根本就是死罪!你知不知道为了捞你,付出了多大代价?你呀,就消停点,收收心,好好嫁个人,别让我和你妈为你整天操心!"

小狸猫被训得眼泪汪汪的,抽泣着说:"我,我就是喜欢秦鸿宇,没有他,我活不了。爹地,我求求你,你一定要救救他……"

申亭山瞪着女儿,牙齿缝里森森地挤出一句话:"我不救!也救不了!"

"哇……"小狸猫放下酒杯,一边哭一边跑回卧室。

申亭山颓然倒在椅子上,伤感地闭上了眼睛。方执一心知申亭山所言非虚。小狸猫自小被父亲宠坏,在这上海滩上为所欲为,把天捅出个窟窿都不怕,自有爹地替她修补,因而养成这么个天不怕地不怕的性格。如今申亭山大势已去,但架子还没倒,再加上对女儿百般呵护,小狸猫犹如被关在象牙塔里,并没感觉到世界与从前有何不同。如今强求救出秦鸿宇,以为仍是父亲的"不在话下",岂知连救她也是靠方执一使了钱财。况且秦鸿宇是共党分子,就更无相救的可能,花钱也没用。方执一见申亭山难过,也不知如何相劝,只得说:"先生,你好好休息,大小姐过两天就该想明白了。我走了。"

走出申亭山家,方执一并没有回家,也没去上班,踅进一家西餐馆,点了一客牛排,一杯红酒,自饮自酌。连续奔波两天,累了。最近发生了太多事,他想好好梳理一下自己。一杯红酒下肚,方执一又点了一杯,脸上开始发热,脑子时而迷糊,时而清醒。

秦鸿瑞叛逃去解放区,实在是一石激起千层浪,这荡起的层层浪波,还没有完。秦鸿瑞去香港后,方执一不断地写信劝他回头,申先生亦亲自跑到香港去相劝,却是劝不回。后来秦鸿瑞又出走香港,流浪途中,给方执一一封接一封写信,方执一却是无法回信,因为秦鸿瑞行踪不定,又从不敢留下地址。这边国民党已着手重组劳协,并刻意委派方执一做负责人,让他顶替秦鸿瑞去布拉格开会,方执一深知这有考验的意味——和秦鸿瑞的亲密关系众所周知,就看你方执一立场是否坚定?布拉格世界工联大会的意外相见,方执一确实伤了心。伤心秦鸿瑞执迷不悟,一意孤行;伤心郑开先一直利用自己作掩护,到底仍是个共党分子;伤心黎黛珊竟挪用公款,并利用与工联主席的关系替秦鸿瑞说话,把自己赶出会场。总之,生命中最重要的这几个人,现在,通通站到了自己的对立面,一起来反对自己。

方执一回到上海,却遭遇严厉批评,说他不够强势,堂堂国民政府选出的代表,竟斗不过一个秦鸿瑞。然后就是秦鸿瑞的出走解放区,在政府内、社会上轰然炸了窝。所谓一石激起千层浪,方执一便是被扑倒的第一层浪。这么些年对党国的忠诚以及兢兢业业,都挡不住秦鸿瑞出走对他造成的负面影响。在层层逼迫之下,方执一不得不在报上公开发表声明与秦鸿瑞断绝关系。看到报上的白纸黑字,方执一心痛如绞。从十几岁一同上学,他便把秦鸿瑞视作最好的朋友,两人一起学习,一起考邮局,一起投拜申门,一起做工运,一起上战场……真真是过命的交情。整个上海滩,都把二人不分彼此,混为一谈。方执一没有兄弟,秦鸿瑞比有血脉的亲兄弟还要亲!方执一觉得,曾在国民党旗下宣过誓,就该一生誓死效忠。秦鸿瑞就是太聪明,一件事,利害得失反复掂量,总试图找到最好的方向,如今道不同不相为谋,落得恶性绝交,实在让人思之落泪。

秦鸿宇是这激起的另一层浪。和秦鸿宇虽无深交,但因是秦鸿瑞的弟弟,还是经常会一起聚会。方执一真没想到,他居然也是共产党。1927年"清党"之后,共产党杀了一茬又一茬,足足杀了几个月,以为差不多肃清了,岂料共产党不但没有被杀完,反而越杀越多,就看自己身边,细细一数,郑开先、秦鸿宇夫妇、黎黛珊都是共产党,如今秦鸿瑞也追随共产党而去,自己倒是成了孤家寡人,真是万万想不到。方执一若是知道,连妹妹方念一也是共产党,恐怕会晕厥过去。

秦鸿宇这一进去,怕是不会再出来了。共产党是致命死罪,谁也救不了他。方执一想到当年的情谊,还是心有戚戚,李树生来杀秦鸿宇,到底是残忍了一些。是什么原因一定要兄弟相残呢?

方执一喝了一杯又一杯,只愿长醉下去,不要醒来。

4. 新气象

这是一个很长很长的梦。在梦中,秦鸿瑞穿越了一个漫长的黑暗的狭窄的甬道,那么远那么长,长途跋涉,精疲力竭,就像走过了太古洪荒。秦鸿瑞终于悠悠醒转,睁开眼,清晨的阳光透过窗棂柔柔地映在墙壁上、地上、炕上,竟是一派全然陌生的景象。这是哪儿？秦鸿瑞一阵恍惚，竟不知自己身在何处。

良久，元神渐渐回归体内，秦鸿瑞头脑慢慢清醒，这才反应过来——自己已经到了山东沂蒙解放区！记得是中午时分，自己喝了几杯酒，突然就不省人事了。而现在，已是清晨。这么说来，难道自己竟然一气睡了十几个小时？秦鸿瑞暗自摇头好笑，自己从没有这么能睡过。尤其最近些时日，世界各地四处飞，时差加鞍马劳顿，更是因各种复杂心情交织，每天都难以成眠，不想到了解放区，竟有了这么香甜悠长的一觉。

秦鸿瑞起身，左右四顾，发现自己身处卧室，估计是酒醉之后被郑开先扛回屋的。秦鸿瑞走出屋外，村野的新鲜空气涌来，清冽甘甜，秦鸿瑞深深地吸了几口气，感觉头脑一下子清醒过来。

"起来了？这一觉睡得踏实吧？"郑开先也从屋里走出来，微笑着招呼道，"赶快洗漱，她们都等着咱们下楼吃早饭呢。吃完饭，我们陪你四处走走，看看咱们解放区的新气象！"

到了堂屋，几个女人已准备好早饭。桌上摆有油条、油饼、小咸菜，香气扑鼻，秦鸿瑞一下子感觉肚子叽里咕噜叫起来了。

桌边坐定。方念一端着两碗汤走过来，笑吟吟地放在桌上，说："快尝尝咱们这里的地方特产，糁。"

秦鸿瑞一看，面前是一碗黄乎乎的面汤，中间有些肉糜之类，在上海被叫作"浇头"的东西。油条油饼倒还通俗易懂，这是个什么东西？名字也很奇怪。长这么大，从来没见过。

方念一解释说："这个呀，叫作糁，是鸡肉掺着麦米、面粉一起熬的，这肉呢，可以是鸡肉，也可以是牛羊肉，然后再加上葱、姜、盐、酱油、醋等各种调料，工艺非常精细复杂，是我们这里的名小吃。为了招待你这贵客，我们可是一大早就忙开了，大娘还特意宰了一只鸡！"

秦鸿瑞注意到,方念一话里话外,已经把自己当成了当地人。说话翘起了舌头,张口闭口咱们咱们的。再看她装扮也是,本地妇女的褂子,阔腿裤,齐耳短发,面孔上脂粉不施。昨天初见时,秦鸿瑞觉得方念一变得很土气,完全没有了上海娇小姐的时髦摩登样,今天再见,却又觉得这份土气里藏着另一种好看,不仅是外表意义上的美,而是能深入到你心里去似的。

见秦鸿瑞痴痴地望着自己,方念一有些脸红了,不好意思地摸摸头发说:"你真不认识我了?我变得很丑是吧?"

郑开先咳嗽一声,说:"快吃快吃,再不吃都凉了!"

"好,好!"秦鸿瑞赶快用调羹调匀碗里的糁,一大勺入口,只觉辛辣咸香,初入口时感觉有些粗粝,再品尝却又是别有一番滋味,果然是迥异于南国的粗犷吃食,再佐以油饼油条,秦鸿瑞大口吞咽,有大快朵颐之感。连喝两碗糁,消灭掉两根油条三个油饼,秦鸿瑞才算心满意足。

一行人走出屋外,秦鸿瑞才发现,这里的房屋都是石头搭建的,石头都不是规整的形状,而是纯天然,长什么样就是什么样,这里的人有本事把不规则的石头搭建成整整齐齐的房子,可见都是天生的几何专家。小径也是碎石头铺就的,因在山地,地势高高低低,两边长着青翠的树木,墙上蜿蜒地爬着各种植物,石头缝里零星地点缀着些艳红的牵牛花,都是秦鸿瑞从未见过的北国风光。秦鸿瑞想起了自己的家乡枫泾小镇,这里的景致与枫泾水乡完全是不同的气象。

"今天,我们陪你去参观一下解放区的新工厂和新农村,晚上,邮局和工会的领导和工友们要宴请你这个劳协理事长,畅叙友情,共襄盛举。"郑开先兴致勃勃地说。

"好!我倒是想看看,这解放区的新气象是如何的新法。"秦鸿瑞兴致盎然。

在农村,秦鸿瑞看到,农民有了土地,有了房子,有了牲口,各户人家还有副业生产——养了十几只鸡,一两头肥猪。农村的基层政治机构中都是贫雇农当家,区政府的区长也都是从农民中选出来的,封建势力已完全被摧毁。所有农村里的分地、生产、卫生、教育、参军、治安等工作,都是由农会来负责。农会主任和委员都是通过民主方式选出来的。陈焕英便是农会委员,成天起早贪黑,从东村跑到西村,忙不完的事。陈焕英说,现在没有地主压榨我们了,我们都是为自己做事,辛苦一些有啥。

生产是解放区的一件中心工作,到乡政府时,正逢区长和区里的工作队在乡里开会,议题有三:如何完成种麦?如何完成送粪?如何推动各生产小组?郑开先说,区领导们随时下乡,下乡的时间比在县政府里的时间还多,领导们还帮助农民扶犁。秦鸿瑞一惊,在国民党统治区,县长就是县老爷,那是高高在上,耀武扬威的,怎么可能下乡替农民扶犁呢?

陈焕英说:"是啊,共产党分了土地给农民,还要帮助农民来种地。从前,官家只会压迫我们,向我们要出荷(低价征购)。现在,农民翻身做主人了!"

秦鸿瑞看到解放区的农村,不禁想到国民党统治区对农民的三征政策——征兵、征粮、征税,各种苛捐杂税,层层剥削、压迫。这里的农民,却是一派欢天喜地的景象。

到了另一个村。刚进村口,便听见一阵敲锣打鼓声,一看,是一群学生模样的人在扭秧歌,而全村的人几乎都倾巢出动,簇拥在道路两侧,有点夹道欢迎的意味。秦鸿瑞吓了一跳,这是在成亲吗?莫不是来欢迎自己的吧?因为想看到真实情况,秦鸿瑞早叮嘱郑开先不要通知政府,他要"微服私访"。正不自在,却见十几个青年身戴大红花,骑着高头大马,威风八面,徐徐走来。两侧群众不断发出欢呼。狗娃子,铁蛋,山孩儿,好好当兵……各种呼唤不绝于耳。秦鸿瑞愕然,这是什么情况?

方念一说:"这些呀,都是刚准备入伍的新兵蛋子,全村人都在欢送他们呢!"

"当兵?难道说,在这里,当兵是一件值得庆贺的事吗?"秦鸿瑞奇道。当下国共交战,当兵意味着上战场,真刀实枪地拼命,流血流汗,甚至随时会牺牲生命。这些初长成的壮小伙子,家里真舍得他们去拼命?

"当然了!当兵不但是值得庆贺的事,还是一件光荣的事!家里成分不好,思想意识落后的还不让当兵呢!所以,这里都是自愿踊跃报名参军,高高兴兴上前线,保卫家乡,解放全中国。所以,解放区的口号是,一人参军,全家光荣!"方念一骄傲地介绍道,倒像是这份光荣里也有她的份。

再看马背上那些新兵蛋子,一个个庄严地绷着脸,确实是一副保家卫国的端严模样,眼睛和嘴角却是掩饰不住的得意和自豪。不断有老乡扑上前去,往他们手里塞着煎饼、大枣等各种吃食,也有大姑娘羞红着脸,往某一个小伙子手里塞着自己亲手绣的枕套、亲手纳的鞋垫,这就有点定情信物的意思了。方念一说,参军的小伙子,连对象都好找一些。姑娘们爱慕英雄。好多找不到媳妇的小伙子都因为参军而紧急成了亲,自己在前线流血流汗,家里有媳妇料理家务,照顾着老娘,没有后顾之忧。

亲眼见此情景,秦鸿瑞不禁心生感慨。想想在国民党统治区,历经了多年的战乱,没有人再愿意打仗,找人当兵是一件极其头痛困难的事情。所以只能由保长负责,到各乡各村按照花名册摊派任务,有青壮年的人家便去家里捆了绑了,强行应征入伍,所以发

345

明了一个新名词叫"抓壮丁"。每家被抓的壮丁都是家里的强劳力、顶梁柱,一被抓走,家里只剩老弱病残,一家人就垮了。所以家家都恨抓壮丁,执行抓壮丁任务的保长也成了大家仇恨的对象,经常莫名其妙遭受报复。就这样,每年的征兵名额仍是不满,还不时有逃跑、开小差等现象发生。

而解放区的参军,竟是这样一种喜气洋洋的景象,纵算是不幸牺牲,当了烈士,家属在村里也会受到尊重,也会享有很好的待遇。秦鸿瑞不禁想起解放区里盛行的一首歌:"解放区的天,是明朗的天。"

在农民家中吃了一顿简单的午饭,老乡从地里摘了新鲜的瓜果蔬菜,虽然没有肉,但吃得异常香甜。郑开先在桌上摆了二十块苏维埃货币。郑开先解释说,共产党的原则是不拿老百姓一针一线。吃了老乡的饭,必须按市场价付饭费。秦鸿瑞感觉很新鲜。在国民党统治区,国民党官员横行霸道惯了,到哪里都是吃霸王餐,饭菜酒都要最好的,吃完抹抹嘴巴扬长而去,小老板还得打躬作揖小心伺候,不敢有半声怨言。更不要说到农民家里吃顿饭,那肯定是要掀个底儿朝天,什么好吃的都得翻出来,杀鸡宰鸭,搞不好连看家狗都杀,饭费是不要想的。而今天,连宰一只鸡郑开先都说不必,粗茶淡饭却还要付饭费。实在新鲜。再看这苏币,自发行以来,一直遭到国民党政府排斥,然而在国民党统治区通货膨胀、法币日益贬值的当下,苏维埃货币却维持着平稳坚挺的态势,对于稳定物价大有裨益。

因秦鸿瑞和郑开先都是老邮政,邮政自是参观学习的重点。两年前,秦鸿瑞第一次带郑开先参加世界工会大会,回国后的第一站便是到上海邮政局,此次到解放区,自也是重点要参观山东战时邮局。

山东战时邮局声名赫赫,总部却只是一座小小的乡村四合院,办公、开会、兼局长的住所。和豪华气派、金碧辉煌的上海邮政大厅相比,这个总部不但简朴,甚至可谓简陋。但是,就是这么一个土气、简陋、不起眼的邮政总部,却发挥了极其重要的作用,创造了辉煌的业绩。

抗日战争时期,日军在山东到处设立碉堡、岗楼、封锁沟、封锁墙。在敌人如此严密的封锁下,山东战邮职工开辟了冲不散、打不断的千百条邮路,把被敌人分割的滨海、鲁中、鲁南、渤海、胶东各行政区紧密地联系在一起。为了冲破敌人的封锁,在封锁线上,战邮组织了武装交通队,护送邮件和书报,在敌占区,还组织了武装发行队,邮局的同志们冒着枪林弹雨,来往穿行在敌人的封锁线和碉堡之间,昼夜奔驰在一千七百多里的邮路上,把党报及时传送到敌后的广大军民手中。不仅传送机要文件、传送党报、护送干部,还经常活动在敌人占领的铁路沿线,配合地方武装打击敌人,保护群众生产。

邮局的会议室里,熙熙攘攘已挤满了邮政的代表,基本都是共产党内的秘密交通员。战邮和普通邮政的区别在于,在邮差上有重大分野。普通的邮差也是和别的邮差一样,收发传递民间的普通信函包裹。而党内秘密交通员,则负责传送党内机密文件、信函及护送党的主要干部。这些秘密交通员都是共产党员,是共产党的忠诚战士。不管是在敌占区还是解放区,秘密交通员的身份都是隐蔽的,不能公开的。所以着装上,仍是便衣,基本都是穿自家媳妇亲手缝制的布衣、布鞋,外表看上去与普通的农民无异。也没有薪水,很多交通员白天仍从事着别的劳作,一为掩护身份,二为贴补家用,只有晚上才趁黑出门传递消息。现场有一位交通员,白天的身份是一名道士，晚上才趁黑出门传递信息，道士身份是他最好的掩护，一直神不知鬼不觉地活跃在敌人的眼皮底下。

为了冲破敌人的封锁线，山东战邮组建了武装交通队，配有武器装备，经常要与敌人真刀实枪地拼。郑开先一直战斗在邮政领域，便曾亲任武装交通队队长。当然，交通员也十分危险，光是山东战邮被敌人抓捕杀害的交通员就多达数百人，令人扼腕叹息。

晚上，欢迎秦鸿瑞的晚宴喜气洋洋地进行。礼堂里摆了两桌，菜虽不如上海的本帮菜那般精致，却大盆大盆的，很解馋，还特意宰了一头猪。大白馒头和大煎饼管够。现在抓生产运动，老乡们都能吃上白面馒头和白米饭了。酒是部队自家酿的老白干，用碗喝，很带劲。

酒过三巡，秦鸿瑞有些微醺。回想这些时日，从上海到香港，再到布拉格、巴黎、西贡……一路流离，一路辗转，一路破碎神伤的梦，一颗心空空荡荡，找不到安妥处。如今，踏上了解放区的土地，这颗心才踏实安定下来。解放区，这三个字对国民党而言，像是一个咒语，对共产党而言，是心中的圣地，对于秦鸿瑞，却是一个神秘的所在，让他既向往又害怕。通过共产党的报刊宣传及共产党人的口口相传，这里是一个理想的圣地，是通往民主自由幸福的康庄大道，是广大劳苦大众翻身做主人的理想社会，他当然心向往之。但是，他又怕这些传言不过是宣传手段，所谓理想社会，不过是海市蜃楼，一旦走近，便消失无踪。然而，通过这短短几天的实地考察，他真切感受到，这里的确消除了剥削阶级，广大劳苦大众的确翻身做了主人，大家也是真切拥护共产党的。秦鸿瑞想想，自己做工运这么些年，所有的革命，所有的斗争，不就是为了给工人阶级谋取利益，让工人阶级能够少受些剥削，能够过上幸福生活吗？而这一切，在解放区已经做到了！只有共产党才能救中国！秦鸿瑞欣慰地想,自己选择这一条路——带领中国的工人阶级追随共产党,的确是选对了!秦鸿瑞频频举杯,酒不醉人人自醉。

正值酒酣耳热之际,一个交通员过来,附在郑开先耳边低语几句,郑开先一听,脸色骤变,匆匆离席,秦鸿瑞等人也不以为意,继续畅喝畅聊。

过了一会儿,郑开先回来了,手里拿了一卷报纸,神色严峻,盯着秦鸿瑞看了半晌。秦鸿瑞招呼着:"开先,来,再喝一杯!"

郑开先沉默良久,方才下了决心,说:"鸿瑞,我不得不告诉你一个不好的消息。"

"什么消息?"秦鸿瑞一激灵,酒醒了一大半,急迫地问,"是不是锦琇和孩子……"

"不,他们很安全,不过……"郑开先默默递过手中的《中央日报》,秦鸿瑞和方念一、陈焕英都赶快扑过去看,只见头版一行黑黑的大标题:

投共分子秦鸿瑞胞弟秦鸿宇夫妇被捕,家中搜出大量共党资料,经证实二人为共党分子……

秦鸿瑞眼前一黑,跌坐到椅子上。自己走后,情知家人恐怕会被牵连,已嘱众人赶快搬迁,隐居下来,谁想敌人动作那么快,秦鸿宇夫妇还没来得及撤走,便遭抓捕。

"我要回上海!我要去救回鸿宇夫妇!"血浓于水,秦鸿瑞心急如焚,起身就想走。

"不,此时国民党正张开天罗地网,等着你入瓮,你可千万不能回去!你一回去,必是自投罗网。"郑开先赶快按住秦鸿瑞。

"都是我连累了他们。鸿宇是我一手带大的,我不能眼睁睁看着他们去死！因为我……去死……"秦鸿瑞哽咽。

"你放心,秦鸿宇是你胞弟,也是我党的优秀党员,这些年,他们夫妇在上海为我党搜集传送情报,做出了卓越的贡献。我们党绝不允许损失这样的好同志！王云三同志刚才给我急电,要全力营救秦鸿宇夫妇。我这就启程去上海！你赶快回去休息,等我好消息！"郑开先带了一众人马,匆匆离去。

5．小狸猫之死

小狸猫心事重重地搅动着面前的咖啡,却并不去喝,奶沫和咖啡混杂在一起,形成一堆泡沫,又一个个击破。她的眼皮上涂了紫色的眼盖,长睫毛翻翘着,咖啡的热气熏染,使她的眼睛看起来迷迷蒙蒙的,不似平日里那般闪亮,有一些茫然不知所措的眩惑。她依然化着精致明艳的妆,粉色的腮,浓黑的眉毛,唯一抹嘴唇是裸色的,在艳光的映衬下,这抹裸色的嘴唇有些楚楚可怜的意味,让人有想抚摸、亲吻的冲动。此时的小狸猫,没有了平时张牙舞爪的姿态,的确像一只慵懒、娇弱、柔若无骨的小猫。这是一个尤物,这是一个千变万化,雌雄同体,颠倒众生的尤物！

"所以,树生哥,你一定要帮我。"小狸猫的声音放低了下来,也是一种性感慵懒的味道。

"嗯……嗯？你说什么？"李树生兀自沉溺于小狸猫的美色里,心醉神驰,完全没听懂她在说什么。

"我说,秦鸿宇是我的好朋友,你一定要放了他……"

李树生清醒过来,正色说："哦,这个,不是哥不帮你,的确难办哪！别的罪行都好说,哪怕杀人放火,我都能找到理由给他保释,唯独共党分子这一条,党国新规定,格杀勿论。放走任何一个都是死罪!"

"你们这些什么规定,我不懂。不过,秦鸿宇不是共党分子,他就是一个邮差。你相信我,真的!"

"美若小姐,你太单纯了,你不懂。这个秦鸿宇,他那个该死的哥哥秦鸿瑞叛逃到解放区,你知道给党国造成了多大的危害吗?他摧毁了整个中国劳协,现在,影响到美国对华的援助也停止了,这甚至会影响到蒋委员长的大计!所以,所有的国民党员都恨他入骨,巴不得寝他皮,吃他肉,连渣子都别留。抓捕秦鸿宇夫妇,本是为了制约秦鸿瑞,让他投鼠忌器,谁想到,这个秦鸿宇,居然自己就是真正的共党分子!数罪并罚,够他夫妇俩死几回了!现在之所以还没杀他,只不过想诱捕他那个罪大恶极的老哥!美若小姐,我把你当自己人,才给你说这么多!你就别再为难我了,啊?今后为别的事找我李某人,在下必定赴汤蹈火,在所不辞。"李树生说得怪是推心置腹的样子。

"照你这么说,秦鸿宇,他,他是没救了?"小狸猫失神地喃喃,就像个迷路的小女孩,那娇憨的样子让人心疼。小狸猫屡次央求父亲相救秦鸿宇,父亲不但不允,还把她锁在家里不许出门。小狸猫在家哭闹,绝食都不管用。最后,她突然翻到李树生的名片。想到李树生递名片时那意味深长的言辞,她判定,李树生或许可以帮自己。这是漂亮女人天生的一种直觉,从男人的一个眼神一句言语,她本能地敏感到谁能帮自己。小狸猫打定了主意,在姆妈的帮助下,逃出公馆,给李树生拨了电话。果然,李树生非常高兴地答应出来见面,请她到最好的西餐馆"红房子"喝咖啡。只是没想到,自己的请求却被拒绝。"秦鸿宇死了,我,我也不活了!"小狸猫把勺一扔,扑在桌上哭了起来。

"哎!别哭别哭,让人看见了,还以为我欺负你,哎,美若小姐……"李树生见小狸猫不管不顾地哭泣,吓了一大跳。在上海滩自己好歹算是个人物,现在又是非常时期,这西餐馆人来人往的,让人看见了,不知会编排出什么好听的来。李树生赶忙绕过桌子,走到小狸猫这一侧,坐在她身边,拍着她的肩,说:"好了好了,你别哭啊,别哭……"李树生的手一搭上小狸猫的肩,一股少女的馨香扑鼻而来。李树生看见小狸猫脖颈处裸露出的那一小片粉白,茸毛一根根在烛光里摇曳,那般稚嫩,那般招摇,不觉痴了过去,头也晕了,呓语般喃喃道:"别哭,别哭,我来想办法……"

"你说,有什么办法?要我怎么做都可以!"小狸猫一听有办法,不哭了,立即抬起头来,眼睛里闪烁着希望,一把抓住李树生的手,就像溺水之人抓住了一根救命稻草。

见到这一双含泪的眸子,李树生一愣。从前的小狸猫,只是一个调皮捣蛋的美少年,没有给李树生留下什么印象。一别数年,抓捕时见到成熟美艳的她,一下子被她的美色所震摄。之所以把她带走,不过是为了有时间和机会与她相处。但是,见到方执一送来的美金,他还是毫不犹豫地把她放了。平心而论,李树生不算是一个好色的人,他很有操守,他只好财,为了贪色而损失钱财,绝对违背他的原则。但是,接到小狸猫的电话,他还是欢天喜地地出来了,秀色可餐,看看也是好的。他本也没有非分之想,然而此时,一个柔弱无骨的身体在自己的掌下,再面对这么一双盈盈含泪摄人心魄的眸子,李树生乱了,一个极为大胆的想法瞬间涌上脑子,他慌不择路般问道:"如果我放了秦鸿宇,你当真做什么都答应?"

望着李树生那被欲望烧灼的面庞,小狸猫一惊。再想想,她镇定下来,一横心,说:"嗯……是!"

这是一间酒店的客房。

望着床单中心的那一片殷红,李树生傻了! 他以为小狸猫生性奔放洒脱,又去美国留过学,学得一副洋做派,又厚着脸皮死追男人,一定是个风月高手,风流种子,早不知成为多少男人的玩物,或是玩过多少男人。今日主动送上门来,本着便宜不占白不占的心态,李树生决心过一把瘾。谁想,这个小狸猫,竟然是一个货真价实的处女! 自己,竟然是她的第一个男人!

李树生又是讶异,又是感动,竟动了几分真情,说:"美若小姐,没想到,你,你……美若小姐,你知道贱内病逝多年,在下一直没有续弦。你若不嫌弃,在下立即向你父亲求婚,我们做长久的夫妻。在这上海滩上,我李某人说话还能管点用。当下时局如此混乱,你父亲老了,就让在下来护得你周全,如何?……"

小狸猫已经穿好了衣服,弄花了妆容的脸看起来有些颓败。她冷哼一声,说:"你之前是怎么答应的来着? 别以为我好糊弄。我爹地虽然大势已去,但是,手下的弟兄还有那么多,成事虽不足,要给某人使个绊子,打个冷枪,还是不难办到的!"

李树生一激灵,说:"美若小姐,你我的关系已非同寻常。你别赌气了。你的要求,我一定答应,明天晚上十点,过来领人。记住,只能你一个人来!"

小狸猫说:"好! 一言为定! 还有,他的老婆一起。"

李树生一怔,说:"怎么,连他的老婆,你也要救?"

小狸猫愣愣地望着前方,凄然一笑,说:"她,她怀了他的孩子,怎能不救……"

李树生看着小狸猫,纵是铁石心肠也心有不忍,这个姑娘,真没想到竟是一个痴情种啊!

秦鸿宇被通知出监,不禁一怔。这一天还是来了,真快! 从被捕那一刻起,秦鸿宇就知自己没有了活路。暗自懊悔自己还是过于大意。当下上海党内与延安、与解放区的联络,自己和沈丹晨都是主要联络人。自己两人被捕,损失不小。所幸的是,重要的一些文件尤其是联络人名单都没有放在家里,而是放在一个秘密的地点,只有夫妻二人知道。这几天,国民党百般拷打审问,也没有吐露只言片语。牺牲,是的,秦鸿宇知道做革命工作,牺牲是常态,轮到了自己,也没什么稀奇。为了信仰,为了解救广大受苦受难的同胞,唯有慨然赴死。

秦鸿宇拖着沉重的脚链手铐,缓缓地走出牢房。但见另一间牢房里也缓缓挪出一个熟悉的身影,仔细一看,竟是自己朝思暮想的妻子——沈丹晨!入狱几日,夫妻二人一直不得相见,没想到竟就在隔壁。秦鸿宇快步挪过去,说:"丹晨!丹晨!你怎么样了?"

沈丹晨抬起脸来,惨然一笑,说:"鸿宇,鸿宇,终于见到你了……"

秦鸿宇搂住沈丹晨,见她脸上身上亦有伤痕,显然也是遭受了拷打。不禁颤声道:"丹晨,你,你受苦了,这帮狗日的,连孕妇也用刑,这严重侵犯人权,太不人道……"

沈丹晨软软地斜倚在秦鸿宇的怀里,摇摇头,轻声说道:"这是我们自己选的路,无怨无悔。敌人越是丧心病狂,越是证明他们软弱无能,气数已尽。只是,我们可能看不到胜利的那一天了……"

秦鸿宇看着沈丹晨苍白的脸,心痛如绞。此时已是夜晚,将二人从牢房中带出,必是要秘密处决。也许因沈丹晨是孕妇,不好公然处决。此情此景,沈丹晨虽满面伤痕,憔悴苍白,却又是那么美,那么圣洁,浑身散发出一种理想主义的圣洁的光芒。秦鸿宇奇怪自己在过去的那么多年里,竟一直在忽略她的美,忽略她对自己的爱和照顾,浪费了多少的好时光。如今终于做了真夫妻,却要面临永久的别离。

秦鸿宇搂住沈丹晨:"不怕,我们夫妻同心,就算在黄泉路上,也能相携相伴。丹晨,下一世,我们早点认出彼此,早点做夫妻……"

"好啊!好啊!好一出感人的戏剧!真是恩爱夫妻呀!"空中响起了掌声。二人一惊,侧脸望去,却见是李树生降临牢房,唇边挂着讽刺的微笑,戏谑地啪啪鼓掌。

秦鸿宇一怔,说:"李树生,枉我们认识一场,实在是瞎了眼。现在落在了你的手里,我也没什么好说。可笑你想杀我却不敢光明正大,却是要选这么个月黑风高的夜晚,所谓的秘密处决,就是见不得人的阴谋吧?"

李树生一愣,随即哈哈大笑,说:"秦鸿宇,你真是狗咬吕洞宾,不识好人心!今天我来,不是要秘密处决你,而是要放了你!"

秦鸿宇意外一怔,说:"李树生,你打的什么如意算盘?放了我?鬼才相信。要杀要剐,也就是一条命,没什么了不起。不必再猫戏老鼠。演戏给谁看呢?"

李树生说:"秦鸿宇,你确实是死到临头了!你的罪行死几回都不算多!但是,谁让你命好啊!偏偏有贵人给你求情!"

秦鸿宇和沈丹晨面面相觑,什么贵人?还有谁能求到李树生门下?秦鸿瑞?郑开先?想来想去,没有谁有可能名正言顺在李树生那里能说上话。这节骨眼上,放走共产党,可是死罪。

"鸿宇哥,是我。"一个小小的身影从李树生身后怯怯走出,一头凌乱的短发,一身吊儿郎当的装束,秦鸿宇定睛一看,竟是小狸猫!她剪短了头发,脂粉不施,竟又恢复了初见时那一副江湖小混混的装扮。但是,她的神情却全然不同了,那股子桀骜不驯、神气活现的劲儿荡然无存,她面色苍白,神色凄然,短发凌乱,却又是另一种蚀人心魄的味道。小狸猫说:"鸿宇哥,我来接你们,我们走!"

"你,美若小姐,你怎么又回来了?这里危险,你赶快走!千万别再回来!"秦鸿宇急道。他知道小狸猫已被放走,她不是共产党,与此事无关,放走也在情理之中。可她怎么又回来了?说是她在李树生那里说了情,秦鸿宇可不信。现下恐怕连申先生的话李树生也不会听,怎么会听了小狸猫的?

小狸猫扑过来,站在二人身前,轻声说:"鸿宇哥,我和李树生说好了,今天来接你们走!只要你们离开上海,隐居下来,今后别再为共产党卖命就行!"

秦鸿宇说:"美若小姐,这种话信不得,你的话他怎么会听?你别上当了!你快回去,别再乱跑了。要不,你就去美国,继续读书!不要管我们。"

李树生也踱步过来,说:"谁的话我都不听!但美若小姐的话,我非听不可。谁让我李某人已是美若小姐的人……"

小狸猫厉声呵斥:"李树生!你别再胡言乱语!看我不撕烂你的嘴!"

小狸猫虽声色俱厉,却是透着一种男女之间的熟稔。李树生笑着应道:"是,是,我听你的。我都听你的。"一副惧内好男人的模样。秦鸿宇与沈丹晨对视一眼,心下隐隐有几分明白,难道,小狸猫为了救自己,竟然施了美人计?沈丹晨说:"美若小姐,非常谢谢你,但是,你不要为我们做任何事,这没有用的。你赶快回家吧。"

"我不是为你!我是为了鸿宇哥!还有,还有鸿宇哥的……孩子……"小狸猫毫不客气地顶回去,沈丹晨有些尴尬。这么多年,小狸猫对秦鸿宇死缠烂打,沈丹晨都心知肚明。居然要情敌舍身来解救自己,真是说不出的荒谬。

"得了,美若小姐一番美意,你们就别再磨磨唧唧了。"李树生一挥手,"来人!开锁!"

几个狱卒过来,果真给二人解开了镣铐。秦鸿宇和沈丹晨惊异对望,眼神里都在说着同一句话——难道这竟是真的?

"今天算你们命大!出去后老实点,别再犯我手里!再敢替共党办事,小心把你们千刀万剐!"李树生阴恻恻地说。

"鸿宇哥,我们走!"小狸猫挽住秦鸿宇的胳膊。

"不用扶,美若小姐,我们自己能走。"秦鸿宇轻轻推开小狸猫的手,搂住沈丹晨,三人缓缓朝牢门外走去。

走出牢房,站在门口,一股清冽的夜风拂来,秦鸿宇和沈丹晨深深呼吸,竟觉甘甜无比。难道,这就是自由的空气吗?真的就此重获自由?却又难以让人相信。

"鸿宇哥,愣在这里干吗?赶快走啊!"小狸猫着急催促。

秦鸿宇和沈丹晨对视一眼,说:"走!无论如何,先逃离这是非之地再说。"

三人急急朝暮色深处走去,监狱被越落越远,终于被远远地抛在身后,再也看不见。走到了一片小树林边,三人终于歇下脚来,松了一口气!看来,李树生竟是真正放他们走了。

小狸猫说:"鸿宇哥,我们就在这里歇一歇。郑开先一会儿就会带着人来接应我们。过了小树林,到了市区,大家就真正安全了。他们会把你们安顿在安全的地方。你放心。"

小狸猫说话,自始至终只对着秦鸿宇一个人,把沈丹晨视若无物。沈丹晨暗自尴尬、气闷,也就不答言,索性就把自己当作空气。

357

秦鸿宇意外地说:"郑开先,你们怎么会联系上?"

小狸猫说:"郑开先从解放区回来救你,知道我是和你们一起被捕的,找到我打探情况,我就把今晚营救你们的情况说了。我们约好在这里会合。"

秦鸿宇很讶异,说:"你为什么会相信郑开先?难道……"秦鸿宇想说,难道你也是共产党?但又觉此事过于荒谬,没说出口。

小狸猫幽幽地说:"你们那些主义啊,理想啊,我都不懂,也不感兴趣。但是我知道,你是共产党,他也是共产党,你们是一伙的,所以,他不会害你。把你安全交到他手上,我就放心了。"

秦鸿宇暗自赞许,没想到这小狸猫粗中有细,这个推理是很说得通的。有郑开先前来接应,那确实是万无一失了。只是想到小狸猫不知用了何种手段来营救自己,心下凄然。想问又不忍心。想了一会儿,说:"美若小姐,大恩不言谢。我只希望你能保护好自己,千万,千万别……对不起自己,不要辜负了你的纯洁和美好。"

小狸猫摇摇头,涩然道:"我,我已经不纯洁,也不美好了……"

此言一出,秦鸿宇夫妇一震,都猜到了什么。月光下,小狸猫的脸色苍白,一双大得过分的眼睛盈盈含泪,在夜色中却愈发闪亮,连沈丹晨看了,都产生我见犹怜之感。她苦苦纠缠自己的丈夫,自己却恨不起她来。她猜出小狸猫付出了什么。这个胆大妄为的小狸猫!这个飞蛾扑火的痴情种!这是什么样的恩情,何以为报?沈丹晨抚摸着自己的腹部,那未出世的生命,柔肠百结,为难至极。

小狸猫努力振作了一下,说:"没什么!这么污浊的世界,能苟且偷生就已经相当不易,谈什么纯洁!你们安全了,我就放心

358

了,也算我小狸猫做了一件像样的大事!"她咧嘴笑了,笑得所有人都想哭。

一阵杂沓的人声传来,愈来愈近,小狸猫喜道:"是开先哥他们来了!"

小狸猫站起身来,朝来人挥手道:"这里!我们在这里!"

"你,你快坐下!危险!"沈丹晨见小狸猫站起身来,本能地感觉到危险,赶快起身去拉她坐下。

"是开先哥!我看到了,是开先哥他们来了!开先哥……"小狸猫兀自大叫。

说时迟那时快,却见身后的树林里蹿出几个人,为首的说:"打!"

秦鸿宇大惊,来不及细想,纵身跃起,用身躯护住沈丹晨和小狸猫,把整个的后背暴露在敌人的枪口之下。子弹飞来,秦鸿宇一震,却仍是死死地护住二人,不松手。

郑开先的队伍也开了枪,双方一阵激战,对方被打死两个,跑掉几个,还活捉了一个。

短暂的激战,世界安静下来。秦鸿宇已中枪,奄奄一息地躺在地上,血流一地。小狸猫紧紧搂住秦鸿宇,状若呆傻。

"鸿宇!"沈丹晨大叫,郑开先也大叫:"秦鸿宇!"两人都想扑过去,小狸猫突然从怀里掏出一把枪,指着众人,厉声喝道:"谁也不许过来!谁过来我就打死谁!"这把精巧的小手枪正是小狸猫与秦鸿宇初识时被秦鸿宇"缴获"的那一把。

郑开先说:"美若小姐,不要冲动!我们先救人要紧。"

小狸猫凄然摇头说:"不成了,他是活不成了。"

"鸿宇,鸿宇!"沈丹晨哭泣着想往前冲,小狸猫再次挥舞着小手枪说:"不许过来!谁过来我就打死谁!"月光下,她神情癫狂,

359

声音凄厉,头发凌乱,像个疯狂的女巫。郑开先赶紧拉住沈丹晨,示意别激怒她。所有人都站立原地,默然地望着她。

小狸猫不再理会众人,俯身看向怀里的秦鸿宇,神情瞬间变得柔和甜美,唇边漾起一抹迷人的微笑,柔声说:"这么多年啊,你总是不理我,总是见到我就跑,现在,多好啊,你终于乖了,听话了,不逃走了。我就想问你一句,如果我不是申亭山的女儿,你会不会喜欢我?"

"姆妈教我唱戏的时候啊,我就特别喜欢一句,在天愿作比翼鸟,在地愿为连理枝。"

小狸猫媚声唱了一段京剧《长生殿》戏词,凄婉的声音飘荡在夜空中,说不出的凄凉鬼魅。众人竟是心醉神驰,呆立当场。小狸猫旁若无人般唱完,继续柔声说道:"其实,我早就不想活了。那天看到你有了孩子,我就不想活了,我被李树生那个畜生糟蹋的时候,我就不想活了,我想救出你们之后我就去死。可是,天意呀,却是要让你陪着我去死,这是怜我对你一片痴情,这就是命,对不对?不求同年同月同日生,但求同年同月同日死。你到底是属于我的,属于我一个人的……"

小狸猫举起手枪对准自己的太阳穴,只听一声枪响,小狸猫软软地倒下。

这一变故让众人始料不及,瞠目结舌。月光下,小狸猫怀里紧紧搂着秦鸿宇,两人相抱相拥,果然像是一对殉情的男女。小狸猫脸上兀自挂着甜美舒心的微笑。

沈丹晨用手顶住嘴唇,瞪大了眼睛,喃喃道,这个小魔女,她赢了,她到底还是赢了……

6．脱胎换骨

　　院子里,方念一和陈焕英正在齐心协力摊着煎饼。摊煎饼程序复杂,先要把粮食簸干净,再碾压、去皮,浸泡,用人工推磨磨成糊,然后把糊摊在鏊子上,薄薄摊一层,鏊子下生有柴火,煎好后搁凉,再一张张叠起来。秦鸿瑞没想到煎饼的鏊子竟有一张小圆茶几那么大。方念一负责摊煎饼,陈焕英负责加柴火。秦鸿瑞见方念一动作娴熟,面色恬静,完全像是一个爽利能干的当地妇女,甚是稀奇。在上海滩,这大小姐可是十指不沾阳春水。不单是烙煎饼,方念一还会纳鞋底,一只鞋底要纳一百二十行,一行要过三十多针,每针都要经过锥眼、穿线、走线、拉紧。做鞋搓麻绳通常要在腿上搓,时间长了腿上都磨得伤痕累累。当然,摊煎饼不是为了自己吃,是给八路军送的军粮,纳鞋底也不是为了自己穿,是给士兵们做的军鞋。

　　来解放区这些时日,邮局、工厂、农村,处处带给秦鸿瑞新奇,带给秦鸿瑞感动,除此之外,更加让秦鸿瑞称奇的便是方念一了。几年不见,方念一从外形到性格到行为处事全都变了。当真是脱胎换骨,焕然一新。究竟是什么样的力量让一个上海滩上的娇生惯养的大小姐变成了一个有信仰有追求的女革命者?这中间发生了什么?两个方念一之间有着一个深深的褶皱,叠起来,看不见。

　　时光回到几年前,方念一留下一封书信离家出走时。

　　方念一气喘吁吁逃到了火车站,见到在此等候的郑开先。郑开先一笑,说:"真的决定好了?"方念一帅气地一甩头:"是的!"

　　火车上,方念一把头探出窗外,微风拂动着她的长发,方念一有着一种私奔般的隐秘快感。是的,留下一封书信,别了哥哥和爷爷,别了熟悉的生活,跟着一个男人去私奔。这多浪漫,多凄美呀!虽说这个男人,不是自己喜欢的男人,她脑里心里装的全是秦鸿瑞;私奔也不是真私奔,而仅是去感受一种全新的生活。但,在方念一满脑子罗曼蒂克的念头里,这些不凑趣都可以过滤掉,出走的本身已经足以让她兴奋。窗外的风景也是,满眼都是新鲜。在全家人的精心呵护下,长这么大,方念一还没出过上海滩呢,总怕不安全。方念一这样年纪的女孩子,看了太多的西方小说,怎会不向往着远方。去哪里不重要,重要的是不熟悉,在陌生和扭曲里释放身体里暗藏的尖叫。是的,她是一个死过去又活过来的人,只要能让她摆脱上海,摆脱百无聊赖的生活,摆脱对秦鸿瑞的思念,去哪里都行!

一路的新鲜,一路的兴奋,一直持续到沂蒙山区。到了这个小村子,方念一被安排住在陈焕英家。陈焕英和方念一年龄相仿,却是截然不同的两个女孩子。见郑开先领回一个娇滴滴的上海小姐,说是他的义妹,陈焕英十分惊诧。尤其见到方念一的卷发、高跟鞋、抹了唇膏的嘴唇,陈焕英更是嗤之以鼻。她断定这姑娘待不了三天就会哭着鼻子回去。果然,乍从温柔富贵乡的上海来到沂蒙乡下,方念一处处感到吃惊,不过不是惊喜,而是惊吓。当她看到石块垒成的房子,顶上铺着高粱秆,连缝都没挡严的房顶;看到连门都没有,只是挖了一个坑的厕所;看到黑乎乎的灶台;看到垫几块砖头的炕头,铺块毯子就是床……她确确实实受到了惊吓。但是,这种惊吓中,又有着某种奇异的快感,自虐般的快感,就像她用刀割破手腕的血管,那种锥心疼痛带来的快感——唯有这种身体的疼痛与不适,可以抵御内心失恋带来的毁灭般的伤痛。糟蹋了自己,就像是报复了秦鸿瑞——看,这一切,都是你造成的!这就像一个被父亲宠溺的女儿,故意穿了单衣站在雪地里,就为了感冒,为了生病,为了让父亲心疼和后悔——看,这一切都是你造成的!她当然没有想过,这一招对于不爱自己的人毫无用处。从小在蜜罐里泡大的人是想不到会有人不爱她的。

一连数日,方念一便以这种自虐般的顽强忍耐了下来。她赌着气,逼着自己把狗尾巴草看成花儿。看着镜中的脸憔悴了、粗糙了,就像恶作剧般的暗自可乐。

陈焕英不喜欢自己,方念一知道。傻子也能看出,这个姑娘喜欢郑开先。方念一没看出郑开先有什么值得喜欢,长得五大三粗,也没文化,既不风流倜傥也不幽默,只是会些拳脚功夫,待人实诚一些,仅此而已。陈焕英看他的眼神却像是看到了世间最美最好的风景,像是看到最值得倾心的男子。方念一嗤之以鼻。她不知道自己看秦鸿瑞的眼神也是一模一样。而秦鸿瑞在别人眼中,又何尝有什么英俊潇洒?有一次聊起,陈焕英满脸崇敬的神情,说:"郑开先他是个英雄!"

英雄?这个词对于方念一十分抽象。她的世界里没有英雄这个概念。但是这个村里对英雄显然都有着不一般的情愫。这个村子里的人物质条件虽然远不如上海,但精神状态都很好,眼神里都有着一种大上海的人所没有的东西,当时方念一不知,那是一种叫作理想、信仰的光芒。那是要解救自己,解救全中国劳苦大众的理想主义的光芒。方念一知道,这里是解放区,不受国民政府管辖,而是受延安的中国共产党的领导。这个村子里的人对共产党都有着深厚的感情。打起仗来,全村人都在给共产党作掩护,连妇女们都动员了起来。陈焕英是村里的妇女队长,方念一在郑开先的安排下,跟着陈焕英在识字班教妇女们识字、学文化。此外,妇女们成天忙着纳鞋底,摊煎饼,免费送到军队当作军衣军粮。谁家有孩子参了军,全村都敲锣打鼓去欢送他,家里的家属就颜面有光,若是立了战功,那就成了英雄。谁嫁了红军就是红嫂,也是英雄。

这一天,方念一坐在院落里望着天空发呆。到沂蒙山区这么些天了,初时的新鲜感一过,那种无聊空虚感又袭上心头。这里不是上海,没有夜生活,带来的几本小说也翻得卷了边。

闲,还是太闲。一颗心空空荡荡的,还是找不着安妥处。那些糟心的往事又都一一浮上心头,秦鸿瑞的"背叛",多年的痴恋落空……

郑开先回来了。郑开先每天都很忙,有时一走数日,方念一知道他在当地邮局,就像在上海邮局一样,也是一个邮差。但是,他现在这个差事显然更辛苦,经常回来时一身都脏透,有时脸上、身上还会挂些小伤。这天郑开先却很有闲暇似的,坐在院落里与方念一聊天。郑开先说:"或许,你需要一份工作?""工作?"方念一一愣。大学毕业之后,她从来没有想过工作的问题。对于她这样的女孩子,拥有一张大学文凭不过是多了一份体面的嫁妆,嫁个好人家是最好的前途,出门抛头露面去工作毫无必要,家道虽已在衰败,还不到需要她挣钱养家的地步。所以,爱情,爱情几乎占据了她生命中的全部。反之,失去爱情生命也就毫无价值。郑开先笑了,说:"工作是为了挣钱,也不仅是为了挣钱,更是实现你自己的价值。一个女人的价值并不仅在家庭里。我们的《战邮报》需要编辑,我们的交通员需要上文化课,你是大学生,你又在大公通讯社干过,你很适合这份工作。"方念一心动了。她一直酷爱文学,酷爱小说和诗歌,做编辑,倒是很合胃口。

抱着姑且一试的想法,方念一到了邮局。工作很忙,除了要编辑《战邮报》之外,开会要做记录,整理、保管文件和图书,还要给交通员们上文化课。

一到邮局,方念一就被这简陋的环境和条件吓蒙了。所谓的报社,连一台油印机都没有,一个钢板、一支刻板的铁笔、一个油滚子,还有点油墨和蜡纸,便是全部的工具和家当。这些家当行军的时候得全部自己背着。方念一的任务是编稿子,搭档只有一个刻钢板的小徐。这之前由于缺乏人手,《战邮报》不定期出版,时有时无。现在来了专业编辑,自然需要固定周期刊出。方念一接手后的第一期战邮报战战兢兢地出版了,不想却是好评如潮,从领导到同事到普通战士,均对方念一赞不绝口。报社还收到许多信件,赞扬方念一,索要邮报……这是方念一第一次收获到美貌之外的赞许,她不再只是被夸赞为:你好美,好时髦,好会跳舞,而是——方念一真有才华!她第一次感受到,原来一个女人被赞美了才华和努力是更加让人欣慰得意的事。才华不但让认识的人欣赏赞叹,让不认识的人也感受到心灵的震荡。方念一成了邮局出名的才女,后来那首著名的《战邮交通员之歌》便是出自方念一之手:"模范战邮交通员,服从分配守时间,早去早归不偷懒,走起路来一溜烟,一溜烟!"不管是吃饭路上,还是食堂里,还是开会的间隙,总能听见有人在哼唱:"一溜烟儿,一溜烟儿……"方念一听了,心里说不出的熨帖甜蜜。

晚上在交通班上课也很有趣。交通员们都很年轻,大都是些二十左右的小伙子,上课之余,总爱围着方念一谈心。知道方念一是从大上海来的,都很好奇,问方念一:"你坐过火车、汽车吗?听说胜利以后,我们收复了城市,就可以坐着火车、汽车去送信、送报纸了,还让我们坐上去呢!你说,这都是真的吗?"方念一说:"这肯定是真的!"大家就哈哈大笑,眼睛里充满着憧憬和希望。这还都是些半大孩子呢!方念一不禁心生怜惜。她已知交通员非常辛苦,一天要走百十里路,还要背着枪、手榴弹、报纸、信件,压在身上一大堆,比骡子还辛苦,还随时面临着遭遇敌人阻击,随时面临着生命危险。不时地有交通员上课缺席,然后就听说他牺牲了……但她从没听哪个交通员叫苦抱怨,那一种纯洁的叫作信仰的光芒,笼罩着每一个人。邮局的局长夫人黄大姐也时常到机关来,对交通员们嘘寒问暖。提起当年和局长在北平做地下党工作时,因没有经费,生活相当困难,严重缺乏营养,她说:"我的大儿子生下来时长得特别小,一双大鞋就能放进去。"他们身上脱离了小我的一己私利,那种大格局、大胸怀、大境界,令方念一感受到深深的震撼。

抗日战争时,在敌占区跑交通,危险之大是不言而喻的。为了保证情报、机要文件的安全,交通员们想出了很多办法,比如:将情报交换点设在土地庙里,前一站的交通员把情报压在神像下面,第二天取情报的人假装拾粪到庙里来取;有时将文件折成小块放在扁担托子里;有时将情报塞在高粱秸里,走路时抓在手里,敌人不会注意;有时用头发丝扎上,系在蓑衣里……

秘密交通员们的送信任务异常艰巨,条件相当艰苦,收到任务,分秒必争地便要出发。因白天敌人封锁严酷,一般都采取夜间活动。冬天蹚着冰雪过河是常事。

交通员中最杰出的,便是郑开先了。他是所有交通员的偶像和榜样。有关他的各种传说时常在邮局内外传颂。

有一次郑开先接到任务,当晚便摸黑出发。夜深人静,村庄里寂静无声,正是悄声出行的大好时机。不巧的是,夜凉如水,寒风呼呼刮过来,衣衫单薄的郑开先止不住地咳嗽起来,这一咳,白天不要紧,在深夜的村庄里便显得惊天动地。若是引发了狗吠,再惊动整个村庄,一定会把敌人惊起,被抓捕不说,身上的文件就传递不出去了,若是被敌人收缴,党内的机密泄露,那可更是罪不可赦。

郑开先急得拼命用手去堵,用衣服去捂,却都止不住咳。郑开先急得扑在地上,顺手抓起一块土坷垃便往嘴里塞,土坷垃的泥土被唾沫融化,流进喉咙里,奇迹般的,喉咙不痒了,咳嗽止住了。郑开先便含着这块土坷垃,一路小跑着把密件送到了目的地。事后大家一见郑开先就打趣说,原来土坷垃还能治咳嗽!

还有一次郑开先接到一封重要密件,他绑上密件,揣了一把手枪便出发了。到达岗哨时,这里平时都无人把守,这天却意外发现有五六个日本兵在巡逻。郑开先一看不好,转身就跑,日本兵大声呼喊"站住",拔腿就追,子弹嗖嗖从身边掠过。郑开先不要命地一气往前跑,一直跑出二百多米,碰到面前有一条河,一头便扎进河里。敌人找寻不见,便四下散去。郑开先从河里爬起,冬天的河水一下子结了冰,身上布满冰碴子。郑开先立即把布鞋脱下,查看鞋里的密件湿了没有。还好,密件用油纸包住,安然无恙。郑开先放下心来,这才把密件放回鞋内,继续奔跑。跑到指挥所,首长看到浑身布满冰碴子的郑开先,惊讶万分,说:"你怎么湿成这样?文件湿了吗?"郑开先取出密件,说:"文件没事!"首长看过之后,擦着冷汗说:"这份文件太重要了!幸亏你没有弄丢,要是落在日本人手里,损失可就惨重了!"

这期间更有一次经历,提起来甚至令人不好意思。那天郑开先一夜跑了一百二十多里,到达津浦铁路西边时,天已放亮,本欲在伪村长家里歇息(抗日时期跑交通的常跟伪村长、伪乡长搞统战关系,便于掩护身份),伪村长却十分为难地说,汉奸队已有通知,说皇军要来"清乡",家里不能待,很危险。这时村口响起了枪声,村子乱了起来。郑开先刚走出村长家门,便看见了敌人的身影,他乘乱钻进了路边的谷地。敌人采用了"拉网式"战术,先将村子包围起来,再逐步缩小包围圈向里搜索。郑开先见此情景,自知难以逃脱,便把密件埋进土里,自己沿着庄稼地慢慢往前爬,这样纵算被敌人抓住,文件也不会落在敌人手上。爬了一阵,眼见头顶上方就站着一个日本哨兵,郑开先不敢再爬,便趴在地上一动也不敢动,因周遭都是谷子地,稍一动弹便会引起谷子晃动,很容易引起日本兵注意。时值盛夏,天气炎热,尤其中午,太阳直射下来,地上热得像烤炉一样,郑开先跑了一夜夜路,滴水未进,此时肚子里饥饿难当,更是渴得嘴唇焦裂,两眼发黑。整整趴了一天,直到晚上哨兵撤了,郑开先才舒了一口气。想站起来,浑身却没有一点力气,只好慢慢往前爬,天可怜见的,终于看见一口井,郑开先高兴坏了,用尽全身力气爬到井边,打上井水来,一口气灌了个够。空空的肚子撑得像个橡皮口袋,走起路来直晃荡。但精神头好了很多。郑开先回谷子地取出文件后,便开始继续送信,谁知刚走出几步,肚子便开始发胀,疼痛难忍。郑开先想,这可糟了,本来遇到敌人"清乡"就耽误了一天,再不赶快把信送到,可就糟糕了。郑开先到村里一个郎中家抓了几服泻药。郎中吩咐分三次服,郑开先为早点缓解病情,早点赶路,便一股脑把三包药都一起吃了。夜幕降临,郑开先赶紧赶路,谁知肚子叽里咕噜叫了起来,泻药吃多了,拉起了肚子!走几步拉一次,越拉越厉害。郑开先想这可坏了,这么拉下去天亮都无法赶到目的地,可就耽误事了。郑开先见月黑风高,四下无人,索性脱下裤衩,一路跑一路拉,终于在天亮时赶到阳谷县,完成了任务。大家看到这个光屁股交通员,都惊呆了!所幸一路没遇见大姑娘小媳妇,否则可当真是羞死了人。

凡此种种遭际,每次化险为夷,遇难呈祥,也使郑开先在磨砺中成长为最优秀的交通员。

有一次,方念一听到大家聚在一起,念叨"独立营",说这个

"独立营"特别厉害,一个人跑到敌占区投送张贴报纸,有一次夜间突然碰到"还乡团",问他是干什么的?仓促之中,他随口答道:"独立营!""还乡团"以为是解放军的独立营来了,吓得一溜烟儿地跑了。此后,"独立营"的名称就叫开了。那些"还乡团"的人不知,所谓"独立营",其实就只是郑开先一个人。方念一才知道,自己认识多年的义兄,貌不惊人的郑开先,和秦鸿瑞方执一比起来毫不起眼,在邮局这里,却是真正的大英雄!

数年寒暑,方念一在编报的同时,更深深受到革命思想的洗礼。她的精神和思想也在产生着质的变化和飞跃。她不再伤感,不再矫情,不再成天钻牛角尖,巴巴去想自己身上的那一点鸡毛蒜皮的事。有一天,她发现自己已经不再去想秦鸿瑞,即便想起也不再难受,她已经有了更多需要去想去做的事。她死过一回,被郑开先救了,救的不仅是身体。一个思想上想死的人,终归救不活。郑开先带她来到沂蒙山区,让她看到感受到新面貌新气象,让她脱胎换骨。那一天,她终于光荣地加入了中国共产党。过去种种譬如昨日死。是的,过去的方念一不存在了,她终于痊愈了,她获得了真正的新生!

7. 扳倒李树生

小狸猫的噩耗传来,申亭山被遽然击倒,一病不起。自抗战胜利后,本以为荣归故里,不想却是一连串打击:李树生在蒋介石"对帮会的长远政策是消灭"的授意下,背叛师门,把自己树为国民党要打倒的恶势力代表;秦鸿瑞与国民党决裂逃到解放区,令他百口莫辩;如今,最是疼爱的小女儿竟然命丧黄泉!可怜申亭山,一生不知从捕房捞了多少人,救了多少人的命,如今却救不了自己

369

女儿的命!

申亭山抱病谢客,谁也不见。直到吴坤大驾光临。见到病榻上的申亭山,吴坤心一酸,只见他形销骨立,面色枯槁,哪里还是那个意气风发"不在话下"的申亭山!

"亭山兄,究竟是哪个王八蛋所为?哥哥一定替你做主!"吴坤咬牙切齿。

申亭山眼圈一红,在吴坤的掌心里写下三个字:李树生。

原来,当时李树生为讨好小狸猫,假意放走秦鸿宇夫妇,却安排人暗中伏击,吩咐将秦鸿宇夫妇两人当场击毙,但务必留下申大小姐。秦鸿宇夫妇是共党,放走了他可脱不了干系,秦鸿宇死了,情敌没了,他更可与小狸猫做长久的夫妻。将来若是小狸猫问起,便可托词说是遭遇了土匪。万没料到郑开先来救走了沈丹晨,而小狸猫竟然殉情,追随秦鸿宇而去。小狸猫虽不是李树生直接所杀,但他乘人之危,糟蹋了小狸猫,又派人追杀,直接造成小狸猫当场殉情。他不杀伯仁,伯仁因他而死。

"原来又是李树生这个畜生!"吴坤气得双眉倒竖!李树生欺师灭祖的行径,吴坤早已知晓,只是他位高权重,一时还奈何他不得。申亭山的态度也是主张忍气吞声为好。可如今这天杀的畜生竟然杀了申亭山的爱女,是可忍孰不可忍!

如今的李树生,已是国民党内的高官,硬碰硬或是实施暗杀都不可取。如今的申亭山只想做顺民,不愿开罪国民党,唯有找到李树生的软肋,名正言顺让他下台,身败名裂,再取他性命便是易如反掌。申亭山献出一计:在肃清汉奸的运动中,声名赫赫的大汉奸钱啸邨却能在层层封锁下从容逃脱,下落不明。在所有的汉奸里,钱啸邨之贪是有名的,但他不可能带着金银财宝亡命天涯。而当年钱啸邨的豪宅是由李树生接收,而且接收之后,便成为国民党上海特别市执行委员会的办公处所,李树生便是主任委员。这其中到底有什么猫腻?

吴坤一听,不禁佩服,申亭山依然是申亭山,已暗中下了功夫,摸到藤蔓,只苦于手中没有权力,单单等着自己来。吴坤的特殊身份可让他名正言顺清查此案。

"亭山兄,这畜生既然是犯在我手里,对不住了,哥哥定让他身败名裂,死无葬身之地!"吴坤立下重誓。申亭山面如死灰的脸上终于露出淡淡的笑意。

吴坤经过多方查询,终于在一个小城里搜寻到钱啸邺的发妻。当时仓皇之际钱啸邺携了小妾逃亡,却把发妻撇下。无奈之下,他的发妻钱太太只好隐居在小城亲戚家,对钱啸邺以及帮凶自是恨得咬牙切齿。因此当方执一受吴坤派遣找到她,钱太太毫不犹豫便和盘托出。

钱太太交代说,她家里的古董字画、名贵家具、奇珍异宝、皮毛衣饰先不要去说,光是那满载金银财宝和各种钞票的巨型保险箱便有四只。方执一问她,可记得这几只保险箱里宝藏的品类和数目?钱太太凄然一笑,说这有何难,取来纸笔,我立即给你们开一份清单。

这么些年,这些珍宝皆是心血所得,爱若性命。虽已丢失,却一直在钱太太脑中盘桓。所谓如数家珍便是如此。钱太太一挥而就,第一只是美钞若干万,第二只是黄金若干条,第三只是钻石珠宝多少个,价值多少,第四只是日本老头票和为数极巨、如今已形同废纸的日本国家债券。

方执一收到清单,大喜,仔细叠好收入囊中。然后提出一个最关键的问题:当年钱啸邺是如何逃脱层层封锁,神不知鬼不觉地逃走的？

钱太太吐露实情，果然便是李树生的"杰作"。李树生自前门大张旗鼓前来接收，却在后门把钱啸邨悄悄放走。而在一路的逃亡路上，李树生也都做了安排部署。当然这一切都是有交换条件的，条件就是，钱啸邨绝不透露财产被李树生"劫"收的真相。钱太太凄然苦笑，李树生与钱啸邨一直暗通款曲，经常在家中密谋，他们自以为神不知鬼不觉，岂料计划自己早已知晓，只是最后的日期他们故意没有通知自己，导致自己被"遗留"在家。钱啸邨不顾夫妻情意，自己当然也犯不上为他守节，而该死的李树生，遗留自己的事他也逃不脱干系，亏得平素里还"嫂子嫂子"叫得勤！

收到情报后，吴坤拍案而起，决意采取"打老虎"行动。立即派遣方执一率领大批人马，连夜封锁道路，彻底搜查国民党上海特别市执行委员会。这一查，果然搜出四只保险箱，有三只都空空如也，那些钱太太所交代的黄金美元金银珠宝俱都不见踪影，只有那只装有日本老头票和日本债券的箱子依旧满满当当。

方执一先把钱太太所列举的第四张清单，遍示众人，予以公开，然后打开保险箱的门，取出一叠叠的老头票和债券，一一清点，竟与钱太太清单上的数目不差分毫！

由此可明证，前三只保险箱里的金银财宝美元黄金全都被李树生窃为己有，单这只因钞票债券已形同废纸，便被废弃在此。

敌伪财产之整理与处置，正是吴坤职责所在。吴坤当即列举证据，呈报最高当局。最高当局的批示也迅即到来：严予查办！

委员会被清查，李树生急得像热锅上的蚂蚁，天天到吴坤的办公室求见，吴坤却置之不理，闭门不见。当年他是怎么怠慢申亭山的，他如今就要以其人之道还治其人之身。

无奈之下,李树生找到方执一,望他看在昔日同门的分上,去吴老板那里替他求求情。方执一听得火冒三丈,连连冷笑,说:"亏得你还有脸提起同门之谊?同的是哪个门?申门?且看看你是如何对待你的恩师的?你欺师灭祖,先生却是一再忍让,在人前从不对你发恶声。谁知你不但不知悔改,竟连先生的大小姐你也敢欺辱!你当真是吃了熊心豹子胆,还是猪油蒙了心?"

李树生辩解道:"你们当真是误解了我。我李树生从不是好色之徒,更不至于轻薄美若小姐。我是真心喜欢美若小姐,我是想要明媒正娶,把美若娶进门的!这话我给美若小姐说过,只要她同意,我就准备提着聘礼上门求亲,八抬大轿风风光光地把她娶回家。天地良心!我要是有半句假话,天打五雷劈!"

"哼!就凭你,还梦想娶美若小姐?秦鸿宇夫妇是共党,你不能放,这也不能怨你,但是你施诡计,先放后杀,致使美若小姐当场死亡,这个责任,你别想逃脱!你明知先生儿女虽多,最宠爱的还是美若小姐。你夺去先生的心头肉,先生手下的众多弟兄都恨不能剥你皮,抽你筋,若不是先生按着,纵是你防范周严,也难逃暗枪暗箭。眼下你犯案在身,多行不义必自毙。你自己,自求多福吧!"

李树生从方执一处灰溜溜地出来,转来转去,还是不敢去找申亭山。眼下申亭山虽说大势已去,可手下依然有一大批忠心死侍,他进了申家门,出不出得来还不好说。申亭山虽不致当场杀人,明枪暗箭那一套,却是玩得再熟不过。想来想去,李树生还是只得再去乞求吴坤。在吴坤的办公室门前,李树生竟然急得声音哽咽,说如若不见,马上就要飞往重庆上下打点,如此,吴坤才开恩让他进来。

李树生堆了一脸诏媚的笑,卑躬屈膝地走进会客厅来。这一脸的谄媚,是李树生的招牌,当年在申公馆,脸上便永远都是这副表情,看上去又诚恳又憨厚,老实巴交的。就是这副神情不但骗过秦鸿瑞方执一,连申亭山都被他蒙骗,把他当了心腹,不遗余力提携他。然而自他得势之后,他好久没有了这样的表情,已经陌生得很了。看上去有些皮是皮,肉是肉,捏不到一起去。

看到屋内还有一众弟兄,李树生一愣。他本是想两人暗通款曲,谈好条件,要多少钱财珠宝都好说。紧要关头,不大出血是过不了关了。不想吴坤却是留了这么一大批人做见证。显然是故意防着这一招。李树生好歹也算是个有头有脸的人物,可人在屋檐下,不得不低头。无法,只好厚着脸皮当堂陈述自己的"冤情",苦苦哀求,都是误会,误会,恳请吴先生免予究办。

吴坤却是一脸的铁面无私,公事公办,大打官腔,说:"党国当下经济危机,国库空虚,都是你们这帮蛀虫所为。你们贪赃枉法,全不顾党国死活!不打死你们这批大老虎,党国就没有出路!"

李树生一听,面如死灰。情知吴坤说这番大道理,更主要是公报私仇,替申亭山出气。但又不能当面揭穿这层意思。沉思良久,李树生换了一副倨傲的表情,说:"以在下的身份,你吴坤无权办理。我要从上海飞重庆,向我的上司当面请罪。要杀要剐,悉听尊便。"

吴坤哈哈大笑,说:"你李树生确实位高权重,但是,肃清汉奸是蒋委员长亲自交代给我的职责!王子犯法与庶民同罪!不要说你,哪怕是蒋委员长的亲儿子,若是与汉奸勾结,贪赃枉法,我也照办不误!飞到重庆当面请罪?你想得美!决计办不到!你倒是提醒了我,你是戴罪之身,如何能自行逃脱!"

当即吴坤便下令,通知所有的航空公司和码头及所有的交通要道,不许卖票给李树生,不许李树生逃离上海!

几天后,中央电令下达,免去李树生一切职务,等候法办。

拿着这纸电文,吴坤兴冲冲来到申公馆,两个老友一杯淡酒,申亭山看着这一纸电文,眼泪纵横。李树生跋扈一时,权倾上海,却到底是落得如此下场,真是"眼看他起高楼,眼看他楼坍了"。

吴坤说,李树生已被控制。你放心,下一步等待他的将是监狱镣铐和枪决。明天将去出差,回来后便来办理。

申亭山内心甚是感动。他深知自己是国民党的一把夜壶,用过了便要塞在床底,羞于示人。但无论国民党诸人是如何对他,至少还有一个吴坤,是真心诚意把他当作兄弟。从吴坤让他组建苏浙皖别动队抵抗日本,到香港后帮助吴坤抗日肃奸,他殚精竭虑,出钱出力,为国民党立下汗马功劳。如今只有吴坤还在领他的情,还在念他的好,还在帮他做事。只要有吴坤,在国民党内他就还有靠山,就还有依傍,他就还有希望东山再起。

几日后,传来讯息,吴坤的飞机失事,机毁人亡。而李树生趁势逃脱控制,不知去向。

第 九 章

1．信封贴在邮票上

1949年的3月，格外寒冷。尽管已是初春，仍是春寒料峭。冬衣一上身，一直脱不下来。

方执一迈进上海市政府大楼，整栋大楼被一种紧张又惶惑的气氛笼罩。人们进进出出，一个个紧绷着脸，神色慌张，脚步匆忙，就像一只只热锅上的蚂蚁，毫无头绪地奔忙。方执一却不急——有什么可急的呢？

数年前，方执一从国民党上海市党部调入国民党上海市政府，如今已是政府要员。方执一慢吞吞地走进自己的办公室，拎起水瓶，准备泡杯茶，一看茶叶罐，空的。眼下茶叶已经是奢侈品。也是，连饭都吃不起了，还喝什么茶。

方执一颓然跌坐到沙发上，疲惫地撑住了额头。

1948年8月19日，中央颁布《财政经济紧急处分令》，也就是所谓币制改革，发行金圆券，规定金圆券一元合法币三百万元，金圆券四元合美金一元。规定民间持有之一切法币、外币及金银，一律须在限期内全部兑换成金圆券。当时正值内战扩大，举国灾患频仍，物价飞涨，民生维艰，诚所谓国脉如丝的生死存亡关头，《财政经济紧急处分令》的颁发，无疑是一剂妄图起死回生、振疲起衰的猛药。政府勉励大众必须勉力吃下，大家一起来实践勤劳刻苦的生活，增加生产，节约消费，共同努力实行"勤俭建国运动"，国家民族，才有振兴的希望。

币制改革一出台，方执一积极响应，当即把家中所有的美元、黄金、法币通通汇总，连爷爷珍藏的黄金和美元也都悉数逼出，还翻出姆妈留给自己的金手镯、宝石戒指和金项链，这些是姆妈的遗物，本打算将来娶媳妇时留给媳妇做信物的，方执一看到这些首饰，想起姆妈，不禁一阵心酸，可还是毫不犹豫地悉数兑换成金圆券。在国家大义面前，个人的荣辱得失自不算什么。他方执一自是要全力支持政府的币制改革。

谁想才短短两个多月，11月1日，币制改革的始作俑者蒋经国便发表《告上海市民书》，承认"在七十天的工作中，我深深感觉没有尽到自己应尽的责任，不但没有完成计划和任务，而在若干地方上反加重了上海市民在工作过程中所感受的痛苦"。轰轰烈烈的蒋经国上海打虎偃旗息鼓。十天后，蒋介石发布《修正金圆券发行办法》，规定金圆券的发行数额另以命令定之，金圆券一举贬值百分之八十。币制改革宣告失败。

此后，通货膨胀愈演愈烈，直至无法无天的地步，米、面、煤等生活用品短短几个月内翻了五百多万倍，金圆券几乎已成为一堆废纸。像方执一这样支持政府倾其所有兑换金圆券的，就连基本生活都成问题，更别说那些善良的相信政府的升斗小民，一生的积蓄就变成几张废纸，连一袋米都换不来。

众多老百姓哀鸣，诚如浙江大学校长竺可桢说："无人敢信任政府矣……奉公守法之人处处吃亏,而横行无忌的人逍遥法外,如扬子公司孔令侃即其例。此所谓率天下之人而尽归于偷盗也。如此政府安得不失败哉!"

方执一知道,许多的政府大员并未遵照规定兑换金圆券,只把极少量财产兑换成金圆券装装样子,大量的金银细软都偷偷囤积在秘密之处。别的人吃糠咽菜,饿得脸面浮肿,他们暗地里依然大鱼大肉,养得满面油光。当然,后来这帮政府大员携带着大量的金银细软逃往台湾,只剩下个空空如也的烂摊子交给共产党去收场,这倒是方执一始料未及的。

方执一内心郁闷,难以言表。他一腔忠心为党,却是眼睁睁看着党国内部腐败溃烂,无能为力。

秘书敲门,送进一封私人信件。方执一一看,信封竟然贴在邮票上!又是愕然,又是啼笑皆非。邮政乃民生大计,作为邮政中人,方执一深知邮资的稳定是社会稳定的一个缩影。从前一封平信邮资是四分钱,大约等于一个鸡蛋的价格。后来调到八分,1945年一封国内平信的邮资上涨到法币二十元,到了1949年却没有了标准,从每封信合金圆券十六万元一路飞涨到一百二十万元,最后一封平信竟然要贴金圆券邮票两千多万元!邮票太多,远远超过信封的体量,如此,便出现了信封贴在邮票上的奇观!

邮政是关系到千家万户的民生问题,邮资不稳,影响大局。方执一想到十几年前,只为政府上涨了三倍的邮资,自己和秦鸿瑞等人轰轰烈烈上访,组织罢工,邀来申先生居中调停,逼得政府调回邮资。这项巩固邮基运动,也成为上海五大工潮之首,深得民心。如今,出现这种邮资飞涨的局面,再也无法控制,实在是令人忧心!唷叹!

方执一眼睛扫到信封,看到那熟悉而娟秀的字体,心脏突然不受控制地咚咚狂跳起来。怎么,这,竟然,是方念一的字迹!难道,她还活着?难道,真的是她的来信?

方执一手颤抖着,哆哆嗦嗦地拆开信封,颤巍巍地展开信纸,刚瞥到第一行,眼泪便不受控制地涌出来,滴在信纸上。

亲爱的爷爷、哥哥:

　　见字如面。

　　念一走这些年,日日挂念着爷爷和哥哥,不知你们一切都还好吗?尤其是爷爷,身体好不好?眼睛的白内障有没有好一些?甚为惦念。

　　多年前,念一留下一封书信别离了上海,别离了爷爷和哥哥,实是不孝。望爷爷和哥哥原谅。念一也不舍上海,不舍亲人,可念一当年万念俱灰,生无可恋,若继续留在上海,恐命不久矣。念一决然远行,实为无奈之举。这十年的漫漫征程,念一长大了许多,成熟了许多,可以说,念一已脱胎换骨,重获新生!

　　要告知爷爷和哥哥一个好消息,近日念一将返沪归家,与爷爷哥哥一述离情。我的归家日期是19日,望爷爷与哥哥在家等候,备好红酒和吃食,我要邀请朋友,在家做一个派对,重温方家大客厅的热闹与繁盛。届时关于念一的个人问题,也将有好消息公布。

　　亲爱的爷爷,亲爱的哥哥,期待着重逢!

　　　　　　　　　　　　　　　　　念一　上

方执一把信看了一遍又一遍,不断用手指去轻轻摩挲纸上的字迹,直到确认这是真的,方才倚靠在沙发上,大口地喘气。

念一,数年前留下一封书信便不知踪影,随便方执一怎么打听,都问不出下落。日子一天天过去,方执一渐渐灰了心,以为这个妹妹遭遇了不测。在眼下这个乱世,每天都有惨祸发生,况且是一个如花似玉、不谙世事的少女。然而,今天突然收到来信,妹妹不但还活着,竟然还要返家团聚!这意外的好消息让方执一止不住想哭!说是家书抵万金,确实!这一封信可真是比沉甸甸的黄金还要有分量啊!方执一掐指一算,19号竟然就是本周周末,方执一连忙收拾东西回家,报告爷爷喜讯。

爷爷听到消息,果真是喜得老泪纵横。失踪已久的念一不但要从天而降,还有个人问题要公布,莫非是要带着新女婿上门?

爷孙俩兴致勃勃地盘算该如何款待久别的方家大小姐方念一。方执一苦笑道:"这个念一呀,还是改不了大小姐脾气,什么年头了,还有心思搞什么派对!"爷爷说:"哎!你妹妹好不容易回来了,她高兴,就由着她呗!再说,这个大宅子呀,冷清了这么久,好久没热闹过了!从前呢,人来人往的,我嫌烦,念一走了,热闹没有了,又冷清得可怕!活像个死宅!"方执一歉然,说:"是,念一好不容易回来,欢迎一下是应该的。不过,眼下经济萧条,什么食物都贵得要命,而且,就算有钱也什么都买不到,要搞到这么多吃的,真是不容易!什么红酒,可想都不要想。"

方执一也算是国民党中职位不低之人,可就连他,想搞一桌像样的菜也是难上加难。

爷爷想想,狡黠地一笑,得意地说:"我呀,特意藏了两瓶上好的白兰地,还有两瓶红酒,本想着是等着你带新媳妇上门时喝,你呀,一点动静都没有,却是等到了念一和新女婿!终于到了开瓶庆贺的时候了!"

方执一惊喜道:"爷爷,您真是太英明了!酒是最稀有的,酒的问题解决了,就解决了一半儿。家里还有半袋面粉,到时候让吴妈烤点面包,家里有一点腌肉,加点蔬菜和腐竹,做个腌笃鲜,我到乡下去争取割块肉,做个红烧肉!"

爷爷说:"好!我屋里还有点花生米,炸一炸,便是上好的下酒菜。"

爷孙俩兴致勃勃地商量着,倾其所有,绞尽脑汁安排着吃食,直到说得爷孙俩都馋液涌出,肚子也叽里咕噜叫起来。谁敢相信,贵为上海市政府一介要员,肚里竟然也是清汤寡水,许久没有油星儿。当然,除了那些个中饱私囊的达官显贵,全中国都在挨饿,天天都有人饿死,能有一口稀饭果腹已是相当不易。

2．方家大客厅

一大清早,方执一和爷爷便守在客厅,凝神听着门口的动静,就连午饭也是草草一口。直到下午时分,敲门声起,方执一火速冲过去打开门扉,只见门口站立了一个齐耳短发的女子,笑吟吟地望着他,方执一心神一阵恍惚,梦呓般念叨,念一,念一……"哥哥!"方念一的眼圈红了,扔开手里的行李,一下子扑进方执一的怀里,那熟悉的拥抱让方执一心酸——确认无疑,这就是人间蒸发数年的妹妹方念一。

"囡囡,是你吗?是你回来了吗?"爷爷也颤巍巍跟了出来。

"爷爷,爷爷,是我!"方念一欢呼一声,又扑进爷爷怀里,又腻又缠,还是当年的那个爱撒娇的牛皮糖,赖在爷爷身上就不下来。

爷孙三人在沙发上坐定,吴妈给方念一倒了一杯开水,特意加了一点糖。按说以方家现下的光景,根本请不起用人,但吴妈自少女时起便在方家做工,除了方家无处可去,也就留下来,半是佣半是主,照料爷孙俩的起居,共渡难关。

在门口,方执一一眼认出方念一,此时坐定细看,反又觉得陌生了。她变化太大了!黑了,瘦了,素面朝天。一头齐腰的大卷发也剪了,衣服说不上来是什么款式,就像是自家缝的,样式蹩脚土气,脚上居然是一双布鞋!这哪是方念一?当年的方念一连在家中聚会也是长裙高跟鞋,不抹好眼影唇膏都不会下楼!不美丽毋宁死!最重要的是,她的气质和神情也变了,那种娇滴滴的小女儿态消失了,替之为一种爽利干练的大女人风,她的眼睛里有着一种亮闪闪的光芒,很坚定的样子,这光芒让方执一产生了一些不太好的联想,让他想起那些视死如归的女革命者……方执一有些疑惑,方念一,这么些年,她究竟遭遇了一些什么?方念一神秘一笑,说,晚上聚会时,一切都会揭晓,现在,她要上楼去洗漱休息一会。

上了楼,推开卧室的房门,只见屋内陈设与自己走时一模一样,完全没动过分毫。就仿佛自己只是出门逛了一趟街。方念一有些恍惚,仿佛旧时的光阴又窸窣归来。方念一走到梳妆台,见到台上整整齐齐堆满了化妆品,胭脂面霜,香粉眉笔,光是唇膏就有几十支,方念一揭开唇膏盖,一一旋出,各种红,在阳光下闪耀,很活泼的样子。方念一笑了。

打开衣柜门,满满一衣橱的华服:喝下午茶的小礼服,参加晚宴的旗袍、晚礼服,跳舞的大摆裙,还有短外套、大衣、风衣……方念一的手指尖在旧衣上一一掠过,花枝招展流光溢彩的旧时光在指缝中握住又溜走,方念一感受到布料的细腻,也感受到自己手掌的粗糙。方念一想,过去的自己买了多少无用的东西,在衣着打扮上浪费了多少的好时光啊,过去的自己是多么的空虚无聊啊!这一切,对于革命有什么用呢?对于即将到来的新中国有什么用呢?只能是被历史淘汰。就像当年清朝灭亡,遗老遗少们的蝈蝈笼、手把件、猪尾巴辫,以及女人们的花盆式鞋和满头的珠翠一样,不合时宜,无情地被历史淘汰。

方念一抚摸着旧衣物,就仿佛在检阅和审视着过去的那个自己,更是在和过去的那个自己彻底地告别。怀旧和伤感不适宜一个女革命者,她微笑着,洗了个澡,跳上床去,迅速地睡着了。

五点左右,方念一走下楼来,方执一吃惊地看到她并没有着旧时衣,没有穿上长裙和高跟鞋,还是换了一套和来时一样的土里土气的衣服,也没有化妆,洗干净的脸黑里透红。她噔噔地从楼上下来,比一般上海乡下的姑娘还土。但是,方执一又疑惑地发现,这种土气里又有着一种自信和洒脱,有着一种别样的好看。真是莫名其妙。

餐桌上已经摆好了洋酒、红酒,还有各种吃食。方念一拊掌大乐,用手指拈起丁蹄往嘴里塞,一边塞一边喊:"哇!弄到这么多好吃的,哥哥你太了不起了!"方执一一笑,这才像是他熟悉的那个调皮任性的妹妹方念一!方执一宠溺地说:"吃点儿!先吃点儿!垫垫肚子。不怕,准备有多的啊!"方执一没说,为了这一桌大餐,爷孙俩忙碌了一个星期,把家底儿都快掀翻了。方念一说:"不吃了不吃了,我的客人就要到了。"

门铃响了,一个妇人牵着两个孩子进来,竟是罗锦琇!方执一吃了一惊。

阿大秦忆游一眼瞧见坐在沙发上的爷爷,挣脱了姆妈的手,高声喊着:"太爷爷,太爷爷!"爷爷连声应道:"哎!我的乖孙子!你终于来了,想死太爷爷了。"阿大飞奔到爷爷身边,说:"太爷爷,我要看你的大龙票!我要听你讲邮票的故事!"爷爷忙不迭地答应:"好!好!吴妈,去我屋里,把我的集邮册拿来!"

之前罗锦琇时常带着孩子来方家,阿大最是喜欢听爷爷讲过去的故事,尤其是邮票的故事,从大龙票到黑珍珠,各种邮票的来龙去脉,反反复复,百听不厌。爷爷说,邮票史就是历史啊！就在这一天,爷爷把这本集邮册送给了阿大,作为永久的纪念。大家都没想到,秦忆游后来凭借手中这本珍稀邮票册,竟成为集邮大家,后在美国成为有钱有闲的收藏家。这是后话,暂不表。

自从秦鸿瑞去了解放区,方执一登报决裂,罗锦琇和孩子就再也没来过了。所以,乍一见到罗锦琇,方执一有些尴尬。这么些年,罗锦琇一家始终处于隐居状态,连自己都不知她住在哪里,真不知方念一怎么把她找到的。

第二个到达的是沈丹晨。自秦鸿宇和小狸猫共赴黄泉后,沈丹晨也从大家的视线里消失了。今天再见,手里抱了一个婴儿,这是秦鸿宇的遗腹子了。方执一不知该作何反应,沈丹晨是共产党,他知道的,如今国共是敌我矛盾,不共戴天。但是,对沈丹晨这孤儿寡母的未亡人,他又恨不起来。方执一暗自疑惑,方念一刚一到家,就请来这些人,唱的是哪一出？鸿门宴吗？

门铃再度响起,方执一竟感觉有些心惊肉跳,又是哪一位不速之客驾到？却见一个人影俏生生立在门口,驼色大衣,裸露的纤细脚踝,长发盘在脑后,发顶是一个优美的弧形,黛眉红唇,神情清冷,这不是自己朝思暮想的黎黛珊,还能是谁？方执一心神激荡,竟一时恍惚。几年前"贪污案"风波,致使秦鸿瑞逃往解放区,黎黛珊也不知去向。方执一甚至怀疑过两人是否一起私奔？但据解放区的探子多方打听,确认黎黛珊从未出现在解放区。万没料到,今天不但失而复得方念一,竟还失而复得黎黛珊！望着黎黛珊,方执一发现,自己胸膛里的那颗心仍旧那般炽烈,从在这间客厅见到她的第一面起,十数年光阴飞逝,竟似弹指一挥间,所有的心动、心痛依然如初。她那样近,又那样远,她俏生生立在面前,却是永远也够不着。她是他的幸运,也是他的劫难。

方念一在留声机里放了一支曲子,仔细一听,竟是美国电影《魂断蓝桥》的主题曲《友谊地久天长》:"怎能忘记旧日朋友,心中能不怀想,旧日朋友岂能相忘,友谊地久天长。我们曾经终日游荡,在故乡的青山上,我们也曾历尽苦辛,到处奔波流浪。我们也曾终日逍遥,荡桨在碧波上,但如今却劳燕分飞,远隔大海重洋。我们往日情意相投,让我们紧握手,我们来举杯畅饮,友谊地久天长。"

"友谊万岁,友谊万岁,举杯痛饮,同声歌颂友谊地久天长……"

众人俱都沉默。这一群故友,曾无数次相聚于这间大客厅,多少的初识,多少的心痛,多少的青春萌动,多少的爱恨纠葛,多少的眼泪纷争,这间大客厅里,上演了多少的悲喜剧。如今,秦鸿宇斯人已逝,追随他而去的还有痴狂无比的小狸猫,剩下的这些人,还有着多少复杂的情愫纠葛,剪不断理还乱。

众人俱都不胜唏嘘,泪盈于睫,只有两个孩子欢喜无比,不断剥了糖果瓜子塞进嘴里,快活地在客厅里奔来跑去,他们好久不见这样的热闹,新鲜又兴奋。

方念一手掌一拍,说:"大家可以落座,我们的晚宴马上开始。"

"等等,"方执一疑惑地说,"就这些人吗?你不是说,今天有你个人的好消息宣布,所以,应该还有一位……神秘贵宾?"

方念一瞥了一眼墙上的大挂钟,时针指向七点差五分,方念一说:"等我们坐上桌,斟上酒,神秘贵宾就到了!"

大家在餐桌旁坐定,方念一把酒杯一一斟满,深红色的液体荡

385

漾在透明的高脚杯里,映衬着满满一桌难得的酒菜,立即有了节日的气氛,仿佛旧日的好时光果真都回来了。

恰在此时,门铃声响起。来了!方念一雀跃着跑去开门。

当两个男人踏着暮色跟随方念一走进屋来,方执一眼前一黑,隐隐的预感终于应验——果然是他,秦鸿瑞!方执一早就猜到,妹妹的神秘嘉宾可能就是秦鸿瑞。这么多年,妹妹的心思众人皆知。这个妹妹看似新潮时髦,骨子里和自己一样,是个死心眼,爱上一个人,就是一根筋,九头牛都拉不回。只是,秦鸿瑞仍是有妇之夫,罗锦琇还在现场,莫非方念一是要与罗锦琇当场对决?更意外的,郑开先怎么也和秦鸿瑞一同出现?

"执一兄……好久不见。"秦鸿瑞走到方执一面前,伸出手,方执一愣了愣,迟疑地伸出手去,两人手掌一碰,那熟悉的感觉宛如电流一般,传遍全身。到底曾是生死之交的兄弟!然而,想起布拉格世界工联大会会场前的争锋,以及自己在报上刊登的与秦鸿瑞公开决裂的宣言,情形又甚是尴尬。再有,方执一警觉到,秦鸿瑞是政府公开通缉的逃犯,他竟敢公然出现在上海,这是否某种预示?而且,眼下国共矛盾更是尖锐突出,几乎达到仇人相见分外眼红的地步,一言不合便拔枪相向。自己作为国民党要员,与这帮人同桌吃饭,确实不知该如何自处。方执一隐隐不安地感到,自己费了一周的心思,张罗了一桌的酒菜,果然是给自己设了一个鸿门宴。

大家落座,晚宴开启。《友谊地久天长》的音乐在空中若有若无地飘荡。方念一端起酒杯,说:"阔别上海数年,我方念一终于回到生于斯长于斯的故土,回到自己温暖的家里,见到我至亲至爱的亲人和朋友,我感谢大家应约而来,实现这一次难得的相聚。我提议,大家举起杯来,我先干为敬!"方念一举起酒杯,一饮而尽。

方念一所说的"难得",绝不是一句客套话。这么些年,沧海桑田,在座诸人,也各怀心事。今生还有无机会重聚,确实难说。大家也都默默举起酒杯,一饮而尽。

几杯酒下肚,大家都有点晕晕乎乎。

方念一再度举起酒杯,说:"下一杯,我要宣布一件重大事项,我方念一,终身有托!"众人震惊,纷纷抬头望着方念一,方念一微笑着说:"大家都知道,这么多年,我一直爱着一个人。甚至,为他自杀……"

此言一出,众人愕然,罗锦琇不断偷瞥着丈夫,秦鸿瑞面露困窘之色,大家也都尴尬,不知所措。方执一忍不住阻挠道:"念一,今天,别说这个……"

方念一说:"不!我要说!既然是我方念一组的局,我当然要说个痛快。"方念一那股子任性刁蛮的大小姐的劲儿又回来了,大家都拿她无可奈何。方念一继续说:"我从前的确以为,除却巫山不是云,我这一生就毁在这个男人手里,不会再爱。可是,当我再度见到他,我吃惊地发现,我心中再无波澜。他就是一个兄长,一个大哥,和我的哥哥一样。而我的心里,有了另外一个人。这么多年,这个人一直默默地爱着我,关心着我,万念俱灰时,他救了我的命,不单是身体上的,更是精神上的。他让我摆脱空虚无聊的娇小姐生活,让我找到存在的价值和意义,让我的生活充满阳光和希望。他,是真正值得一爱的英雄,更是我一生要去爱去珍惜的革命伴侣。"

众目睽睽之下,方念一大方地牵起了郑开先的手。不单众人吃惊,郑开先更吃惊,惶惑地站起身来,语无伦次地说:"念一,这,我……难道……这是……真的?"

"难道你变卦了,你不愿意?"方念一调皮地问。

"不,不,我,我愿意！我愿意！"郑开先紧紧握住方念一的手,激动得脸都红了。

方念一终身所托的对象不是秦鸿瑞,大家都松了一口气。郑开先这么多年痴恋方念一,也是众所周知,如今终于修得正果,也是可喜可贺。秦鸿瑞举起酒杯,说:"这个消息太好了！祝贺郑开先和方念一,来,干了！"

"干了,干了！"大家纷纷响应,用喜悦的心情一饮而尽。方执一却隐隐觉得哪里不对。心念一转,他猛然想起,吃惊地说:"郑开先,你,不是共产党吗？"

"是的。早在东方图书馆的那张大方桌前,我就做出了自己一生的抉择,从未改变过。"郑开先微笑着云淡风轻地说。

"念一,你,你太没有政治觉悟了,眼下这么紧张的局势,你怎么可以爱上一个共产党？单这一条,就是死罪！"方执一大惊。

"哥哥,是你,太没有政治觉悟了。眼下是什么局势,你真的看不清楚吗？国民党的狗官们用金圆券把老百姓的钱财搜刮一空,搞成一堆烂摊子,如今通货膨胀,民不聊生,你真的以为这还是国民党的天下？你还在相信国民党？醒醒吧,哥哥！"方念一言辞铿锵。

"你是说,这已不是国民党的天下？"方执一反问。

"是的！我们的军队很快就会打过江来,上海不出两个月,势必解放！全中国也将解放！"方念一脸上露出胜利的微笑。

"你们的军队？连你,也是……共产党？"方执一震惊。

"是的,当年我离开上海,便和郑开先一起去了解放区。正是在解放区,我找到了一个人生存的价值和意义,脱胎换骨,获得新生！早在三年前,我便光荣地加入了中国共产党！现在,我是《战邮报》的主编,我们的报纸把党的声音传递到千家万户,瓦解敌人的意志,增强民众对共产党必胜的信心。这是插在敌人心脏上的一把尖刀!"

方执一一震,手中的红酒洒了出来,滴在衣服上、手上,像蜿蜒的鲜血。方执一惨然说:"果然,是鸿门宴。我的不谙世事的小妹妹,居然也是共产党!你们还有谁,也是共产党?"

方执一目光如炬,从众人脸上一一掠过,沈丹晨举起了手,黎黛珊竟也举起了手!方执一心中一痛!竟然连黎黛珊也被共党俘虏了去!共党当真是无孔不入啊!

看到秦鸿瑞,他稳如泰山,竟然没有举手。方执一讥讽地说:"你为什么不举手?今天,你们共产党的势力如此强大,你就算承认了,又如何?"

秦鸿瑞笑笑,诚挚地说:"执一兄,我不是共产党员!"

"哈!哈!难道说,你还忠诚于国民党?"方执一语含讥讽。

秦鸿瑞一笑,说:"当年在东方图书馆,你选择了国民党,郑开先选择了共产党,而我,也做出了自己一生的选择。"

"你什么都没有选!当时你就是在准备着投机吗?准备着见风使舵,做墙头草,风吹两边倒?"方执一尖锐地说。

"不!我选了,我选择的是工人阶级,是广大劳苦大众,而非哪一个政党。哪一个政党能为工人阶级谋福利,能让广大人民过上幸福生活,我就选择支持哪个政党。当年我以为国民党是先进政党,为了更好地做工人运动,所以加入了国民党,但是,国民党之后贪污腐败,滥杀无辜,从骨子芯里都烂掉了,真正让人无比失望。你看看老百姓眼下过的是什么日子?一生的积蓄换来一堆废纸,还买不来一袋大米!而在解放区,我亲眼看到,工人农民都翻身做了主人,农民耕者有其田,工人积极促进生产,自己动手丰衣足食,人人脸上荡漾着幸福的笑容。我是中国劳协理事长,代表着中国两百多万劳工,只有共产党才能救中国!只有共产党才能为广大人民群众谋幸福!所以,我当然要带领我们的广大劳工脱离国民党的黑暗专制统治,奔向幸福阳光的新生活!"

"哼!共党那么好,你又为何不加入?"方执一冷笑。

"我说了,我只代表工人阶级的利益,哪个政党为人民谋福利,我就支持哪个政党,但是,我自己,并不准备再加入任何政党,一样可以为工人阶级服务。"其实,经过这么长时间的观察、打量、权衡、比较,秦鸿瑞早就对共产党心服口服,心向往之。毛泽东的书籍秦鸿瑞亦百读不厌。从去到香港与国民党公开决裂伊始,国民党早就把秦鸿瑞开除了党籍,秦鸿瑞自己心里也与国民党划清了界限。在解放区时,秦鸿瑞曾向组织上郑重提出,希望能加入中国共产党,成为一名普通的中共党员。但是,他尊敬的一位领导找他谈话,说,以你目前的状况,留在党外作用更大,更有利于共产党和新中国。不入党,亦是革命的需要。秦鸿瑞还记得他的原话:"鸿瑞,你就做一个非党布尔什维克吧!"秦鸿瑞经过几天的思虑,豁然开朗。对,就做一个"非党布尔什维克"吧!工作上生活上,处处以一个共产党员的标准严格要求自己,形式上,保留党外身份,可以吸引更多的党外人士民主人士,对于共产党多党合作等诸多政策的落实更加有利。当然,这些话,此情此景,他当然没有必要对方执一说了。

"哥哥,一个崭新的中国就要来了!中国经过历年的战乱,千疮百孔,百废待兴,建设新中国,需要许许多多的人才!我党的政策,是要团结一切可以团结的人。并不局限于共产党员,包括一些能与我们合作的中间人士,包括广大社会贤达,民主人士,也包括,国民党中正直的开明人士,只要愿意与我们合作,我党都会敞开大门热烈欢迎!"方念一不愧是搞宣传工作的,理论一套一套的。说到国民党内的开明人士,她特意加重了语气。

方执一说:"你的意思,是想策反我?"

"不是策反,是掏出心窝子来劝你!哥哥,你不要再执迷不悟了!国民党腐烂到了根上,结局只能是自取灭亡。哥哥,你可以选择弃暗投明,和我们一起,迎接新中国的到来!"

"哈哈哈,好!原来这就是你今天组织鸿门宴的用意!"方执一倒了一杯酒,一饮而尽,然后把杯子摔在地上,说,"错了!我方执一不是开明人士!一女不嫁二夫,我方执一选择了国民党,自当一生追随。党国当下正处于最危急最危难的时候,作为一名党员,自当誓死相随,为党国殚精竭虑,死而后已。我方执一,绝不当叛徒!"

"哥哥,国民党马上就快倒台了,中国势必是共产党的天下,你还不死心?"方念一犹在苦苦相劝。

方执一看过去,对方齐刷刷竟全都是共产党,和共产党的支持者、亲属,己方竟然只剩自己一个,不觉心寒,涩然说:"好,好,我方执一对党国一生忠诚,家里,竟藏着一窝子共党!方执一,你好蠢!"

正说话时,房门被突然撞开,十几个人手持枪支冲了进来,高喊:"警察,不许动!"

却竟是警察局的几个特务。

方念一大喊:"好啊!你竟然叫了国民党狗特务来抓我们!哥哥!"

方执一愕然道:"没有,我没有!"

为首的特务呵呵冷笑,说:"方局长,我们已在你家门外守候多时,今天,终于等到这一窝共党!"

方执一倒吸一口冷气,说:"你们,在监视我?"

特务说:"兄弟们得密报,秦鸿瑞回了上海,你和秦鸿瑞这投敌分子关系非同一般,兄弟们自然只好严密监控。没想到,后面还牵出这么一大串共党! 实在是赚了。幸好你方局长立场坚定,没有背叛党国,兄弟一定如实上报,替你洗清通共嫌疑。至于这帮共党,兄弟们,带走!"

"且慢!"郑开先开了口。

"还想抵抗?晚了!"

郑开先说:"爷爷,烦请您把窗帘拉开。"

爷爷蹒跚着过去,哗!把窗帘拉开,众人看过去,不觉一惊!只见窗外齐刷刷站着一排排大汉,竟足足有好几十人!郑开先笑着说:"你们想除掉的人,正是我党重点要保护的人,岂能让你们这些宵小之辈得手?外面,全是我们的战友,不出所料,你们的头儿和那帮站岗放哨的弟兄都已在我们手中。我一个示意,你们谁也别想活命!这里,是方家大客厅,不想让你们的血玷污了这间大客厅,识相的,就赶快滚!不要扰了我们的私人聚会!"

特务们面面相觑,审时度势,确实占不了半分便宜。为首的特务一扭头,好汉不吃眼前亏!走!特务们灰溜溜地跑了。

一场虚惊之后,转瞬,房间里又恢复了原样。

方执一和众人立在原地,这里面,有他的亲妹妹,有他的义弟亦是未来的妹夫,有情同手足的兄弟秦鸿瑞,有他痴恋一生的女神黎黛珊,还有沈丹晨、罗锦琇……这些,都曾是他生命中最亲近最亲密的人。然而,此时,已有一条天堑,把方执一和众人隔开。这一生,恐怕都再难以愈合,再难相见。

方执一惨然道:"道不同不相为谋! 你们,都走吧!"

"执一!"秦鸿瑞说,"执一,我们之间如果只有一个生的希望,我一定留给你。"

方执一一怔,这是许多年前,秦鸿瑞在德国人杂货店打工,累得吐血险些命丧黄泉,方执一去乡下捉了蛤蟆粪,救回秦鸿瑞一命时,秦鸿瑞的原话。在淞沪会战中,方执一腿受伤,失血过多命悬一线时,秦鸿瑞再度提过此话。此情此景,再闻听此言,真是百感交集。

过命的交情,敌不过政见不同!

方执一忍住了满心的酸楚,微微颔首,说:"我也是。"

众人离去。空荡荡的大客厅里,只剩下方执一自己,孤零零地站立在原地。就像一个弃儿,孤零零地独自站在四下无人的荒野里。

空中兀自回响着那首歌:

"怎能忘记旧日朋友,心中能不怀想,旧日朋友岂能相忘,友谊地久天长。我们曾经终日游荡,在故乡的青山上,我们也曾历尽苦辛,到处奔波流浪。我们也曾终日逍遥,荡桨在碧波上,但如今却劳燕分飞,远隔大海重洋。我们往日情意相投,让我们紧握手,我们来举杯畅饮,友谊地久天长。

"友谊万岁,友谊万岁,举杯痛饮,同声歌颂友谊地久天长……"

3. 申先生的血债

站在申公馆的门前,秦鸿瑞深呼吸了一口气,敲响了门扉。

昔日人声鼎沸的申公馆,如今竟有些门前冷落鞍马稀。申先生斜倚在宽大的烟榻里,愈加显得身形瘦小。见他颧骨高耸,脸颊瘦削嶙峋,满脸病容,猛一看,竟有些吓人。

"先生!"秦鸿瑞快步走到申亭山身边,心里竟有些不忍。

"鸿瑞！你来了！快坐快坐。"申先生见到秦鸿瑞,面露喜色,一下子从烟榻上立起身来。手上举着老长的一支烟枪。鸦片那股子甜腻香味儿在空中袅绕,秦鸿瑞耸耸鼻子,想去驱散那香味儿,又不好意思,只好忍着。当年国民党倡导新生活运动,申先生力争上游戒了鸦片,如今又重堕吞云吐雾的世界。

"鸿瑞,啥时回来的？那边的事体都讲清爽了吗？"申先生问,那份关切不是假的。

"先生,我很好,您放心。"秦鸿瑞有些感动。父亲去世得早,很多时候,他心中都是把申亭山当作父亲来尊重的。当年申先生专程跑到香港殷殷相劝,那份情谊也是让秦鸿瑞感动。玛丽医院一别,师生二人已是数年未见。

"鸿瑞呀,我们这一别,也是有几年了吧？你弟弟和美若的事……你都知道？"申先生的嗓音透出苍老。

"是,鸿瑞……对不起大小姐!"秦鸿瑞答,心中翻腾起排山倒海的悲伤,令他不能自已。在沂蒙山区听闻鸿宇遇害的消息,秦鸿瑞简直发了疯,夜夜不能寐,一星期瘦得脱了形。

"唉！不能怪你。怪就怪,美若这孩子太任性了,都怪我,从小就把她宠坏了！以为这世间,她想要的一切都能得到。要天上的星星有人给她摘,要水里的月亮有人给她捞……这孩子……"申先生声音哽咽了,白发人送黑发人,又是自己最为宠爱的一个女儿,申先生悲伤得不能自已。

师生二人都痛失挚爱亲人,两个伤心人面面相对,一时无言相劝,只得对坐流泪。良久,申先生才抹干眼泪,说:"我这一生号称门徒过万,可最瞎了眼的就是错看了李树生这个畜生。恨就恨吴坤突然身亡,倒是让这个畜生逃脱,不知去向。就是掘地三尺,我也要将这畜生碎尸万段。"

"先生,李树生罪该万死,绝对逃不脱命运的惩罚。鸿瑞找到他,也绝不轻饶了他!"秦鸿瑞也恨得咬牙。

"嗯,"申先生点头,说,"当下的时局,真是一团糟啊!哪家没有点伤心事,哪家不是家破人亡,妻离子散!唉!"

"是啊!先生!国民党政府搞成一堆烂摊子,生灵涂炭,民不聊生。但是,您放心,这种混乱的局面很快就会结束了!一个崭新的中国即将诞生!"

"你,什么意思?"申先生吓了一跳。

"先生,就在明天,中国人民解放军第二、第三野战军百万雄师就将渡过长江,向全国进军,上海,就要解放了!一个崭新的中国,就要到来了!"

"什么?共党真的要来?"申先生惊得从烟榻上一坐而起,烟枪从手中滑落,扑通掉在烟榻上。

"先生,您不必惊慌。这是一个绝好的机会。共产党的政策是,积极团结和争取一切爱国的,有志于投身新中国建设的人才!先生,您在上海滩上有着广泛的群众基础和人脉,您是新中国建设所需要的人才。新中国的怀抱对您是敞开的!"

"你?你……到底是投了共产党?"申先生惊骇。

"先生,我是您一手培养的学生,也是工人阶级的领袖。我是代表工人阶级说话,为工人阶级谋福利的。这些年以来,我反反复复在观察和思考,我相信我的判断,只有共产党才是先进的、正确的政党,只有共产党才能救中国!先生,我没有加入共产党,但是,我愿意带着中国的工人阶级支持共产党,为新中国建设贡献力量!"

"鸿瑞,你,你背叛政府背叛党国,这是死罪呀!"申先生兀自惊骇。

"先生,您这是老思想了。什么政府!什么党国!国民党,从根上都已经腐烂,已经自取灭亡了。先生,自抗战胜利后,国民党是怎么对您的,蒋介石是怎么对您的,难道您还不清楚吗?您还对国民党抱有期望吗?您醒醒吧,先生!"

提到此节,申亭山来了气,说:"哼,是啊!抗战期间,我为党国出了多少力,杀了多少鬼子汉奸,到头来,却成了被打倒的恶势力代表!唉!我呀,就是蒋介石的一把夜壶,需要的时候用,用完了,一把塞进床底,是不能见人的!反正,我呢,只是一片忠心对他,为兄弟两肋插刀,就看他到底领不领情,害不害臊!"

秦鸿瑞知道,申亭山对蒋介石还抱有一种幻想,这也是他从武侠书里听来的,江湖义气,赤胆忠心,只盼能感动对方,送他一个侠字。秦鸿瑞喟叹申先生还是太幼稚,岂知政党不是江湖,远比江湖的水要深,要复杂,要黑暗。江湖上那一套,不管对于哪一个政党,都不适用。秦鸿瑞把这番道理告知申亭山,申亭山哑然,沉默半晌,说:"两年前,我到香港劝你回头,不要成为党国罪人,今天,你却代表共产党来策反我!真是三十年河东三十年河西!唉!国民党不容我,这共产党,是更不能容我!"

"不会!先生,您对共产党有误解。共产党的政策是积极争取所有能参与新中国建设的人,包括一些能与共产党合作的中间人士,广大社会贤达,民主人士,也包括,国民党中正直的开明人士。先生,您并不是国民党,您又在抗战中做出了卓越贡献,您完全就是共产党所争取和欢迎的重要力量!"

"不!不!"申亭山摇头,沉痛地说,"我对共产党犯有血海深仇,我的手上沾满了共产党人的鲜血,这已经是万劫不复,悔之晚矣。"

申亭山终于道出他对共产党所犯下的滔天罪行。

1927年的申亭山,正处于人生的彷徨时期,一方面经过多年血泪打拼,他在上海滩闯下一片天地,江湖上人人尊称一声"申先生",另一方面,随着清王朝的灭亡,以"替天行道,戴发修行"为口号的清帮实际已失去原有的价值,固然凭借租界做靠山还有一定江湖地位,但这个江湖早晚要被新政府融合、消亡。恰在此时,吴坤造访申亭山,让申亭山犹如抓到了救命稻草,感到自己唯一的出路是投靠国民政府,洗白自身,力争上游!吴坤对申亭山传达了国民党意欲"清党"的企图,授意申亭山可趁此机会对国民党表白忠心。

申亭山是一个天生的卓越的赌徒,不单在赌桌上一掷千金,面不改色,经常赌得昏天黑地,在人生的无数个生死抉择的关头,更是以自己的身家性命作为赌注押上赌桌,一狠心一咬牙,赌了!幸运的是,他总是能押对了宝,所以,他从一个从小失去父母的孤小人,一路历经坎坷成为后来"不在话下"的申先生,便是这一场一场押上自己身家性命的人生的豪赌换来的。

如今,又到了这人生抉择的当口,申亭山一狠心一咬牙,赌了!申亭山设计将共产党工会领袖王先生诱骗到家中,捆绑后押到枫树林活埋,致使共产党组织群龙无首。然后将他那些三教九流的徒子徒孙组织起来,率先攻打上海总工会及共产党的组织机构,杀害了无数共产党员,更险些将上海市的共产党组织一举摧毁。这就是震惊中外的"清党血案"。那时候国民党一方面发布告将他们斥为"流氓""莠民",另一方面,蒋介石又暗中委任申亭山为"少将参议",这让申亭山感到自己已达至人生的巅峰,他已不仅仅是一个草莽英雄,而且是被国民政府重视的一介大员。为此他对蒋介石感激涕零。孰知这人生最巅峰的时期,恰恰也是他自取灭亡的开端。抗战过后,蒋介石明确"对帮会的长远政策是消灭",申亭山不但被国民政府抛弃,还成为被打倒的恶势力代表。如今,共产党即将取得天下,他手上却早已沾满了共产党员的鲜血,血海深仇,无法回头。

他到底是赌输了。

秦鸿瑞闻听此节,惊得合不拢嘴。1927年的"清党"一役惨绝人寰,臭名昭著,万没料到,自己的恩师申亭山竟是"开路先锋",对共产党犯下这滔天罪行!想想当年"清党"一役,逼迫郑开先逃往江西苏区,自己也被吓得躲到枫泾,之后与罗锦琇稀里糊涂订婚,为寻求庇护加入帮会,为洗刷罪名加入国民党……这一切的一切,说到底,都是拜"清党"所赐,申亭山便是始作俑者。

秦鸿瑞回想1927年第一次见到申亭山时,他表现得那般儒雅谦和,义薄云天,岂知却是一个心狠手辣的杀人犯!他的双手,沾满了共产党员的鲜血,再难洗清。

秦鸿瑞难以置信地望着申亭山,后者神情颓唐,面如死灰。是的,他到底还是一个赌徒,他已经押错了宝,输得精光!再无回头路可走。

秦鸿瑞知道申亭山大错已然铸成,再无可劝。这个八面玲珑长袖善舞的帮会头子,最终还是落得被国民党和共产党双双抛弃,人人不齿。

秦鸿瑞起身对申亭山深深鞠了一躬,说:"先生,您多保重!保重……"申亭山不禁老泪纵横。秦鸿瑞也是泪盈满眶。

秦鸿瑞转身离开申亭山的公馆,走入苍茫的暮色当中。

情知这一走,便是永别。

4．解放上海邮局

1949年5月26日,这一天,中国人民解放军挺进苏州河,准备解放上海。而矗立桥头的上海邮政大楼便是突破苏州河的要塞。要想进入上海,必须先突破邮政大楼。

国民党在撤离之前,对上海邮政大楼下的命令是炸毁,宁可玉石俱焚,也不愿落入共产党手里。而共产党的政策是保护。这栋美轮美奂的标志性建筑,这颗上海滩上的明珠,是上海人心中的瑰宝和骄傲,怎能让它在战火中毁于一旦?它是属于上海,属于人民的,不是属于哪一个党派,任何人毁掉它都是历史的罪人。因此,毁邮与护邮的工作在国民党和共产党之间拉锯般展开。

早在几个月前,共产党中央便委派秦鸿瑞联合上海的地下党展开护邮工作,因为上海邮局内有许多工会成员都是秦鸿瑞的老同事老下级,其中不乏地下党。秦鸿瑞与这些坚实力量一起组成护局委员会。委员会名义上叫消防队,特意组织了数次消防、救火演习,躲过了国民党的审查。私下里,护局委员会对职工们动之以情晓之以理,既要保护邮政大楼的安全,也要保证邮政的日常工作能够顺利进行,一天也不能耽误。因为邮政关系着千家万户,是最为基础也最为重要的民生问题,越是战火纷飞,人民群众越是需要一封家书,传递消息,联络情感,报一声平安。

5月24日,国民党青年军强行占领邮政大厦。局势顿时紧张起来。

两天后,解放军的机枪大炮已在苏州河对岸架设,数万大军军容整饬,枪口、炮口齐齐对准了邮政大楼。邮政大楼内,二百名国民党军也严阵以待,准备还击。一场争夺邮政大楼的大战即将打响。

和平接收邮局,是党中央的决定。解放军已接到命令,不许使用大炮等杀伤力太大的重武器,只允许使用轻武器。不得损坏大楼和误伤群众。正如陈毅将军所说,只能是"瓷器店里打老鼠"。大楼内,两百多名护局委员会成员也展开工作,劝降国民党军,安抚邮政职工继续工作,维护邮政大厅内秩序和安全。

国民党军准备砸碎玻璃,架设机关枪,对解放军进行扫射,却被旁边的邮局职工苦苦相劝,说,这些玻璃都是从国外进口,损坏了实在太可惜了。如果损坏了,每一块都需要从国外购买,那很贵的!邮政大楼关系到千家万户,你们怎么忍心损坏呢?人心都是肉长的,邮局关涉到每一个人的利益……国民党军犹豫了,有个别想负隅顽抗的,迅速被地下党制服。这些玻璃竟然真的被完好地保存下来。

这一边,经过护局委员会长时间地做思想工作,大厅内的邮政日常工作依然在有条不紊地进行,填单子,写信封,收寄包裹邮件……一派安然有序、岁月静好的样子,浑然不管楼里楼外两军对峙,一触即发。

解放军一时劝降未果,双方炮火交加,子弹在空中穿梭呼啸,正在此时,几个邮差背着一袋邮件出门,高声喊道:"我们是邮差,这些都是急件,今天必须送出,请让路!"

两军交战,纵算是美国总统、英国女王,或是双方最高司令长官,任何的大人物到场,也不可能让两军停火去为他让路!然而,这是邮差!邮袋里的一封封书信、一个个包裹就是一颗一颗的心,这里面可能也包含着在场这些官兵的心,父母妻儿,骨肉相连。不管是国民党还是共产党,人心都是肉长的,谁敢去击碎这些心?

"停火!让邮差先过!"

双方同时停火,硝烟弥漫的战场暂且安静下来,一队穿着制服的邮差骑着邮车,驮着包裹信件,从两军交战的硝烟中从容穿过,带着一颗一颗老百姓的心,去行使一个邮差的职责,为老百姓送信!

直到邮差们的邮车走远,已走出枪炮射程,抵达安全区,一声"打!"双方又开始弹火纷飞,打得不可开交。

由于不能使用重武器,一天一夜,解放军组织了数次冲锋都未果,牺牲很大。唯一的办法,只有谈判。那么,派谁去谈?又如何与大楼内的国民党军官兵取得联系呢?这时,秦鸿瑞神秘一笑,说,有一个人最合适不过,此时他就在大楼内。他,便是一个月前刚刚上任的邮政局长王裕光。

王裕光是个典型的职业人,业务精湛,对邮局有很大贡献,但政治方面却是一片模糊。1949年初,北平傅作义起义投诚,李质君在共产党接管北平邮政后原职未动,南京邮政总局邀请他随军撤退台湾……这种种消息把王裕光的心搅成了一团乱麻,不知该何去何从。这时,一位神秘来客轻轻叩响了王裕光寓所的大门,让王裕光又惊又喜,这个人,就是王裕光的老朋友——秦鸿瑞。

秦鸿瑞说,国民党大势已去,解放军过几日必然会突破邮政大楼,解放上海,谁让炮火毁坏了这栋瑰宝般的邮政大楼,伤害邮局的兄弟姐妹和无辜百姓,谁就势必会成为千古罪人。作为一个邮局的局长,保护邮局,保护邮局职工,让邮局行使好自己的职责,为千家万户的老百姓服好务,是你的职责。所以,为大局着想,让解放军顺利接收一个完好无损的邮局,这是你的使命。至于你的职位和职工的去留,你不用担心,共产党会妥善安排好每一个真正愿意为新中国贡献力量的人。一通谈心下来,王裕光打消顾虑,心悦诚服,秦鸿瑞心里也有了底。

经过王裕光的努力,解放军军代表和秦鸿瑞终于与邮政大楼内的国民党军上尉营长通上了电话,楼里楼外,开始电话谈判。经过两个多小时的艰苦谈判,守了一天一夜的国民党残军终于放下武器,插上白旗。

解放军突破邮政大楼的封锁,一举解放上海！瑰丽的邮政大楼也终于完好无损地回到共产党手里,回到人民手中。奇迹般的,整栋大楼完好无损,面对着炮火的一整面玻璃窗仅有一个弹孔。这个弹孔已成为一种特殊的纪念。

中国解放了,一个崭新的中华人民共和国即将诞生！组建新中国人民政府的工作开始紧锣密鼓地展开。秦鸿瑞不断地参加各种会议,为新中国政府的组建献计献策。

这一天,王云三找到秦鸿瑞,说,《共同纲领》中规定：改善并发展邮政和电信事业。在中华人民共和国中央人民政府组织法草案中,规定政务院设邮电部。中共中央希望由秦鸿瑞组建中央人民政府邮电部。秦鸿瑞一听,意外非常。虽说自己这么些年积极支持共产党,并参与了共产党解放中国的各项工作,但毕竟自己还并不是一个共产党员。这么重要的职位,怎么能让一个非共产党员来担任呢？秦鸿瑞说,这么重要的职位,还是让共产党的老同志来担任,自己做个副手,协助工作就好。

王云三说："你是邮工出身,你对邮政有感情,也懂邮政业务,你的工运生涯也是从邮政起步,带领邮政职工巩固邮基运动,支持蔡廷锴将军抗日,组建别动队亲上战场杀日寇,包括这一次的保护邮局工作,广大邮工一直是你最坚实最基础的群众力量,你也是他们最信任的灵魂人物。邮政职工永远代表着工人阶级里最先进的力量,邮电部是新中国非常重要的部门,既是党的基础力量,更是关系到千家万户的民生问题。这个位置,非你莫属!"

王云三掏出一个卷轴,只见上面书写了八个大字:传邮万里,国脉所系,落款:周恩来。王云三说,这是1940年周恩来应在西安的中华邮政第三军邮视察段总视察长林卓午的邀请,给陕西省邮政管理局全体员工做形势报告后,给林卓午题写的。这个是拓印版,王云三带来送给秦鸿瑞,殷殷嘱托不言而喻。

秦鸿瑞看到这幅遒劲飘逸的题词,一股暖流瞬间流遍全身。一时心神激荡,不能自已。"传邮万里,国脉所系",说得真好啊!邮政于国而言,就宛如人身上的血脉,从心脏抵达每一个神经末梢,流通循环,通达则顺,滞碍则死。作为一个老邮工,秦鸿瑞深知这个工作的伟大和艰巨。党内主要领导人亲自点名由自己来组建邮电部,这是对自己的信任,更是一份沉甸甸的责任,作为一个老邮工,作为新中国政府的积极拥戴者,为国效力,自己责无旁贷!

5.谁寄锦书来

这是近郊的一片荒地,一堆小小的坟冢,地底下,长眠着秦鸿宇和小狸猫。

秦鸿瑞即将到北京走马上任,一行人到这里来向秦鸿宇做最后的告别。

秦鸿瑞跪在地上,手颤抖着捧起泥土,泪水滴落在黄土上,形成一个一个小坑。

当年在解放区,得知秦鸿宇夫妇被捕,郑开先立即组织人马前来营救,却还是晚了一步。只救下了沈丹晨,秦鸿宇却含恨离世。秦鸿瑞想起当年父亲早亡,姆妈回到枫泾,唯有兄弟二人在这城市相依为命,相亲相爱,连一块红薯都要分着吃。在秦鸿瑞心里,弟弟比自己的性命还珍贵。秦鸿瑞干苦力干到吐血,只为弟弟能有一口饭吃。东北大撤退时,秦鸿瑞到天津迎回秦鸿宇,兄弟团聚,不知有多高兴。秦鸿宇回到上海后,以邮差的身份作掩护,一直做着地下工作,因不便暴露身份,兄弟二人似有疏远,但在每一次的见面当中,有意无意的,秦鸿宇都在向哥哥传达共产党的声音,润物细无声。直到秦鸿瑞决意与国民党决裂,去往香港,秦鸿宇赶来给哥哥送行,才揭示了自己共产党员的身份。兄弟二人聊了整整一晚。这让秦鸿瑞更加坚信,共产党员都是纯洁的理想主义者。岂知那一别,竟是永远。

"鸿宇,鸿宇,如今共产党胜利了,上海解放了!一个崭新的中国到来了,你却是看不到了!"秦鸿瑞锥心地疼痛。

几个女眷俱都泪流满面。沈丹晨抱着孩子走上前去,说:"鸿宇,孩子我会好好带大,将来继承你的衣钵,也当一个新中国的邮差。你不要担心我们,你就和美若小姐在那边好好过日子……"

当时小狸猫把秦鸿宇抱得太紧,若要强行分开,恐怕会对尸身造成伤害。正自为难之际,沈丹晨说,别分开了,就让他们两人葬在一起吧!黄泉路上,也好有个照应……

众人无奈之下,只好依言将二人合葬。果真实现了小狸猫的理想,生不能同床,死亦要同穴。

罗锦琇上前把沈丹晨扶起,说:"丹晨,美若小姐和鸿宇葬在一起,你,真的不介意?"

沈丹晨一笑,说:"当然介意。曾经,我确实很恨申美若。我和鸿宇虽是以结婚的名义逃离东北,回到关内,又利用夫妻身份作掩护做地下工作,但,在举行婚礼的一刹那,我已经爱上了他。可是,到上海后,申美若出现,一见鸿宇看她的眼神,我便知道,鸿宇爱的是她。若不是因为她的父亲是申亭山,若不是因为我们假夫妻的身份不能被识破,和鸿宇在一起的人应该是她。我明知如此,还是把鸿宇抢过来,做了真的夫妻。但是,最后关头,陪着鸿宇一起走的,却还是申美若,这就是缘分,这就是命。若不是肚子里有这孩子,我真是也想跟他一起走!但是后来,我想通了,申美若一腔痴情,鸿宇心里也有她,他们葬在一起有什么不好呢?因为我的自私,生前没能成全他们,就让他们,在那边做一对恩爱夫妻吧!"

"丹晨,你真的舍得?真的不吃醋?"罗锦琇讶异。

沈丹晨淡然一笑,说:"以前的我太自私了,我爱他就一定要得到他。现在我想明白了,真正爱一个人,是为他的幸福着想,以他的幸福为幸福,以他的快乐为快乐,而不是以爱的名义把他绑架在自己身边。可惜我明白过来,已经太晚了!我太愚钝了,真的很后悔。"

闻听此言,罗锦琇一震。一双大眼睛来回瞟着秦鸿瑞和黎黛珊,嘴唇颤抖,面色苍白,仿佛明白过来了什么。她下意识地紧紧搂住一双儿女,似乎怕一失手他们便会飞走。

秦鸿瑞回到家里,已是暮色深沉。最近忙于走马上任的各种准备,他几乎天天都是半夜才回来。

房里的灯灭着。估计罗锦琇和两个孩子早已进入梦乡。秦鸿瑞蹑手蹑脚地走进家门,摸黑洗脸刷牙,再爬上床,伸手一探,身边居然没人!咦?这么大老晚的,罗锦琇去了哪里?秦鸿瑞连忙拉亮电灯,起身跑去孩子们的小屋,同样也是空空如也。这么晚了,罗锦琇会带着孩子去哪里?该不会是被国民党特务绑架了吧?秦鸿瑞一惊!眼下虽说共产党已占领上海,全中国都解放了,但国民党特务的活动反而更加猖獗,绑架、暗杀等情形时有发生。秦鸿瑞一阵心悸,赶快穿衣起身准备去寻找罗锦琇母子。眼光一瞥,却见

405

枕头上留有一封信,上面写着"秦鸿瑞　亲启",这熟悉的信封和字体令秦鸿瑞浑身一颤!这信封,这字体,不是姆妈的来信吗?当年姆妈的信便是这样一封接着一封从枫泾老家飘到上海,落到自己手里。"家书抵万金",那时候,每天都在盼望着邮差的到来,只要听到邮差在天井里喊:"秦鸿瑞,有信!"秦鸿瑞便会一边高声应道"来了来了",一边连滚带爬地冲下楼去,喜滋滋捧回姆妈的信。内容翻来覆去,无非是你们好不好呀,活干得累不累呀,能不能吃饱肚子呀,又给你们做了新衣布鞋呀……这些平凡无奇的语句,兄弟俩却在灯下一个人读,另一个人听,再反过来,换一个人读,另一个人听……反反复复,乐此不疲。可是,如今姆妈已过世多年,怎么可能会给自己来信?秦鸿瑞脑子里一阵轰鸣,一时没有反应过来发生了什么。

良久,秦鸿瑞才从神思恍惚中回过神来,颤抖着抽出信纸,上面写着:

鸿瑞夫君:
　　请允许我最后一次这样称呼你。
　　看到这封信时,我已带着两个孩子回到枫泾老家。请不要担心。
　　这么多年,我知道,你爱的不是我,你爱的,是黎黛珊小姐。你写给姆妈的那封要求退亲的信,我在洞房之夜就看到了,可是,我太喜欢你了,我也太自私了,我不舍得让你走,所以,我选择了假装没看见,还是逼你成了亲。
　　我知道,我只是一个蠢笨的乡下女子,我跟不上你的步伐,进入不了你的世界。我配不上你。而黎黛珊小姐,她美丽优雅,聪明有见识,她才是能和你一起,比翼齐飞的人。新中国成立了,你也被委以重任。我真的替你高兴。最近跟着你参加一些活动,很多人说我很有福气。因为解放之后,许许多多的大老粗官员都纷纷离开了自己乡下的原配,另娶了年轻时髦有文化的妻子,对,有一个新名词,叫作革命伴侣。这种现象很普遍,而且受到认可。而我嫁了一个大官,还有知识有文化,可你却并没有抛弃糟糠之妻。我知道,你是一个仁义的至情至性之人,你虽是奉姆妈之命娶我,现在,你却同情我,不忍心抛弃我。你是个好人。

但是,今天在鸿宇坟前,听到沈丹晨说,真正爱一个人,是为他的幸福着想,以他的幸福为幸福,以他的快乐为快乐,而不是以爱的名义把他绑架在自己身边。这话说得真好。我才明白,我太自私了,我不能因为爱你就把你绑在身边,让你不能得到真正的幸福。我应该放了你,让你和黎黛珊小姐结为革命伴侣。

鸿瑞,不要为我担心,我回到枫泾,守候在姆妈身边。现在是新社会了,不再有人压迫人的现象,你可以放心我。谢谢你这么多年对我的容忍,谢谢你赐给我两个聪明可爱的孩子。我唯一的请求是,把两个孩子留给我。我会尽全力抚养他们成人。毕竟,这是你的骨血!有他们伴着我,我就不会孤单寂寞。

别了,鸿瑞,你一定要幸福。祝福你和黎小姐。丹晨懊悔自己醒悟太晚,没能早早把鸿宇让给美若小姐,只能让他们相拥九泉之下。我庆幸,我醒悟得不算晚,还能让你和黎小姐在人间做一对温暖的夫妻。我很欣慰。

又:你胃不好,记得按时吃饭,不要吃生冷。疼的时候让黎小姐给你熬碗姜汤。

不要来找我。离婚协议已签好字放餐桌上,你直接去办理就好。

锦瑛

秦鸿瑞把信反反复复看了多遍,渐渐地才反应过来,原来,过去的那么多年,姆妈寄来的所有信件都是出自罗锦瑛之手。那温暖心扉的字字句句,都是罗锦瑛一笔一画地写出来的。而她,一直躲在姆妈的背后,以姆妈的口吻说这些家长里短,竟从来没有以"罗锦瑛"的名义给自己寄过信,以至于自己竟然没有把罗锦瑛和姆妈的信联系起来。看看这封信,言辞工整,情真意切,自己怎么会以为罗锦瑛只是一个没有文化的乡下女子?相伴多年的枕边人,自己竟是如此陌生!

秦鸿瑞起身,去翻那只红色的箱子,那是罗锦瑛的陪嫁,秦鸿瑞记得罗锦瑛把信都收在这只箱子里。此时此刻,秦鸿瑞急于找到姆妈的信件,以印证自己的想法。

秦鸿瑞打开箱子,果然,里面整整齐齐码放着过去那么多年姆妈写给自己的信,以及自己的回信,都扎得整整齐齐的,还绑了红丝线。奇怪的是,还有一摞信,也是写了自己的名字,却没有贴邮票,也没有拆封!

秦鸿瑞把信拆开,抽出信纸,依然是罗锦瑛的笔迹,然而,却不是代表姆妈,而是代表着罗锦瑛自己。原来,罗锦瑛每次给秦鸿瑞写信,都是两封,一封代表姆妈,一封代表着自己,然而,代表自己的信却都偷偷收了起来,一封都没有寄出。足足竟有上百封!秦鸿瑞一封封查看,从初见时的情窦初开,怦然心动,到后来见面的石破天惊,芳心暗许,再到后来订婚时的柔情万种,喜不自禁……少女绵密的相思,一腔痴情的寄付,掏心裂肺的牵挂,以及肝肠寸断的怅惘……如火一般炽烈,如丝线一般绵长。秦鸿瑞一直以为罗锦琇是一个情感平淡、言辞木讷之人,她那么安静,低眉顺眼,平淡到时时会忘了她的存在,万没料到,罗锦琇平静如水的外表下竟是一座才情充沛、喷薄滚烫的火山!这座火山压抑着,从不爆发,一切的一切都在这一封一封的锦书当中,而深切的自卑与羞涩,竟让她不敢把信寄出,而是像日记一样,被锁进深闺,成为无可言说的秘密。这一切,是因为自己,自己这个当丈夫的从来没有给过她关注,更没有给过她自信,让她只敢在日记般的书信里一吐相思之情。多么荒谬!罗锦琇,多年同床共枕的妻子,竟然一直在无望而卑微地单恋着自己的丈夫!而自己这个做丈夫的,却仅是把她当作了姆妈送给自己的最糟糕的礼物,甚至暗暗恨过她阻碍了自己的幸福。结婚这么多年,他在家里待过几天?他管过孩子多少?甚至连养家糊口的钱都没拿足,却让她长久等待,担惊受怕,带着孩子隐姓埋名,东躲西藏。守望,便是她永恒的姿态。

但是,书信里的这个罗锦琇,是多么的有才情,多么的可爱,多么的有魅力呀!甚至她的外貌,也是非常好看的,是自己故意视而不见。因为自己故作姿态的愚蠢,让她不得不压抑自己,装成一个不解风情的木讷之人。

至于黎黛珊,当然亦是秦鸿瑞心里一个永恒的结。然而,自从在香港的玛丽医院,得知她是共产党,甚至是因为领受任务故意接近自己,固然为她对党的忠诚而感动,也感激她对自己的各种帮助,然而,男女之情却禁不起政治的介入,他对黎黛珊那种魂牵梦萦的情愫无可奈何地消失了。她就是自己的同志、搭档,无他。

整整一个通宵,秦鸿瑞一封又一封看着罗锦琇的这些未能寄出的书信,看得气塞咽喉,看得荡气回肠,看得泪盈满眶,既怨着自己的傲慢,忽视了这么美好纯洁的女人,又庆幸着自己的幸运,毕竟,她如今仍还是自己合理合法的妻子!

数十封书信看完,已是东方既白。秦鸿瑞看得眼睛酸涩,肩颈胀痛。然而,他内心却无比笃定而敞亮。他的全身心,全心灵,全意志,都只有一个念头,那就是,找到罗锦琇!重新追求她,和她重新谈一场轰轰烈烈的恋爱,带着罗锦琇和孩子到北京,共同迎接新中国的到来,共同开启美好幸福的新生活!

幸运的是,他知道,她在哪里!

立即,马上,去往枫泾!

尾　声

申亭山没有留在大陆,也没有去往台湾,和众多被时代抛弃的人一样,苟且在香港。申公馆的排场不减,每天公馆里仍是人来人往,每顿吃饭都要开几桌,看起来仍是一派繁华景象,暗地里却是坐吃山空,勉力支撑。申亭山心情郁闷,病入膏肓,卧在床上一病不起。

申亭山一生最钟爱的三个大弟子,李树生已是淹没人群,不知去向,秦鸿瑞留在大陆,与他断了联系,唯一能指靠的,便只有去往台湾任职的方执一。申亭山说,如果方执一能来侍疾,或许尚能苟活几日,否则立马就要命赴黄泉。

方执一接到来信,十万火急赶往香港,岂料当天香港狂风大作,暴雨倾盆,所有的航班轮渡全部停运。申亭山明知天色如此,依然和家人一起苦苦守候在客厅等方执一,凄风苦雨里,人命亦如风中摇烛。

第二天中午,方执一终于赶到香港,前去迎接的家人当即在机场用电话告知申亭山,接到电话一家人正在用午膳,申亭山听到消息,却只是连声冷笑,说"假的假的,骗骗我高兴而已",然却放下饭碗,若有所待。待方执一真正出现在眼前,才一把抓住方执一的手,反反复复摩挲着方执一的手背,嘴角颤抖,老泪纵横……方执一赶到申亭山身边,侍疾数日,直到申亭山永远地闭上了眼睛。申亭山的遗愿是把骨灰安葬回大陆,然而这是不可能实现的,申亭山和他的江湖都已经永远地离开了中国大陆,永远地离开了这个时代。

10月1日,新中国的开国大典隆重举行,全中国大陆敲锣打鼓,欢天喜地,秦鸿瑞站在高高的天安门城楼上,与众多新中国的开国元勋们站在一起,听着毛泽东主席庄严宣布:中华人民共和国成立了……方执一手捧申亭山的骨灰回到台湾,站在海峡边上,望着大陆的方向,涕泪长流。

吴坤死后,李树生使了大量金钱,逃脱监控,潜伏在香港亲戚家。因出逃仓皇,带出的钱财有限,又四处遭人追杀,不敢公然出来做事,也是坐吃山空。亲戚告知一信息,中国历来是猪鬃出口大国,猪鬃是工业和军需用刷的主要原料。今年四川猪鬃产量特丰,却碰上时局关系无法出口,价格一跌再跌,已经跌破了成本。此时有朋友在四川大肆收购,准备接洽好中航公司的飞机运到香港,李树生若搭上这个顺风车,投进几十万美金做股金,反手便可赚个五倍八倍。李树生一盘算,此事可行,狠心将手中的所有积蓄四十万美金全部投入。李树生也曾担心解放军打进成都,航班飞不了,朋友说放心!解放军至少还要十天半月才能打进成都,而猪鬃已装上飞机,明天一早便可飞来香港!一切十拿九稳,李树生在家中坐等横财砸来,以安度余生。次日清晨,有人敲门,以为是告知猪鬃到港,李树生兴冲冲打开房门,却是邮差送来报纸,展开一看,头条新闻:中国航空公司与中央航空公司的负责人,带了十二架飞机,载着所有的猪鬃及稀缺物品,一道飞往北平,全部投诚!天可怜见的,李树生一生爱财,省吃俭用,只进不出,可千算万算,却万没料到航空公司会投诚！这四十万美金的猪鬃,竟成了李树生"孝敬"解放区的"重礼"。李树生眼前一黑,倒地猝死。

秦鸿瑞携妻儿赴京,在新中国邮电部任要职。周恩来"传邮万里,国脉所系"的拓印件装框高挂在办公室的墙上。

郑开先、沈丹晨、方念一进入邮电部下属的邮政总局,成为邮政职工。爷爷也随方念一夫妇前往北京定居。

黎黛珊继续领受任务,前往美国,进了一所名校。潜心攻读的同时,更积极接触众多优秀的科学家专家学者,希望他们能回国支持新中国建设。这一天,她在报上看到一则消息:昨晚,在洛杉矶黑人区同性恋酒吧发现一名亚裔男性尸体,疑似被轮奸致死……报上登出照片,赫然便是抗战后逃脱审判,失踪多年的山本。

这一日,秦鸿瑞来到街上,街上四处敲锣打鼓扭秧歌,庆贺新中国的诞生。秦鸿瑞走进一家小店,取了前些日来订制的一枚图章。拿到图章,秦鸿瑞蘸了些许印泥,在宣纸上深深按下,纸上现出三个鲜红的大字:老邮工。

这枚图章,秦鸿瑞用了终生。

初稿完成于北京三里屯,2018年1月13日
再稿于美国洛杉矶,2018年3月11日
三稿于遵义医科大学水木清华园,2018年10月17日
四稿于北京三里屯,2019年2月25日

致　谢

　　特别致谢中国邮政集团公司、中国邮政文史中心、中国邮政报社，北京、天津、上海、山东、河南、广东、四川、内蒙古、辽宁、江苏、浙江、湖北、江西、海南、陕西、甘肃等省（自治区、直辖市）邮政分公司以及邮政专家团队给予本书创作的鼎力支持。

汪一洋